리스크

황인호 장편 소설

목차

투명 인간	6
체포	14
포렌식	23
윤여정의 오스카상	29
영장실질심사	39
구속영장	46
유치장에서 만난 사람	53
국선 변호사	59
아내의 세월	70
보고 싶은 아버지	81
수용 번호 1202	84
또 다른 인생의 서막	90
조용한 살인자	97
정지된 공기	103
검찰 조사	113
좀도둑	119
살인자의 여자친구	124
타투	133
나머지 이야기	140
서하지통	146

지옥문 155

갈등 162

인간적 배려 171

아내의 표정 189

반갑지 않은 신입 197

각자의 사연 204

첫 심리 217

청다색 224

손톱깎이 230

음주운전 240

펜트하우스 246

진짜 신입 258

아내의 보이스피싱 267

비타민 14개 275

민우의 인생 282

탄원서 287

허가 난 도둑놈 297

명당 303

노마지지 309

검찰 측 증인 314

김우석의 증언	326
방청석 증인	335
편지	343
빡빡이의 탄원서	347
초상화	355
연목구어	367
도쿄올림픽과 경품	372
호접지몽	380
세월유수	383
선풍기	386
모범 청년과 이별	392
민우의 착각	396
비둘기	405
이별의 미학	415
악마와의 거래	421
통화 기록	427
마지막 재판	435
피를 토하는 글	440
꿈속의 아버지	448
떠나는 대머리독수리	454
나비의 꿈	457

누구나 두렵고 아픈 감방 생활. 그 감방에서 벗어나기 위하여 민우는 136일 동안 철저하게 자신을 속여야만 했다. 그리고 진실만이 살길이라는 것을 깨달았다. 감방에 있는 민우에게 매일 하루도 빠짐없이 보내 준 수영이(딸)의 편지, 그 편지 덕분에 민우는 살 수 있었다. 민우는 감방 철문을 보자, 단테가 베르길리우스의 손을 잡고 지옥으로 들어가기 전 지옥문에 쓰여 있는 글이 생각났다.

"여기 들어오는 자, 모든 희망을 버릴지어다."

잠시 후 2번 방 철문이 열리고, 격리방에서 주워들은 문지방 밟지 말라는 소리에 조심스럽게 문지방을 넘어 천천히 방 사람 표정을 살피며 무거운 마음으로 2번 방으로 들어갔다. 이제 본격적인 지옥의 서막이 올라가기 시작한 것이다.

"그래! 내 인생 어디까지 가는지, 가 보자."

투명 인간

2021년 4월 27일, 계절은 봄을 가리키고 있지만 민우는 봄을 만끽하지 못하고 있었다. 아니, 봄을 만족하지 못하고 있었던 민우는 아침 일찍 출근하는 아내와 타인처럼 서로에게 관심이 없다. 안방을 아내에게 빼앗기고 거실에서 이불을 뒤집어쓴 채 소리로만 아내의 행동을 짐작하고 있었다. 아내가 나가는 현관문 소리 그리고 계단을 바삐 내려가는 구두 소리가 점점 멀어져 가고 있었다. 잠시 후 아들의 샤워 소리가 들리더니 요란한 헤어드라이어 소리가 멈췄다. 아들 역시 출근하기 위해 준비하고 나갈 때까지 민우는 이불 속에서 쥐 죽은 듯 숨도 쉬지 않고 있었다. 서로 아침 인사를 한 지도 오래되었다. 이러한 불편한 관계를 언제까지 해야 할 것인가. '가족', 차라리 가족이 아니었으면 아니, 부부 혹은 부자지간이 아니었으면 이렇게 이불 속에 얼굴을 처박는 일은 없었을 텐데.

"으이구! 내가 빨리 뭐라도 일거리가 생기면 나가야지."

민우는 이 지옥 같은 집구석에 더 있다간 숨이 막혀 질식할 것 같았다. 민우는 언제부터인가 이 집에서 존재가 사라진 투명 인간이었다. 민우가 하던 iBT 교육 사업이 10년 전 정부의 정책으로 크나큰 데미지를 입었고, 그로 인해 수십 명의 직원과 이별할 수밖에 없었다. 그렇게 된 것을 민우는 정부 탓이라며 정부를 원망하고 있었다. 현관문 밖에는 그동안 민우가 괴롭다며 마셔대던 소주병이 가득 널브러져 있었다. 가끔 민우는 빈 병을 모아 편의점에 가지고 가면 하나에 100원씩 계산하여 주는데, 민우는 빈 병 값으로 현금 대신 소주를 들었다.

"정신 차리자, 김민우."

민우는 절치부심, 최근에야 정신을 차리고 다시 일어나려 발버둥 치고 있었다. 그런 가운데 중국에서 발생한 코로나19는 우리나라를 비롯한 전 세계를 공포의 도가니로 몰아넣었다. 중국 우한 연구원이 고백한 코로나19 바이러스는 세계보건기구(WHO)에서도 그 진실을 밝히지 못하자 우리나라를 비롯하여 전 세계가 비난의 목소리를 높이고 있었다. 역시 진실은 힘에 의해 좌우된다.

우리나라는 중국에서 입국한 코로나19 감염자에 의하여, 2020년 2월에 대구 신천지에서 코로나19가 집단으로 발생하였다. 이 사건은 사회를 암흑으로 변하게 만들어 놓았고 학교는 수업을 제대로 할 수 없게 되었다. 결국, 수업을 멈추는 학교가 늘어나고 덩달아 학원도 위기에 빠지기 시작하였다. 학부모는 내 자식이 학원에서 원치 않는 코로나19에 감염될까 봐 아이들을 학원에 보낼 수 없었다. 학원 원장과 학원 선생은 당장 생계가 막막해졌다. 대학교는 물론 교육청은 비대면 수업을 권장하였고 일반 학교와 학원은 구글의 Zoom이라는 프로그램을 통하여 온라인 수업을 시작하였다. 학교의 오프라인 수업은 정지되고 모든 게 온라인으로 변하는 순간. 이제 모든 학교는 사이버 대학이 되고 말았다. 학교와 학원은 팬데믹으로 인하여 닥친 혼란을 극복하기 위하여 몸부림치기 시작하였다.

사회의 혼란에도 불구하고 민우는 통신사가 보낸 미납 요금 문자를 받았다. 이달 말일까지 핸드폰 요금을 내지 않는다면 핸드폰을 끊겠다는 통신사의 협박이었다. 민우는 동생이 병을 얻어 동생이 하던 옷 가게를 대신 운영하였는데, 코로나19 팬데믹으로 인하여 손님 발길이 끊어지자 그 문마저 열지 못하게 되었다. 그러고 보니 근 10년 동안 하는 일마다 되는 일이 없었다. 소득 없이 버티는 게 이제는 한계에 도달한 것이다.

카드사의 압박은 더 노골적으로 민우를 힘들게 하였다. 민우는 당장 하루 일당이라도 찾아야 했다. 이 모든 것을 해결하기 위해서는 무슨 일이든 해야만 했다.

임시방편으로 아침 새벽에 부평 인력시장으로 가 보았다. 작업복 차림의 일용직 사람들이 도로를 가득 채우고 있었다. 트럭과 다인승 승합차는 목수, 미장 등 기술직 인부를 찾기 위해 목청을 높였고, 목수나 기타 기술이 있는 사람은 금방 팔려 나갔다. 하지만 기술이 없는 민우는 아침 8시가 다 되도록 팔리지 않았다. 새벽 5시부터 근 3시간 동안 인간 시장에 가격표 없이 서성거렸지만, 오늘도 결국 팔리지 않은 것이다. 팔리지 않은 인부들은 근처 대폿집에서 막걸리로 아침을 때우고 하루를 마감하고 있었다. 민우도 대폿집에서 한잔할까 잠시 고민하다 그냥 집으로 발길을 돌렸다.

집에 도착한 민우는 노트북을 켜고 며칠 전 이력서를 보낸 사이트를 하나둘 뒤져 보기 시작하였다. 하지만 답장 온 곳은 하나도 없다. 이번에는 알바몬을 비롯한 인터넷 취업 사이트에 적극적으로 전화를 하여 취업의 문을 두들겨 보았다. 하지만 나이가 많다는 이유로 다 거절당하고 기회를 만날 수가 없었다.

그러고 보니 어느덧 50대를 지나 60대가 된 것이다. 민우는 아직 파랗게 젊다고 생각하고 있는데! 민우는 점점 자신감을 상실해 가고 있었다. 어느 덧 나이만 먹은 것이다. 50대와 60대의 갭은 사회에서 받아들이는 차이가 생각보다 엄청나게 컸다. 가끔 답답한 마음을 소통하고 있었던 후배, 상호에게 며칠 전 취업을 부탁하였는데 다행히 상호에게 전화가 왔다.

"형님, 뭐 하세요?"

"응, 그냥 있어."

"제가 전에 일자리를 구하려고 가지고 있었던 문자인데 한번 전화해 보세요."

민우는 상호가 보낸 문자에 기대도 하지 않고 전화를 하였는데 다행히 쉽게 취업이 되었다. 민우가 그 일을 하기 위해 집에서 전화를 기다리고 있었던 중이었다. 아내와 아들이 나간 다음, 이제 당당한 얼굴로 머리를 감고 핸드폰을 다시 한번 쳐다보았다. 아침으로 어제 먹다 남은 미역국에 밥을 말아서 먹으며 식탁 위에 있는 카톡을 기다리는데 아직 소식이 없었다. 아침 설거지를 끝내고 핸드폰에 집중하고 있었다. 점심때쯤 되어서야 "까톡!" 하며 기다리던 문자가 민우의 온몸을 흔들어 댔다. 민우는 얼른 핸드폰을 집어 들고 카톡 문자를 확인하였다.

-좋은 아침입니다. 롯데마트 영종도점으로 지금 출발할 수 있어요?

-네.

-몇 분 걸리죠?

-확인하고 문자 드릴게요.

민우가 카카오T로 현재의 위치에서 롯데마트 영종도점을 검색하자, 약 30분 걸리는 것을 확인한 후 김태영 법무사에게 문자를 날렸다. 잠시 후,

-바로 출발하시죠.

-네.

답장을 보내자, 만나야 할 채무자 정보가 도중에 들어왔다.

채무자 정보

이름: ○ ○ ○

생년월일: 67년생

채무 금액: 1,000만 원

인사 멘트: 유신저축은행 이영수 대리님 부탁으로 왔다고 하시면 됩니다.

민우는 문자를 확인하고 후배가 빌려준 제네시스의 시동을 걸고는 알았다는 답장을 보내고 내비게이션을 따라 도착지로 갔다. 3층 주차장에 주차하고 핸드폰으로 위치를 잊지 않으려 사진을 찍고 에스컬레이터를 타고 아래층으로 내려갔다. 아래층으로 내려가는 도중에 봄 티셔츠를 세일한다는 좌판 광고 문구를 보고 일을 마치면 마음에 드는 티셔츠나 하나 사야겠다는 생각을 하였다. 1층 출입구에 도착한 민우는 도착했다는 메시지를 보냈다.

-채무자분도 지금 오시는 중이라고 합니다. 10분 정도 걸리신다고 합니다. 채무자분은 파란색 바람막이 점퍼에 검은색 양복 바지를 입으셨다고 하네요.

민우는 롯데마트 정문에서 문자 속 남자를 기다렸다. 이 일을 한 지가 벌써 며칠째라서 처음 시작할 때처럼 긴장감은 많이 사라졌고 초조함도 없어진 지 오래다. 민우가 직접 의뢰인을 찾지 않아도 돈이 아쉬운 의뢰인이 민우를 찾을 것이 분명하기에, 민우는 롯데마트 정문에서 진열 상품을 구경하고 있었다. 10분 정도 지나자 문자 속 남자가 민우를 먼저 알아보고 인사를 하였다. 아마 문자 속 남자도 민우의 옷차림을 김태영 법무사한테 받아 찾은 것 같았다. 남자는 통화하던 핸드폰을 민우에게 건네주며 받으라 하였다. 민우는 남자가 건네준 핸드폰을 받아들었다.

"여보세요?"

"네."

"김민우 씨죠?"

"네."

"그럼 다시 채무자 바꿔 주세요."

핸드폰 건너 목소리는 젊은 40대 초반의 남자 목소리였다. 아마 민우를 확인하고자 한 것 같았다. 남자와 전화 속 남자는 잠시 통화를 하더니 은행에서 방금 찾은 듯한 현금 천만 원이 든 은행 봉투를 건네주었다.

"잘 부탁드립니다."

"아, 네!"

대답하자마자 돈 봉투를 사진 찍어 김태영 법무사에게 카톡으로 보내고 자리를 뜨려 하자 남자가 민우를 불렀다.

"아니, 이 큰돈을 세어 보지도 않고 가세요? 혹시 보이스피싱 아니에요?"

남자가 보이스피싱 아니냐고 묻는 소리에 민우는 가슴이 철렁하였다. 민우는 이 말을 듣기 전까지 보이스피싱은 생각지도 않았던 말이다. 그때 처음으로 의심을 해 보았다. 갑자기 불안이 엄습해오기 시작하였다. '혹시 내가 하는 일이 이 남자의 말대로 보이스피싱이 아닌가? 아니야, 그럴 리 없어.' 민우는 이 사실, 이 현실을 부정하고 싶었다.

"난 보이스피싱 범죄자가 아니에요. 의심나면 경찰서에 신고하세요."

민우는 그 남자에게 경찰서에 신고를 해 보라 했지만, 정말 이게 보이스피싱이 아닌가, 사실이면 어떡하지, 걱정이 태산처럼 다가오고 있었다. 그러자 남자는 의심스러운 듯 민우를 쳐다보았다.

"잠깐만요."

"우선, 제 돈은 돌려주세요."

그러고는 112에 전화를 걸었다.

"이게 뭐지!"

순간 머리가 복잡해지면서 이 순간을 벗어나고자 '도망갈까?' 망설여졌다. 민우는 돈이 들어 있는 봉투를 돌려주었다. '이 남자는 현금 봉투를 들고 있기에 내가 튄다면 나를 잡기 어려울 거야.' 바로 운서역이 옆에 있으니 타이밍만 맞으면 공항철도를 타고 서울로 사라질 수 있겠다는 생각을 하고 있었다.

'아니야, 도망간다고 하더라도 요즘은 CCTV가 너무 많아 곧 잡힐 거야. 그래도 도망갈까?'

하지만 도망은 생각뿐이었고 김태영 법무사에게 버튼을 누르고 있었다. 신호는 가는데 전화를 받지 않는다.

"아~ 정말 이놈까지! 왜 전화를 안 받지?"

민우는 점점 불안해지기 시작했다. 전화를 받지 않자 이번에는 카톡으로 [급 통화 바람] 하고 문자를 날렸다. 다행히 잠시 후 전화가 왔다. 전화가 오자 다행히 안심되었다. 적어도 이놈이 사기꾼은 아니란 생각이 들었다.

"이게 어떻게 된 겁니까?" 민우는 따지듯이 물었다.

"이 남자가 보이스피싱이라고 하는데?"

"아니에요."

핸드폰 속 김태영은 아니라면서 민우를 설득하고 있었다. 그때 경찰 2명이 숨을 헐떡이며 민우 앞에 나타났다. 내 구역에 범죄자는 하나도 살려 보내지 않겠다는 투철한 직업의식으로 단숨에 뛰어온 것 같았다.

체포

순경 한 명은 신고자에게 가고 다른 한 명은 민우에게 와서 통화 중인 민우의 핸드폰을 달라는 표정을 짓는다.

"아! 지금 방금 경찰이 왔으니 통화 한번 해 보세요."

핸드폰을 받은 경찰은 김태영에게 "법무사가 맞으면 법무 번호를 대세요." 하며 재차 독촉하였더니, "정말, 경찰이 맞아요?" 하면서 순간 전화를 끊는 게 아닌가. 전화 끊는 소리가 옆에 있던 민우에게까지 생생하게 들렸다. 김태영이 전화를 끊는 소리는 '아무 일도 아닐 거야.' 하고 믿고 있던 민우의 믿음은 사라지고 희망이 사라지는 순간이었다. 이제 앞으로 닥칠 일들이 두렵기만 하였다.

"당신을 현행범으로 체포합니다." 하면서 순경은 핸드폰을 압수하였다. 민우는 핸드폰을 압수당하고 나니 이 세상에서 할 수 있는 게 하나도 없다는 사실을 깨닫게 되었다. 단지 핸드폰이라는 물질 하나를 빼앗겼는데 영혼까지 빼앗겨 버린 느낌은 무엇인가. 언제부터인가 민우는 핸드폰의 노예로 살고 있었다. 핸드폰이 사라지자 주인 잃은 강아지처럼 아무것도 할 수가 없었다. 핸드폰이 민우에게 있어 차지하고 있는 비중은 영혼 그 이상이었다. 핸드폰이 곧 자유였던 것이다.

경찰은 보이스피싱 전달책으로 어리숙한 민우의 핸드폰을 압수하며 변호사를 선임할 수 있다는 둥 미란다 원칙을 설명하는데 민우의 귀에는 하나도 들리지 않았다. 그리고 난생처음 수갑이 채워지자 대낮은 한순간에 칠흑처럼 변하기 시작했다. 대낮에 하늘이 암흑같이 어두워지는 것은 그 옛날 아버지가 돌아가셨을 때를 제외하고는 처음 느끼는 것이었다. 사태의 심각성을 깨닫고 '이제 어떻게 하지!' 하면서 앞으로 닥쳐올 일을 생각해 보았지만 아무런 방법이 떠오르지 않았다.

이게 정말 보이스피싱이라면 최근 사회적으로 문제가 많은 범죄로서 무거운 형벌을 받는다는 것을 뉴스를 통하여 알고 있었고, 민우는 이 사건에 연루되었다는 것에 대하여 스스로 믿을 수가 없었다.

이런 생각을 정리하기도 전에 민우는 경찰차 뒷좌석에 앉았다. 경찰차는 안에서 열 수 없는 구조이다. 운서역을 지나 5분도 안 되어 인천공항 지구대 파출소에 도착하였다. 지구대 정문에 들어서자 경찰은 입구 오른쪽에 있는 하얀색 공원 벤치 의자에 민우를 앉히더니 나무 의자에 수갑을 채워 놓았다. 민우는 졸지에 의자에 묶인 강아지가 되고 말았다.

그때 "아이고!" 소리에 고개를 들어 쳐다보니 어떤 아주머니가 머리는 반쯤 헝클어진 채로 강아지를 잃어버렸다며 신고하러 왔다. 그 아주머니는 민우를 힐끔 보더니 잠시 숨을 멈추고 흥분하여 잃어버린 강아지에 대하여 경찰에게 설명하기 시작하였다. 경찰은 아주머니의 흥분을 가라앉히면서 아주머니의 말에 귀를 기울여 주었다.

"언제부터 우리나라 경찰이 강아지까지 찾아주는 일을 한 거지?"

이게 정말 우리나라 경찰이 맞는가? 과거 시민 위에 군림하던 경찰이 드디어 시민을 위한 민중의 지팡이가 된 것이라 민우는 생각했다. 아주머니가 잃어버린 강아지 사진은 몰티즈 종으로 꼭 수영이가 키우고 있는 강아지와 너무 닮아 보였다. 아마 저 강아지는 아주머니에게 있어 가족 이상의 의미가 있는 게 분명해 보였다. 한편으로 가족 이상으로 관심을 가져 주는 아주머니의 강아지가 부러웠다.

조금 있으니 사복 입은 경찰 세 명이 들어왔다. 키가 좀 크고 말랐으며 가벼운 봄 점퍼를 입은 사람이 팀장인 것 같았다. 민우의 핸드폰을 전달받은 형사는 민우 핸드폰 비밀번호를 물어보았다. 민우는 비번을 알려 주기 싫었지만 잠시 망설이다가 기역 자 패턴을 알려 주었다. 만일 핸드폰 비밀번호를 알려 주지 않으면 그에 대한 불이익이 있을 것 같다는 생각이 들었다. 형사는 핸드폰 가게 직원처럼 능숙하게 민우 핸드폰 속을 뒤지기 시작하였다.

"이거 총 얼마야?"

핸드폰에는 그동안 김태영 법무사의 지시로 전달한 보이스피싱 금액이 날짜별로 카톡에 있었고 그것을 본 형사는 암산으로 합계금을 대답하였다.

"한 1억 9천 정도 되는 것 같습니다."

"음, 1억 9천이라…."

키가 큰 반장은 낮은 소리로 한마디 내뱉더니 왼손으로 턱을 비비며 민우를 한번 슬쩍 쳐다보았다. 그러고는 조사받고 있는 피해자 방으로 갔다. 함께 온 피해자는 오른쪽 방에서 지구대 순경에게 조사를 받고 있었다.

"자기들이 전화로 옵션상 본인 인증을 한다고 합니다. 그러면서 저의 주거래 은행의 최근 3개월 거래 내역, 건강보험료 납입증명서를 팩스로 보내 달라고 하였는데, 저는 그 여자가 알려 준 번호로 서류를 보냈고 다시 그 여자에게 전화가 와서 7천만 원 대출 승인이 됐다고 하여 저는 진행이 잘 되는 것 같아서 전화를 끊고 기다리고 있었습니다. 시간이 지나도 대출금이 입금되지 않아 초조해하던 참에 제가 기존에 대출을 가지고 있던 ○○저축은행에서 전화가 왔는데 남자였습니다.

그 남자가 하는 말이 제가 쓰고 있는 대출 상품이 대환대출이 불가능한 상품이라고 하면서 신규 대출을 진행하려면 기존 대출금 중 천만 원을 먼저 상환을 해야 신규 대출 건을 풀어 줄 수 있다고 하기에 저는 우선 신규 대출을 진행하고 싶어서 돈을 마련해 보겠다고 했습니다. 근데 □□은행 여직원이라는 사람이 저에게 또 전화를 걸어와 ○○저축은행 남자 직원의 말과 똑같은 말을 하는 겁니다.

그러면서 저에게 전산 입금을 하면 지급 정지가 풀리는데 2~3일 정도 걸리고 현금 처리를 하면 지급 정지가 바로 풀릴 수 있다고 하였습니다. 그때 저는 정신이 나가 그 사람 말만 믿고 일단 천만 원을 만들어 지급하겠다고 약속하였습니다.

전산으로 상환하게 되면 2~3일 걸리는 반면, 현금으로 수동 상환하게 되면 즉시 지급 정지가 풀린다는 □□은행 여직원의 말에 속아 돈을 준비하겠다고 하니까 저에게 직원을 보낼 테니 그리로 천만 원을 주면 알아서 처리하겠다고 하였습니다."

"2021년 4월 27일 ○○저축은행 직원을 사칭한 사람은 금일 진술인의 신고로 현행범으로 체포되었습니다. 그 자리에 진술인도 함께 있었지요?"

"네, 제가 신고를 했으니까요. 그 ○○저축은행에서 보낸 직원이라는 사람이 저에게 은행 현금 봉투에 담긴 천만 원을 받았는데, 세어 보지도 않고 자기 가방에 넣고 가려는 겁니다. 아무리 그래도 그렇지, 돈을 세어 보지도 않고 가려는 행동이 수상하게 느껴졌고 순간 내가 사기를 당했구나 하여 부랴부랴 112에 신고를 한 것입니다."

지구대 순경은 피곤한 듯 눈을 비비면서도 능숙하게 키보드를 치며 질문을 계속하였다.

"진술인은 금일 피해를 입은 천만 원은 어떻게 만든 것인가요?"

"네, 여러 지인에게 제 사정을 얘기하여 조금씩 빌려 만들었습니다."

"진술인이 피의자에게 건넨 천만 원은 회수하였나요?"

"네."

"돈을 돌려 달라고 피의자에게 말할 때 피의자가 협박이나 폭력을 행사하지 않았나요?"

피해자는 잠시 숨을 가다듬고 고개를 끄덕였다.

"네, 순순히 돈을 돌려주었습니다."

"피의자가 경찰관들에게 체포될 당시, 피의자의 저항이나 경찰관들의 무력 진압은 없었나요?"

"아니요. 그런 일은 일절 없었습니다."

물론 진술인이 내게 좋은 말을 해 줄 리 없었지만 희미하게 들리는 조사 내용을 들으려 귀를 쫑긋 세웠다. 경찰이 마지막으로 피해자에게 묻는 소리가 벽을 타고 들려 왔다.

"이 사건 피의자는 진술인에게 대환대출을 해 줄 의사나 능력이 없음에도 진술인을 기만하여 편취한 조직의 일원으로 보이는데, 진술인은 피의자의 처벌을 원합니까?"

"네."

김민우 역시 보이스피싱에 속아 심부름만 하였는데 조직원이라니! 이 모든 상황이 심각하게 돌아가고 있음을 직감하였지만 달리 해명할 방법이 떠오르지 않았다. 이제 민우는 경찰서로 가서 본격적인 수사를 받게 될 것이다. 민우 머릿속에는 경찰에 있는 친구나 선후배를 찾고 있었으나, 다른 일도 아니고 보이스피싱에 연루되었다는 얘기를 했을 때 과연 그들은 '자신에 대하여 어떤 생각을 할 것인가?'에 대하여 생각을 하니 앞이 안 보였다.

"잘난 체하더니 너도 별 볼 일 없는 놈이었군!"

"얼마나 멍청하면 보이스피싱에 속아 넘어간 거야?"

"아니, 이놈은 돈 몇 푼 벌려고 별짓을 다 하는 놈이었군."

"아니, 그렇게 돈이 없었어? 이제 더 이상 상종 못 할 놈이군!"

"불쌍한 놈이었어."

김민우는 지금의 현실보다 그들로부터 쏟아질 비난과 조소가 더 수치스러워 견딜 수 없었다. 그래도 지금까지 '폼생폼사'로 버텨 온 인생이었는데 그들에게 보이스피싱에 연루된 사실이 알려진다면 더 이상 고개를 들고 살 수 없을 것 같았다. 소문은 순식간에 퍼질 것이고 남 씹기 좋아하는 놈들의 얼굴이 떠오르자 숨이 막혔다. 민우는 친구에게 하려던 전화를 섭었다.

조사가 끝난 피해자는 집으로 돌아가면서 의자에 묶여 있는 민우를 측은한 듯 쳐다보며 지나갔다. 의자에 묶여 수갑이 채워져 있는 민우는 손목이 저려 왔다. 내 손이 지금 저리니까 수갑을 다시 채워 달라고 말하고 싶었지만, 용기가 나질 않았다. 순경이 민우의 손목을 채울 때 아마 감정이 있었는지 여유 없이 꽉 채워 버린 것이다. 지구대에서 피해자의 간단한 조사가 끝나자 형사들은 친절하게도 SUV 차에 민우를 조심스레 태웠다. 자동차 시동을 켜자 라디오에서는 퀸의 보헤미안 랩소디(Bohemian Rhapsody)가 크게 흘러나왔다. 요즘 차들은 카 스테레오 성능이 좋아 본래의 음악보다도 훨씬 더 강하게 민우의 심장을 파고들었다. 퀸의 노래는 오페라 뮤지컬처럼 내게로 다가왔다.

We will not let you go, let me go

널 보내 줄 수 없어, 제발 보내 주세요.

Oh mama mia let me go

오, 어머니 살려 주세요.

Just gotta get out, Just gotta get right outta here

빨리 도망쳐야 해, 여기서 빨리 도망쳐야 해.

머큐리의 절규는 민우의 절박한 지금의 심정을 너무도 극명하게 표현해 주고 있었다. 인천 지리를 잘 모르는 민우는 본인이 어디로 가고 있는지 살피려 하였지만, 방향을 알 수가 없었다. 퀸의 노래가 끝날 때쯤, 커다란 인천중부경찰서 간판이 민우 눈앞에 나타났다.

"아, 여기가 중부 경찰서군."

SUV 차는 정문으로 들어가 중앙 건물 뒤편에서 얌전히 멈추었다.

"이제 여기서 본격적인 나의 수사가 시작될 것이다."

지난주에 스포츠 도박 신고를 받고 상책을 검거하려 잠복 중에 도망치던 범인을 쫓다가 넘어져 다리를 다친 장형근 형사는 아픈 다리를 절뚝이며 "에이, 씨발! 하루도 사건이 없는 날이 없어." 하고 혼잣말로 컴퓨터를 켜면서 의자에 앉았다. 장 형사는 37살로 삼 년 전에 결혼하여 2살 된 아기가 있는데, 보고 싶어도 형사라는 직업이 일반 직장인처럼 쉽게 가족을 볼 수 있는 게 아니다. 어제도 집에 들어가지도 못하여 시간을 내어 잠시 사우나라도 갔다 오려 했는데, 보이스피싱범이 잡혔다고 하여 경찰서 화장실에서 간단한 세수만 하고 지구대로 김민우를 인도하러 간 것이다. 장 형사는 환갑이 넘은 김민우를 보고 점잖게 생긴 양반이 뭐 이런 일을 하였지 생각했다.

"커피 한 잔 드릴까요?"

"아니요! 그냥 물이나 한 잔 주십시오."

민우는 이 상황에 대하여 냉정하게 대처하고 싶었지만 머리가 복잡하여 어디서 무엇부터 해야 할지 도저히 판단이 서지 않았다. 더군다나 핸드폰을 압수당하고 나니 이 세상에서 자신이 할 수 있는 게 하나도 없다는 사실이 두렵기까지 하였다. '이 상황을 가족에게 알리긴 알려야 하는데…' 먼저 아들에게 전화하려다 망설였다. 그동안 아들은 민우를 대신하여 가장 노릇을 해 왔다. 중소기업에 다니는 아들은 많지 않은 월급으로 성실하게 민우 대신 가장 노릇을 하고 있었던 것이다. 아들 도움을 받지 말았어야 하는데, 어느 순간부터 경제력을 잃어버린 민우는 자신의 의무를 포기하고 말았다. 민우의 머릿속에는 과거의 일을 되살려야 한다는 강박관념에 계속해서 하는 일마다 악수(惡手)를 두고 있었다. 이러한 상황에 아들에게 전화를 하여 지금의 상황을 얘기한다는 것은 또 다른 용기가 필요한 것이었다.

그렇다면 아내에게 전화하는 것은 어떤가? 그것도 망설여졌다. 아내는 직장에서 한창 일하고 있을 시간이다. 언젠가부터 타인처럼 살고 있었는데 말이 부부지 그런 아내가 자신을 위해 무엇을 해 줄 수 있겠나 하여 민우 자신도 모르게 고개를 좌우로 흔들고 있었다. 결국, 민우가 선택한 사람은 딸 수영이었다. 딸을 생각하며 가족과 통화를 하겠다며 장 형사에게 핸드폰을 부탁하였다.

민우는 자신의 핸드폰을 사용하기 위하여 허락받고 부탁해야 하는 현실이 비참하다고 느꼈다. 압수된 핸드폰을 다시 돌려받아 수영이에게 전화를 걸었다. 수화기 너머로는 컬러링 소리만 들려 올 뿐이었다. '아마 회의 중일 거야. 아니, 내 전화를 피하는 걸까?' 이제 민우는 딸에게조차 기피 대상이 되어 버린 것 같아 마음이 쓰라렸다. 하기야 아무리 시대가 변했다지만, 출가외인인 딸에게 그나마 가족이라고 위기에 빠진 아빠를 구해 달라고 전화를 한다는 게 우습고 창피하였다.

포렌식

민우는 작년에 시집간 딸과 통화가 되지 않자 절망감에 사로잡혔다. 이렇게 넋 놓고 있을 상황이 아니라는 생각에 잠시 망설이다 마지막으로 사위 번호를 찾아 버튼을 눌렀다.

"여보세요?"

"네, 장인어른! 웬일이세요?"

다행히 씩씩하고 예의 바른 사위의 목소리가 한 줄기 빛처럼 내게 다가왔다. 평소 전화 한번 없던 상황에 민우의 전화를 받은 사위는 차렷 자세로 전화를 받는 것처럼 느껴졌다.

"응, 수영이가 통화가 안 돼서."

민우는 잠시 머뭇거렸다.

"딴 게 아니라 사고가 생겼어. 내가 보이스피싱에 연루된 것 같아. 여기는 인천중부경찰서야."

"네?"

핸드폰 너머 사위의 목소리는 정말 놀라서 기절할 듯 떨리고 있었다.

"아니, 아버님! 그런 일을 하실 분 아니잖아요. 모르고 하셨잖아요. 무조건 모르고 하셨다고 하세요. 그거 아버님이 알고 하실 분 아니잖아요!"

사위의 목소리는 깊은 산속에서 조난당한 민우를 찾으려는 듯 당황하여 다급한 목소리로 계속 장인을 부르고 있었다. 그때 조사관이 말했다.

"김민우 씨, 이제 핸드폰 주셔야 합니다."

"이제 끊어야 해."

민우는 사위가 무슨 말을 계속하려는 줄 알면서도 도중에 핸드폰을 닫을 수밖에 없었다.

"아~ 이런…."

민우는 이런 상황에 놓인 자신이 죽기보다 싫었다.

"보이스피싱은 어떻게 시작하셨죠?"

"네, 울산에 있는 지인의 소개로 시작하게 되었습니다."

"이게 보이스피싱인 줄 정말 몰랐나요?"

"네, 내가 신뢰하는 사람이 소개하였기에 전혀 의심하지 않았습니다."

그러면서 처음으로 상호를 생각해 보았다.

'혹시 이 친구가 나를 팔아넘긴 건 아닌가? 아냐, 그럴 리가 없어.'

민우는 과거 상호와 있었던 시간을 떠올렸다. '그의 취미는 검도였고 언제나 바른 생활의 표본이었어. 아내와 같이 영어 학원을 성실하게 운영하였고 흐트러진 모습을 내게 보인 적이 없었어. 그 친구는 절대 나쁜 짓을 할 수 있는 그런 위인이 아니야.'라는 생각이 들자,

"일종의 믿음의 벨트처럼, 내가 신뢰하는 사람이 소개하면 의심하지 않는다. 뭐, 그런 거죠."

"그 말을 누가 어떻게 믿습니까?"

장 형사는 변명으로 회피하는 김민우에게 사실을 밝히라고 계속 다그치고 있었다.

"발각되지 않았다면 계속하셨겠죠?"

"네! 아마 한 달가량 더 했을 겁니다."

"피의자는 법무사 사무실에 직원으로 채용된 것으로 생각하였다는 것인가요?"

"그건 아닙니다. 정식 채용은 아니고 일단 저에게 일을 시켜보고 4주 후에 정식 직원으로 채용해 준다고 그래서 수습 기간 정도로 알고 이 일을 했던 것입니다. 4주 후에는 원래 계획하던 일이 있어서 채용된다고 하더라도 다닐 생각은 없었습니다."

"그러니까 피의자는 지금까지도 본인이 하는 일이 법무사 사무실의 임시 직원으로 채용되어 하는 일인 줄 알았다는 것이지요?"

장 형사는 민우의 취조가 평행선으로 가고 있기에 답답하였다. 어린놈이라면 소리라도 윽박지르고 꿀밤이라도 한 대 쥐어박았으면 좋겠는데 그럴 수도 없고.

"잠시 쉬었다 하시죠."

장 형사는 김민우에게 담배를 권했다.

"담배 한 대 피우시죠?"

"아니, 괜찮습니다."

김민우는 정중히 사양하였다. 휴식을 취한 장 형사는 변호인의 권리를 고지한 뒤 다시 조사를 시작하였다. 그때 벽시계를 보니 오후 8시 30분이 지나고 있었다. 수갑이 채워진 김민우는 겁먹은 강아지와 별다르지 않다는 생각이 들었다. 수갑이 채워지는 순간부터 민우는 나이와 직책에 상관없이 자유뿐만 아니라 영혼까지 구속되어 버린 것이다.

"피의자는 이전에 사업체를 운영한 경험이 있었다고 하였지요?"

"네, 그렇습니다."

"피의자는 이전 사업장을 운영할 당시 직원을 채용할 때 얼굴도 보지 않고 면접도 보지 않고 채용한 적이 있습니까?"

"아니요! 하지만 그때는 지금처럼 팬데믹이 아니었습니다. 보이스피싱 김태영도 코로나19로 인하여 비대면 채용한다고 하여 그 말을 믿었습니다. 그리고 2주 후 사무실에서 보게 될 거라 하여 정말 믿었습니다."

"피의자는 금일 2021년 4월 27일 13시 30분경 인천 롯데마트 앞 노상에서 만난 피해자에게 기존 고금리 대출금을 저금리 대출로 대환대출해 주는 조건으로 기존 대출금 상환 명목의 천만 원을 교부받은 혐의로 체포되었습니다. 피해자에게 대환대출을 받기 위해 기존 대출금 상환비 조로 천만 원을 교부받은 사실이 있지요?"

"오늘 피해자분을 만나 천만 원을 받은 것은 사실입니다. 하지만 피해자분에게 대환대출 얘기는 한 적도 없고 그 얘기는 지금 수사관님에게 처음 듣는 얘기입니다. 그 돈이 기존 대출을 상환할 금액이라는 사실조차 저는 정말 몰랐습니다. 단지, 저에게 일을 시킨 사람이 그분에게 돈을 받아 다른 직원에게 전달만 하면 된다고 하여 전달만 한 것이고, 사실 저는 그 돈이 어떤 돈인지 관심도 없었습니다."

"피의자에게 이 일을 시킨 사람이 누구인가요?"

"제가 알기로는 김태영이라는 법무사입니다."

"피의자가 김태영이라는 사람의 지시를 받아 현금을 수거하게 된 경위에 대하여 진술해 보세요."

"며칠인지 기억이 잘 나지는 않지만, 울산에 있는 전직 동료가 문자를 하나 보내 주었습니다. 내가 이런 문자를 하나 받았는데 그리 어렵지 않은 일 같으니 소일거리로 한번 해 보는 게 어떠냐고 하여, 무슨 일이냐 하였더니 수금하여 전달하는 일이라 하였습니다. 전달받은 문자의 번호로 전화를 걸어 회사 정보를 알고 싶다고 하였더니 카톡으로 김태영 법무사 사무실 회사 앱을 하나 보내 주어 일을 시작하게 된 것입니다."

"피의자는 지금까지 몇 번이나 소위 말하는 '수금' 행위를 했나요?"

"그렇게 많지는 않고 제 기억으로 약 일주일 동안 8~9번 정도인 것 같습니다."

"누구의 지시를 받고 그랬나요?"

"매번 김태영의 지시를 받았습니다. 매번 카카오톡으로 대화를 하였고 지시도 카카오톡으로 내려왔습니다."

"그런 지시는 김태영으로부터 따로 매뉴얼을 받은 건가요?"

"매뉴얼은 없고 그때그때 김태영이 시키는 대로만 하였습니다."

"피의자가 수금한 돈이 어떤 돈인지 알고 있나요?"

"아니요, 그런 것은 잘 모릅니다. 정확하진 않지만, 제가 이해하기로 김태영은 신용불량자들이나 문제가 있는 사람들에게 돈을 받아 신용 문제를 해결해 주고 수수료를 받는 사람 정도로 알고 있었습니다."

"팀장님, 김민우 씨 핸드폰을 살펴보니 뭐 별다른 게 없는 것 같아요."

장 형사는 팀장에게 민우의 핸드폰에서 윗선에 대한 정보가 없다는 것을 확인하고 구 팀장에게 보고하였다.

"어, 그래! 그러면 혹시 모르니 포렌식 보내!"

인천중부경찰서 수사관 3명은 마지막으로 서로 돌아가면서 민우가 혹시 알고 있는 윗선에 대한 정보 이외의 것을 알아내려고 이것저것 질문을 하였다. 하지만 딱히 아는 게 없었던 민우는 특별히 할 말도 없었다. 결국, 민우의 핸드폰은 다른 정보를 지웠을 수도 있다는 가정하에 포렌식을 한다고 확인서 한 장을 가져왔다. 민우는 싫다고 표현하고 싶었지만 그럴 배짱이나 용기는 남아 있지 않았다. 강제는 아니더라도 소리 없는 불이익을 당할 것 같아 동의할 수밖에 없었다. 그렇게 민우의 핸드폰은 인천중부경찰서에 압수당하여 뉴스에서만 듣던 포렌식에 들어갔다.

윤여정의 오스카상

"이게 피의자가 받은 문자 맞습니까?"

"네."

안녕하세요. 김태영 법무사 사무소입니다.

저희와 함께 성실하게 일하실 분을 모집하고 있습니다.

저희는 금융사 채권 회수 업무를 직접 담당하고 있습니다.

코로나 사태로 인해 일일이 지방으로 출장 나가는 게 힘들다 보니

전국 각 지방 내에 채권 회수하실 분을 모집하고 있습니다.

업무 중 어려운 부분은 전혀 없습니다.

누구나 하실 수 있는 업무입니다.

하루 일급 10~30만 원 당일 지급입니다.

정확하고 빠르게 움직일 수 있는 분을 모집하고 있습니다.

코로나 사태로 모두 힘들지만 좋은 인연으로

오래 같이 일하실 분을 모집하고 있습니다.

카톡 문의: kcm1100

<모집내용>

근무 요일: 월~금(협의 가능)

외근직

근무 시간: 10:00~18:00(협의 가능)

무료 수신 거부 0808059

지금 이 문자를 다시 보니 공문치고는 허술한 게 한둘이 아닌 것 같았다. 하지만 그때는 그게 왜 보이지 않았는지. 인간은 실수를 깨달았을 때 조금 더 현명하지 못했음을 자책하며 후회를 한다. 인간의 실수는 습관이다. 어렸을 때부터 다시 한번 확인하는 좋은 습관을 길러야 할 필요가 있다. 그냥 대충 살아온 민우는 결국 늘그막에 그 실수로 인하여 커다란 대가를 치르게 된 것이다. 그때 제대로 하지 않은 것에 대하여 민우는 후회하고 있었다. '아니야! 그 상황에서는 아무리 똑똑한 놈이라도 속을 수밖에 없었을 거야.' 민우는 자기 자신을 스스로 위로하고 합리화하고 있었다.

"김민우 씨, 언제 처음 보이스피싱을 시작하셨나요?"

"네, 약 일주일 전입니다."

"보이스피싱은 누구 지시를 받고 하였나요."

"네, 문자 속 김태영이라는 법무사의 지시를 받았습니다."

"김민우 씨가 하는 일이 보이스피싱이라는 것을 언제 알았나요."

"네, 체포 당시에 알았습니다."

"무슨 소리입니까? 처음부터 알고 한 게 아닙니까?"

"아닙니다. 정말 몰랐습니다."

"처음엔 몰랐더라도 나중엔 알았잖아요."

'아니, 이놈이 어떻게 알았지?' 민우는 생각했다. 그래, 도중에 알긴 알았지만 이게 보이스피싱인 줄은? '사실을 얘기하고 선처를 바랄까?' 민우는 잠시 고민에 빠졌다. 설사 보이스피싱인 것을 알고 했다면 그 많지 않은 지인들로부터 받을 비난과 조소가 두려워지기 시작하였다. 더군다나 앞으로 아내와 자식들에게 낯을 들고 살 용기가 없었다.

"형사님, 정말 모르고 했습니다."

민우는 모르고 했다고 딱 잡아떼는 수 이외는 방법이 떠오르지 않았다. 민우는 생각이 복잡해졌다. 김태영으로부터 연락을 받고 둘째 날까지는 법무사 일인 줄 알았으나, 셋째 날부터 이상한 느낌이 들었다. 민우는 수거책이었고 전달책에게 돈을 건네주기 위해 약속 장소로 갔더니 행세와 말투가 조선족 같아 보였다. 이런 큰돈을 조선족이 수금한다는 것이 이상스러웠다. 하지만 내가 상관할 일이 아니지 뭐 별일 있겠나? 민우는 편리한 대로 자의적 판단을 하였다. 법무사의 공문과 문자는 가끔 띄어쓰기와 철자가 틀렸고, 전달책은 계속 바뀌었는데 대부분 양아치 같은 놈이었다. 민우는 이달 말일까지만 일하고 그만두어야겠다고 생각하던 차에 그만 잡히고 만 것이다.

"피해자에게 받은 돈은 왜 지시자에게 사진으로 보낸 겁니까?"

"네, 그건 혹시 피해자에게 받은 돈이 전달책의 실수로 착오가 있으면 책임 소재가 생길 것에 대비하여 사진을 찍어 보낸 겁니다."

"그건 보이스피싱임을 알았기에 책임 소재에 대한 방법이었던 거 아닙니까?"

"아닙니다. 정말 모르고 했습니다."

민우는 무조건 모르고 했다는 말 이외는 달리 다른 아이디어가 없었다. 이번에는 김 형사라는 사람이 민우 앞에 앉았다. 그는 민우가 피상적으로 알고 있던 형사의 이미지하고는 많이 달라 보였다. 며칠 동안 집에 들어가지 못하였다는 장 형사의 흐트러진 머리와 아무렇게나 걸쳐 입은 겉옷과는 달리 정갈한 머리와 하얀 와이셔츠, 그리고 파란 재킷에 어울리는 검은색 바지가 무척이나 세련되어 보였다. 그보다도 이 젊은 형사가 민우를 더욱 놀라게 한 것은 그가 차고 있는 손목시계였다. 시곗바늘이 푸른 빛을 띠고 있는데, 그 손목시계는 분명 값비싼 까르띠에 시계가 분명하였다. 웬만한 월급쟁이가 차기에는 부담 가는 시계인 것이다. 그래서 한편으로는 '이 친구가 집에 돈이 많은 금수저인가? 아니면 혹시 따로 아르바이트라도 하나?' 이런 생각이 들 정도였다.

어쨌든 이 친구는 연예인 못지않은 세련된 모습으로 민우를 취조하고 있었다. 김 형사는 고개를 갸웃하면서 서울 말 씨로, "아까 핸드폰 사진을 보니까 골프 사진이 많이 있던데 골프 치실 줄 아시죠?"라고 말을 걸어 왔다. 김 형사는 골프를 치는 민우가 보이스피싱이라니, 범죄를 떠나 궁금하였다. 민우는 형사의 컴퓨터 모니터 뒷면을 바라보고 앉아 있다가 불편한 표정을 지으며 김 형사를 바라보았다.

"제 개인적인 일은 여기서 좀 빼 주시면 고맙겠습니다!"

"아! 네."

김 형사는 쿨하게 대답하였다. 세련된 겉모습과 같이 아주 심플하게 민우의 부탁을 받아 주었다.

"커피 한 잔 드릴까요?"

그는 민우에게 마실 것을 물었다. 그 소리에 문득 그리 좋아하지 않는 커피가 먹고 싶어졌다.

"네, 고맙습니다."

"원두로 드릴까요? 다방 커피로 드릴까요?"

친절하게도 김 형사는 커피 취향까지 물어보았다. 민우는 잠시 망설이다 "다방 스타일로 주십시오." 하고 대답했다. 김 형사는 장 형사의 질문을 그대로 복사-붙여넣기를 하듯이 취조하였다. 이곳 수사관은 최근 들어 폭발적으로 늘어나는 보이스피싱 범죄자들 때문에 상책, 전달책, 수거, 입금책 범죄자들을 눈만 뜨면 매일 조사를 하고 있기에 피의자의 심리나 행동을 잘 알고 있었다. 민우가 한 일은 수거책으로 어찌 보면 간단한 사건이고 이곳 인천에서 발생하는 수많은 보이스피싱 범죄 중 하나였다. 그러한 민우의 사건에 대하여 장 형사는 조서를 빨리 마치고 '기소의견'으로 검찰에 넘기고 싶었다. 밀려드는 다음 보이스피싱 범죄를 조사해야 하기 때문이었다.

조사를 받고 있던 민우는 형사의 질문보다도 형사의 직업에 대해 생각해 보았다. 다양한 사람들의 범죄를 입증하려 온종일 피의자들과 시간을 보내는 형사라는 직업은 그 어떤 의무감이나 사명감이 없다면 쉬운 직업은 아니라는 생각이 들었다. 우리가 알고 있는 영화나 소설 속의 형사와 현실의 형사는 분명 거리가 있었다.

민우는 자신의 심각한 상황을 망각한 채 며칠 동안 집에도 들어가지 못한 장 형사에게 측은한 연민을 느끼고 있었다. 그런 생각을 하고 있을 때,

"에이, 씨발! 먹고살 만한 돈만 있으면 지금 당장이라도 사표를 낼 텐데."

하면서 장 형사가 마음에도 없는 말을 하는 게 아닌가? 매일 쌓이는 사건과 격무로 인한 불편함을 이렇게라도 표현하는 장 형사를 이해할 수 있었다. 아직 신혼이라 말할 수 있는 장 형사는 여우 같은 마누라와 토끼 같은 아기가 보고 싶지만 그럴 수가 없다.

"잠시 쉬었다 하시죠!"

"담배 하나 드릴까요?"

민우는 담배를 피우지 않지만, 남들 앞에선 가끔 뻐끔 담배로 위장하곤 하였는데 인간적인 장 형사의 따뜻한 말 한마디에 "하나 주십시오." 하였다. 장 형사와 잠시 취조실을 벗어나 공터에서 라이터 불을 켜 주는 장 형사와 조심스럽게 한 모금을 살짝 들여 마셨다.

"하, 쓰~발! 이제야 세상이 제대로 돌아가기 시작하네."

인간적인 말 한마디는 언제나 상대방을 감동시킨다. 물론 그것을 역이용하는 놈들도 있겠지만. 형사들의 따뜻한 말 한마디는 민우뿐만 아니라 다른 피의자들도 분명 마음에 동요가 일어날 수밖에 없을 거라는 생각이 들었다.

"조사 중에 따님에게 보낸 문자를 보았습니다. 안타깝게 생각합니다."

키가 큰 구 팀장은 장 형사 자리에 앉으면서 민우를 위로해 주었다. 순간 민우는 오 팀장을 비롯하여 김 형사, 장 형사 모두 핸드폰을 다 보았구나 하는 생각에 민우는 벌거벗겨진 채 그들 앞에 서 있는 느낌이었다. 창피하였다. 어디까지 봤을까? 하지만 민우는 그들에게 따지거나 대들 수가 없었다. 민우는 자신이 지금 범죄자이고 피의자이기에 무슨 낯짝으로 피의자 권리를 주장할 수 있나 그저 혼자 자학하고 있을 뿐이었다.

'다 내 잘못인데 누굴 원망한단 말인가?'

장 형사는 김민우의 핸드폰에 뜬 카톡을 정리하며 김민우에게 피해입은 피해자들에게 전화를 걸었다.

"여보세요? 여기 인천중부경찰서인데 혹시 4월 22일 ○○저축은행 사람에게 1,200만 원을 주신 사실이 있지요?"

"네, 맞아요! 그 돈 찾았나요?"

피해 아주머니는 경찰서 전화에 혹시 사기당한 돈부터 찾을 수 있냐고 물어보았다.

"그건 조사 중입니다. 피해 입은 내용을 먼저 말씀해 주시겠어요?"

"제가요! 2021년 4월 19일 10시 핸드폰에 1577-○○○○ 라는 번호가 뜨길래 받았더니, ◇◇캐피털 추심 팀장이라는 사람이 저에게 '다른 금융사에서 기존 대출금이 있는데 대환대출이 확인된다며 이것은 금융법 위반이다, 대출 금액에 대해 추심이 바로 들어가니 오늘 16시까지 기존 대출 금액을 모두 완납하라'고 하는 것이었습니다.

저는 놀라서 주위 사람에게 돈을 빌려 2,900만 원을 준비하고 아까 왔던 번호로 전화를 거니 어디 사느냐고 묻길래 신림동 쪽에 산다고 하였더니, 그날 16시까지 신림역 앞으로 채권추심팀 직원을 보낼 테니 그 사람을 직접 만나 돈을 건네주라고 하여 그렇게 했습니다. 그놈들은 5번 모두 같은 방법이었습니다."

피해자 식당 아주머니는 김민우 포함 총 5번을 보피 놈들에게 당하고 말았다. 2021년 4월 19일 5~60대 여자에게 2,900만 원, 4월 20일 20대 후반 여성에게 현금 1,200만 원, 4월 22일 50대 중반 남성에게 1,200만 원, 4월 23일 20대 중반 여성에게 600만 원. 장 형사는 이렇게 쉽게 보이스피싱을 당하는 사람을 이해할 수 없었다. 그보다 보이스피싱범 놈들의 시스템과 말재주가 얼마나 교묘하기에 일주일도 안 되는 시간에 5번씩이나 당했을까? 식당을 하면서 힘들게 번 돈을 보이스피싱 놈들에게 고스란히 갖다 바치게 만드는 보피 놈들을 장 형사는 "당장 잡아 처넣어야 하는데!" 하면서 김민우를 바라보았다.

사위한테 소식을 전달받은 수영이와 호영이가 놀란 가슴을 부여잡고 저녁 7시경 한걸음에 달려왔다. 조사 중이었던 장 형사는 "자제분이 오셨는데 이런 모습 보여 드리면 안 되겠죠." 하면서 민우 손에 수갑을 풀어 주었다. 민우는 장 형사의 배려에 눈과 고개를 약간 숙이며 고맙다는 표현을 하였다. 경찰서 조사실에 초라하게 앉아 있는 민우의 모습을 본 수영이는 "아빠, 이게 무슨 일이야?" 하며 김민우를 껴안고 통곡을 하였다. 가만히 옆에서 지켜보던 호영이는 "아빠가 뭐라도 하려고 노력하다 보니 이런 일이 벌어진 거야. 이해할 수 있어. 아빠, 곧 나올 거야. 걱정하지 마!" 하며 민우를 안심시키고 있었다.

"아빠! 돈이 필요하면 말을 하지!" 하면서 슬프게 울부짖는 수영이. "아빠가 돈이 필요하다고 너 시집갈 때 한 푼 보태 준 것도 없는데 어떻게 손을 벌일 수 있겠니." 하려던 말을 참았다. 오늘 민우는 아빠로서, 가장으로서의 평생 지켜온 위신이 한꺼번에 바닥으로 떨어지고 말았다.

"내가 아버지에게 좀 더 잘해 드렸어야 했는데."

아들은 아빠의 문제가 자신이 잘못해서 이런 일이 생긴 것처럼 자책하는 말을 하고 있었다. 조사 끝나면 집에 갈 수 있다는 형사의 말에 수영이와 호영이가 집으로 돌아가고 민우의 조사는 계속되었다.

"생각해 보세요! 김민우 씨가 모르고 했다고 하면 그것으로 다 끝나는 겁니까? 피해자분들은 어떻게 할 거예요? 그냥 피해자분들에게 진심으로 미안하다고 사과하시고 용서를 비세요."

"정말 모르고 했습니다."

"처음엔 모르고 했다가 나중엔 아셨잖아요."

장 형사는 무조건 모르고 했다는 김민우의 주장에 짜증 섞인 말로 반박을 하였다. 초지일관 모르고 했다고 주장하는 민우에게 알고 했다며 자백을 받아내려 하는 장 형사와 보이지 않는 기 싸움은 계속되었다. 어차피 모르고 했다고 잡아떼도 구속될 거니 이쯤에서 잘못했다고 용서를 바란다고 하면 정상 참작을 해 줄 거라는 뜻으로 민우를 몰아붙이고 있었다. 하지만 민우는 내가 알고 했느냐 모르고 했느냐에 대한 추궁보다도 자기보다 한참 어린 사람에게 추궁받는 현실이 너무 부끄럽고 화가 났다.

"그럼 피해자분과 합의는 하실 거예요?"

장 형사는 진지하게 질문하였다. 조사 과정에서 김민우가 무일푼이 되었다는 것을 알고 있는 장 형사는 합의금은 언감생심 갚을 능력이 없을 거라 생각이었지만, 조금 전 딸과 아들이 찾아온 것을 보고 혹 가족이 합의금을 준비할 수도 있다는 생각을 한 것 같았다.

민우는 말없이 고개만 숙이고 있다가 "가족은 나 때문에 수억 원의 빚을 지고 있는데…" 하면서 말꼬리를 흐렸다. 그러고는 몇 초 후, 민우는 힘없는 목소리지만 단호하게 말했다.

"합의는 능력이 없어 불가능합니다."

잠시 장 형사와 민우 사이에는 보이지 않는 차단벽이 올라가고 있었다.

침묵이 흐르고 민우에게서 더 이상 심문은 의미가 없다고 판단하였는지, "이쯤에서 마치죠. 틀린 곳이 있으면 말씀하세요." 장 형사는 바로 프린트하여 민우에게 건네주면서 담배를 집어 들며 밖으로 나갔다.

민우는 조사서를 읽고 있었지만, 눈이 침침하여 제대로 읽을 수가 없었다. 언제부터인가 노안이 왔다. 누구보다 시력은 좋다고 생각했는데 세월을 이길 수는 없는 것 같았다. 더군다나 구속된 후 불안정한 마음과 상황은 민우의 마음과 눈의 판단을 더욱 흐리게 만들어버렸다. 민우는 권력자들처럼 자세히 읽을 시간을 달라고 할 용기가 없었다. 대충 조서 내용이 틀린 데가 없는 것 같아 엄지손가락으로 날인했다. 장 형사는 조사서를 마무리했다.

"여기는 유치장이 없어 옆 동네 경찰서로 가야 합니다."

인천중부서에는 유치장이 없다며 장 형사는 민우를 태우고 왔던 SUV 자동차로 그리 멀지 않은 미추홀경찰서 유치장으로 송치하였다. 이날은 한국 배우 역사상 윤여정이 〈미나리〉로 첫 오스카상을 받는 날이었다. 그날 민우는 난생처음 경찰서 유치장에 갇히고 말았다.

영장실질심사

4월 28일

오후 2시경 민우를 취조하였던 중부서의 장 형사와 김 형사가 유치장으로 다시 왔다. 흰색 포승줄과 수갑을 다시 채우면서 물었다.

"어디로 가는지 아십니까?"

장 형사는 어제 조사를 하면서 민우의 안타까운 사연을 이해하고 있었지만, 조서는 구속을 전제로 작성하였던 터라 따뜻한 말로 건넸다.

"어젯밤 긴장하여 한숨도 자지 못하였습니다."

민우는 구속 이후의 심정을 담담하게 말하였다.

"아마 그럴 겁니다."

"법원 판사님에게 가는 거예요. 가서 말씀 잘 드리세요."

민우를 실은 SUV는 신호까지 잘 받으면서 쏜살같이 달리더니 잠시 후 인천지방법원에 도착하였다. 예전에 대전 사는 놈과 민사 건으로 다투었던 인천지방법원인데, 이제는 형사 재판의 피의자 신분으로 오다니. 참 인생이란 알 수 없는 거였다. 그 당시 1심에서 패소하고 2심에서 겨우 승소한 법원은 생각만 해도 지긋지긋하던 곳이었는데, 영장실질심사 대기실은 입구에 많은 사람이 실질심사와 함께 코로나19 검사를 받으려 무척 붐비고 있었다. 그들은 인천 지역에서 범죄를 저지르고 구속되어 영장실질심사를 받기 위해 여기 모여 있는 것이다.

그들 틈에 민우 역시 눈물이 핑 돌 정도로 코끝을 쿡 찌르는 코로나19 검사를 마치고 마스크를 착용한 채 영장실질심사 대기석으로 들어가 앉았다. 그곳에는 먼저 와 있는 대부분의 피의자가 하나같이 저마다 자랑하듯 온몸에 문신을 드러내 놓고 있었다. 젊은 애들은 열에 아홉 이상이 문신을 한 것에 대하여 그저 놀라울 뿐이다. 그중 용 무늬를 온몸에 휘감은 덩치 좋은 한 젊은이가 민우와 눈이 마주쳤다. 민우는 그 젊은이를 보면서 생각했다.

'이놈은 분명 조폭일 거야.'

그 젊은이의 커다란 덩치와 용 무늬는 상대를 압도할 것이 틀림없었다. 그 젊은이는 어디선가 민우를 본 듯한 표정으로 고개를 갸웃하였다. 민우는 젊은이의 눈길이 어색하여, 아니 그의 눈이 마주치는 것이 불편하여 눈을 다른 곳으로 돌렸다.

잠시 후 민우는 선택하지도 않은 변호사가 국선 변호사라며 자기소개를 하였다. 사십 대 중후반 정도로 보이는데 유독 검은 안경테가 잘 어울려 보였다. 구속영장이 청구되고 영장실질심사 절차에 회부된 피의자들에게 선임 능력이 없을 경우에는 국선 변호사가 선임되는 것이다.

"보이스피싱은 보통 1년 6개월 사는데, 합의 보면 집행유예로 나갈 수 있어요."

변호사는 아주 일상적인 말투로 빠르게 말하면서 이름, 나이 등 기초 정보만 확인한 후 바로 열린 재판정에서 내 옆에 앉아 판사의 말에 주목하였다. 막냇동생뻘 되는 판사는 너그러운 표정으로 "일어나십시오. 직업은요?" 하며 물었다. 경찰 조사에서는 사실 자식들에게 금전적 피해가 갈까 봐 돈도 없고 가난하고 무직이라고 하였는데, 지금은 신원이 확실해야만 구속을 면할 수 있다는 생각이 들었다.

"개인 사업을 하고 있습니다만, 코로나19로 인하여 어렵습니다."

"주소는요?"

"서울 마포구 염리동입니다."

"번지는요?"

"55번지입니다."

"마지막으로 하실 말씀하십시오."

조금 전 형사와 같이 오는 도중에 차 안에서 판사에게 할 말을 대충 생각은 하였지만, 막상 판사 앞에 서 있으니 무슨 말을 해야 할지 떠오르지 않았다.

"모든 범죄 사실에 대하여 인정합니다. 하지만 진정 모르고 하였습니다. 피해자분들에게는 정말 죄송합니다. 모든 사건은 카톡으로 이루어졌기 때문에 핸드폰에 사실 내용이 다 있습니다. 핸드폰은 조사관이 조사 중이고 그 조사관에게 성실히 답하였습니다."

아들과 딸이 건실한 기업에 다니고 있고 주거와 신분이 분명하고 도주 위험이 없다는 것과 아내 역시 항공사에 오랫동안 근무를 하고 있기에 신분 역시 확실하다는 말을 하고 싶었지만 생각뿐이었다.

"이따 자료를 다 읽어 보고 판단할 겁니다."

그러면서 판사는 구속 적부심 제도에 대하여 알려 주었다. 변호사에게 묻고 싶은 게 있었지만, 재판정을 나오자 변호사는 무엇이 바쁜지 민우 눈앞에서 순식간에 사라져 버렸다. 조금 전 타고 왔던 담당 형사의 SUV에 힘없이 올라탔다. 장 형사는 능수한 운전 솜씨로 미추홀 경찰서 건물 뒤편 주차장 라인에 한 치의 오차도 없이 한 번에 주차하였다. 장 형사를 따라 뒷문으로 들어가니 미추홀 경찰서의 형사 몇 명이 하던 일을 멈추고 김민우를 바라보았다. 민우는 형사들의 시선에 창피하였지만 그들의 시선을 무시하고 유치장 안으로 들어갔다. 유치장은 일반 문과 다르게 안에서 열어야만 들어갈 수 있는 구조였으며 들어가자마자 유치장 경찰 경사와 장 형사가 포승줄과 수갑을 풀어 주었다. 조금 전 유치장에 도착하기 전, 차 안에서 장 형사는 다시 한번 강조했다.

"오늘 불구속 명령이 떨어지면 제가 8시 전까지 올 것이고 아니면 내일 올 겁니다."

그의 말은 저승사자가 말하는 것처럼 들렸다. 그러면서 장 형사는 "편히 쉬십시오." 짧은 한마디만 남기고 가 버렸다. 이제 민우의 운명은 판사에게 달려 있었다. 유치장으로 되돌아온 민우는 이제야 유치장의 구조가 눈에 들어오기 시작했다. 한 방은 3~4평 정도의 공간이었는데 3개 정도의 방이 붙어 있고 독방 같은 작은 방이 하나 있었다. 그리고 그 옆에 샤워실이 있었는데 민우는 번호가 5라고 쓰인 5호실로 들어갔다.

5호실 벽은 푸른 초원에 무지개를 뒤로하고 아이들이 뛰어노는 벽화가 평화로운 그림으로 자리 잡고 있었다. 색깔만 다르지 어제 잘 때 덮었던 하늘색 군용 담요를 그 옛날 군 시절처럼 접어 벽에 붙이고, 그 위에 기대어 앉으며 보이지 않는 하늘을 보려고 창문을 바라보았다.

유치장에는 영화배우 노주현을 닮은 잘생긴 젊은 친구가 민우를 보더니 "어디 갔다 오시는 거예요?" 인사를 하였다. 민우는 한숨 소리로 답을 대신하였다. "법원 판사님한테 갔다 오는 거예요?" 다시 묻는다. 민우는 귀찮은 표정으로 고개만 끄떡였다. 그러면서 철창 맞은편 건너 벽에 걸려 있는 동그란 벽시계를 바라보았다. 오후 5시였다. 8시까지는 3시간 남았다.

잠시 후 저녁 시간이 되자 식사가 왔는데 근처 식당에서 배달된 것 같았다. 밥과 국, 반찬이 그리 나쁘지 않아 보였지만 입맛이 없었다. 우리 같은 범죄자에게 이런 맛있는 식사를 공짜로 제공하다니 놀라웠다. 갈 곳 없는 노숙자라면 뭐라도 하나 훔치고 차라리 이곳에 들어와 있는 게 좋을 듯하였다. 이곳 유치장 식사는 경찰 직원들도 자주 이용하는 식당이라서 맛은 보장된 것 같았다.

바로 옆에 있는 화장실은 반 정도 밖에서 보이는 수세식인데 아마 극단적인 생각을 하는 사람 때문에 이런 구조의 화장실로 만든 것 같았다. 생각보다 깨끗하였다. 오른쪽에 있는 작은 버튼을 누르면 물이 나오는 것도 모르고 그 버튼을 찾지 못하고 한참 헤매다 겨우 눌렀다. 젊은이에게 물어보고 싶었지만 처음 보는 사람과 말을 섞고 싶지 않았다. 양치질과 세수를 하고 칫솔은 종이컵 위에 걸치고 한쪽 구석으로 밀어 놓았다. 저녁을 먹고 나니 벌써 6시가 되었다. 아직 8시까지는 2시간 정도 더 있어야 했다. 누군가 시곗바늘을 붙잡고 있는지 너무나 더디게 가고 있었다. 너무 느리게 가는 시간을 달래려 처음으로 민우는 5호실 남자에게 질문하였다.

"어떤 일로 오셨어요?"

"저는 컴퓨터 게임머니 사기 담당자였어요. 저는 직원이고 우리 직원 3명이 함께 들어왔는데 2명은 풀려나고 저만 여기 있어요."

구속된 직원 중에 혼자만 구속된 것에 대하여 억울해하는 게 분명하였다.

"돈은 벌었나요?"

"저는 직원이민 사장은 벌었어요."

"얼마나?"

"한 500억 이상이에요."

"뭐, 500억?"

민우는 이 젊은이가 뻥이 심하다고 생각하였다. 아니 500억이라니, 불법 도박으로 500억이라니! 스포츠 도박에 관해 관심이 없던 민우로서는 믿기 어려웠다.

"그래서 우리 변호사 비용을 사장이 다 대 주고 있어요."

"아, 그래요? 근데 스포츠 도박이 정확히 뭐예요?"

민우는 짐작만 하고 있던 스포츠 도박에 대하여 알고 싶어졌다.

"아! 스포츠 도박은~ 혹시 '스포츠토토' 아세요?"

"알지만 해 본 적이 없어서…"

"개발자를 통해 사설 사이트를 만들어 배당을 1.2~1.6 정도로 조작하는 거예요."

"돈은 어떻게 벌어요?"

"신고가 들어올 것에 대비하여 우리가 통장을 10개 이상 확보한 다음, 배팅하는 사람들에게 통장 계좌를 주고 그리로 돈을 받아요."

"실명으로 통장 만들기가 어려울 텐데 통장을 어떻게 만들죠?"

"노숙자 등 돈이 필요한 사람들에게 대포 통장 하나에 월 200만 원을 주고 사는 거예요. 가끔 쩜바리나 국밥들이 적은 돈으로 배당을 잘 타 가는 경우가 있어요."

"그럼 손해가 크잖아."

"그런 애들한테는 그만하라고 경고해요. 아니면 그런 애들이 빠꼼이라서 다른 사이트에 가는 대로 우리도 따라 배팅을 하기도 해요, 하하! 그리고 가끔 잃은 돈을 돌려 달라는 또라이들도 있어요."

"그럼 어떻게 하죠?"

"돈 안 주면 신고한다는 놈들도 있고요, 엄마 병원비라며 울면서 연극하는 놈들도 있어요. 그러면 마지막이라면서 충전을 조금 해 줘요. 그 충전하라는 것은 현금화해서 찾아 쓰라고 준 건데 대부분 다시 배팅해서 날려요. 사이트 개발자 수입이 제일 괜찮은 것 같아요. 그놈들은 잘 잡히지도 않고 개발자 1개 사이트에 천만 원씩 10개면 1억씩 그리고 관리비 명목으로 이곳저곳 사이트 만들어 주고…. 하여간 그놈들부터 잡아야 해요. 사이트 몇 개만 운영하면 수백억 원은 금방이에요."

민우는 그 젊은이의 말에 일리가 있다는 생각이 들었다. IT 계통에 종사하였던 민우는 진작 '어려운 교육계가 아닌 도박 쪽으로 눈을 돌렸어야 하는데!' 하면서 말도 안 되는 후회를 해 보았다.

구속영장

돈이라는 건 참 알다가도 모르는 것이다. 도박이라는 것은 마약과 함께 리스크가 큰 만큼 수익이 큰 것이다. 뉴스에 가끔 땅에 묻어둔 돈이 발견되었다고 하는데 그 돈이 아마 마약이나 불법 도박으로 번 돈일 거라는 생각을 했는데 사실인 것 같았다. 젊은이는 누군가와 대화를 하고 싶어 안달이 난 사람처럼 민우에게 계속 말을 걸어왔다.

"근데, 현행법이세요?"

젊은이는 민우가 어떻게 잡혔는지가 궁금한 것 같았다.

"네."

"저는요, 우리 사장이 성남에 이층집 2개를 얻었어요. 형사들이 닥칠 때를 대비하여 항상 문을 잠그고 있다가 만약 현관문을 따고 들어오면 그때 창문으로 튈 준비를 하고 있었거든요. 그날은 형사들이 옆집을 먼저 털었는데, 그 집이 사장이 있는 집이었어요. 사장과 같이 있었던 놈이 우리 집 비밀번호를 알려 주는 바람에 욕실에서 샤워하던 나는 바로 잡히고, 옆방에서 컴퓨터 모니터를 보고 있었던 놈은 창문을 통해 튈었어요. 한 놈을 놓쳤다고 형사가 열 받았나 봐요. 저한테 그놈 행선을 묻는데 저도 아는 게 없었거든요. 그래서 저는 그 형사에게 미운털이 박혀 구속된 것 같아요."

이 젊은 친구가 하는 말은 사실 같았다. 이해관계가 전혀 없는 민우에게 거짓말을 할 필요는 없다고 생각했다.

"사장도 같이 구속되었는데 저는 초범이민 사장이 시키는 대로 한 직원이기 때문에 집행유예로 나갈 거라고 변호사가 얘기했어요."

그러면서 스포츠 도박 500억 정도는 많이 살아봤자 3년이라는 그 젊은 이의 말에, 민우는 단돈 백만 원을 벌자고 이 유치장에 구속되어 최소 1년 6개월을 살아야 하는데 이건 세상이 너무 불공평해도 너무 한다는 생각에 속이 쓰라렸다. 진작에 스포츠 도박이나 컴퓨터 게임머니나 배울 걸, 민우는 헛웃음이 자신도 모르게 나왔다. 그 정도의 돈이라면 3년 정도는 살아 볼 만한 가치가 있겠다는 생각이 들었다.

우리나라 법은 죄의 종류와 무게에 비해 형량이 너무 고무줄 형량인 게 문제인 것 같았다. 옛날 싱가포르 출장 때 비행기에서 나눠 준 싱가포르 입국 카드에 쓰여 있던 '마약을 하면 사형'이라는 강력한 문구가 생각이 났다. 그 당시 사회악인 이런 마약이나 도박은 강력한 법으로 다스려야 한다고 생각을 했었는데, 이제는 민우 자신이 사회악의 피의자가 되어 있고 그 죄를 용서해 달라고 빌고 있었다. 다른 두 친구는 불구속되었는데 자신만 구속이 되었다며 불구속된 동료보다는 자기는 한 일이 별로 없었는데 자신이 구속된 것에 대하여 형사와 검사를 원망하고 있었다.

"저 여기 있으면 안 돼요. 빨리 나가야 해요."

젊은 사람은 급히 나가야 할 그 무슨 이유가 있는 사람처럼 몇 번이고 간절하게 민우에게 말하였다. 마치 민우에게 석방 권한이 있는 것처럼. 빨리 나가야 한다는 젊은이에게 혹시 엄마 환갑날이 다가온 거 아니냐 묻고 싶었지만 그만두었다.

"사설 변호사예요?"

젊은이는 민우 변호사가 국선인지 사설인지 계속하여 말을 걸어왔다.

"네, 국선이에요."

민우는 싫은 표정으로 대답했다.

"우리 변호사는 구속적부심은 거의 안 된다고, 할 필요가 없다고 그래요."

"아! 그래요."

민우는 젊은이가 하는 말을 들으며 초조하게 벽시계를 다시 바라보았다. 느리게 가던 시곗바늘은 갑자기 매우 큰 소리를 내며 빠르게 지나가고 있었다. 7시 55분을 지나 어느덧 시곗바늘이 8시를 살짝 넘어가고 있었다. 민우는 심장이 오랜만에 요동치는 것을 느끼고 있었다. 8시까지 형사가 오지 않는 이유를 알고 싶었지만, 유치장에서 민우가 할 수 있는 것은 아무것도 없었다.

구속적부심사란 피의자의 구속이 과연 합당한지를 법원이 다시 판단하는 절차로서, 국민 누구나 수사 기관으로부터 구속을 당하였을 때 관할 법원에 구속적부심사를 청구할 수 있다. 이 젊은이의 말뜻은 한번 내려진 판사의 판결에 정당하고 합당한 이유가 없는 한, 구속적부심이 받아들여지긴 매우 어렵다는 뜻이었다. 그래도 민우는 가능성이 0.1%만 있다고 하더라도 청구하고 싶었다.

'만약 지금 나갈 수만 있다면 가족들을 위해 남은 인생을 바칠 테니 어머니, 아버지, 저를 도와주세요.'

민우는 오래전에 돌아가신 어머니와 아버지의 영혼을 다시 불러들여 마음속으로 간절하게 기도드리고 있었다.

이제 시곗바늘은 KTX보다 더 빠르게 8시 30분을 지나 질주하고 있었다. 여기 오기 전 SUV 차 안에서 김 형사가 한 말은 8시까지 자기가 오면 불구속이 떨어진 것이고 만약 오지 않는다면 못 나가는 것이라 분명히 얘기하였기에 8시 반이란 시간은 이제 모든 것을 단념해야 하는 절망적인 시간을 뜻하는 것이었다.

"아까 판사는 긍정적인 표정을 지었던 것 같았는데 그게 아닌가?"

여기서 민우가 할 수 있는 건 기도밖에 없었다. 교회도 다니지 않는 민우는 하나님을 부처님을 찾고 공자 맹자 님까지 찾고 있었다.

"하나님, 불구속 상태에서 성실히 재판을 받을 수 있도록 해 주십시오."

아까 판사에게 조금 더 적극적으로 말하지 않은 민우는 자신을 한심하게 질타를 하고 있었다. 벽에 기대어 앉아 있던 민우는 자신도 모르게 뒷머리를 벽에 두 번 세게 박았다. 죽고 싶었다. 한심한 자기 자신을 죽이고 싶었지만 다른 한편으로는 기적을 바라고 있었다. 비겁한 놈! 죽을 용기도 없는 놈이 무슨 염치로 인생을 살려 하는가. 민우는 항상 최선을 다하지 않은 자신을 질타하고 있었다. 항상 0.2%가 부족했지. 나 자신에게조차 솔직하지 않았단 말이다. 최선을 다한 것처럼 위선적으로 살아온 나의 가증스러웠던 인생들. 민우는 자기 자신에게조차 진실하지 않은 자신을 마음껏 비난하고 있었다.

아마 조금 늦게 출발하였을 거야. 민우는 나름대로 자신에게 유리한 생각을 해 보았다. '경찰서에서 보니까 일이 산더미같이 많은 것 같았는데 조금 늦게 출발했겠지.' 민우는 아직도 김 형사가 온다는 시간에 대하여 미련을 버리지 못하고 있었다.

'정말 구속영장이 발부되면 어떻게 되는 거지?' 생각하고 싶지 않은 일들이 민우 앞에 벌어지고 있었다. 그제야 현재 벌어지고 있는 일들이 벽에 박은 민우 머리의 통증과 함께 두려움으로 살아나기 시작하였다. 이제 민우의 시선은 벽시계에 고정되어 있었다. 9시가 넘어가고 있었다. 누군가 시계 뒤에서 바늘을 돌리는 듯 시간은 빠르게 지나고 있었다. 아, 아! 이제는 받아들여야 하나? 아니, 받아들여야 한다. 오전에 잠깐 만난 국선 변호사 말대로 1년 6개월 정도 살 각오를 하든가 아니면 피해자분들과 적당한 금액으로 합의를 보고 집행유예로 나가는 방법을 찾아야 한다. 그렇지만 돈은 또 어디서 난단 말인가? 오늘따라 밤이 너무 고통스러웠다. 하지만 끝내 오지 않는 김 형사에 대한 미련을 버리지 못하고 기적처럼 내 앞에 나타날 거라는 기대와 함께 이 밤을 기다리고 있었다.

4월 29일

피의자 성명: 김민우

주민번호: ○○○○○○-○○○○○○○

직업: 무직

주거: 서울 마포구 염리동

전화번호: 010-○○○○-○○○○

이것은 민우가 이 세상 대한민국에서, 아니 이 우주에서 사는 과거와 현재 그리고 미래에서도 같을 수밖에 없는 아이덴티티다. 구속영장 서류 한 장으로 결국 민우는 구속이 되었고 이제는 자기 맘대로 집에 갈 수 없게 되었다. 민우가 구속된 이유에 대하여 판사는 경찰의 조서 내용을 그대로 인용하여 구속영장을 발부하였다.

"내가 경찰을 믿은 게 잘못이지."

민우는 자신이 저지른 일 때문에 구속되었는데 형사를 원망하고 있었다.

범죄 사실 및 구속을 필요로 하는 사유

범죄 사실: 피의자는 실제로는 대출을 실행해 줄 의사나 능력이 없음에도 금융기관을 사칭하여 피해자를 상대로 현금을 편취하는 전기통신금융사기(보이스피싱) 조직 상선의 지시를 받고 피해자로부터 현금을 교부받아 같은 조직의 입금책에게 전달하는 역할을 하는 현금 수거책이다.

민우는 보이스피싱에 속아 현금을 전달한 것은 맞지만, 실제로는 '대출을 실행해 줄 의사나 능력이 없음에도 금융기관을 사칭하여 피해자를 상대로 현금을 편취하는' 짓은 보이스피싱 놈들이 벌인 일인데 자신이 다 뒤집어쓴다고 생각하니 억울하고 끔찍하였다.

그 아래는 자신이 보이스피싱의 지시에 따라 일주일 동안 돈을 수거한 범죄 일람표와 비록 피의자는 정상적인 채권추심 내지 심부름인 줄 알았고 심부름이 이상하다는 생각을 하였으나 불법인 줄은 몰랐다고 주장하지만, 자신의 업무 지시자에게 대면 및 실체를 확인하지 않았고 기타 김우석과 통화에서 그런 방식의 채권추심은 없었다는 식의 내용으로 피의자가 일하는 절차의 허점을 제시하며 경고하였음에도 이를 묵인하였던 점, 발각되지 않았다면 한 달가량 더 일했을 것이라는 진술이 적혀 있었다.

민우는 문득 장 형사에게 '내가 하는 일이 보이스피싱인 줄 몰랐기에 발각되지 않았다면 한 달가량 더 했을 것이다.'라고 했던 일을 떠올렸다. 그들은 민우를 구속시키기 위해 달리 해석한 것이다. 만약, 민우가 장 형사와 관련이 있는 사람이었다면 "김민우 씨는 보이스피싱인 줄 몰랐기에 발각되지 않았다면 아마 한 달가량 더 했을 거라고 대답함."이라고 적었을지도 모를 일이다.

불구속 수사하여 결국 자신의 주장이 받아들여지지 않고 궁지에 몰리게 되면 언제든지 전국을 떠도는 등 도주하거나 급기야 극단적 선택을 할 가능성과 어디에 있는지 알 수도 없는 상선과 접촉하여 수사 상황을 알려 입을 맞추는 등 증거 인멸할 가능성 또한 전혀 배제할 수 없으며, 피의자는 고령으로 다른 일을 새로이 시작하기 어렵고 구인 활동 중 현실의 벽이라는 장벽에 부딪혀 재범할 가능성이 크다는 이유로 구속영장이 발부되었다.

김우석의 통화 내역과 한 달가량 더 일했을 것이라는 말은 보이스피싱임을 알았다면 그만두거나 아예 하지 않았을 것이라는 진술 내용은 없고, 발각되지 않았다면 한 달가량 더 일했을 것이라는 진술은 민우를 구속하기 위해 해석을 달리 하였던 것이다. 당시 경기도에 있는 학교에 비대면 원어민 수업을 2021년 7월부터 시행 예정이었다는 것과 김우석과의 통화 내역은 전체를 다 들어봐야 문맥을 이해할 수 있는데, 일주일 하다 문제가 있는 곳이면(여기서 문제라는 것은 일을 시키는 가짜 김태영 법무사가 수당을 제대로 주지 않았을 경우를 말하는 것) 그만두면 되지 않느냐고 해서 한번 해 보라는 취지로 김우석 씨가 말한 것인데, 경찰이 민우를 구속시키기 위해 달리 해석한 것이었다. 그렇게 민우는 구속이 되고 집에 갈 수 없게 되었다.

유치장에서 만난 사람

4월 30일

사월의 마지막 날 오전 11시. 민우는 모든 것을 포기하고 유치장 벽에 기대어 앉아 있었다.

"김민우 씨, 면회요. 아들입니다."

유치장 순경이 알려 주었다. 아들이 왔다는 말에 조용히 일어나 철문 앞에 섰다. 덜커덩 소리와 함께 철문이 열리고 면회실로 걸어갔다. 유치장 면회실은 철문 대각선 오른쪽에 있었다. 면회실로 들어가면 감시를 하는 건지 모르지만 여순경이 앉아 볼펜으로 무언가를 열심히 적고 있었다. 그 옆 작은 유리 칸막이 사이 너머로 아들이 앉아서 민우를 기다리고 있었다.

지난번 중부경찰서에 면회 왔을 때 친구인 박 변호사를 만나 인사드리고 상의를 해 보라고 했는데 만나봤는지 궁금하였다. "박 변호사는 만나 봤니?" 아들은 대답 대신 "아빠, 어때?" 민우의 상태부터 살피고 있었다.

"솔직히 힘들다."

힘든 내색을 하고 싶지는 않았지만, 언제 나왔는지도 모르게 새어나온 말이다. 그제야 아들이 운을 떼기 시작하였다.

"박 변호사님에게 다른 형사사건 전담 변호사를 소개를 받는 것은 아닌 것 같아."

"왜?"

"당장 나오게 해 주는 데 1억을 달라고 해."

"뭐? 이런, 개새끼!"

민우는 자신도 모르게 욕부터 했다.

"아마, 아빠가 상황을 얘기하지 않았기 때문에 아빠가 아직도 사업을 잘 하고 있는 줄 알고 그런 것 같아요."

"그럼 하지 마라."

"차라리 아빠 후배 삼촌을 통하여 부천 법원 앞에 인천 지역 판사 출신 변호사를 소개받는 게 좋을 것 같아요. 아무래도 전관예우라는 게 있을 테 니 그편이 좋을 것 같네요."

민우는 아들의 얼굴에 어두운 표정을 발견하고 자신의 사건이 쉽지 않 음을 느낄 수 있었다. 아들이 가고 난 다음 민우는 괜한 얘기를 한 것 같아 마음이 불편하였다. 하지만 핸드폰도 없고 달리 연락할 방법이 없으니 더 욱 답답하기만 하였다. 이제 언제 올지 모르는 아들의 다음 면회를 속절없 이 기다려야만 한다.

새벽 2시 30분, "쾅" 하고 부서질 듯한 철문 소리와 함께 고성이 새벽 공 기를 가르고 지나갔다.

"내 죄목이 뭔데? 미란다도 없이 왜 날 끌고 온 거야?"

작고 깡마른 사람이 전라도 사투리로 형사인 듯한 사람에게 따지듯 몸 부림치고 있었다. 그는 형사의 손에 이끌려 술에 취해 비틀거리며 계속 소 리를 질러댔다.

"무슨 죄목이냐고!?"

거칠게 항의하는 남자의 고성에 형사는 10분 정도 달래다 견디지 못하고 다시 밖으로 데리고 나갔다. 깡마른 남자는 가뜩이나 심란한 새벽 유치장을 뒤흔들어 놓고 나갔다.

이곳에 내리는 4월의 마지막 봄비는 봄비치고 매우 요란하게 민우의 절박한 심정까지 두드리고 있었다. 비를 좋아하는 민우는 밖에 있었다면 김치전에다 막걸리를 한잔하였을 것이다. 빗소리가 잦아들자 아주 작은 클래식 음악이 저 멀리서 들리고 있었다. 슈베르트의 〈세레나데〉다. 귀가 쫑긋해졌다. 이 곡은 민우가 잘 알고 있는 음악이었다. 영화 〈남아 있는 나날(The remains of the day)〉의 주제곡이다. 주인공인 앤소니 홉킨스와 엠마 톰슨이 펼치는 이 영화는 인생의 황혼에 비로소 깨달은 삶의 가치와 잃어버린 사랑에 대한 허무 그리고 자신을 희생하면서까지 지켜야 했던 집사의 직업정신, 그것 때문에 외면할 수밖에 없었던 사랑하는 사람에 대한 이야기다.

절제된 앤소니 홉킨스와 엠마 톰슨의 연기가 희미하게 눈앞에 왔다가 사라져 갔다. 이곳을 다시 나간다면 꼭 다시 보고 싶은 영화다. 어찌 보면 민우의 인생은 앤소니 홉킨스처럼 사랑을 가슴으로 죽이며 살아온 인생이었다. 민우 자신 혼자만이 세상의 고통과 아픔을 다 안고 그게 자신의 운명이라 여기며 살아온 것이다.

"나에게도 아직 남아 있는 날이 남아 있을까?"

민우는 그저 이곳에 있다는 사실이 슬프기만 하였다. 순간 봄비가 우박으로 변하며 요란한 울림으로 다가왔다가 사라져 간다. 5호실에 함께 있는 두 사람은 세상 걱정 하나 없이 모두 전생에 무슨 잠 하고 원수가 졌는지 입도 다물지 않고 잠만 자고 있었다. 민우는 세상 걱정을 다 던져 버리고 잠만 자는 그들이 부러웠다.

어제 5호실 점심시간에 새로 들어온 사람은 눈매가 조금은 날카로웠고 얼굴에 패인 깊은 주름은 세월에 많이 적응하며 살아온 듯하였다. 말투는 인천 말 씨인 것 같은데 마음은 착해 보였다. 점심 때 5호실로 세 사람분의 도시락이 들어왔다. 임 씨는 직사각형 베개를 집더니 2개를 붙였다.

"이게 밥상이에요."

직사각형 베개는 찜질방에서 쓰는 베개와 같은 모양인데 2개를 붙이니 그게 밥상이 된 것이다. 그 위에 신문지를 깔고 도시락과 일회용 수저를 세팅하였다. 나이 들어 보이는 임 씨는 한 수저 뜨면서 플라스틱 그릇에 담긴 어묵 국물을 한 모금 마시더니, " 씨발, 왜 이리 짠 거야." 하며 이내 수저를 던지듯 내려놓았다. 민우 역시 입맛은 없었지만, 꾸역꾸역 목구멍으로 집어넣었다.

유치장 5호실 전등은 책을 읽기에 그리 밝지 않았다. 아들이 면회 와서 넣어 준 단테의 《신곡》을 펼쳐 보았다. 나이 육십을 넘어 다시 보는 단테의 신곡은 현재의 자신을 다시 생각하게 만들고 있었다.

"무슨 일로 들어오셨어요?"

새로 들어온 임 씨가 관심을 표하였다. 민우는 그의 얼굴을 스치듯 쳐다보며 낮은 소리로 답했다.

"보이스피싱이요."

"찾는 거요? 전달이요?"

대답도 끝나기 전에 남자는 보이스피싱에 대해 잘 아는 것처럼 물어보았다. "보이스피싱은 나이 든 사람한테 잘 안 시키는데…." 하면서 혼잣말로 말꼬리를 내리면서, "그건 젊은 사람이 하는 거 아니에요?" 하면서 이상하다는 듯 고개를 갸웃거렸다. "선생님은 뭣 때문에?" 민우는 반대로 질문을 하였다. "저는요, 베트남에서 도박하다가요." 다시 말을 바꿔 히히~ 누런 이빨을 드러내며 웃더니, "사실은 뽕 때문에 왔습니다."라고 대답했다. 이 사람은 벽에 기대어 다리를 꼬고 누워 있는 폼이 이곳 유치장에는 여러 번 다녀간 경험이 있는 것 같아 보였다.

"이 방에 젊은 사람은 인터넷 도박 그리고 한 사람은 마약, 나는 보이스피싱. 우리는 모두 이 나라 3대 악으로 불리는 못된 짓만 하는 사람들만 다 모였네."

그 얘기를 듣자마자 모두 반성 없는 표정으로 허탈하게 웃었다. 여기 두 사람은 본인들이 나쁜 짓인 줄 알고 죄를 저지른 것이다. 하지만 민우는 모르고 한 짓이다. 이 사람들에게 나는 모르고 보이스피싱을 하였다면 이들이 믿을까? 오히려 '이런 멍청한 놈, 어떻게 모르고 할 수가 있어?'라고 무시당할 것 같아 입을 닫았다. '그래, 매사가 분명하질 못했어.' 민우는 자신을 비난하며 정말 병신 같다는 생각이 들었다. 그리고는 피곤하여 눈꺼풀이 무거워지고 있었다.

민우는 어느 날 깊은 숲속에서 길을 잃고 헤매는 자신을 발견한 것이다. 그때 민우 앞에 나타난 것은 욕망을 상징하는 커다란 표범과 권력을 상징하는 사자가 나타나 잡아먹을 듯 달려드는데, 놀란 민우는 도망가기도 전에 재물을 상징하는 늑대까지 나타나자 다급하게 하느님에게 구원의 기도를 올렸다. 그러자 저 멀리서 사람인지 귀신인지 모르는 하얀 물체가 보이자 민우는 겁먹은 표정으로 소리를 질렀다.

"네가 사람이면 나를 구하고 귀신이면 물러가거라!"

그러고는 민우는 식은땀을 흘리며 깨어났다. 민우는 꿈속에서 단테가 《신곡》에서 꾼 꿈을 다시 꾸고 있었던 것이다. 단테가 35살에 피렌체 최고의 자리인 프리오리[1]라는 자리까지 올랐을 때, "나는 한때는 사람이었지만 지금은 아니다."라고 했다. 그가 바로 단테의 스승 베르길리우스였다. 베르길리우스는 단테에게 이렇게 말했다.

"네가 이 숲에서 벗어나고자 한다면 너의 길을 돌려야 한다."

그러니까 네가 살고자 한다면 방향을 틀어야 한다는 것이었다. 민우는 방향을 돌리고 싶었지만 어떻게 돌려야 할지를 모르고 있었다. 문득 하늘이 보고 싶어졌다. 살며시 고개를 들어보았다. 하늘은 없고 하얀 페인트칠을 한 천장만이 있을 뿐이었다. 그래, 이곳은 유치장이었던 것이다.

---

1) 프리오리(Priori): 이탈리아 피렌체시의 공동 시장(市長)

국선 변호사

　어제 유치장 5호실로 들어온 사람의 나이는 62년생으로 올해 육십이고 성은 임 씨라고 자기소개를 하였다.

　"요즘 나이 육십은 아직 한창이에요. 빠른 산업화로 평균 수명과 기대 수명이 급격히 늘어났지만, 우리 세대를 노인으로 부르기는 어렵고 그렇다고 장년 취급하기도 이상한 나이지요. 과거 2~30년 전만 하더라도 나이 육십이면 뒷방 늙은이라 불렀는데, 지금 우리 나이는 뒷방으로 물러나기에는 아직 힘이 넘치거든요."

　"네, 맞아요."

　민우는 임 씨 말에 동의하였다.

　"사회는 변하고 있는데 현실은 변하지 않고 있어요. 계속 일을 하고 싶어 하지만 나이 때문에 일자리 제약이 많아요."

　나이 든 사람이 일자리를 찾는다는 것이 만만치 않은 게 현실이었다.

　" 사장님, 읊어 봐요."

　임 씨는 민우에게 주문하였다.

　"뭘!"

　"무슨 죄인지 자세히 말 좀 해 보란 말이에요. 어서요!"

　임 씨는 자기 말귀를 못 알아듣는다고 민우를 답답해하였다. 민우가 그제야 "죄명, 사기 방조죄. 피해 금액, 1억 5,000만 원. 범행, 일주일." 범죄 자기 범죄 진술하듯 말하였다.

"한 1년에서 2년은 살아야겠군."

임 씨는 아주 심플하게 판사처럼 형을 내렸다.

"초범이니까 합의만 된다면 집유로 나갈 수도 있어요."

어제 판사에게 실질심사를 받았을 때 처음 본 국선 변호사가 나에게 말했던 보이스피싱은 보통 1년은 살아야 한다며 합의 보면 집행유예로 나갈 수 있다는 얘기를 하였는데, 임 씨의 생각과 얼추 맞는 것 같아 민우는 속으로 놀라며 미소를 지었다.

"실질 때 국선이 아니라 사설을 썼으면 좋았을 텐데."

임 씨는 아쉬워했다.

"잘 아시잖아요. 국선은 별 의미 없다는 거."

사실 어제 국선 변호사는 형식적으로 기본적인 주소 직업 나이 같은 거만 물어보더니 판사 앞에 앉아 몇 줄 읽고 끝나는 게 전부였다. 애초부터 국선에게 고급 변호나 충분한 변호를 기대하지 않았었는데 우리는 변호사에 대한 몇 가지 착각을 가지고 있다. 그것은 아마 드라마나 영화에서처럼 변호사 배역을 맡은 배우의 훌륭한 연기에 현혹되어 내 사건도 마치 연기 자처럼 멋지게 변론해 줄 것이라고 기대하는 것이다. 하지만 현실은 그렇지 못하다. 다만 민우의 현재 경제 상황이 사설 변호사를 쓸 수 있는 입장이 아니었기에 민우의 상황을 잘 이해하고 내 사건에 대하여 최선을 다해 줄 수 있는 그런 국선 변호사를 만나기만을 바랄 뿐이었다.

"저는 1심까지만 변호를 맡습니다." 하고 국선 변호사가 떠났다고 말했더니 임 씨는 계속 말을 이어갔다.

"변호사는 조건부로 선임하세요. 만약 1,000만 원에 계약해서 성과가 없으면 돈만 날리니까 1차, 2차 협의를 따로 하여 석방되면 그때 돈을 주는 방법으로 하세요."

민우는 그의 말에 일리가 있다고 생각하였다.

"첫째 구속적부심, 둘째 기소유예, 셋째 보석, 넷째 집행유예, 다섯 번째 실형 순으로 그때그때 상황에 따라 계약을 달리하세요. 그리고 인천 법원 앞에 있는 종합법률사무소(로펌)를 찾아보세요. 거기는 보이스피싱이면 보이스피싱, 인터넷 도박이면 인터넷 도박 등 그것만 전문으로만 하는 변호사가 있으니 그 변호사를 만나 상의를 해 보는 것도 나쁘지 않아요. 사장님은 구속 중이니 가족이 먼저 알아보고 본인이 최종 결정만 하면 돼요."

임 씨는 많은 법률 지식을 가지고 있는 변호사처럼 민우에게 조언해 주었다. 한참 누워서 우리가 하는 얘기를 듣던 젊은이는 "우리 셋 중 제가 제일 먼저 나갈 수 있어요."라며 뜬금없는 말을 하였다. 자기 변호사는 자신이 초범이고 죄가 과하지 않아 집행유예 가능성이 크다며 빨리 재판을 받았으면 좋겠다고 했다.

"뭐 하다 들어왔는데?"

임 씨는 처음 본 젊은이에게 반말로 물어보았다.

"인터넷 도박이요."

"당신 역할은?"

"사장은 따로 있고, 저는 직원이에요."

"그러면 8개월."

임 씨는 또다시 판사처럼 선고하였다.

"그럼 날짜 계산은 체포 순간부터 하는 거죠?"

젊은이는 임 씨에게 물어보았다.

"그럼!"

"앞으로 재판까지 한 달 반에서 두 달 걸릴 거야."

"그럼 큰일이에요. 저는 재판만 받으면 집행유예로 금방 나갈 줄 알았는데…. 사실 아내가 임신 10개월이라 오늘내일해요. 저 아니면 돌봐 줄 가족도 없어요. 그래서 빨리 집에 가야 해요."

임 씨 말이 끝나자 그는 한숨을 크게 내 쉬었다. 그동안 한숨 소리가 컸던 이유를 이제야 민우는 알게 되었다.

5월 2일

아침 일찍 아내와 아들이 생각지도 않은 면회를 왔다. 민우는 아들을 보자마자 물었다.

"어제 국선 변호사 만났니?"

"응, 내가 만난 변호사 중 제일 괜찮은 사람 같아 보여."

아들은 서울 강남의 변호사들과 로펌 등 많은 변호사를 만나고 다녔지만, 하는 말이 똑같았고 결국은 선임 비용을 얼마나 낼 수 있는지에 대해서만 관심이 있을 뿐이었다고 말하였다.

"다만, 아빠를 담당한 국선 변호사를 만나고 난 다음, 이 사람이 그래도 진정성이 있어 보여서 누나와 같이 마음을 결정한 거야."

민우는 아들의 의견에 따르기로 했다. 또한, 민우의 슬픈 현실이 아들에게 있어 인생에 큰 도움이 될 것이다. 다양한 변호사들을 만남으로써 사건을 바라보는 그들의 다양한 생각과 대처 능력을 간접 경험할 수 있었을 것이다.

"국선 변호사가 피해자를 일일이 직접 만나러 다니면서 피해자분들에게 아빠가 오죽하면 보이스피싱을 했겠냐고 설득해 보겠대. 가난하고 돈이 없어서 가족을 버리다시피 한 사람인데, 그나마 시집간 딸이 어렵게 돈을 조금 준비하였으니 이거라도 받고 합의를 보시는 게 어떻냐고."

민우는 그 국선 변호사 말에 일리가 있다 여겼고, 아들의 판단이 맞다고 생각하였다.

"만약 사설 변호사를 쓰면 이 사람들이 돈깨나 있나 생각하여 합의가 쉽지 않을 거래. 비록 국선이지만 최선을 다할 것니까 믿어 달라더라. 그래서 누나하고 같이 이분을 믿어 보기로 했어."

"그래 잘했다."

지금의 민우로서는 그 말밖에 할 말이 없었다. 아내는 아무 말 없이 아들과의 대화만 조용히 듣고 있다 물었다.

"뭐 필요한 거 없어?"

"아직~"

면회 시간은 총알보다 빠르게 지나갔다. 아내와 아들을 보내고 난 다음, 민우는 다시 5호실로 돌아왔다.

"누가 왔어요? 무슨 얘기했어요?"

임 씨가 물었다.

"그냥~"

의미 없는 질문에 대답을 성의 없이 하자 임 씨는 갑자기 "부럽다, 부러워!"라며 소리를 질러댔다.

"나는 아내와 헤어져 가족이 없어요!"

험상궂은 얼굴에 칼자국 같은 상처가 있어 이미지가 더욱 강해 보이는 임 씨는 불쌍한 표정을 지어 보였다.

"자식은요?"

민우는 임 씨에게 가족이 있는지 궁금하였다.

"애들은 지 엄마가 데리고 갔어요. 서로 안 본 지 오래됐고요. 어찌 보면 이젠 가족도 아니죠. 저는 어려서부터 떠돌이 생활을 많이 했거든요."

"임 씨, 나는 뭐 나은 줄 알아? 나도 아무것도 아니야. 가족? 그 가족이라는 게 뭔데? 같이 살면 뭐해. 서로 눈도 마주친 지 오래됐고 대화 한번 한 지 오래됐는데. 차라리 없는 게 낫지. 그동안 아내랑 아들은 나 투명 인간 취급했어. 그런데 갑자기 이렇게 구속이 되니까 측은지심이 들어 찾아와 주는 거야. 나도 전에는 가족을 위해 정말 열심히 살았거든."

민우는 자기 생각을 임 씨에게 처량하게 말하고 있었다. 그렇게 말하는 순간 임 씨는 세상을 다 산 사람처럼 푸념했다.

"에이~ 이놈의 인천 바닥을 떠나야 하는데. 만나는 친구마다 다 '약' 하는 놈들 뿐이고, 그러니 맨날 이 모양이에요."

임 씨는 사회로 나가면 이젠 정말 인천 바닥을 떠나야겠다며 처음 만난 민우한테 다짐하고 있었다.

"임 씨, 마약은 어디서 사요?

"마약? 그거 쉽게 구할 수 있어요. 필요하면 얘기해요."

이놈이 마약을 약국에서 파는 것처럼 쉽게 말하는 것을 보니 우리나라 사회에 마약이 뿌리 깊게 자리 잡고 있음을 민우는 실감하였다. 싱가포르처럼 마약 하면 사형을 시켜야 없어지지 않을까 민우는 생각했다.

"근데 임 씨! 마약을 하면 증상이 어때요?"

"마약이요? 말도 마세요."

그는 손사래를 치더니 목소리를 낮추며 마약이 그리운 듯 침을 꿀꺽 삼키면서 말을 이어갔다.

"마약 하면 없던 힘도 생기고요. 연애할 때 느낌도 끝내줘요. 마약, 그거 입에 대는 순간 인생 끝난 거예요. 처음 유혹을 뿌리치지 못하면 영원히 악마의 늪에 빠지는 아주 무서운 거예요. 약 하는 순간 저처럼 돼요."

그는 민우에게는 절대 마약에 손도 대지 말라며 진심 어린 눈으로 말하고 있었다.

"처음 마약에 호기심을 갖는 사람에게는 그냥 맛보게 해요. 그러다 내 손에 맛을 보게 되면 나로부터 헤어날 수 없어요. 그다음부터 내 고객이 될 수밖에 없거든요. 그럼 그때부터 비싸게 파는 거예요. 자기한테서만 마약을 살 수밖에 없도록요."

"아니 요즘은 인터넷으로도 많이 살 수 있지 않나요?"

"그게 그렇게 쉽지 않아요."

"근데 모든 범죄는 처음이 어려운데 김 형은 처음 보이스피싱할 때 떨리지 않았어요?"

민우는 어떻게 대답을 해야 할지 임 씨의 표정을 살폈다.

"아니! 난 범죄인 줄 모르고 했으니까 그런 건 잘 모르겠고 다만 검거되는 순간 말로 표현할 수 없는 두려움을 느꼈어."

민우는 내가 신뢰하는 사람이 소개해 주었기에 전혀 의심하지 않았다며 변명을 하고 있었다.

"그래요. 모르고 할 수도 있지요, 하하~!"

임 씨의 웃음은 민우 말을 믿지 못하겠다는 표현인 것 같았다.

"저는 4개월째 수배 중이었는데 예전에 알던 여자애가 약을 하고 싶다고 하여 인천 길병원 앞에서 만나기로 해서 갔더니 이게 경찰에 다 불고서 날 유인한 거였어요. 그래서 형사들에게 바로 체포됐는데, 그때 그 여자애를 만나러 갈 때 느낌이 이상했거든요. 역시나 그 느낌은 빗나가지 않았어요. 그때 나가지 않았다면 잡히지 않았을 텐데, 내가 미쳤지!"

임 씨는 그때 나간 것을 후회하고 있는 것 같았다. 그러면서 임 씨는 말을 이어갔다.

"저는 많이 배우질 못했어요. 공부는 대게 부모님이 시켜 주는데 저는 어릴 때 부모가 가난해서 학교를 제대로 다니지 못했어요. 머리는 돈으로 배우고 인생은 눈으로 배운다!"

임 씨는 나름대로 인생 경험을 통해 얻은 철학을 그렇게 정의하여 민우에게 말했다. 임 씨가 경험한 철학을 전부 이해할 수는 없었지만, 과거에는 없는 집 아이들도 열심히 공부하면 상류로 갈 기회가 있었다. 그러나 요즘 시대에는 좋은 학교에 진학하거나 좋은 선생에게 과외를 받지 않고서는 좋은 학교에 갈 기회가 좀체 없다. 또한, 송도에 있는 사립 학교나 제주 등의 사립 학교 학비가 연간 수천만 원이나 하기에 가난한 집 아이들은 아예 꿈도 꿀 수 없는 시대가 돼 버렸다. 교육의 수준이 부모소득의 수준에 달려 있어 가난한 집 아이들은 양질의 교육을 기대할 수 없게 된 것이다. 이제 공부도 있는 집 아이들의 점유물이 되어 버렸다.

"강남의 과외비는 또 어떻고요. 지방의 돈 있는 아이들은 주말에 KTX를 타고 강남에서 유명 선생의 과외를 듣고 간다네요. 앞으로 빈부의 격차는 더욱 벌어질 것이고 이게 얼마 후에는 분명 여러 형태의 사회 문제로 나타나게 될 게 분명해요."

민우는 임 씨 말에 고개를 끄덕였다.

임 씨는 화제를 돌리려 아침 일찍 면회 왔던 아내와 아들이 부럽다며, 사모님은 어떤 분이냐며 아내에 대해 궁금해한다.

"우리 아이들이 은행은 안 믿어도 아내는 믿을 만큼 분명한 사람이에요."

민우는 팔불출처럼 아내 자랑을 시작하였다.

"사실 아내는 항공사에서 직원들을 교육하고 있는데 일이 많이 고되다면서도 수년 동안 지각 한번 하지 않은 성실한 여자예요."

여행 업계도 코로나19 팬데믹으로 인하여 위태롭고 아내의 회사 역시 거의 아사 직전 상황인 것 같았다. 항공 수요 부족으로 자동 폐지된 국내 항공사의 국내 및 국제 노선이 약 300개 정도인데 현행법은 일정 기간 운행이 중단되어 운행이 재개되지 않으면 노선이 폐지된다고 하였다. 아내와 진지한 대화는 없었지만 수백 명의 직원 중 상당한 인원이 감축되었고 계속 더 감축하는 상태인 것 같았다. 최소 인원으로 회사가 돌아가고 있는데 그중 살아남은 얼마 안 되는 인원에 아내가 포함되어 있으니 한편으로는 대단한 사람이란 생각이 들었다.

"선생님은 인상이 참 좋아요. 저는 강하게 생겼는데. 선생님은 그 덕에 사모님을 잘 만난 것 같아요. 자식들도 다 착한 거 보면 그래요."

"왜 그렇게 생각해요?"

"다 엄마를 보고 배우거든요. 여기서 면회실 소리 다 들려요. 그리고 나이 들면 다 보이잖아요."

민우는 임 씨가 자신을 부러워하는 모습을 보며 '부러워할 사람을 부러워해야지.' 하면서 허탈한 생각이 들었다. '나 같은 놈을 부러워하는 사람도 있구나.' 민우는 사람마다 자신들이 처해 있는 환경과 위치가 다 다르기에 임 씨는 자기보다 민우가 행복하다고 생각하는 것 같았다. 그것은 민우의 실상을 모르는 임 씨의 개인적 생각일 뿐이라 말하고 싶었지만 그만두었다. 그동안 민우 역시 주위는 대부분 자신보다 잘난 놈들뿐이라 그들과 비교하며 사는 게 어찌 보면 스트레스였다.

"아마 다음 주 월요일이나 화요일이면 구치소로 갈 거예요. 여기보다는 구치소가 낫고, 구치소보다는 교도소가 한층 나을 거예요. 구치소 가서 아는 교도관이 있으면 생활이 조금 더 편할 테니 찾아 보세요." 하며 한마디 더 조언을 해 주었다. 철문 앞에 놓인 TV에서 막걸리 마시는 장면이 나오자 임 씨는 입맛을 다시며 말했다.

"술은 막걸리가 최고지요. 그중, 소성주요. 에휴~ 잠을 자야 시간이 가지."

임 씨는 담요를 펴고 자리에 누웠다. 건너편에 앉아 있는 경찰들은 코로나19 백신을 접종해야 하나 말아야 하나 한참 논쟁 중이었다. 아마 백신을 국민에게 접종하기 전 공무원부터 접종하여 안정성을 입증하려 하는 것 같았다.

"야! 아스트라제네카 맞고 죽은 사람이 있다는데 꼭 맞아야 하냐?"

우리가 있는 유치장의 노(老)경찰이 옆에 있는 순경에게 한숨을 쉬며 물어본다. "부작용으로 ○○경찰서 ○○○이 죽었다는데 맞아야 해? 우리가 마루타야?" 하면서 걱정하는 소리가 여기까지 들렸다. 그런 가운데 유치장 옆방에서는 "구치소 가면 실험 대상으로 우리가 중국 백신의 대상이 된다고 하는데? 어떡하지?" 하면서 걱정하는 소리가 들렸다.

오후 6시경, "김민우 씨, 면회요."라는 소리가 들려 왔다. 유치장 입구 오른쪽 문을 열면 바로 면회실이 붙어 있었다. '면회하러 올 사람이 없는데, 누구지?' 하면서 일어나 철문을 나섰다. 면회실 문을 열자 유리창 너머 아내가 혼자 앉아 있는 게 아닌가? 오전에 아들하고 왔었는데 다시 온 이유가 무엇일까? 혹시…?

아내의 세월

혼자 온 이유에 대하여 민우의 짐작이 맞을 거라는 생각에 민우는 불안한 마음을 진정시킬 수가 없었다. '그래, 이혼 때문일 거야.' 순간 민우는 자신이 저질렀던 과거가 주마등처럼 왔다가 사라져 갔다. "그동안 애들이랑 부족한 나와 위해 당신 수고했어."라고 말을 하고 싶지만 입 안에서 맴돌았다.

"에잇! 될 대로 되라지…."

이제 판사의 처분처럼 아내의 처분만 바라는 꼴이 되었다. 오전에 아이들과 같이 왔을 때는 몰랐는데 정말 몇 년 만에 아내의 얼굴을 제대로 바라보고 있었다. 옅게 화장했지만 잔주름이 살짝 보였다. 아내의 주름진 얼굴을 보고 처음으로 아내의 세월을 읽고 있었다. 그 고왔던 얼굴, 그동안 민우는 아내의 세월을 잊고 살았던 것이다. 검은색 정장 차림에 연 푸른 녹색 스카프가 화사해 보이는 게 무척 예뻐 보였다. 아내의 스카프를 보고 계절이 봄이라는 것을 느꼈다.

"아니, 이 먼 데까지 왜 또 왔어."

민우는 마음에도 없는 말을 하였다. 표정 없는 아내가 언제 입을 열는지 아내의 입술만 바라보고 있었다. 하지만 아내는 말없이 한참 동안 민우를 쳐다보더니 "호영이가 차도 팔고 집도 내놨어. 하여튼 당신을 위해 열심히 하고 있으니 거기서 건강이나 잘 챙겨!"라며 말했다. 민우는 생각했다. 이제 헤어지는 마당에 건강이라는 말로 위로를 해 주는군.

"건강까지 잃으면 안 돼."

민우는 조용히 듣고만 있었다. 아니 본론을 얘기하기 전 예의상 하는 말일 거야. 민우는 입도 벌리지 않았는데 침이 마르기 시작하였다. 민우는 아내가 힘들게 말하기 전 자신이 먼저 말하는 게 좋을 거로 생각하였다.

"나, 어쩌면 내일 모래 구치소로 이감될지도 몰라."

민우는 아내의 표정을 살피며 말을 이어갔다.

"영수 알지?"

친구 영수를 말하자 아내는 민우의 의중을 알아챈 듯 표정이 변했다.

"당신, 두려워하는구나?"

"응, 새로운 세계에 대한 두려움이 없지 않아 있지."

잠시 침묵이 흐르고 아내가 다시 입을 열었다.

"당신, 나한테 잘못한 거 알아?"

"응, 알지."

콕 집어 무엇을 물어보는지 모르지만, 잘못한 게 한두 가지가 아니었다. 무슨 잘못에 대한 질문인지 모르지만, 대답부터 하였다.

"너무 잘 알지. 내가 잘못한 게 많아."

민우는 진심으로 용서를 빌었다.

"미안해, 정말 미안해. 그리고 힘들면 이제 나를 버려도 돼!"

그러자 아내는 하얀 눈물을 손으로 가리지도 않고 최소한의 교양을 유지한 채 흘리고 있었다. 그러면서 아내는 민우에게 말했다.

"내가 당신을 힘들게 한 것 같아. 오히려 내가 미안해."

아내의 슬픔 그리고 그 눈물을 민우는 생애 처음 진지하게 바라보고 있었다. 이제 나가면 아내의 기쁨을 위해 살리라 속으로 다짐하고 있었다.

"면회 시간 끝났습니다."

여순경이 말하자, 민우의 이야기를 듣고 있던 경위가 그녀를 만류했다.

"오늘 기다리는 사람도 별로 없는데 시간 좀 더 드리지?"

아내와 민우는 그저 한참 동안 서로 말없이 쳐다보았다. 수십 년을 함께 살아온 부부에게 그 무슨 말이 필요하단 말인가? 다행히 오늘 아내가 온 목적은 이혼이 아니었다. 민우는 차라리 '나를 버리는 게 좋을 텐데…' 하며 마음에도 없는 생각을 했다. 그러면서도 능력 없는 자신을 위해 다시 와준 아내가 고마웠다.

어느 정도의 시간이 흘렀을 때 민우가 먼저 일어났다.

"조심해서 들어가! 다시 한번 미안해."

민우는 문을 나서면서 아내를 다시 쳐다보았다. 아내는 아직 그 자리에 계속 앉아 하얀 눈물을 흘리고 있었다.

"내가 죽일 놈이지 이렇게 아름다운 아내를 두고 나 잘났다고 방황만 하고 다녔으니."

저녁 10시가 되면 5호실 유치장 불이 꺼진다. 어두운 유치장 천장은 마치 시골 영화관의 스크린 같았다. 그 천장에 조금 전 아내의 마지막 장면이 떠오르더니 사라져 갔다. 이제 언제 다시 볼 수 있을까? 만약, 지금 나갈 수 있다면 먼저 아내와 함께 여행을 가고 싶었다. 제일 먼저 중학교 미술 선생 자리에서 은퇴하여 여수에 새집을 짓고 새 인생을 즐기고 있는 친구한테가 보고 싶었다. 그 친구가 너무 보고 싶다. 언제나 친절하고 교양이 넘쳐 흐르는 그 친구 와이프도 같이 보고 싶었다. 언제가 여유가 있으면 한번 가보고 싶은 여수였는데 그게 사는 동안은 쉽지가 않았다.

'떠나고 싶을 때 아무 생각 없이 자유롭게 떠날 수 있는 사람이 얼마나될까?' 생활에 여유가 사라진 이후 민우는 자기 자신의 시간을 가져 본 게언제인지 회상했다. 벌써 10년이라는 시간이 흘렀다. 그동안 참 나도 내 인생을 지키기 위해 치열하게 살아왔다는 생각을 해 보았다. 아니 결국 지키지도 못할 내 인생을 위해 나는 무엇을 하고 있었단 말인가.

5월 3일

오늘 아침 식사 때 반찬은 최악이었다. 아무거나 잘 먹을 것만 같은 임씨가 첫 수저를 뜨자 맛이 없다며 수저를 집어 던졌다. 식사 후 민우는 걱정부터 하기 시작했다.

"아~ 나가면 뭐 해 먹고 살지."

임 씨는 말이 채 끝나기도 전에 당연하다는 듯 말했다.

"뭘 하긴요. 인력 사무소 가세요. 가기 전 안전교육 꼭 받으시고요."

"아니, 나 같이 아무것도 할 줄 모르는 사람에게 인력 사무소에서 무슨일을 주겠어?"

"가면 다 있어요. 잡부 일도 있고, 어쨌든 다 있어요. 잡부 일도 하루 12만원은 줘요."

임 씨는 민우가 재판에서 형기도 확정되지 않은 상황에 일 걱정부터 하는 게 어이없다는 표정이었다. 그러면서 임 씨는 대마초는 담배보다 중독성이 없다며 뜬금없는 말을 하고 있었다.

"담배는 없으면 피고 싶어지지만, 대마초는 없으면 아예 생각이 나질 않아요."

그래서 유럽이나 미국 어느 주에서는 대마초를 합법적으로 인정하는 것이 아닌가 하는 생각이 들었다. 그 말이 사실인지 아닌지는 민우가 펴 보지 않았기에 잘 모르겠지만 거짓말 같지는 않았다.

어제였던 토요일, 아내와 같이 면회 왔던 딸이 내일 일요일이라 시간이 없다고 하기에 잊고 있었는데 면회를 왔다. 너무 기뻤다. 전혀 기대도 하지 않았는데 딸이 귀중한 시간을 내서 왔다는 사실 그 하나만으로 민우는 감격하였다. 여태껏 바쁘다는 핑계로 어머니를 제대로 찾아뵙지 않았는데, 딸의 면회로 돌아가신 어머니를 다시 한번 생각하는 계기가 되었다.

무슨 얘기를 했는지 모르게 면회 시간 20분이 훌쩍 지나갔다. 지금 구금된 유치장의 면회 규정은 하루당 3번이 원칙이었다. 그러나 면회 신청자가 한 번은 더 연장은 할 수 있다는 규정을 설명하자 딸은 여순경에게 바로 연장을 하였다.

"아빠, 구치소에 가더라도 걱정하지 마. 밖에서 호영이가 열심히 뛰어다니고 있으니까."

수영이는 민우를 안심시키려 노력하고 있었다. 어제 아내는 면회 후 집에 가서 수영이에게 전화하였다. 아빠가 새로운 환경에 대한 두려움 때문에 구치소로 이감될 걸 많이 걱정하고 있는 것 같은데, 가서 직접 보니 많이 쫄아 있는 것 같았다는 표현을 하면서 모녀지간에 웃었던 이야기를 민우에게 하고 있었다. 수영이는 그런 자신을 달래 주려고 온 '속 깊은 고마운 딸'이었다.

"아빠, 어제 변호사 만났는데 아빠 술 드시냐고 물어봐서 가끔 드신다 했더니 걱정하지 말라는 거야. 술담배를 못 하게 되니 대부분 혈색이 좋아져서 나간다고 해서 같이 웃었어. 엄마는 아빠가 집에 있었으면, 아마 가시방석 같았을 건데 어쩌면 여기가 아빠 입장에서는 나름대로 마음만큼은 편할 거라더라."

"아니, 그걸 말이라고 해. 여기가 어떻게 집보다 편해."

하지만 사실 어쩌면 아내의 말이 맞을지 몰랐다. 아마 민우에게 있어 집은 대마왕 루치펠로가 있는 지옥보다 더 무섭고 힘든 곳이라 생각하였다. 어느 날부터 민우의 공간은 사라져 버렸고 거실에서 가끔 잠만 자는 하숙생보다 못한 처지가 되어 버린 지 오래다. 그런 민우에게 그 누구 하나 관심도 없고 말을 거는 가족도 없었다. 대화, 따뜻한 대화가 사라진 가정은 감옥보다 더 심각한 암흑인 것이다.

"평상시에는 아빠 얼굴을 자주 못 보는데 이런 일 때문에 아빠 얼굴 자주 보게 되네."

수영이는 쓸쓸한 미소를 지었다.

"응, 그래."

사실 그렇다. 우리가 언제 이렇게 아빠와 딸이 서로 마주 보며 대화를 한 적이 언제였지 기억에 없을 정도였다. 예전에 수영이가 언젠가 TV에 나온 맛집을 보고 아빠가 좋아할 것 같다며 예약하여 광명 어딘가에 간 적이 있었는데, 분위기부터 맛집치고는 형편없는 맛에 실망하였던 적이 생각났다. "수영아, 앞으로는 TV 맛집 믿지 말고 동네 맛집을 다니자." 하며 웃었던 기억이 떠올랐다.

"아빠한테는 미안하지만, 이번 일로 우리 가족이 옛날로 돌아간 것 같아."

"그래."

민우는 다행이라는 듯 미소를 지었다. 가족이 아니면 누가 이렇게 뛰어 다녀 주겠는가.

"근데 아빠, 이곳에서 나가면 경비나 수위 같은 일을 했으면 좋겠어."

"그래! 하지만 아빠도 생각해 둔 게 있어. 아빠 친구가 교사 그만두고 여수에 땅을 사서 그곳에 예쁜 집을 지었는데, 아빠보고 같이 살자고 해. 요트도 있으니까 낚시도 하고 농사도 짓고."

민우는 허락하지도 않은 친구가 같이 살자고 하였다며 수영이에게 허풍을 떨었다.

"아빤 농사일 할 줄 모르잖아."

"그거야 다 배우면 되지."

"아니야, 거긴 너무 멀어 서울에서 같이 살자."

딸은 아직 결정된 거 하나 없는데 걱정부터 하고 있었다.

"우선 구치소에서 교도소로 가게 되면 한식이나 양식 요리사 자격증 같은 거 하나 따려 하거든."

"좋은 생각이야, 아빠. 필요한 책 있으면 얘기해."

"그래, 고맙다. 시간이 다 됐네. 운전 조심히 해서 가."

그렇게 수영이를 보내고 5호실로 돌아오니 젊은 사람은 담요를 뒤집어 쓰고 계속 잠에 빠져 있었다.

"누구였어요?"

다 알고 있으면서 임 씨는 벽에 등을 기대어 묻고 있었다.

"딸."

"성격이 참 밝은가 봐요."

"어떻게 알아?"

"이곳까지 다 들렸어요."

"나는 이제 나가면 가족을 위해 열심히 살 거야."

민우는 임 씨가 묻지도 않았는데 가족을 위해 열심히 살 거라며 임 씨에게 다짐하고 있었다.

"구치소 가면 누가 괴롭혀도 그냥 '미안합니다.' 하면서 고개 숙이세요. 하기사 형씨는 누가 건드릴 사람도 없을 거예요. 책이나 보고 글만 쓰고 있으니 뭐~. 그래도 혹, 누가 뭐라고 하면 '너 잘났다!' 생각하고 대꾸하지 마세요."

혹시 모를 일에 대하여 대처 방법을 알려 주려는 임 씨를 민우를 정말 고맙게 생각하고 있었다. 민우는 임 씨 말을 듣자 박경리 작가의 고향인 통영에 사는 친구의 어머니가 생각났다. 그 친구의 어머니는 나이 서른에 마도로스였던 남편을 바다에 빼앗기고 자식 셋을 키우기 위해 거칠고 험한 세상을 이겨 내기 위해 안 해 본 일이 없었다고 하였다. 내가 친구의 어머니를 처음 만났을 때 옆집과 다툼이 있었을 때였다. 친구의 어머니는 잘못하지도 않았는데 자신이 먼저 사과를 하고 자신을 낮추어 말하는 것이었다. "제가 좀 모자라서 그랬습니다. 미안합니다." 그 이유를 이제야 조금 알 수 있을 것 같았다.

"어쩌면 신입방에서 볼 수 있을 거예요."

임 씨는 구치소에 가면 같은 방에 배정받을 수 있다고 말하였다. 이 작은 공간에 있는 사람들은 서로 다른 세상을 살다가 서로 다른 죄를 짓고 이 자리에 있었지만 온종일 붙어 있어서 그런지 금방 정이 들었다. 그때 젊은 친구의 한숨 소리가 땅이 꺼지듯 크게 들렸다.

"처음에나 가족들이 면회하러 오죠. 죄를 짓고 또 지으면 가족들 발길도 끊어질 거예요. 노파심에 얘기하는 거니까 이제는 죄짓지 마세요.

" 사장님, 정말 조심하셔야 해요. 한번 죄를 지으면 이상하게 또 죄를 짓 게 되더라고요. 그러니 언제나 조심하세요."

임 씨는 민우를 위하여 진심으로 한마디 하고 있었다. 임 씨는 자기 자신 을 잘 알고 있었다. 향 전과자는 무조건 1년 이상 살아야 한다며 어디서 구 한 건지 모르지만 주머니 속에서 먼지가 잔뜩 묻어 있는 사탕 한 개를 꺼 내 주면서 말했다.

"먼저 나가시면 면회 한번 오세요. 안 오셔도 되고요."

"상황을 좀 보고 면회 갈 수 있으면 갈게."

그때 TV에서 〈Tie a yellow ribbon round the old oak tree〉라는 팝송 이 흘러나왔다.

"잠시만요. 이 노래 잠시만 들어 봅시다."

민우는 임 씨 말을 멈추게 하였다. 민우는 노래방에 가면 가끔 부르던 노 래가 방송에 나오자 작은 소리로 따라 부르기 시작하였다.

> If you received my letter telling you I'd soon be free
> 당신이 내가 곧 자유의 몸이 된다는 편지를 받았다면
> Then you'll know just what to do
> 그럼 이제 뭘 해야 하는지 알겠죠

If you still want me, if you still want me

만약 아직도 당신이 날 원한다면

Whoa, tie a yellow ribbon 'round the ole oak tree

오, 오크나무 주위에 노란 리본을 달아 주세요.

It's been three long years, do you still want me?

3년이란 긴 시간이 지났죠, 당신은 아직 나를 원하나요?

If I don't see a ribbon round the ole oak tree

만약 오크나무 주변에 달린 리본을 볼 수 없다면

I'll stay on the bus, forget about us, put the blame on me

나는 버스에서 우리의 추억에 대해 잊고 나 자신을 원망할 거예요.

Bus driver, please look for me

버스 기사님, 날 위해 한번 봐 주세요.

Cause I couldn't bear to see what I might see

나는 도저히 볼 수가 없어요.

A simple yellow ribbon's what I need to set me free

이 단순한 노란 리본 하나가 나를 자유롭게 할 수 있어요

Now the whole damned bus is cheerin'

지금 버스 전체가 미쳤어요.

And I can't believe I see

난 내가 보고 있는 걸 믿을 수가 없어요.

A hundred yellow ribbons round the ole oak tree

수백 개의 노란 리본들이 오크나무 주변에 있어요.

I'm comin' home

나 집에 가요.

민우는 자신도 모르게 눈가가 촉촉해지고 목이 메어 더 이상 노래를 따라 부를 수 없었다. 도저히 있을 수 없는 멍청한 실수, 그 실수 하나로 민우

는 가족과 아내에게 커다란 상처를 입히고 만 것이다. 하지만 가족은 민우를 버리지 않았고 민우를 위해 애를 쓰고 있다는 사실. 그것만으로 민우는 다시 집에 갈 수 있다는 희망을 품을 수 있었다. 민우는 꼭 위기에 닥쳤을 때 그 소중함을 느끼고 있었다. 왜 진작 이 고마움을 몰랐을까? "나, 나갔다 올 동안 집 잘 지키고 계세요." 당당하게 말하면서 나가기에 민우는 빙그레 웃는 것으로 대답을 대신하였다. 임 씨는 오후 1시 30분 민우가 받았던 실질심사를 받으러 나갔다.

보고 싶은 아버지

자유를 잃어버린 민우는 아버지가 보고 싶었다. 아버지라는 단어만 떠올려도 이 나이에 눈물이 앞을 가린다. 자신처럼 사람들에게 속고 속아 집과 퇴직금을 다 날리고, 그 아픔을 술과 한탄 그리고 한숨 소리로 인생을 마감한 불쌍한 아버지. 민우는 그런 아버지를 닮지 않으려 발버둥 쳤지만 결국 아버지 인생을 뒤따라가고 있었다. 그리고 무엇이 문제였는지 모르지만 결국 민우는 민우 자기 자신을 가두고 친구들과 담을 쌓고 살았다.

그 옛날 몸이 약했던 아버지는 가끔 술에 취해 집에 들어와서는 가진 것을 다 토해 놓고 바닥에 드러누워 괴로워하였다. 그런 아버지의 모습은 지금 생각해도 민우를 슬프게 하였다. 이 나이에 아직도 남의 말에 잘 속는 부분은 아마 아버지를 닮은 것 같다. 아들은 나를 닮지 말아야 하는데.

아버지는 민우가 입대를 앞둔 며칠 전 삼 형제를 불러놓고 질문하셨다.

"이 세상에서 가장 슬픈 사람이 누군지 말해 보거라."

갑작스러운 질문에 민우는 동생들과 함께 아버지의 질문에 꿀 먹은 벙어리처럼 가만히 있었다. 아버지는 소주병을 옆에 두고 조용한 어조로 말씀하셨다.

"학생은 학생의 신분을 잃어버렸을 때, 군인은 군인의 신분을 잃어버렸을 때, 직장인은 직장인의 신분을 잃어버렸을 때가 가장 슬픈 거란다. 너희는 이 말을 잘 새겨듣고 하는 일에 최선을 다하여 열심히 살거라."

민우는 아버지의 그 말씀을 간직한 채 그 무더운 여름날 입대하였다. 현실의 피난처가 된 입대. 젊음이 방황하던 시절 속에서도 추억을 만들어 주었던 여자친구는 입대 이틀 전 서울역 앞 레스토랑에서 준비도 안 된 민우에게 이별을 통보하였다. 맨해튼(The Manhattans)의 〈키스 앤 세이 굿바이 (Kiss and say goodbye)〉 팝송이 레스토랑 공간을 가득 채우고 있을 때, 젊은 날 만들었던 소중하고 아름다운 추억을 뒤로하고, 잠시 사랑했던 그녀는 민우에게 이별을 통보하였다.

This has got to be the saddest day of my life

오늘은 내 인생에서 가장 슬픈 날이 될 거야.

I called you here today for a bit of bad news

오늘 안 좋은 소식 때문에 당신을 보자고 했어.

I won't be able to see you anymore

난 더 이상 당신을 볼 수 없을 거야.

"그래, 차라리 잘됐어."

민우는 그녀와의 이별을 슬프게 받아들였다.

내가 그의 이름을 불러준 것처럼

나의 이 빛깔과 향기에 알맞는

누가 나의 이름을 불러다오

그에게로 가서 나도

그의 꽃이 되고 싶다.

우리은 모두

무엇이 되고 싶다

너는 나에게 나는 너에게

잊혀지지 않는 하나의 눈짓이 되고 싶다.

　　그녀가 가끔 들려 주었던 김춘수의 꽃을 마지막으로 맥주 한 잔과 함께 그녀의 행복을 빌면서 이별을 받아들였다. 내 젊은 시절의 인생, 그 속에서 함께 했던 사랑과 이별은 기차의 먼 기적 소리와 함께 멀리 사라져 버렸다. 민우는 눈물 한 방울로 그녀를 청춘과 함께 잊어버리려 마음먹었다. 그리고는 입대 6개월 만에 아버지가 생을 마감하셨다는 소식을 통보받았다.

　　"불쌍한 아버지, 사랑하는 나의 아버지."

수용 번호 1202

조사받으러 나갔던 임 씨는 점심시간에 맞추어 5호실로 돌아왔다.

"아들은 왔어요?"

들어오자마자 자기 아들처럼 민우의 아들에 대해 물어보았다.

"아니."

말하기 좋아하는 임 씨는 점심을 먹으면서 옛날에 만났던 여자 얘기를 꺼내기 시작했다.

"제가 만나던 여자는 7080 카페를 운영했는데, 66년생 말띠였어요. 저를 만나기 전까지 남자 둘을 더 만났다는데 그 남자들한테 성적 만족을 못 느꼈답니다. 남자는 대개 여자에게 예의가 없는 것 같아요. 위에 올라타면 자기 할 일만 하고 내려오는 거예요."

임 씨는 이 세상 남자들이 다 자기 같지 않다고 못마땅해했다.

"왜 남자들은 자기 생각만 하는지 모르겠어요?"

임 씨는 목소리 톤을 높이며 세상 남자를 혼내고 있었다.

"그 여자는 매일 제 집에 와서 자고 아침에 일찍 나갔어요. 참 좋은 여자였는데…."

임 씨의 표정에 그녀와 헤어진 것이 못내 아쉬운 것만 같은 감정이 묻어나기에 헤어진 이유를 물었다.

"그럼 왜 헤어졌어요?"

"당시에 장사도 잘 안됐고, 어머니는 아파서 요양원에 계셨어요. 간병 차 요양원 다니는 걸 힘들어했어요. 뭐, 가장 큰 문제는 내 밥벌이가 시원찮아서 그랬겠죠. 그래서 이 여자를 놔 줘야겠다는 생각이 들었어요."

역시 사랑도 돈이 있어야 사랑을 할 수 있는 것이다.

"담배가 피고 싶어요. 저 노래 잘하거든요! 나중에 한번 불러 드릴게요."

임 씨는 화제를 돌려 노래 얘기를 하였다.

"추가열 아시죠? 추가열이 제가 부르는 〈나 같은 건 없는 건가요〉를 듣고 칭찬까지 해 줬어요."

그 말이 사실이라면 임 씨의 노래를 지금 당장 들어 보지 못하는 게 아쉬웠다.

인천 중부경찰서 유치장에 있는 민우는 가슴이 가끔 쿡쿡 쑤시는 통증을 느끼고 있었다. 만일 구치소로 이감된 후에 갑자기 죽게 된다면 아니, 이상한 놈들에게 무슨 일이라도 당하게 되면 어떻게 될 것인가 쓸데없는 걱정이 들기 시작하였다. 그래서 구치소 들어가기 바로 전, 몸 상태를 공식적으로 증명할 병원 기록을 남겨 놓고 싶었다.

민우는 유치장 경찰에게 가슴이 아프다며 병원에 갈 것을 요청하였다. 유치장 경찰은 담당 형사에 연락해서 그 형사가 와야만 병원에 갈 수 있다며 그때까지 잠시 기다리라 하였다. 약 3시간 정도 기다리자 장 형사가 다른 형사 2명과 함께 왔다. 민우는 장 형사를 보자마자 번거롭게 하여 미안하다는 말부터 꺼냈다. 형사들은 일이 산더미처럼 쌓여 있는데도 민우를 병원까지 호송해 주기 위하여 불평 없이 이곳으로 온 것이다. 번거로운 수갑을 다시 채우고 포승줄로 민우 몸을 묶으면서 장 형사는 절차가 원래 이러하니 기분 나쁘게 생각하지 말라고 하였다. 민우는 아무 대답 없이 그들이 쉽게 자신을 묶도록 가만히 도와주었다. 민우를 태운 장 형사의 SUV 차량은 서서히 경찰서를 빠져나가기 시작하였다. '며칠 만에 바라보는 바깥세상이지?' 바깥세상은 민우를 약간 흥분하게 만들었다.

"이 세상은 내가 없어도 잘 돌아가고 있구나."

공간이 주는 의미와 분위기는 장소와 위치에 따라 확연히 차이가 있었다. 안과 밖의 차이는 구속과 자유의 극한이었다. 민우는 이제 바깥세상에 인사할 준비를 하고 있었다. 언제 다시 올지 모를 이곳을 향해 "이젠 안녕." 하고 떠나는 게 예의라 생각하였다. 인천 시내는 그동안 몇 년의 세월이 훌쩍 지나 버린 것 같았다. 바깥 공기가 유치장 공기와 전혀 달라 보이는 것은 왜일까? 기분 탓인가? 유치장 공기 색깔이 짙은 회색이라면 바깥 공기는 동해의 푸른 빛깔이었다. SUV 차량에서 바라보는 거리의 사람들 그 사람들은 나와는 달리 다른 세상에 사는 것처럼 보였다.

숭의로터리에 있는 현대 유비스 병원에 도착하여 간호사의 안내대로 진찰을 받기 시작하였다. MRI 촬영을 할 때는 수갑을 풀어 주었는데 병원에 도착하기 전까지는 수갑을 찬 모습이 창피하다는 생각이 들었지만, 막상 병원에서는 생각과 달리 창피하지 않았다. 이제는 민우 생각도 이 모든 상황을 받아들이고 있는 것이었다. MRI 촬영을 마치자 바로 출력한 CT 사진을 보며 여자 의사는 아무 표정 없이 이상이 없다는 진료 의견을 내놓았다.

"아니, 아무 이상이 없는데 왜 아픈 거죠?"

"아마 근육이 놀란 것 같아요. 걱정하지 마시고 주사 맞고 약 드세요."

원무과 청구서를 보니 10만 원이 나왔다. 정상 가격이 얼마인지 모르지만, 생각보다 싸게 나온 것 같았다. 진찰비는 원무과에 카드로 계산을 하였다. 경찰서로 다시 가기 위해 형사들은 포승줄을 메고 있는데 장 형사가 포승줄은 놔 두고 수갑만 채우는 게 어떻겠냐고 했다. 그렇게 민우는 수갑만 차고 다시 유치장으로 돌아왔다.

유치장에 돌아오니 수영이와 아내가 면회실에서 밝게 웃으며 손을 흔들고 있었다. 구치소로 가기 전 마지막 면회였다. 영화에서나 본 듯한 유치장 면회를 내가 지금 하고 있는 것이었다. 나는 병원에서 MRI와 X-Ray 검사를 해 본 결과, 아무 이상이 없다는 얘기를 해 주었다. 그리고 이제 유치장으로 이감 갈 것이라고 말했다.

30분간의 짧은 아쉬운 만남을 뒤로하고 아내와 딸은 집으로 돌아갔다. 이제 조금 있으면 본격적인 구치소 생활이 시작될 것이다. 그곳의 세계는 내가 여태껏 한 번도 경험하지도, 상상하지도 못하였던 세계일 것이다. 젊은 나이에도 힘든 구치소 생활인데, 인생의 황혼기에 맛보는 구치소는 과연 내 인생에 있어 어떤 곳일까?

5월 4일

화요일 오전 6시 40분, 이제 잠시 후 구치소로 이 감을 간다. 유치장은 4월 27일에 들어왔으니 정확히 1주일 만에 나가는 것이다. 임 씨는 당이 떨어졌다며 과자 타령을 하고 있었다. 서로 5천 원씩 내고 과자를 사 먹자고 보챈다. 아니, 이 양반은 애도 아니고 왜 이리 보채는지 어이가 없었다. 어제 아들이 면회 왔을 때, 임 씨가 과자를 먹고 싶다고 하여 사식으로 신청했다.

"오늘 내가 구치소로 가게 되면 임 씨 혼자 다 먹을 거야."

그러자 임 씨의 얼굴에 금세 화색이 돌더니 배가 터지게 생겼다며 드러 누워 고맙다는 표현으로 양발을 흔들면서 대답하였다. 그러더니 자세를 바로 하여 앉더니 내가 참 걱정된다고 했다. 임 씨는 다시 목소리 톤을 낮 추며 말했다.

"김 사장님은 아무 경험도 없고 순진하게 생겼잖아요."

그는 진심으로 민우를 걱정하는 듯 안쓰러운 표정을 짓고 있었다. 조금 전 5천 원씩을 내고 주문한 과자와 음료수가 벌써 배달되었다. 우리 같은 피의자들에게 아직 확정 판결이 나지는 않았지만 먹고 싶은 것을 마음대 로 사 먹을 수 있는 자유가 있다는 게 어찌 보면 우리나라 자유에 문제가 있는 게 아닌가 하는 생각 들었다. 아니 자유가 너무 풍부한 게 아닌가.

임 씨는 바닥에 신문지를 펼쳐 놓고 과자 봉지를 뜯어 쏟아부었다. 이제 부터 둘 만의 마지막 만찬을 시작하였다. 민우는 유치장 경찰에게 펜을 다 시 빌리면서 인사를 하였다.

"그동안 고마웠습니다."

"아니에요~ 뭐 도와드린 것도 없는데."

정년이 얼마 남지 않아 보이는 유치장 경찰은 이제 모든 것은 의심부터 하는 걸 잊지 말고, 재판 잘 받고 빨리 나가라는 격려를 보냈다. 민우가 보 이스피싱 범죄로 구속된 사연을 기록을 통해 알고 있는 노경찰의 따뜻한 말 한마디였다.

"네, 정말 감사합니다."

그동안 유치장 경찰들의 언행은 정말 민우를 비롯하여 유치장 사람들에게 인격적으로 잘 대해 주었다. 잠시 후 구치소 호송 차량이 온다는 말에 민우를 포함하여 유치장 사람들은 떠날 채비를 하였다. 잠시 만난 사람이지만 임 씨와 가벼운 인사를 하고 젊은 친구와 함께 호송 차량에 올라탔다. 사실 서로 모르는 사람들끼리 서로 자기 얘기를 하고 들어 준다는 게 쉬운 일은 아닌데, 이 작은 공간에서는 그게 쉽게 이루어지는 것 같았다. 징역 정(情)이라는 말을 여기서 처음 들었다.

"그래서 다 이렇게 정드는 거예요."

임 씨는 떠나는 민우에게 아쉬워 계속 말을 하였다. 그렇게 임 씨와 민우는 작은 이별을 하였다. 민우를 태운 호송차는 인천 법원 옆에 있는 구치소 건물에 도착하였다. 그곳엔 실질심사 때 보았던 외국인들도 대기하고 있었는데, 큰 키에 눈썹이 짙은 것이 영화배우 조지 클루니를 닮아 기억하고 있었다. 그는 잔뜩 긴장한 채 커다란 눈만 멀뚱거리고 있었다. "Where are you from?" 하며 긴장을 풀어 주려 물었더니 "모로코(Morocco)!"라고 짧게 말하면서 살짝 미소를 지어 보였다.

검사실에 도착하자마자 검사원에게 코로나19 검사부터 받아야만 했다. 작은 면봉이 비강의 가장 안쪽까지 쿡 들어왔다. 눈물이 찔끔 날 정도로 자극이 강하였다. 그런 다음 혀 안쪽을 채취하고 다시 코의 점액을 채취하였다. 음성임을 확인하자 검사원은 안으로 들어가라는 손짓을 하였다. 안쪽으로 들어가자 몸무게, 키 등 간단한 검사를 하고 입고 있던 옷과 소지품을 광주리에 담아 반납하자 물품 확인 용지에 서명한 후, 수용복을 받았다. 민우가 받은 번호는 1202번이었다. 번호를 받자 민우는 TV나 영화에서 보던 죄수가 되었다. 그리고 구치소 생활이 시작된 것이다.

또 다른 인생의 서막

교도관의 지시에 따라 엘리베이터를 타고 한 층, 한 층 올라갔다. 민우가 배정받은 곳은 11층 6번 방이었다. 이 방은 코로나19로 인하여 잠시 2주간 격리하는 임시 격리방이다. 임 씨가 얘기한 기억을 떠올리며 문지방을 조심하며 방에 들어가려 하니 실질심사 때 용 무늬를 온몸으로 휘감은 젊은 이가 혼자 앉아 있는 게 아닌가? 민우는 순간 움칫 긴장하였다. 실질심사 때 날카로운 그의 눈빛과 마주한 적이 있기 때문이다. 그는 6번 방으로 들어오는 사람을 하나하나 유심히 살펴보고 있었다. 아마 어느 놈부터 기선을 제압하고, 어느 놈을 어떻게 다스려야 할지에 대하여 생각하는 것 같았다.

한 명, 한 명 그리고 몇 명이 한꺼번에 들어왔는데 이렇게 모인 사람이 13명이나 되었다. 요즘 아이들 몸집은 과거 나 때와는 상상을 초월할 정도로 다르게 커져 있었다. 덩치 큰 젊은이들 10명 이상이 5평 정도의 방에서 느껴지는 열기는 열대지방에서 내뿜는 코끼리 배설물보다 더 큰 열기와 냄새로 머리가 어지러울 정도였으며, 숨이 막힐 지경이었다.

언젠가 뉴스에서 우리나라 교도소의 과밀 상태를 신문지 1장 반으로 표현하였던 노회찬 전 의원이 생각났다. 법은 만인에게 평등한데 누구는 황제 감옥살이를 하고 일반 재소자는 신문지 한 장 반 크기에서 생활한다는 암담한 현실을 얘기하였는데, 결국 그는 정치 자금을 받은 것이 절차상의 과오가 있다하여 자신의 양심을 극단적인 방법으로 표현하고 이 세상과 이별한 안타까운 정치인이었다.

하지만 그 이후에도 구치소는 달라진 게 하나 없는 것 같았다. 민우는 이 방에서 앞으로 비록 2주이지만 이들과 생활을 같이할 생각을 하니 앞이 캄캄해지기 시작했다. 화장실 바로 앞에는 스테인리스 밥그릇과 국, 통, 수저 그리고 세제가 있고 물통과 빈 페트병이 가지런히 놓여 있었다. 관물대 옆에는 언제 적 사진인지 모르지만, 속이 비치는 반라의 여자 사진이 아무런 감정 없이 벽에 붙어 있었다. 그리고 관물대 맞은편에는 보라색 라벤더 사진이 커다랗게 자리하고 있었는데 꽃은 있지만, 향기가 없는 이 6번 방을 말하고 있었다.

잠시 후 맨 처음 들어온 젊은이가 한마디 하였다. 인사는 이따 각자 하기로 하고, 이곳의 규칙은 문지방을 가장 먼저 넘는 사람이 방장이 된다는 것이었다. "제가 제일 먼저 왔거든요!" 덩치에 어울리지 않게 목소리는 어린애 같았다. 자신이 제일 먼저 왔으니 방장을 하고 당번은 2명이 하나의 조가 되어 교대로 돌아가자는 반(半)명령적인 제안을 하였다.

왼쪽 벽에는 중간 키 정도의 책장이 있는데, 이곳에는 남자들만의 세계라서 그런지 세월 지난 잡지《맥심(MAXIM)》이 관물대 책장에 가득 꽂혀 있었다. 사실 민우는 맥심이라는 잡지를 여기서 처음 보았다. 젊은 친구들은 맥심 책을 꺼내 젊은 여성의 반라 사진을 눈으로 즐기면서 시간을 보내고 있었다. 이 잡지 책은 옛날《선데이 서울》같은 것으로 민우는 직접 손으로 잡지를 본다는 게 어색하여 옆 사람이 펼치는 그림을 훔쳐보았다. 오랜만에 반라의 젊은 여성 사진을 보았다. 옛날에는 비키니 입은 여성 사진이 대부분이었는데 지금은 속옷이 한층 더 야해진 모습으로 포즈를 취하고 있었다.

하지만 앞일에 대한 걱정 때문에 그런지 그림 속의 인물이 미인인지, 추녀인지 솔직히 눈에 들어오지 않았다. 민우는 실바람이 불어오는 먼 창문 밖을 바라보았다. '내가 이곳에 온 이유가 무엇인가? 내가 이 나이가 되도록 방향을 잡지 못하였던 이유가 무엇이란 말인가?' 민우는 바라보던 하늘을 닫고 가슴으로는 이 차가운 현실을 받아들이고 있었다.

이곳의 사정을 잘 아는 하 사장이란 사람은 민우를 포함하여 이곳 생활을 잘 모르는 신입 재소자에게 몇 가지 주의 사항을 말하였다. 이곳은 교도관의 별도 교육이나 설명 없이 방마다 경험자들이 자체적으로 선임 역할을 하며 교육하는 것 같았다. 걸을 때는 발뒤꿈치를 들어야 하고 약 20cm 높이의 턱이 있는 뺑기통에 들어갈 때는 관복(죄수복)을 벗고 들어가서 볼일을 봐야 한다.

하지만 이 규칙은 민우도 가끔 까먹고 입고 있던 옷을 그대로 입고 소변을 보곤 하였다. 화장실 볼일은 수도꼭지를 틀어 놓고 양변기는 오토 위치에 놓고 물소리로 화장실 볼일 보는 소리를 희석시키면서 봐야 한다. 이 방법은 민우가 딸 수영이가 어렸을 때 알려 준 에티켓이었다. 그리고 볼일을 다 보면 센다이라고 하여 비데 대신 항문을 호숫물로 씻어야 한다. 같은 방을 쓰는 사람에게 최소한의 예의라 말한다.

어느덧 석양이 지고 취침 전에 자기소개 시간을 가졌다. 13명이 제각기 간단한 자기소개를 시작하였다.

"저 이름은 이주호라고 합니다. 28살이고, 중고차 매매와 대출업을 하고 있습니다. 인천 ○○파 조폭이고 사기 혐의로 들어왔습니다."

이주호는 용 무늬를 온몸에 감았고 커다란 덩치에 감방에 수용된 경험이 많은 듯 자신감 있는 말투였다.

"저는 유재영이라고 합니다. 23살이고 절도 전과 23범입니다."

얼굴이 하얗고 약간 마른 몸매의 재영은 어린 나이에 전과 23범이라는 사실이 놀라웠다. 민우는 이 친구의 범죄 이야기가 궁금하였다. 30살인 김성주는 이천에서 스포츠토토 도박을 위해 대포 통장을 여러 개 돌리다 잡혔다고 하였다. 39살 고영민은 사기 전국에 아가씨를 공급하는 기업형 보도 업체에서 일했다고 소개하였다. 부평에서 룸살롱을 운영하면서 투자자가 투자를 하면 그 투자비에 비례하여 이익금을 나누어 주는 형태인데, 잘 나가다가 투자자와 다툼이 생겨 감방에 들어온 것이었다. 57세인 전태산은 코골이가 심한 사람이다. 공무 집행 방해와 폭행죄로 들어왔다. 바람이 불면 날아갈 정도로 외소한데 폭행죄로 들어온 게 아이러니하다.

59세 박병석은 사기죄로 들어왔다. 빌라 건설업을 운영 중인데 처형이 고소하여 합의 중이라고 나한테 와서 조용히 사정을 얘기하였다. 40세인 이수근은 배불뚝이다. 배 속에는 아마 세쌍둥이가 든 게 아닌가 싶을 정도로 배가 남산만 하다. 죄명은 스포츠 도박. 이 사람은 유치장 5호실에 같이 있었던 젊은 사람과 동서지간이었다. 35세 아나스는 지금 지내고 있는 구치소에 들어오기 전에 만났던 모로코 외국인이다. 커다란 덩치와 함께 외국인 특유의 노린내가 많이 난다. 보기에는 나이가 마흔은 넘어 보이는데, 본인은 굳이 35살이라 우긴다. 이태원에서 마리화나를 피우다가 공장 기숙사에서 체포되었다며 잔뜩 겁을 먹고 있었다.

○○○ 누나 살인 사건의 광수는 28살이며 죄명은 살인이다. 하 사장은

51세에 마른 체형을 가졌으며, 죄명은 전태식과 같았다. 음주 폭행 공무 집행 방해죄. 생업으로 일용직 노동일을 했다고 한다. 심현우는 46세이며 조폭이었다. 젊은 방장인 성수의 인천 ○○파의 선배라서 그런지 성수가 깍듯이 대한다. 언행은 착해 보였는데 인천 길 병원 조폭 싸움의 사연을 여기서 처음 들었다. 구석에서 쪼그리고 앉아 는 행색이 지저분한 사람 하나는 서해 앞바다에서 우리 영해를 침범하여 꽃게잡이를 하다 잡힌 중국인이었다.

"야! 너네는 왜 남의 나라에 와서 그 지랄이냐? 언젠가 우리 해경까지 죽였지? 이런 개새끼~"

해병대 제대한 고영민이가 중국 선원을 향해 핏대를 올리자 잔뜩 겁을 먹은 중국 선원은 한국말은 못 알아듣지만 분위기를 눈치 채고 잔뜩 긴장하여 구석에서 몸을 더 쪼그리고 있었다.

"중국 놈들은 잘 씻지도 않는다며. 어휴, 이 냄새."

중국 선원의 땀 냄새는 아나스보다도 훨씬 더 지독하였다. 마지막으로 민우가 자기소개를 하였다.

"이름은 김민우. 나이는 61세. 죄명은 보이스피싱입니다. 앞으로 잘 부탁합니다."

5월 5일

첫날 아침 5시 50분, 천장에는 약 가로 30cm 세로 1m 정도의 직사각형 전등불이 달려 있는데 그 전등이 켜짐과 동시에 교도관과 소지가 지나가면서 "기상! 기상!" 소리를 지르며 모두를 깨웠다. 민우가 있는 이 방은 직사각형으로 되어 있다. 천장에 있는 전등불 역시 직사각형 형태인데 민우의 몸과 마음 역시 직사각형 벽돌로 되어 가고 있는 것 같았다.

6번 방은 13명이 함께 잠을 자는데 어젯밤에 57세인 전태산이라는 사람의 코 고는 진동 소리에 모두 잠을 설쳤다. 덩치는 작고 약해 보이지만 코 고는 소리 하나는 이름처럼 얼마나 태산같이 크던지 6번 방을 뒤흔들어 놓았다. 가뜩이나 심리적으로 불안한 사람들이 심하게 코 고는 사람 하나 때문에 잠을 이루지 못하자 이게 문제가 되기 시작하였다. 과거에 사회 있을 때, 워크숍을 가면 코 고는 사람들이 몇 명 있었지만 크게 문제 될 게 없었다. 왜냐하면, 피하고 싶으면 다른 방에 가서 자면 되니까. 하지만 여기는 이 공간을 피할 방법이 없다. 이게 비극이라면 비극이었다. 이제부터는 피하거나 나가고 싶어도 마음대로 나갈 수 없는 감옥생활이 시작된 것이다.

오늘 오후 4시에 오기로 한 변호사가 약속한 시간에 정확하게 접견을 왔다. 민우는 이 젊은 국선 변호사의 시간 약속이 마음에 들었다. 사회 있을 때 만났던 권력자 대부분은 겉멋만 들었지 약속을 제대로 지키는 모습을 본 적이 없다. 모두 자기보다 아래라며 우습게 생각하는 것 같았다. 미국 대통령과의 약속이었어도 그렇게 했을까? 국선 변호사는 다음 주 월요일에 검사가 음성 녹취 조사를 한다고 하니 준비를 잘 하라고 알려 주기 위해 왔다고 했다. 민우는 앞으로의 진행 상황을 조심스레 물어보았다.

"김민우 씨의 기록을 쭉 살펴보니 다른 사람들하고 약간 다른 것이 있어 무죄를 주장하는 게 맞는 것 같아요. 다른 사건과 몇 가지 검토하고 있으니 우선 검찰 조사부터 잘 받으세요."

민우는 검찰 조사 때 변호인의 동행을 요구했지만, 변호사는 선약이 있어 갈 수가 없다고 딱 잘라 말하였다. 민우는 속으로 '이래서 형사든 변호사든 힘 있는 검사 출신 변호사를 써야 하는데….' 하면서 고개만 약간 숙이는 인사를 하고 접견실 대기석으로 다시 돌아갔다. 접견이 끝나면 모두 대기실에서 기다렸다가 함께 엘리베이터를 타고 각 층에 있는 자기 방으로 돌아가는 것이다.

조용한 살인자

접견을 마치고 방에 돌아오자마자 임시 방장 주호는 지나가면서 "16시 40분 접견이요."라며 알려 주었다.

"삼촌이 오늘 제일 바쁘네요."

이곳의 호칭은 나이든 사람에게는 보통 아저씨 아니면 사장님이라 부르는데 주호가 삼촌이라고 부르고 난 다음부터는 전부 삼촌이라고 따라 부른다. 민우는 그들이 부르는 삼촌 소리가 그리 나쁘게 들리지 않았다.

11층 복도에는 먼저 면회에 가기 위해 많은 재소자가 저마다의 사연을 가지고 엘리베이터 앞에서 대기 중이었다. 그들 틈에 끼어 1층으로 내려가니 교도관이 6호실로 가라 하였다. 6호실로 갔더니 그곳엔 아들이 먼저 와서 앉아 있었다.

"옛날에 운영하던 회사의 벌금 250만 원짜리 통지서가 어제 여기로 날아왔는데 재판받기 전에 내야 할 것 같아."

민우는 통지서를 유리창에 펴서 아들에게 보여 주었다.

"요즘 코로나19 때문에 면회가 어려워졌어. 일주일에 한 번 예약 맞추기도 어려워."

인천 구치소는 코로나19로 인하여 재소자가 과밀한 상태라 면회 역시 어려워진 것이다. 민우는 아들 앞에서 구치소에서 느끼는 어려움보다 당장 월요일에 닥칠 검찰 조사와 합의금에 대한 걱정을 내비쳤다.

"합의금은 제가 알아서 할 테니 걱정 마세요"

민우는 허튼 말을 하지 않는 아들의 대답에 안심은 되었지만, 한두 푼도 아니고 2억이나 되는 돈을 갑자기 어떻게 마련할까 싶어 자기도 모르게 한숨을 내쉬었다. 아들에게 미안한 대답을 한숨으로 표현한 것이다. 아비로서 자식들에게 도움은 못 줄망정 피해만 끼치고 있으니 아들 앞에서 점점 작아지는 민우였다. 접견이 끝나고 1106호실로 돌아오니 최 법무 주임이 조용히 불렀다.

"서울 구치소 황 계장님 아세요? 안부 전화를 남기셨는데, 계장님 하고 어떤 사이에요?"

"별 사이는 아니고 그냥 아는 사이입니다."

황 계장에게 연락이 왔다는 소리에 민우는 '그래도 이 친구가 내 걱정을 해 주고 있구나.' 싶어 안심되면서도 고마웠다. 하지만 그것도 잠시, 월요일 검찰 조사를 앞두고 또다시 걱정이 파도처럼 밀려오기 시작하였다. 말을 잘하여 기소 중지를 받는 것이 지금으로선 최선인데, 가짜 김태영 법무사에게 속은 대화 내용이 잘 생각 나질 않았다. 마치 구치소에 몸만 갇히는 것이 아니라 정신도 함께 갇혀 버린 것만 같았다.

밥때가 되면 철창 아래에 있는 작고 네모난 통로를 통해 배식을 받는다. 큰 상 2개를 펼쳐 붙이고 밥과 반찬 그리고 국을 13명분으로 나눠 받고 나면 감사의 식사를 한다. 그나마 다행인 것은 방장인 주호가 인천 태생이자 조폭 출신이라 그런지 주위에 감방 친구들이 많이 있어 다른 방보다 배식이 넉넉했다.

"여러분들이 배불리 먹는 거 다 제 덕인 줄 아세요."

"그래! 고맙다."

사실 요즘 세상이 배고픈 자유당 시절도 아니지만, 민우는 이 방을 사용하는 재소자들을 대신하여 큰소리로 "젊은 방장, 고마워!"라며 인사치레를 하였다. 식사를 마치면 2인 1조로 하루씩 돌아가면서 설거지를 했다. 당번이 아닌 민우는 13명이 쏟아 내는 먼지를 쓸어 담으려 빗자루를 들고 바닥 청소로 아침을 시작하였다. 아침 식사 후, 11층에 있는 모든 재소자는 신체 검사를 받으러 4층에 있는 의무실까지 차례로 걸어서 내려갔다. 의무실에서 혈압을 재니 160이 나왔다. 평소 혈압이 높기는 했지만, 이번에는 너무 높았다. 의사는 혈압이 너무 높게 나왔다며 혈압약 한 알을 주며 다음에 한 번 더 재어 보자는 소견을 주었다.

"이건 지금 드시고 내일부터는 2알씩 나갈 겁니다."

민우는 혈압약은 한번 먹기 시작하면 죽을 때까지 먹어야 한다는 말을 들은 적이 있었는데 그 약을 처음으로 입에 털어 넣었다. 오늘은 어린이날이다. 날짜가 주는 어린이날의 의미, 이곳에서는 아무런 의미가 없다. 아이들은 어느덧 훌쩍 커 버렸다. 이젠 성년이 되어 딸은 시집을 갔고, 아들은 열심히 자신의 미래를 향해 노력하고 있다. 이제 어린이날은 손자를 위한 날이 될 것이다.

어디서 들은 정보인지 방장이 "삼촌, 옆에 앉아 있는 사람이 인천 ○○○ 살인 사건의 범인이에요." 하면서 민우에게 귀띔을 놓았다. 민우는 얼마 전 뉴스를 통해 인천 ○○○ 살인 사건의 누나 살해범을 우연히 6번 방에서 만난 것이다. 그 살인자와 마주하고 있으니 기분이 묘하였다. 이 사건의 내용은 뉴스를 통하여 어렴풋이 기억하고 있었다. 2020년 12월 중순에 누나를 칼로 살해한 후 ○○○ 농수로에 유기한 사건이었다. 그 사건의 당사자를 이 좁은 공간에서 함께 마주하게 될 줄은 누가 알았겠는가?

민우가 상상하는 살인자는 험한 얼굴에 험한 표정을 하고 날카로운 눈을 가지고 있는 사람으로 생각하였는데 민우 앞에 있는 살인자는 너무나 착하고 약해 보였다. 약간 마른 체형에 중간 정도의 키, 착하게 생긴 겉모습과는 다르게 그 끔찍한 일을 저질렀다니. 역시 인간은 겉만 보고는 알 수 없는 동물이다. 가족과 친족을 배반한 자는 지옥에서 대마왕 루치펠로의 입 안에서 살이 찢기는 고통의 형벌을 받아야 하는데 그는 여기 조용히 앉아 있었다. 어찌 보면 그에게는 여기가 고통 없는 지옥일 것이라는 생각이 들었다. 한순간의 판단 아니 한순간의 감정을 이기지 못한 대가로 이 지옥 같은 감방에서 청춘을 썩히게 되었으니. 그런 생각에 어찌 보면 측은한 마음이 들기도 하였다. 죄는 미워해도 인간은 미워하지 말라는 말은 이 젊은 이를 통하여 다시 생각하는 계기가 되었다.

오늘 뺑기통 당번은 아나스와 살인자가 한 조였는데 아나스 대신 민우가 설거지 당번을 하였다. 무슨 이유인지 모르겠지만, 살인자와 대화해 보고 싶었다. 그와 대화하기 위해서는 이 작은 감방보다 더 작은 공간, 단 둘만의 공간이 필요했다. 민우는 그러한 장소로 뺑기통만 한 곳이 없다고 생각했다. 민우가 먼저 뺑기통에 들어가 자리를 잡으려 하자 광수는 한사코 거절했다.

"안 돼요, 삼촌! 좁은 데는 제가 앉을게요."

그의 말을 겨우 물리치고 살인자 광수 앞에 앉아 식기를 닦기 시작하였다. 민우는 일부러 아무 말 없이 식기만 열심히 닦고 있었다.

"삼촌."

"왜?"

"삼촌은 온종일 앉아 있는 자세가 어떻게 흐트러짐이 없어요?"

"아~ 자세가 흐트러지면 마음도 흐트러지기에 바른 자세를 가지려고 할 뿐이야. 내가 지은 죄가 많아서 바른 자세를 유지하면 죄가 조금은 줄어들지 않을까 싶어서 말이야, 하하!"

민우는 혼자 대답하고 혼자 쑥스러워 웃었다.

"이런 질문을 해도 되는 건지 모르지만 삼촌은 왜 보이스피싱을 했어요?"

민우는 이 젊은이의 갑작스러운 질문에 답을 찾지 못하고 있었다. 잠시 닦던 그릇을 내려놓고 대답했다.

"살기 위해서 했어. 나는 살기 위해서 무엇이든 해야 했어. 하지만, 나쁜 짓인 줄 알았다면 하지 않았을 거야. 아니, 나쁜 짓이었다고 하더라도 달리 방법이 없었을 거야. 이렇게 된 건 다 내 잘못이고, 내가 만든 것이니 그 대가를 치르고 있는 것이겠지. 어찌 살다 보니 이렇게 됐어."

민우는 자신의 진심을 이렇게 변명할 수밖에 없었다.

5월 6일

아침 식사 후 광수는 또 민우를 불렀다.

"내 얘기 계속할까요?"

누나를 살해한 광수는 자신의 복잡한 심정을 민우에게 말하고 싶어 했다.

"그래, 시간 많으니 천천히 얘기하자."

민우는 광수 곁으로 가서 앉았다. 광수는 민우가 앉자마자 조용히 아픈 가슴을 열어 놓기 시작하였다.

"그동안 누나한테 쌓였던 감정이 그날 폭발했어요. 그날은 만나지 않으려고 했는데, 누나가 극구 만나자고 해서 이 일이 발생한 거예요."

"아, 그래?"

민우는 광수의 말을 들으면서 그가 가슴속에 있는 심정을 토해 내도록 그리고 그를 이해한다는 표현으로 고개를 여러 번 끄떡였다.

"그때 굳이 만나지 않았다면 이런 일은 없었을 거예요…."

힘없이 떨어지는 광수의 고개를 보니, 그는 누나를 죽였다는 사실을 후회하는 것 같았다.

"평소에 누나랑 대화할 기회도 별로 없었고, 가족간에 대화도 별로 없었어요. 그래서 서로를 이해하지 못해서 생긴 일 같아요."

광수는 나름 자신이 저지른 범죄의 원인을 가족간에 대화 부족과 서로에 대한 불신이 주된 원인이라 생각하고 있었다.

"그렇다고 누나를 죽이면 되냐?"

민우는 조용히 타이르듯 질문을 하였다.

"누나에게 무슨 감정이 있었던 건 아니고?"

잠시 긴 한숨을 내쉰 광수는 말을 이어갔다.

"제까짓 게 뭐라고 잔소리가 심했어요. 히스테리인가 생각할 정도로 저만 보면 몰아붙였어요. 조금만 늦어도 왜 늦었냐, 사실대로 얘기해라 하면서 고래고래 소리를 질러 댔거든요. 그런 누나랑 같이 있는 게 싫었어요. 한 공간에서 숨 쉬는 것조차도."

정지된 공기

"김민우 씨, 검찰 조사 준비하세요."

검찰청 검사 조사가 있다면서 준비하라는 말을 소지가 남기고 지나갔다.

"광수야, 나중에 다시 하자."

민우는 엘리베이터 앞에서 다른 미결수가 다 모일 때까지 기다렸다. 이곳 구치소의 파란색 수용복은 기결수이고 카키색은 미결수가 입는 옷이다. 민우 역시 부여받은 카키색 수용복을 입고 왼쪽 가슴에는 흰색 바탕에 검은색으로 된 1202번 번호표를 딱풀로 붙였다. 구치소에서는 딱풀이 만능 기구이다. 딱풀은 종이만 붙이는 게 아니라 옷의 기장을 줄일 때도 유용했다. 바늘이나 재봉틀 대신 시접 부분을 딱풀로 붙이면 생각보다 고정이 잘 되었다.

다른 방 사람들도 하나 둘 모이자 한 20명 정도 되었다. 그들 모두 교도관의 지시에 따라 엘리베이터를 타고. 지하 1층으로 내려갔다. 금속 탐지기를 지나 오른쪽 문으로 들어가니 그곳에는 벌써 수많은 수용자가 법원 재판과 검찰 조사를 받기 위해 모여 있었고, 교도관은 가지고 있는 리스트를 보며 법원으로 갈 사람과 검찰청으로 갈 사람을 분류하고 있었다.

민우는 검찰청으로 가는 줄에 섞였다. 교도관이 오면 자동으로 두 손을 내밀었고 교도관은 아무 표정 없이 기계적으로 민우의 손목에 수갑을 채우고, 몸통을 포승줄로 묶었다. 영화에서 본 정치범처럼 흰색 포승줄에 묶여 앞사람의 뒤를 따라 마치 포로수용소의 포로처럼 묵묵히 앞사람을 따라 걸어갔다. 앞사람을 따라 미로처럼 긴 지하 통로를 통하여 검찰청으로 걸어가는 도중에 지하 공간을 가르는 날카로운 소리에 걸음을 멈추었다.

"조용히 안 해!"

같은 범죄를 저지른 공범들이 계속 떠들고 있었는데, 교도관이 여러 번 조용히 하라고 주의했는데도 멈추지 않자 목청이 큰 다른 교도관이 한마디 한 것이다. 여기 인천 교도관의 군기는 살아 있는 것 같았다.

왼쪽은 검찰청 방향이고 다른 한쪽은 법원으로 가는 통로인데 민우는 왼쪽 검찰청 방향으로 다른 수감자들과 함께 걸어갔다. 검찰청 지하에 도착하자 엘리베이터가 민우를 기다리고 있었다. 검사실을 향해 다시 엘리베이터를 타고 올라가는 도중에 민우를 안내하던 교도관은 "말씀 잘 하세요."라며 아무런 연고도 없는 민우에게 조용히 한마디 해 주었다. 검사실에 들어서자 입구의 맞은편 쪽에 앉아 있는 약 40대 중 반쯤 보이는 남자가 방 구조상 검사인 것 같았다.

민우는 검사 명패를 보고 검사의 이름을 속으로 두세 번 외우고, 입구 오른쪽에 있는 검찰 수사관 앞에 조용히 앉았다. 조사관의 얼굴은 남자치고 백옥처럼 하얗고 법 없이도 살 정도로 착해 보였다. 이번 조사는 경찰에서 작성한 조서에 실린 질문을 똑같이 반복하는 것이었다. 조서를 받고 나니 검사가 자기 자리로 와서 앉으라 하였다. 슬쩍 검사 모니터를 보니 그제야 알았는데 검사의 모니터는 수사관의 컴퓨터와 공유되고 있었고, 검사는 가끔 민우의 조서를 보면서 몇 가지 생각을 하고 있었던 것 같았다. 민우는 검사에게 선처를 바란다고 하였다. 그러자 검사는 잘못도 안 했는데 왜 선처를 바라느냐 물었다.

"모르고 하였다면 죄가 없는 게 아닙니까?"

민우는 그때 처음으로 자각하지 않은 상태에서 모르고 범죄를 저질렀다면, 애초에 행위 자체가 성립되지 않는 무죄라는 것을 알았다.

"선처를 바란다는 것은 곧 자기의 잘못을 인정하는 꼴이죠. 정말 모르고 했다면 판사님에게 잘 말씀드리세요."

나이 육십이 넘은 민우는 창피하지만, 선처를 바란다는 말 이외는 달리할 말이 없었다. 그것은 곧 무죄라고 주장하기보다는 정말 아무것도 모르는 상태에서 범죄에 가담하게 되었으니 형을 가볍게 해 달라는 요청이었다. 민우는 검사와 조사관이 마음에 들지 않았지만, 그들을 향해 공손히 인사를 하고 검사실을 나왔다.

5월 7일

금요일은 구매 물품이 들어오는 날이다. 아침 점검이 끝나자 편지지, 봉투, 수건, 펜, 전동 면도기 등 생활용품들이 작은 철창 구멍으로 쏟아져 들어왔다. 항상 웃는 얼굴의 배불뚝이 수근이가 전동 면도기 상자를 제일 먼저 열고 면도를 하였다.

"형님, 쓸 만한데요?"

머리숱만 조금 더 있었으면 영화배우 '조지 클루니'보다 훨씬 더 잘생긴 아나스도 빵기통 입구에 걸려 있는 손바닥보다 작은 거울을 통해 수북이 자라난 턱수염을 깎고 있었다. 그때 편지지를 받은 막냇동생뻘 되는 김성주가 다가와 탄원서 한 장만 써 달라 부탁하였다.

"탄원서는 글씨와 형식이 중요한 게 아니라, 너의 잘못에 대한 반성과 진정성이 제일 중요한 거야."

지구 온난화로 인하여 봄이 사라진 5월의 무더위는 이곳 유치장도 예외는 아니었다. 아나스가 뿜는 외국인 특유의 노린내가 한층 심해져 2번 방안의 공기를 견디기 어려울 정도로 탁하게 만들었다. 엊저녁에는 돼지고깃국이 나왔는데 아나스는 질색을 하며 쳐다보지도 않았다.

"아나스! 한 숟가락이라도 먹어."

배불뚝이 이수근은 손으로 먹는 시늉을 하며 아나스를 달래 보았지만, 아나스는 쳐다보지도 않았다. 그러자 방 사람들은 제가 먹으려고 숨겨 둔 참치와 밑반찬들을 나눠주었다. 아나스는 그제야 "땡큐, 땡큐." 하면서 겨우 밥 한술을 뜨기 시작했다. 우리나라 사람들은 그래도 밥에 관한 정이 많긴 많은 것 같아 흐뭇하였다. 구치소에서 같은 방을 사용하는 사람들이 가진 있는 죄의 크기와 상관없이 또 다른 인간적인 면을 새삼 느껴 보았다.

아나스의 고향은 북아프리카 모로코이고 회교도라서 돼지고기는 섭취할 수 없었고, 음식도 할랄 음식만 먹어야 한다고 했다. 그러면서 한국은 외국 사람에게 배려가 없다며 불만을 쏟아 냈다. 옆에 있던 수근이는 죄인 주제에 따지는 게 많다며 핀잔을 주었다. 아나스는 민우에게 모로코 교도소는 외국인 죄수들에게 그 나라에 맞는 음식을 주는데 한국은 외국인에게도 무조건 한국 음식만 준다고 불만을 계속 토로했다.

"왜 나한테 그래? 불만은 한국 법무부한테 말해(Why are you complaining to me? Complain to the Korean Ministry of Justice)."

"아빠니까, 아빠한테 말하는 거야."

아나스는 특유의 눈웃음을 지으며 징그러운 애교를 부렸다. 가 보지 않아서 알 수는 없지만 아낙스 말을 우선 믿기로 했다. 그러자 교도소 경험이 많은 조폭 출신, 심 사장이 외국인만 수용하는 방에 가면 국적에 맞는 밥을 준다는 얘기를 들었단다. 그 소리를 들은 아나스는 환호를 질렀다. 아나스는 화제를 바꾸어 모로코는 혼혈계 미인이 많다며 자랑하기 시작하였다.

모로코는 지중해의 관문인 스페인 지브롤터 맞은편에 자리한 나라였다. 아나스가 한사코 프랑스가 이탈리아 북부에 있다고 우기는 바람에 민우가 직접 유럽 지도를 그려 설명하는 수밖에 없었다. 스페인 북동쪽에 프랑스가 있고 스위스 그다음이 이탈리아라고 그려 주자, 아나스는 끝까지 자기가 직접 프랑스에 가 봤다며 민우가 그려 준 스위스와 독일 지역을 프랑스라고 우겼다. 그 바람에 민우의 속만 터져 나갔다. 이럴 때 인터넷이 없는 게 아쉬웠다. 핸드폰만 있으면 바로 확인시켜 줄 수 있는데. 옛말에 서울 남대문 가 보지 않은 놈이 가 본 놈을 이긴다는 말이 꼭 맞는 말이었다.

아나스는 모로코가 북아프리카이긴 하지만 지정학적으로 유럽과 가까워서 예쁜 아가씨가 많다고 했다. 민우는 모로코에 가 본 적은 없지만 그럴 것으로 생각했다. 아가씨 공급을 전문으로 하는 영구의 제안에 모로코에서 아가씨를 한국으로 보내는 일을 정말로 믿고 같이 하자고 조른다.

"조금 있으면 김 사장님 여기 다시 오겠네."

옆에서 듣고 있던 박 사장이 한마디 하며 서로 웃었다. 민우는 4만 원이 넘는 전동 면도기가 성능에 비해 너무 비싸다고 생각했다. 감방 경험이 있는 하 사장은 본방에 가면 넘쳐 나는 게 면도기니 굳이 여기서 살 필요가 없다고 강조하였다. 민우는 그 말을 믿어 보기로 하였다. 이렇게 오늘도 하루가 지나가고 있었다.

5월 8일, 토요일 편지

주말은 면회가 없다고 하였다. 오늘이 어버이 날인데 이곳은 휴일이면 모든 게 정지되고 만다. 그래서 그런지 토요일에는 시간이 너무 가지 않았다. 군대에서는 주말이면 면회를 기다리는 게 중요한 일과였는데 이곳은 정반대다. 주말은 모두가 지루하고 싫어하는 요일이다.

아침은 콘브레이크, 모닝빵, 우유 그리고 딸기잼, 채소샐러드가 나왔다. 민우는 모닝빵에 딸기잼을 바르고 채소샐러드를 듬뿍 넣어 아침을 먹기 시작하였다. 언젠가 외국인 친구가 결혼식을 싱가로프에서 해서 그때 아내와 같이 참석하였는데 고급 호텔에서 모닝빵과 커피 향기로 아침을 시작하였던 생각이 났다. 그러다 보니 어느덧 모닝 빵을 3개째 먹고 있는 게 아닌가?

무료한 주말, 오후에는 대부분 편지를 쓰고 있었다. 민우는 그들과 함께 옆 사람에게 편지지를 얻어 울산에 있는 상호에게 편지를 쓰려고 볼펜을 들었다. 여기서는 우리에게 TV 채널 선택권이 없다. 구치소 TV는 관제소에서 전체를 중앙으로 제어하는 것 같았다. 민우는 눈에 들어오지도 않는 TV를 보면서 인사말을 어떻게 쓸까, 고민하다 자신의 힘든 생활을 그냥 말하는 게 좋다고 생각하였다.

보고 싶은 상호에게!

상호야, 살려다오! 이 나이에 징역 생활이라니. 뭔 영화를 누리려고 이렇게 이리 버티고 있는 것인지. 그냥 다 손을 놓고 싶다. 이렇게 사는 것도 내 인생의 일부라고 생각하기엔 아쉬움이 많고 너무 한이 많다고 생각한다. 그냥 잘못했다고, 용서해 달라고 말하고 교도소로 갈까? 거기서도 힘들면 끝내고 싶다.

나는 네가 보낸 문자를 통해 취직한 줄 알았는데 알고 보니 그게 요즘 사회적으로 문제가 많은 보이스피싱이었던 거야. 6월 8일이 처음으로 심리하는 날인데 그때 변호사가 무죄를 주장하겠다고 했어. 모든 것이 두렵다. 변호사는 내가 모르고 했다는 주장에 일리가 있다고 판단한 것 같아. 하지만 무죄를 주장하다가 판사가 받아들이지 않으면 형이 더 가중된다고 하길래 고민을 하고 있어.

너랑 했던 통화 내역 중 "1건당 2~30만 원"이라는 소리와 사기꾼 아니야?"라는 내용을 보고 검찰은 내가 보이스피싱이라는 걸 알면서도 범죄에 가담했다고 주장하고 있어. 한 건 당 10만 원 받아 하루 2~3건 이게 큰돈이라며 쉽게 돈을 벌기 위해 사기꾼이 하는 짓을 내가 했다는 것이지. 내가 참, 기가 막혀서!

나는 사기꾼이라는 말은 통상적인 말이라고 생각해. 언어는 사회성을 띠고 있는데 만일 그게 보이스피싱이라고 생각했다면 "이거 보이스피싱 아니야?"라고 말했겠지. 하지만 조사관은 내 말을 믿지 않고 자신들의 수사 로직에 나를 가두어 구속시킨 거야. 만약에 여기서 나가면 이 보피 범죄자 놈들 상책을 찾으러 중국으로 갈 거야. 이놈들을 찾아내서 능지처참 내 버려야지.

이 일 때문에 온 가족이 나를 구하겠다고 생업을 제쳐 두고 피해자들에게 줄 합의금 만드느라 정신이 없어. 이거, 참…. 이게 무슨 일인지! 피해자들도 보피에 속아 그 어려운 돈을 전부 날리고 말았는데 그 속에 내가 있다고 생각하니 미안하고 속상해. 피해자는 당연히 나를 쥐어짜면 피해 금액을 돌려받을 수 있다고 생각하겠지. 하지만 너도 알다시피 내가 무슨 돈이 있겠니. 무일푼이라는 게 서글프다.

어찌 되었든 시간을 내서 탄원서 하나 부탁한다. 우선 나가기 위해 할 수 있는 방법은 다 해 봐야 할 것 같아서 그래. 그럼, 잘 지내고 다시 편지할게.

2021년 5월 8일

민우는 이 편지를 수영이에게 보내서 상호 삼촌에게 카톡으로 보내 주라 하였다. 월요일 검사가 통화 내역에 대하여 질문 사항이 있다는 변호사의 말에 내게 유리한 것과 불리한 것을 생각하느라 잠을 이루지 못하고 있었다.

5월 9일

내일 월요일 검찰 조사를 앞두고 아무리 생각해도 별다른 말이 떠오르지 않았다. 민우의 모든 범행은 그야말로 핸드폰에 다 있었고 결국 그 통화 내용을 가지고 알고 했느냐 모르고 했느냐의 다툼인데, 검찰은 같은 내용을 가지고 알고 했다는 것이고 민우는 모르고 했다는 것이다. 민우는 이제 진실은 재판정에서 가릴 수밖에 없다고 생각했다. 오늘도 어려운 생각에 잠에서 깨어났다.

체구가 작은 전 씨의 코고는 소리에 방 사람들은 잠을 이룰 수가 없었다. 방 사람들은 본인들도 잠들면 코를 골면서 이 방에서 코고는 사람은 전 씨 혼자인 것으로 몰아세웠다. 중국 선원이 이감을 가고 나서는 모든 일마다 사사건건 전 씨 탓만 하며 왕따를 시켰다. 단체 생활에 있어 만만한 사람 하나를 왕따시키면 자신들은 왕따를 당하지 않을 거로 생각하는 것 같았다.

이제 이 방에서의 모든 문제는 전 씨 몫이 되어 버렸다. 인간이란 어찌 보면 잔인하기 그지없다. 어찌 보면 자신이 살기 위해 군중 심리를 이용하는 것이다. 그나저나 전 씨에게도 문제는 있었다. 특히 식사 배분도 제대로 못 한다며 영호를 향한 불평이 제일 심하였다.

밥과 국, 반찬의 배식이 식사 때마다 양이 다 다르다고 불만이 많았다. 배식을 잘못하면 나중에 밥이 모자라서 아랫사람들은 난처해지곤 하였다. 다행히 이 방 사람들은 먹을거리에 인색하지 않아 자기 음식을 전 씨에게 조금씩 나눠 주곤 했다. 그 결과, 매번 배식량이 부족하다는 전 씨의 투덜거림을 듣거나, 십시일반으로 건넨 전 씨의 배식량이 필요 이상으로 넘치거나 둘 중 하나였다. 결국, 전 씨는 모두의 빈축을 살 수밖에 없었다.

게다가 전 씨는 왕따가 된 이후 심리적으로 위축됐는지 더 잦은 실수를 일으켰다. 해병대를 나온 영민이는 해병대처럼 굴리면 코골이는 이틀이면 다 고쳐진다며 민우에게 의견을 물었다. 민우는 이 좁은 방에서 뺑기통이나, 철문이나 거리에 얼마나 차이가 있다고 이 난리를 치는가 생각하였다.

"본인 코골이가 심한 걸 알면 스스로 뺑기통 옆으로 가서 자야 하는 게 아닌가요?"

"본인도 얼마나 스트레스가 심하겠냐. 길어야 2주야. 곧 있으면 본방으로 가니까 조금만 참자."

민우가 영민이를 달래는 사이, 깡마른 전 씨는 "아이, 씨발! 그래서 어쩔건데!"라고 소리를 지르며 관물대를 집어 던졌다. 갑작스러운 전 씨의 행동에 우리는 모두 놀랐다. 시끄럽게 떠들던 옆방에서조차 우리 방에서 우당탕 소리가 나자 갑자기 조용해졌다. 아마 우리 방에서 일어난 싸움 소리를 들으려고 떠드는 소리를 멈추고 귀를 세우는 것 같았다. 민우는 그제야 전 씨가 공무 집행 방해죄로 들어온 이유를 알 것만 같았다. 작은 체구지만 성깔이 있는 전 씨였다.

방장은 자신이 방장으로 있는 방에서 일어난 사건에 대하여 흥분하여 욕을 해대고 있었다. 옆에 있던 영민이가 전 사장을 향해 잡지를 던지고는 주먹을 불끈 쥐며 한 대 칠 기세로 달려들었다. 누군가는 멍석말이를 해야 한다고 목소리를 높였다.

이대로 있다가는 문제가 심각해질 것 같았는지 민우는 뺑끼통에서 물한 바가지를 퍼다가 관물대 맞은편 벽을 향해 냅다 뿌렸다. 그대로 두었다간 교도관이 좇아오고, 분명 누군가는 징벌방에 갈 게 불을 보듯 뻔했다. 이 다툼을 멈추게 하는 방법은 이것밖에 없다고 생각한 것이다. 6번 방 재소자들은 민우의 행동에 모두 놀라서 하던 일을 멈추었다. 방 안의 공기는 완전히 정지되고 말았다.

검찰 조사

민우는 방에서 나이가 제일 많은 어른으로서 사람들을 진정시켰다.

"좀 조용히 삽시다. 그리고 서로 조금만 이해합시다. 이렇게 싸워서 징벌방에 가면 서로 좋을 게 없잖아. 조금씩만 참읍시다. 방장님, 전 사장, 영민씨! 미안해."

민우는 아들 같고 동생 같은 이들에게 정중히 사과하였다.

"아니에요, 제가 미안해요."

영민이 먼저 사과하자 모두 서로에게 사과를 하였다. 민우가 걸레를 들고 바닥에 흩어진 물을 닦자 재영이 얼른 다가와 함께 걸레질을 하였다. 그러자 모두가 자기 수건을 들고 바닥을 닦기 시작하였다. 덕분에 6번 방의 바닥이 유리처럼 깨끗해지는 순간이었다.

잠시 후 흥분이 가시고 나자 방 사람들은 장기를 두기 시작하였다. 가끔 젊은 방장이 장기 두는 것을 보았는데 방장의 장기 실력이 예사롭지는 않았다. 이 방에서 방장을 이기는 사람은 없는 것 같았다. 방장은 만만한 상대가 없자 민우에게 "삼촌!" 하면서 눈짓으로 장기 한번 두자는 신호를 보냈다. '그래 한번 두자.' 민우는 생각했다. 방장의 성격상 민우가 이긴다면 제가 이길 때까지 매일 두자고 조를 것 같았다. 그러면 상당히 피곤해질 것 같았는데, 이것은 기우였다. 마와 상을 잘 쓰는 방장은 몇 수만에 민우를 꼼짝 못 하게 만들더니 외통수로 만들었다.

"삼촌, 한 수 물려 드릴까요?"

"아니야, 내가 졌어."

민우는 여유롭게 묻는 방장에게 제가 졌다며 깨끗하게 승복하였다. 민우를 이긴 방장은 천하를 얻은 듯 입이 귀에 걸려 좋아 죽겠다고 난리다.

"아니, 우리 방장은 어디서 배운 거야? 내가 어디서 장기로는 밀려 본 적이 없는데."

"삼촌도 잘하세요. 저는 소년원 때부터 배워서 그런가 봐요."

방장은 어린 나이에 소년원을 거쳐 구치소, 교도소 고수들에게 배웠다며 은근히 자랑하였다. 젊은 방장의 장기는 차를 거의 쓰지 않고 포와 마상으로 민우를 잡았는데 그건 쉬운 실력이 아니었다. 이것은 분명 그가 있었던 어느 교도소의 장기 고수로부터 전수받은 게 분명하였다. 민우는 어린 방장에게 장기를 졌지만 그리 기분 나쁘지 않았다. 장기를 물리치고 앞으로의 삶에 대하여 생각하니 또다시 막막할 뿐이었다. 아들에게 진 빚은 갚고 죽어야 하는데….

민우는 살면서 부모처럼 매번 사기를 당한 것에 대하여 생각해 봤다. 사기당하는 것도 유전이란 생각이 들었다. 과거에 절박한 심정을 이용하여 회사를 인수하겠다는 놈이 위탁 경영을 한다고 접근을 하여 돈 한 푼 내지 않고 민우를 사지로 몰아 놓은 적이 있었다. 언젠가 돈이 생기면 변호사를 사서 그놈에게 정의가 무엇인지를 알려 주어야 하는데.

어쨌든 그놈은 인수금은커녕 기존 직원들의 급여도 지급하지 않아 아들의 도움으로 벌금 700만 원을 냈고, 그 회사 때문에 발생한 또 다른 벌금

250만 원이었다. 이번 사건으로 구속된 민우에게 날아온 것이다. 이 벌금을 내지 못하면 매일 10만 원 씩 25일을 더 살아야 한다. 이 작은 문제를 민우 스스로 해결을 하지 못하고 아들에게 다시 부탁해야 하는 슬픈 현실 때문에 민우는 괴로웠다.

창밖은 중국발 황사로 인하여 5월의 하늘이 점점 검고 뿌옇게 변해 가고 있었다. 인천 구치소는 1동과 2동으로 나뉘어 있다고 방장이 말하였다. 수원은 가동과 나동으로 되어 있고 여기 사람들은 5월 18일 본방으로 간다며, 거기로 가면 문지방을 먼저 넘는 사람이 고참이라는 규칙을 다시 알려주었다. 민우는 이곳 세계에서는 문지방이 무엇인지 이 말을 몇 번이고 계속 들었다.

저녁을 먹자 아나스와 고영민 그리고 수근이가 모로코 아가씨 국내 접대부 사업에 대하여 진지하게 논의하기 시작하였다. 농담으로 시작했는데, 이제는 마치 진짜 사업처럼 진지하게 구체화 되고 있었다. 그래서 이 작은 구치소나 교도소에서 뜻이 맞는 사람들이 만나서 새로운 범죄가 탄생하는 것이 아닌가 하는 생각이 들었다. 그러면서 시간을 보내고 있었다.

조 사장은 사업 계획서를 작성한다고 A4용지에 디자인하여 민우를 웃게 만들었다. 아나스는 마리화나로 입건되었다. 이제 출소하면 출입국 관리 사무소에서 본국으로 추방되고 향후 5년간 한국 입국이 제한된다고 하였다. 그러기에 아나스가 모로코로 가면 조 사장이 비행기표와 경비를 대줄 테니 형님이 아나스와 같이 모로코로 가서 취업 여성을 심사하여 한국 인천 공항으로 보내는 역할을 해 달라는 것이었다. 말이 구체적으로 돌아가자 아나스가 더 흥분하여 "아빠, 꼭 오세요. 우리 같이해요."라며 설득했다.

모로코는 아프리카 북부에 있는데 그 유명한 사하라 사막이 있어 죽기 전 꼭 한번 가서 낙타 여행을 하고 싶었던 나라 중 하나였다. 6번 방 사람들은 모나코와 모로코를 제대로 구분하지 못하는데, 자동차 경주와 쟝프랑소아 모리스의 노래 〈모나코〉를 모로코와 혼동하는 것이다.

5월 10일

월요일 오전부터 민우는 검사실 조사관 앞에 앉아 조사를 받고 있었다. "아이, 씨~발! 당신 알아서 하세요."라고 말하기에는 아직 할 일이 많이 남아 있다는 생각에 눈만 멀뚱멀뚱 조사관을 쳐다보고만 있었다.

"경험도 많으신 분이 보이스피싱을 모르고 했다는 걸 누가 믿겠습니까?"

민우의 심장박동은 빨라지기 시작하였다. 어릴 적부터 거짓말이라는 생각만 해도 얼굴이 벌겋게 되기에 포커페이스와는 거리가 멀었다. 민우는 소리 없는 심호흡을 크게 한 번 하고는 말했다.

"일종의 믿음의 벨트입니다. 내가 신뢰하는 사람이 소개하면 의심하지 않는다! 거의 모든 사람이 그렇게 생각할 겁니다. 내가 신뢰하는 지인의 소개이었기에 정말 전혀 의심하지 않았습니다."

"돈 많이 주면 사기 아니야? 이 말은 보이스피싱임을 알고 말한 거 아닙니까?"

장 형사가 질문한 내용을 검사실 조사관이 똑같이 물고 늘어졌다.

"아닙니다. 사기가 아니냐는 말은 통상 좋은 의미에서 반어법으로 일상적으로 쓰는 얘기인 거 잘 아시잖습니까!"

그 조사관과 검사는 그 통화 부분이 민우가 보이스피싱 임을 알고 했다는 증거라 생각하고 있었다. 민우가 어떤 말로 설득해도 받아들이지 않았다. 민우는 문장 전체를 봐야 그 문맥을 이해할 수 있듯이 전체 통화 내용을 들어 보면 알 수 있는데, 한 부분만 발췌하여 범인으로 몰아가는 수사 방법은 분명 잘못된 것 같다고 주장했다. 하지만 이 말은 그들에게 끝내 받아들여지지 않았다. 아니, 들으려 하지 않고 자신들의 주장이 관철될 때까지 보이스피싱 범죄자로 몰고 가서는 결국, 민우를 보이스피싱 범죄자로 재판에 넘기려 하였다.

"검사님, 본의 아니게 보이스피싱 범죄에 가담했다는 사실을 알고 나서는 저도 죄책감을 많이 느꼈습니다. 그러니 부디 선처를 부탁합니다."

"아니, 혐의점을 전부 부인하면서 뭘 선처해 달라는 겁니까?"

"제가 말씀 드린 게 전부 사실인데 그럼 어떡합니까!"

민우는 정말로 자신이 보이스피싱 상책에 속아 아무것도 모르는 상태에서 범죄에 가담했으며, 그 사실을 알고 난 후에 억울함을 느꼈다고 표현하고 싶었다. 또한, 조사관과 검사에게 최선을 다해 이 부분에 관하여 설명하려 하였다. 그러면서 어떻게 해야만 진심을 전달할 수 있는지 물었다.

"조서는 한번 작성하면 임의로 수정할 수 없습니다. 보이스피싱은 중죄예요. 마지막으로 할 말 있습니까?"

검사는 단호하게 말하였다. 민우는 무슨 말을 해야 자신의 진정성을 아니, 이들을 설득할 수 있을까 생각하다 그만두기로 하였다. 블링크처럼 인간은 처음 2초 만에 가졌던 생각이 여간해서 바꾸지 않는다는 것을 너무나 잘 알고 있기 때문이다. 그때 했던 일이 보이스피싱인 것을 알면서도 모르는 척하지 않았다는 확실한 증거를 내놓지 않는 한, 무슨 말을 해도 바뀌지 않을 것이란 생각이 들었다. 이제 마지막 방법은 법원에 가서 판사에게 진정성을 표하는 방법 이외는 없다고 생각했다.

"본의 아니게 사회에 문제가 되는 보이스피싱을 해서 정말 미안합니다."

"그럼 대충 피해자가 당한 피해의 회복을 위하여 노력하겠다는 식으로 정리하겠습니다."

검사의 조사가 끝나고, 민우는 고마운 게 하나도 없지만 고맙다는 인사를 하였다. 왔던 길을 되돌아 무거운 마음으로 교도관의 안내를 받으며 아래층으로 내려갔다. 지하 터널을 다시 지나다 보니 아까 보지 못하였던 축축한 바닥과 퀘퀘한 지하실 특유의 냄새가 코를 자극하는 것을 느낄 수 있었다. 11층 6번 방으로 돌아오니 저녁 6시가 지난 시간인데 방 사람들은 민우를 위해 저녁밥을 남겨 두었다.

한편, 변호사는 내가 모르고 했든 알고 했든 그게 중요한 게 아니라고 생각하는 것 같았다. 사회적으로 문제가 되는 보이스피싱은 해를 거듭할수록 더욱 지능적으로 발전하고, 피해 금액도 천문학적으로 늘어나고 있었다. 그래서 법원은 대부분 보이스피싱 범죄자는 구속이라는 형을 무겁게 때리고 있다고 했다. 그러한 범죄에 대하여 무죄라는 판결이 난다면 정말 뉴스거리가 될 게 분명했다. 물론 무죄라는 것이 만에 하나 있을까 말까 할 정도로 쉬운 일은 아니었다. 하지만 변호사에게는 해 볼 만한 장사임은 분명하였다. 법정에서 무죄를 주장했다가 잘되면 자기 덕이라 수임이 늘 것이고, 안되면 의뢰인에게 징역이라는 무게를 떠넘기면 될 일이었기 때문이다.

좀도둑

5월 11일

　오늘도 박 사장은 본인이 만들어 놓은 달력을 보며 재판 일정과 합의 보는 일정 그리고 출소 일정을 확인하고 있었다. 민우는 미소로 응원하였다. 아침 식사 후, 입냄새가 심한 박 사장은 "금방 여기 있었는데…." 하면서 없어진 칫솔을 찾으며 안절부절못했다. 주변머리가 없는 박 사장은 없어진 칫솔을 심각하게 찾고 있었다. 아마 하수구 구멍으로 들어간 것 같았다. 찾기를 포기한 박 사장은 없어진 칫솔을 어떻게 구할 수 없냐며 민우에게 부탁했다. 민우 역시 뭐 별다른 수가 없어 결국, 임시 방장인 주호에게 칫솔 하나를 부탁하자 방장은 소지에게 바로 말하더니 소지를 통하여 손쉽게 칫솔을 구해서 민우에게 주었다.

　"삼촌이니까 주는 거예요."

　"고마워."

　"박 사장, 받아."

　"고마워요. 여기서 나가면 꼭 송도로 오세요. 송도에 맛집 많아요. 내가 한잔 살게요."

　오후에는 아나스가 샤워를 할 때 민우가 등에 비누칠을 해 주었더니 연신 "땡큐, 땡큐." 하면서 고마워하였다.

5월 12일

영치금은 가족이나 지인이 재소자의 개인 계좌에 넣어 주는 돈을 말하는데, 이것을 가지고 재소자가 감방에서 필요한 용품을 사는 데 쓴다. 한데 민우는 경찰서 유치장에 있을 때 영치금을 중요하게 생각하지 않았다. 가족들 역시 집안에서 누군가 구속된 적이 없다 보니 거기까지는 생각하지 못하였다.

그로 인해 민우는 구치소 이감된 지 수일이 지나도 돈이 없어 불편하였고, 면회까지 없자 불안해지기 시작하였다. 더 솔직한 것은 경찰서 유치장에서 가족에게 영치금 얘기를 하려다 그만둔 것이다. 언제부터인가 민우는 소심해져 있었다. 아무리 가족이라도 염치없이 돈 얘기를 한다는 것은 그리 쉽지 않았다. 다만 알아서 챙겨 주길 바랐는데 가족도 그것까지는 생각하지 못했던 것 같았다. 박 사장은 영치금 하나 없는 민우를 대신하여 내의와 노트를 구매해 주었다. 김성주, 고영민, 이수근 등이 서로 민우가 필요한 용품을 구매해 주겠다 하기에 고맙지만, 박 사장이 이미 대신 구매해 줬다고 거절하였다. 박 사장은 참 고마운 사람이었다. 6번 방 사람들이 자기에게 베푸는 작은 도움에 대하여 민우는 진정으로 고마움을 느꼈다.

2020년도 작년 달력이 입구 쪽 창가 벽 쪽에 붙어 있었는데 시골에 가면 벽지 대신 달력을 풀칠하여 붙여 놓은 것처럼 우리 방에는 세월 지난 작년 달력이 벽에 붙어 있었던 것이다. 6번 방에는 달력이 없다. 날짜를 알고 싶으면 소지나 교도관에게 물어봐야 했다. 작년 2020년도 8월 달력이 올해 5월 달력과 똑같기에 작년 8월 달력을 보고 5월 계획을 살피는 것이다.

민우는 태어나서 남자의 배가 이렇게 큰 사람은 처음 봤다. 수근이의 배를 처음 본 순간 세쌍둥이가 들어 있을 정도로 배가 남산만 하였다. 배가 남산만 하다는 얘기는 임산부가 아니라 수근이를 두고 하는 얘기였다. 눈이 커다랗고 40대 초반 나이치고는 너무 젊어 20대 후반 정도로 보였다. 친한 친구가 오늘 오기로 되어 있었는데 그 친구가 면회를 오지 않았다고 실망을 하고 있었다.

23살의 재영이는 약간 마른 편에 얼굴이 하얗고 갸름한 얼굴을 가지고 있었다. 자신이 저지른 죄가 나쁘다는 것은 알지만 그렇다고 그게 그렇게 잘못된 짓인지 큰돈도 아니고 적은 돈을 조금 가져간 게 어떠냐고 말하는 게 죄라고 생각을 하지 않는 것 같았다.

"재영아, 절도는 어떻게 하는 건지 얘기 좀 해줄래?"

"뭐…. 재미없어요, 삼촌. 저는 동네 치킨집, 편의점, 식당, 옷 가게 등 아무 데나 가리지 않아요. 그리고 저는 절대 큰돈은 훔치지 않았어요."

"그럼 얼마나?"

민우는 재영이의 말이 웃겼다. 이놈은 큰돈은 죄가 되고 적은 돈은 죄가 안 된다고 생각하는 것 같았다. 민우에게 빵 한 조각을 훔치고 19년 징역살이를 한 장발장 얘기를 해주고 싶었다.

"돈 통에 10만 원 있으면 다 가져가지 않고 2~3만 원만 가져가요."

"ㅋ~ 그 정도의 양심이면 아예 하지 말아야지."

"근데 저도 모르게 훔치는 걸 어떡해요. 스릴도 있고 재밌어요."

"주인이 있는데 어떻게 훔칠 수 있냐?"

"친구가 주인에게 바람잡이 역할을 해 주고 그사이 제가 돈 통에서 돈을 꺼내는 거예요."

"야! 남의 것을 건드리는 건 그게 크든 적든 다 잘못이야."

민우는 남을 타이를 자격도 없으면서 재영이에게 잘못을 타이르고 있는 자신이 부끄러웠다. 하지만 도둑질하는 아버지가 자식에게는 착하게 살라는 심정으로 말했다.

"여기서 나가면 병원에 가서 네 도벽을 의사에게 치료받아 봐. 그래서 어떻게 23번이나 했냐?"

재영이는 고개를 들어 민우를 쳐다보며 다시 히끗 웃더니 대답했다.

"다 동네에서만 했어요. 경찰이 봐준 것까지 합치면 수십 번은 더 될 거예요."

재영이는 아주 자랑스럽게 얘기를 하였다.

"제가 훔치고 가면 바로 파출소에서 전화가 와요. 가게 주인이 돈 없어지면 내가 가지고 간 것 같다고 파출소에 신고하는 거예요."

"참, 기가 막혀서. 돈 만 원 없어졌다고 경찰에 신고하는 사람도 있어요."

재영이는 만 원 가지고 자기를 신고한 가게 주인을 비난하였다.

"야, 재영아! 돈이 많고 적은 게 문제가 아니라 단돈 10원이라도 네가 훔치는 게 문제야. 온종일 피땀 흘려 번 돈이 없어졌다고 해 봐. 너라면 화 안 나겠니?"

"재영아! 너 그러면 경찰하고 친해졌겠다."

옆에서 재미난 듯 듣고 있던 성주가 물어보았다.

"네. 이제 동네에서 돈이 없어지면 제일 먼저 저한테 전화가 와요? '치킨집, 너지?' 하면서요. 어떤 때는 다른 놈이 했는데 저 아니냐고 하여 경찰하고 싸운 적도 있었어요. 이제는 경찰도 제 말을 믿어요. 아닌 건 아니고 기면 기라고 하거든요."

"근데 네 엄마는 뭐라 하시냐?"

민우가 재영에게 엄마 얘기를 하자 재영이는 고개를 숙이며 "엄마한테는 미안해요." 하면서 더 이상 말을 잇지 못하였다.

"재영이는 아직 어리니까 사회 나가면 좋아하는 일을 찾아 봐. 무조건 자격증 하나는 따는 게 좋을 거야."

민우는 귀에 딱지가 맺도록 여러 번 얘기를 하였다. 민우는 자신의 앞가림도 하지 못하면서 재영이 앞일을 걱정하고 있었다..

살인자의 여자친구

5월 13일

새벽에 문제가 생겼다. 배가 살살 아프기 시작하였는데 오전에 먹은 방울토마토가 문제였던 것 같았다. 모두 자는 이 밤에 화장실 물소리는 분명 클 텐데 어쩌나 하면서 조심조심 화장실을 들락거렸다. 새벽에 잠을 설쳐서 그런지 아침이 무거웠다.

"삼촌! 저 오늘 여자친구가 면회를 와요."

오늘 여자친구가 면회를 온다고 민우한테 귀띔을 하는 광수가 말을 이어갔다.

"남들은 접견이 오면 즐겁고 기대되는데, 저는 긴장이 돼요. 오늘이 여자친구 만난 지 200일이 되는 날이에요. 이따 만나면 좋은 소리 못 듣겠죠?"

"당연히 못 들을 거야."

"친구랑 지인들이 모두 저를 욕하고 손가락질하는 거 다 알아요."

광수는 감정이 솟아오르는 듯 고개를 떨구면서 잠시 말을 잇지 못하였다. 민우는 광수에게 어깨를 두들기며 조용히 말하였다.

"이따 만나면 오늘은 그냥 미안하다는 말만 해. 그냥 듣기만 하는 게 좋을 거야. 어떤 변명도 하지 말고."

"네. 내가 지은 죄가 크다는 거 알아요."

순간 아침 점검 준빗소리에 모두 하던 일을 멈추고 일어섰다. 이곳 6번 방 사람들은 아침부터 덥다고 아우성이었다.

"오광수, 접견!"

소지의 우렁찬 소리와 함께 여자친구 접견을 위해 아침부터 샤워를 2번 이나 하며 때 빼고 광을 낸 광수는 어젯밤 각을 잡아 모포 밑에 묻어둔 관복을 짝 펴서 입고는 상기된 표정으로 철문을 나섰다. "잘 갔다 와." 방 사람들은 이구동성으로 면회 오거나 나가는 사람에게 아낌없이 즐거운 마음으로 응원을 한다. 광수를 배웅하고 나자 임시 방장 주호는 요즘 아침마다 여자친구가 꿈에 나타난다며 여기 오기 바로 전에 헤어진 여자친구 얘기를 하였다.

"여자친구가 많이 그리워요, 삼촌."

어린 방장은 자기 여자친구 얘기를 민우에게 하고 싶었던 것 같았다. 민우는 어느덧 이 6번 방에서 월급 없는 상담사 역할을 하고 있었다.

"그래, 방장. 얘기해 봐. 하지만 어떡하지? 내가 별로 아는 게 없어서…"

주호는 민우의 말이 끝나기도 전에 자기 얘기를 들어 주는 것만으로도 충분하다고 했다. 그러면서 그는 자기가 만났던 여자친구 자랑을 하기 시작하였다.

"삼촌, 제가 만난 여자 중 유일하게 루이비통을 사 준 여자친구예요. 걔 월급이 약 160만 원 정도인데, 그 돈은 제 하루 술값도 안 되거든요."

주호는 자신의 경제력을 과시하고 싶은 것 같았다. '그 나이에 과시욕도 없으면 젊은이가 아니지.' 생각하였다.

"근데 그 돈으로 50만 원은 저축하고 엄마 용돈도 드리고 나머지로 자신을 위해 쓰는 착하고 알뜰한 여자였어요. 헤어진 것이 너무 아쉬워요."

"그래, 내가 생각해도 그 정도면 너무 아까운 아가씨 같다."

민우는 주호가 말하는 아가씨가 사실이라면 꽤 괜찮은 아가씨라는 생각이 들어 맞장구를 쳐주며 아쉬움을 같이 한다는 표현을 하였다.

민우는 어린 방장의 문신을 보자 옛날 친구들과 라운딩을 마치고 골프장 샤워장에서 보았던 건달들의 문신이 갑자기 떠올랐다. 골프장 탕 안에 가만히 앉아 있는데 시커면 덩치 큰 놈 네 놈이 온몸에 용을 휘휘 감은 채 '텀벙' 하고 예의도 없이 물을 튀기며 들어 오는데 참 난감했던 기억이다.

옛날에는 골프장 샤워장 입구에 '문신 입욕 금지'라는 문구가 있었다. 하지만 타투를 하는 사람이 많아지면서 요즘은 입욕을 자유롭게 하고 있다. 세상의 규정도 시대에 따라 변하고 있는 모양이다. 건달들이 탕에 들어오면 대부분 탕 안에 있던 사람들은 슬그머니 주위 눈치를 보며 어물쩍 기어나가곤 하는데 그때 민우는 저 멀리 유리창 밖 먼 산을 바라보며 명상에 잠겨 있는 척 건달들을 의식하지 않았다. 그러한 민우를 오히려 건달들이 이상한 눈으로 쳐다봤었는데 민우는 그때 생각이 나서 빙그레 웃음을 지었다.

"보스?"

어린 방장을 부를 때 민우는 가끔 보스라고 불렀다.

"근데 문신은 왜 한 거야?"

"네?"

갑작스러운 문신 질문에 어린 방장 주호는 약간 놀라는 표정을 지으며 대답했다.

"처음에는 아버지 기일 전날 문신을 팔쪽에 반절만 하고 집에 갔더니 엄마가 생난리가 났어요. 엄마가 난리를 쳤는데도, 다음날 나머지 반절 마저 하고 집에 갔더니 엄만 기절했어요."

"근데 엄마도 그렇게 싫어하는 문신은 왜 한 거야?"

주호는 나이답지 않게 깊은 한숨을 내쉬었다.

"저는 문신을 할 때 여러 의미와 상징성은 생각하지 않았어요. 당시에는 그냥 멋있게 보였고, 선배들과 비슷한 문신을 하고 싶어서 그렇게 한 거예요. 하지만 지금은 후회하고 있어요."

"후회?"

"예, 이제는 쪽팔려요. 목욕탕 갈 때마다 전부 저만 쳐다보는 것 같아요. 문신이 다른 사람에게 불편을 주는지 그때는 정말 몰랐어요."

임시 방장 주호는 스무 살 때 처음 문신을 했다고 하였다.

"이레즈미의 이레는 먹물이고 즈미는 넣다라는 뜻으로 일본에서 문신을 이레즈미라고 해요."

주호의 가슴에는 이름 모를 꽃이 있고 등에는 용이 승천하는 그림이 있었다. 볼록 나온 배에는 목이 잘린 도깨비 그림이 자리했고, 오른쪽 팔뚝에는 한야라는 도깨비 그림이 있었다. 한야는 아름다운 여승이 사랑을 이루지 못하고 죽어서 된 귀신이라고 했다. 그 귀신은 남자를 극도로 혐오하여 도깨비 가면을 쓰고 남자나 아이를 잡아먹고 다녔는데, 죽은 아이의 머리만 가져간다고 하였다.

민우는 문신 이야기를 들으면서 주호의 문신을 다시 자세히 다시 보았다. 한야는 머리카락이 산발되어 죽은 사람의 머리를 들고 있었는데, 매우 끔찍해 보였다. 한야는 전쟁에 나가는 남편에게 일본 부인들이 몸에 새기는 문신으로 부적의 의미도 있다고 하였다. 한야가 다른 여자의 접근을 막는 그러니까 바람 피우는 것을 방지한다는 뜻도 있고, 그 밖에 액운을 막아주고 사고를 방지한다는 의미도 있다고 하였다. 어쨌든 민우는 주호의 일본 문신이 마음에 들지 않았다.

그때 어제 박 사장 와이프가 면회 오면서 사식으로 넣어 준 방울토마토가 들어왔다. 잠시 후 민우의 피해자 중 한 사람이 제출한 공소장과 배상명령신청서 3천만 원짜리가 같이 들어왔다. 민우는 갑자기 마음이 무거워지기 시작하였다. 면회 나갔던 광수가 30분이 지난 후 아무 표정 없이 돌아왔다. 방 사람들은 광수의 여자친구가 과연 면회를 왔을까 아니면 오지 않았을까에 대하여 내기를 할 정도로 광수의 면회를 몹시도 궁금해하였다. 하지만 누구도 선뜻 물어보지 못하고 광수의 눈치만 보고 있었다. '살인자의 여자친구' 여자친구의 입장에서 생각하면 내가 만나던 사람이 살인자였다는 사실을 알았을 때 그 충격과 배신감은 어찌 말로 표현할 수 있었을까? 순간의 잘못된 판단이 사랑하는 사람과 모든 사람을 지옥보다 더 큰 나락으로 떨어트리고 만 것이다.

접견을 마치고 돌아온 광수에게 무슨 일이 있었는지 궁금하였지만, 내성적이고 자기의 감정을 잘 드러내지 않는 그가 입을 열 때까지 민우도 잠시 기다리기로 하였다. 살인한 사람은 이곳 세계에서 소리 없는 예우를 해 준다. 그건 누가 알려 주거나 교육이 있어서가 아니라 그냥 무언의 관례로 장기수에 대한 예우를 해 주는 것 같았다. 아마 사회로 쉽게 돌아갈 수 없는 안타까운 사람에 대한 배려 아닐까 하는 생각이 들었다.

광수는 창가에서 아무런 표정 없이 1.5리터짜리 페트병 2개를 들고 아령 대신 운동을 시작하였다. 그리고는 팔 굽혀 펴기를 몇 번씩 반복하기에, 민우는 직감적으로 알 수 있었다. 광수는 오늘 불러뺑을 당한 것이다. 여자친구가 오지 않은 것이다. 결국, 그녀는 광수를 포기한 것인가? 그렇다면 왜 면회 신청을 한 것일까? 그사이 마음에 변화가 생긴 것인가? 아니면 면회 신청을 하고 나니 상황이 부담스러워 면회를 취소한 것일까? 민우는 자기 일도 아닌데 여러 가지 상상을 하고 있었다.

한동안 비 오듯 땀을 흘리며 운동을 하는 광수는 운동이 아니라 몸을 혹사 시키고 있었다. 그러한 광수를 향해 민우는 참지 못하고 "안 왔구나?" 하고 물었다.

"네."

광수는 계속해서 운동하면서 대답하였다.

"오지 않았어요."

민우는 더 이상 아무 말도 하지 않았다. 살인자의 여자친구는 면회를 오지 않은 것이다. 광수에게 있어 오늘의 접견은 평생 잊을 수 없는 쓰라린 슬픈 접견이 되어 버린 것이다.

5월 14일

과연 담당 검사는 구형을 얼마나 때릴까? 재판이 시작도 되지 않았는데 민우는 구형부터 걱정하기 시작하였다. 새벽 3시 30분 조심조심 화장실에 갔다 와서 조용히 자리에 누웠다. 방장을 제외한 나머지 사람의 잠자리는 매일 밤 상황에 따리 바뀌었다. 철문 바로 옆에는 방장이 자리하고 수근이까지, 모두 옆으로 누워 있는데 팔뚝 문신만 보이는 게, 마치 영화에 나오는 깡패 합숙소 같다는 생각이 들었다. 처음에는 적응이 너무 힘들었지만 정말 인간은 사회적 동물이라 하지 않았던가? 민우도 이곳 생활에 차차 적응되어 가고 있었다. 검사 조서를 받기 위해 세수를 하고 양치질을 하는데, 아나스가 옆 사람들에게 양칫물이 튀는 것을 조심하지 않고 그 큰 키에 서서 양치하기에 주의를 주었다. 그랬더니 뾰루퉁 하여 말도 안 한다.

잠시 후 12시 15분 아들이 면회를 왔다는 소식이 들려 왔다. 면회실 1층에 내려가 12호 실에 대기하고 있었는데 30분이 다 되었는데도 소식이 없다. 무슨 일이 생겼나. 핸드폰이 없으니 무슨 일이 생겼는지 알 수가 없다. 근심과 걱정이 또 시작되었다. 잠시 후 30분이 지나자 인터폰 소리에 급히 수화기를 들었더니 "김호영 씨 오늘 면회 안 왔어요." 아니 이게 무슨 일이지. 차가 밀렸나. 왜 안 왔을까 에 대한 걱정보다 오지 못한 이유를 알고 싶었다. 집에 무슨 일이 생겼나 합의금이 너무 많아 포기했나. 민우는 별에별 생각이 다 들면서 또다시 걱정이 앞을 가리기 시작하였다.

무거운 마음을 가지고 방으로 되돌아가는 길은 한발 한발이 천근 같았다. 그나저나 변호사는 왜 오지 않을까. 언제까지 기다려야 하는가? 12층으로 돌아오는 길에 12층 담당 교도관에게 변호사 접견을 하고 싶은데 어떻게 연락할 방법이 없냐고 물어보니 "조금 기다리면 연락이 올 겁니다." 그저 기다리라는 말뿐이었다. 모든 것이 불통이다. 이렇게 답답하고 캄캄할 수가 없다. 세상이 정지된 것처럼 아무것도 할 수 없는 이 현실을 받아들이기가 너무 힘들었다. 모든 소통이 없어진 순간 이게 구치소란 것을 다시금 깨달았다.

다시 방으로 돌아온 민우는 단팥빵 하나를 꺼내 한입 크게 베어 물었다. 집에 무슨 일이 있는 건 아니겠지. 걱정에 걱정이 꼬리를 물기 시작했다. 검사 조사를 간 아나스가 아직 돌아오지 않자 조 사장이 "우리 모로코 비즈니스 어떻게 되는 건 아니겠죠?" 하며 걱정하기 시작했다. 그때 아나스가 들어왔다. 통역이 없어 월요일 다시 조사받으러 오랬다며 얼굴에 불만이 가득하였다.

"아니 무슨 검찰이 외국인 통역 준비도 없이 호출하는 법이 어디 있어?"

통역사가 사정이 생겨 오늘 참석을 하지 못하였던 것이다. 아나스의 하루도 그렇게 공 치는 하루가 되었다. 민우는 그동안 아나스에게 질문할 것과 예상 답변할 내용을 가르쳐 주었는데 다 헛고생이 되었다. 아나스는 영어는 물론 불어까지 말은 잘하는데 읽는 것과 쓰는 것이 서투르다. 그것을 보고 아나스가 정상적인 학교에 다니지 못하였고 어린 시절이 부유하지 않았음을 짐작할 수 있었다. 아나스가 나고 자란 모로코의 수도는 라바트다. 그는 항구 도시 카사블랑카 외곽에 자리한 빈민촌에서 태어났다고 하였다. 형제가 9명인데 7번째라서 형제들 틈에서 살아남기 힘들었다며 특유의 낙천적인 미소를 짓는다.

오후 4시쯤 저녁 점검 전에 하 사장이 화장실에 들어갈 때 옷을 입은 채 들어가서는 문을 닫지도 않고 볼일을 보았다. 오줌 소리가 유난히 크게 들렸다.

"아니, 씨~발! 누가 문 열고 용변을 봐?"

28살 방장이 55살 전 사장에게 반말과 욕설로 소리 지르자 볼일을 보던 하 사장이 "이젠 적응될 때도 됐잖아요." 말꼬리를 내리며 대답을 한다. 50

대 하 사장이 한참 어린 방장에게 말꼬리를 내리며 존칭을 쓰고 있었다. 비록 실수한 하 사장이지만 어린 방장은 아버지뻘 되는 하 사장에게 반말하는 게 아닌가? 민우는 귀에 거슬렸지만, 모른 체하며 눈을 감았다.

동인천역에서 마스크 쓰라는 전철 공무원하고 술에 취해 말다툼하고 있는데 신고받고 온 경찰이 지구대로 끌고 가려 하기에 팔을 살짝 밀쳤는데 공무 집행 방해와 폭행으로 나를 집어넣었다며 억울해하는 전 사장. 전 사장은 체구가 작고 몸이 가냘퍼 보이기에 그의 말이 사실이라면 상습범일 거라는 생각이 들었고 관물대를 집어 던지는 것을 보고는 술 취하면 성깔을 부릴 수 있는 사람이라 생각이 들었다.

"하나! 둘! 셋!…열둘, 번호 끝!"

이곳의 세계는 누범자, 전과자, 조폭들이 대부분 방장이다. 더럽고 치사하지만 다 규율에 따라 순응하며 생활을 하고 있었다. 어찌 보면 그들에게 순응하는 게 이 감방 문화를 유지하고 지켜 나가는 최선의 방법일 수 있다고 생각했다. 방장인 주호는 조금 전 편지 하나를 받고 기뻐하고 있었다. 구치소 들어오기 전 만나던 여자친구가 보낸 편지라고 하였다.

"아우가 말입니다, 헤어지려고 했는데 말입니다. 그냥 보고 싶어 빨리 나가고 싶은데 말입니다."

조폭들의 말투는 처음 접할 때는 유치하기도 하였으나 나름대로 웃기기는 하였지만 이내 적응되었다. 주호는 전과가 있어 3년 정도의 형을 받을 것 같다고 말하였다.

타투

오늘은 정상적인 순번으로 광수와 민우가 설거지 담당이다. 뺑기통은 혼자서 겨우 양변기에 앉을 정도로 작아서 불편한데 광수는 "제가 들어 갈게요." 하고 먼저 들어가 자리를 잡는다.

"삼촌, 제가 어떻게 해야 설거지할 때 편하세요?"

"그냥 하던 대로 해."

순간 복잡한 생각이 머리를 스쳐 지나갔다. 어떻게 보면 착하고 배려심이 많은 젊은이인데 서로 간의 대화가 얼마나 중요한 건가 대화의 단절에서 생기는 불신, 그것이 얼마나 큰 오해와 비극을 가져오게 되었는지 광수를 통해 느낄 수 있었다. 광수는 수저를 닦으면서 여자친구 얘기를 다시 시작하였다.

"여자친구는 같은 회사에 다녔는데 저보다 3살 위였어요. 부모님께 인사도 하고 결혼까지 생각하고 있었어요. 월요일 면회 온다고 연락이 왔는데 어떻게 해야 할지 답답해요. 처음 200일 동안은 거의 맨날 만나다시피 했거든요. 처음에는 모텔에서 생활 하다가 자취 방을 얻어 동거를 시작했어요. 그런데 이렇게 실망을 시켰으니…."

광수는 하던 말을 잠시 멈추었다.

"경찰 조사는 1차에서 4차까지 했는데, 검찰 조사 때 또 여자친구 얘기가 나왔어요. 여자 때문에 범행한 게 아니냐면서 몰아붙이는 거예요. 이거 다 제가 단독으로 한 범행이거든요. 그리고는 내가 타고 다닌 차가 재규어인데 이런 비싼 차 무슨 돈으로 타고 다녔냐고 따지더라고요. 참~ 내! 그 차 비싼 차 아니거든요. 그 차 중고로 2,백만 원 주고 산 거예요. 가족이나 여자친구는 건드리지 마세요. 씨~발 검찰 조사 때는 한번 진술을 거부했어요. 나 경찰 조사 때 다 했거든요. 그게 다예요. 나중에는 정신과 심리 치료사들 모두 다 왔어요. 그래서 만나서 다 얘기했어요."

민우는 광수를 보면서 영수와 호영이가 생각났다. 그들이 우애(友愛) 있는 자매가 되기를 바라며 나머지 그릇을 씻어 나갔다. 광수는 블라디보스토크의 게스트하우스와 일본 선 술집에 여행 갔던 얘기를 하였다. 광수 덕에 민우는 오래전에 도쿄 출장을 갔다가 신칸센을 타고 고베에 사는 친구 집에 들러 하룻밤 신세를 진 기억이 생각났다. 고베의 특산품인 와규를 맛있게 먹었는데 일본의 사이드메뉴 가격을 얘기하는 도중에 광수가 끼어들었다.

"삼촌, 저는 삼촌 중 전씨 아저씨랑 박씨 아저씨가 제일 미워요."

"왜?"

"저는 언제 나갈 줄 모르고 나머지 분들도 6개월 이상 살아야 할 것 같은데 박 사장 삼촌은 이제 곧 합의 보고 나간다는데 나갈 때까지 2,3주를 어떻게 기다리냐며 떠드는데 자기 생각만 하는 게 너무 미워요"

그도 그럴 것이 민우 역시 언제 나갈지 모르는데 생각 없는 박 사장은 자기 힘든 것만 생각하고 며칠 있으면 합의 보고 나갈 것이라며 다른 사람 사정은 생각도 안 하는 그의 언행이 광수 눈에는 말없이 밉게 보였던 것 같았다. 그때 반대편 쪽 사동에서 "야~!!" 악다구니 쓰는 소리가 메아리로 들려왔다. 메아리 울림이 심하여 알아듣지는 못하였지만 그 소리는 이곳 사각형 콘크리트 구조의 특성상 엄청나게 큰 울림으로 다가왔다. 이렇게 악쓰는 사람은 그나마 악쓰는 것으로 카타르시스를 해소할 수 있지만 민우는 악쓸 용기가 없었다. 민우가 악을 쓴다면 나이 든 놈이 미쳐서 별 지랄을 다 한다고 할 것이다. 점잖지 못하게 무슨 미친 짓이냐 하면서. 나이가 들었다는 것은 어쩌면 눈에 보이지 않는 제약이 많이 뒤따른다. 하지만 민우는 소리를 지르고 싶었다. 그러나 민우는 생각뿐이었다. 민우는 왜 소리를 지를 용기가 없는 것일까?

5월 15일

새벽에 민우는 몇 번이나 깼지만 시계가 없어 정확한 시간을 알 수가 없었다. 밖이 아직 캄캄하니 대충 새벽 3, 4시경으로 생각했다. 손목시계는 철문 앞 방장 주호와 다른 1명이 손목에 차고 있는데 정확한 시간을 알려면 철문까지 가야 하기에 참았다. 눈을 뜨고 천장만 바라보고 있었다. 여명이 밝아 오는 것을 보며 대략 5시임을 짐작하였다. 잠시 후 중앙등이 켜지고 총무를 보는 하 사장이 사람들을 깨우기 시작했다.

"일어나세요, 기상!"

그 소리와 함께 모두 일어나 모포를 개기 시작하였다. 문 쪽에서 자고 있던 송아지만 한 수근이의 팔뚝이 눈에 들어왔다. 방장 외 나머지 사람들의 문신 내용도 궁금하였다

"수근 씨, 문신 뜻이 뭔지 말해 줄래?"

민우는 빗자루를 들고 청소를 하면서 수근이 문신을 물어보았다. 방장이

민우에게 문신 얘기를 해 주는 것을 옆에서 들었던 수근이가 방장처럼 다정하게 자신의 몸에 있는 문신을 말하기 시작했다.

"오른쪽 팔뚝에 웃는 여신의 입술이 가슴 쪽을 향하고 있는데 이는 행복을 준다는 의미예요. 그리고 오른쪽 가슴에 있는 두 명의 머리 긴 사람은 연인 이거나 부부처럼 보이는데 사실은 부부가 아니에요."

수근이는 타투에 관심이 많아 타투이스트로 나갈까 생각도 했다고 한다. 왼쪽 가슴과 팔은 잉어가 자리 잡고 등에는 커다란 용 한 마리가 승천을 준비하고 있었다. 다른 용 한 마리가 허벅지 양쪽 위 연꽃 위에 있는데 화려한 무늬는 상대에게 압도적 위압감을 느끼게 하기에 충분하였다. 이천에 사는 선영이의 문신은 선영이가 설명을 못 하자 수근이가 설명을 대신 해 주었다.

"이건 한야(한나)인데 한야는 본래 아름다운 여인으로 승려와 사랑에 빠졌으나 이루어질 수 없는 사랑 때문에 죽어서 원령이 되었대요. 때문에 한야는 남자에 대한 혐오감을 느껴서 남자나 아기를 잡아먹는다고 해요. 일본의 전통극에 등장하는 한나의 가면은 처량한 눈길을 보내는 여 귀의 모습이기도 하고요. 원래 반야란 불교에서는 세존(불교의 신)보다 한 단계 위인 지고 신으로 숭앙받는다고 합니다."

수근이는 커다란 배를 내밀며 우쭐대고 있었다. 왼쪽 어깨에 2개, 왼쪽 가슴에 1개가 귀신 들지 말라는 뜻이고. 오른쪽 팔뚝에는 도깨비가 무섭게 자리 잡고 있었다. 문신을 새기는 데는 보통 하루 3~4시간씩 일주일 정도 걸린다고 하였다. 인고의 시간을 보내는 것이다. 다 마치고 나면 몸살이 한 번 온다고 하였다.

한야가 문신에 자주 등장하는 이유는 범어로 부적을 의미하기 때문이라고 했다. 그래서 한야는 액운을 쫓기 위한 문신으로 많이 사용하고 한야는 처연하면서 강한 이미지로 가장 인기 있는 문신 중 하나가 되었다고 하였다. 그래서 방장이나 수근이, 선영이가 모두 한야 문신을 한 것이다.

대체로 보면 요즘 젊은이의 문신은 일본의 귀신 설화를 스토리로 디자인 하는 것 같은데. '차라리 우리나라 건국 신화부터 인간이 바라는 오복(壽, 富, 康寧, 攸好德, 考終命) 박쥐를 소재로 디자인한다면 나쁘지 않을 텐데…' 민우는 생각하였다. 그렇다면 여러 가지 멋진 박쥐 타투가 탄생할 것 같은데 말이다. 땅을 지키는 12지신 머리는 쥐, 소, 호랑이, 토끼, 용, 뱀, 말, 양, 원숭이, 닭, 개, 돼지의 모습이고 몸은 사람인 12지신 등을 현대적으로 잘 디자인하면 일본 것보다 훨씬 더 멋진 스토리 타투가 탄생할 텐데 하는 아쉬운 생각이 들었다.

46세인 심 사장은 지금은 조폭 세계를 떠났지만, 한때 인천 조폭 출신으로 방장 주호가 형님으로 깍듯이 대하였다.

"심 사장님, 심 사장 문신은 무슨 스토리가 있는지 얘기 좀 해 줘요."

"난 옛날 문신이에요."

그는 부끄러운 듯 두 손으로 가슴을 가리며 말했다.

"서른 살 이전에 그냥 아는 놈하고 했어요. 저는 내용이 없어요. 오른쪽 가슴과 팔뚝에 잉어 무늬 2마리, 왼쪽 2마리인데 지금은 나이 먹으니 창피하고 후회막심해요. 저는 타투 절대 반대입니다. 저는 문신 뜻도 모르고. 아는 애들이 그냥 하기에 따라 했어요."

심 사장은 타투를 몹시 후회하는 것 같았다. 그러면서 화제를 방장 이야기로 돌리며 주호를 칭찬했다.

"주호가 임시 방장 역할을 잘하는 것 같아요. 보기보다 붙임성이 있어 옆방 소지들과 소통도 잘하고 소년원부터 생활해서 그런지 구치소, 교도소에 대해 풍부한 경험을 바탕으로 12명 인원의 애로 사항도 잘 들어 주고 걱정거리 상담도 잘 해 주는 것 같고요."

봉사원을 소지라고 부르는데 소지는 보통 건달들이나 전과자들이 대부분 감형을 바라고 봉사원 일을 한다. 근데 전 씨 때문에 우리 방에 문제가 생겼다. 밤만 되면 전 씨가 코를 고는 소리 때문에 잠을 못 잔다고 아우성이다. 나약한 전 씨라고 계속 배려해 주면 안 된 다고 박 사장이 봐주지 말자며 목소리를 높였다. 민우는 박 사장에게 조금씩만 참자며 설득했다. 어찌 보면 민우는 민우 혼자 감당하기도 힘든 징역 생활을 남까지 배려한다는 게 우습기도 하였다.

전 씨와 하 사장은 둘 다 술 먹고 전 씨는 전철 공무원이 마스크 쓰라는 요구에 손으로 밀친 게 공무집행 방해로 구속되었다고 하였고 하 씨는 지구대에서 경찰과 다투다 이곳으로 왔다. 전 씨 말에 의하면 새파랗게 젊은 전철 공무원이 "마스크 써!"라고 반말로 하기에 화가 나서 다투다가 이렇게 되었다며 억울해하고 있었다. 하 씨는 파출소에서 소리치고 경찰을 때렸다고 구속되었는데 둘 다 술 취한 모습을 보지는 못했지만 아마 주사가 심하고 상습적이었기에 구속되었을 것이다.

그래서 술은 어른에게 제대로 배워야 하는 것이다. 언젠가 국회의원 아들은 무면허 음주운전에 경찰을 폭행까지 했는데도 집행유예 받았다는 뉴스를 들었던 게 기억이 났다. 법은 만인 앞에 평등한 것이 아니라 만인 앞에 불평등한 게 분명하였다. 억울하면 국회의원 아들로 태어나는 것이 중요하다. 어디까지 참고 어디까지 이해하느냐 의 범위는 없다. 이곳은 오래 있을 곳이 못 된다. 이 꼴 저 꼴 보지 않으려면 무조건 죄를 짓지 말아야 한다.

　며칠 사이에 재영이는 방장의 노리개가 되어 버렸다. 누구 하나 제지하는 사람이 없다. 아니 이 작은 방의 절대자 앞에 누가 대꾸를 하겠는가. 그저 같이 웃으며 즐기는 척한다. 모두 방장과 부딪치지 않고 피할 뿐이다. 재영이를 위해 방장에게 한마디 해 주고 싶지만, 그냥 모르는 척하였다. 그러한 민우는 자신이 비굴하다 생각되었지만 어쩔 수가 없다. 민우 혼자도 벅찬 감방 생활이다.

나머지 이야기

5월 16일

이곳에 온 지도 벌써 2주가 다 되어가고 있었다. 이제 내일이나 모레면 코로나19 격리가 끝나고 본방으로 가기에 인천 ○○○ 살인 사건의 사연도 더 이상 들을 수가 없다. 비가 와서 그런지 방 공기는 동굴처럼 무겁게 가라앉고 있었다.

"처음에는 죽이려고 한 게 아니라 그냥 누나를 한 대 때려 주고 싶었던 거예요. 그런데 나도 모르게… 그만 잘은 기억은 나지 않지만, 겁만 주려 했는데… 제가 오른손잡이라서 칼로 좌상 옆구리, 오른쪽 목까지 해서 전부 2~30여 차례 정도…. 정말 기억은 잘 나지 않지만 그랬던 것 같아요. 일이 벌어지고 나니 악마가 내 몸에서 떠나는 게 보였어요. 누나를 죽인 건 내가 아니라 악마였어요."

광수의 말을 믿고 싶었지만 그 말은 변명과 진실 사이일지 모른다는 생각이 들었다.

"내 몸에서 악마가 떠나자 잠시 제정신으로 돌아왔는데 이 현실을 어떻게 해야 할지 막막하고 믿을 수가 없었어요. 자수할까 하다가 한편으론 숨기고 싶은 마음에 '어떡하지?' 하고 갈등하는 사이 나도 모르게 내가 정신없이 락스로 청소하고 있더라고요. 그리고 비닐을 사다가 완벽하게 처리

해야겠다는 생각이 들었어요. 그 후 겁이 나고 그래서 계획한 건 아니지만 75리터짜리 쓰레기 대봉투를 샀어요. 피 냄새로 범벅되어 있는 시신을 정신없이 비닐봉지에 넣을 때는 내 정신이 아니었어요. 그건 악마가 한 짓이에요."

'그래, 그건 광수 네가 아니라 악마였을 거야.'

민우는 그렇게 대답해 주고 싶었다.

"피 냄새가 너무 역겨웠지만 어쩌면 최면제 같았어요. 난 그때 최면에 걸린 거였어요. 내 정신을 잃어버렸어요. 지금도 피 생각만 하면 그때 순간이 떠올라 숨이 막힐 것만 같아요."

민우는 아무 말도 할 수가 없었다. 조용히 그의 얘기를 듣고만 있었다.

"그리고 시신을 아파트 옥상으로 옮기고 누나를 살해한 이 사실을 숨기기 위해 어머니와 경찰에게 거짓말을 했어요. 내가 살인자가 되는 순간 사랑하는 여자친구와는 영원히 만날 수 없다는 생각에 거짓말을 할 수밖에 없었어요. 내가 잘못했어요. 이후 누나의 유심칩을 이용하여 SNS와 카톡으로 누나가 살아 있는 것처럼 했더니 처음엔 엄마와 경찰 모두 속아 넘어갔는데 결국 들통이 난 거예요."

광수는 깊은 한숨을 뿜어내며 이야기를 이어갔다.

"중학교 시절부터 누나와 서울에서 자취를 했는데 나는 농구공 하나 들고 나가면 운동장에서 늦은 시간까지 혼자 놀다가 들어왔어요."

"농구를 좋아했구나?"

"아니요. 농구를 좋아했다기보다는 내성적인 성격이라 친구도 별로 없었고, 그때부터 누나의 잔소리가 싫어서 그냥 운동장에서 농구와 시간을 보냈던 거예요. 어쨌든, 그때부터 누나는 내게 잔소리가 너무 심했어요. 그리고 기자들이 쓰는 기사를 보니까 말도 안 되게 쓰는데, 내가 쓰레기인 거지 우리 가족은 쓰레기가 아니거든요. 기자들은 제멋대로 기사를 쓰는 것 같아요. 아마 그 새끼들은 독자의 관심만 끄는 게 목적인 거 같아요."

광수는 자신을 비난하는 것은 참아도 가족이나 여자친구를 비난하는 것은 도저히 참을 수 없다고 말하고 있었다.

"아마 그럴 거야."

"경찰 조사 네 차례에다가, 검찰 조사에서 자꾸 내가 여자친구 때문에 사고를 친 거 아니냐며 그쪽으로 몰고 가는 거예요. 이제부터는 나는 '내 여자친구와 부모님은 건드리지 마라', '나 혼자 한 단독 범행이다'라고 묵비권을 행사할 겁니다."

범행은 악마같이 무서웠지만, 한편으로는 착하고 예의 바른 청년처럼 보이는 광수는 로마신화에 나오는 야누스 같다는 생각이 들었다.

초등학교 때부터 몸무게가 벌써 100kg이 넘었다는 방장 주호는 28살인데 인천 조직이다. 그 조직 형님인 심 사장은 10년 전 아내가 교통사고로 죽어 병원 장례식장에서 싸움이 있었는데 그 사건 당사자이다. 옆에서 본 그들은 인간적이고 소탈해 보였다. 심 사장은 최근 마약으로 이곳 구치소에 다시 들어왔는데 10년 전 교통사고로 갑자기 죽은 아내를 잊지 못하여 결국 마약에 손을 댄 것이다. 아직도 그 일을 잊지 못하여 방황하고 있다고 말하였다. 그러면서 심 사장은 노모가 힘든 몸으로 자신을 옥바라지하기 위해 이곳에 오는 게 너무 죄송스럽고 부담스럽다며 자신을 꾸짖고 있었다. 어서 그 악몽에서 벗어나 새로운 인생을 살아야 하는데 안타까웠다.

5월 17일

아직 봄이라 생각하고 있었는데 온난화로 인하여 몸에서 수증기가 올라올 정도로 무더운 한여름 같은 날씨다. 가만히 있어도 가슴에 땀이 방울방울 흘러내렸다. 5평도 안 되는 오월 구치소에서 민우 혼자도 더위를 이겨내기 힘든 상황에 박 사장은 항상 민우 옆자리에 껌딱지처럼 붙어 있었다. 마치 무더운 여름날 씨에 드넓은 초원을 놔두고 한쪽 구석에 모여 있는 양들처럼 박 사장은 중소 건설 회사를 운영하고 있는데 몇 년 전까지는 종로에서 식당을 하였다고 한다. 식당 할 때는 장사도 시원찮아 그만둘까 하다가 우연한 기회에 처형 소개로 빌라를 지어 파는 일을 시작하였는데, 이게 운이 붙어서 대박을 친 것이었다.

"아, 근데! 그 처형이 나를 고소한 거예요."

"왜?"

민우는 왜냐고 질문은 했지만, 처형이 고소한 이유는 따로 있을 것이라는 생각이 들었다

"그 처형이라는 사람이 욕심이 엄청 많아요. 9남매 중 우리 와이프가 막내인데 남 잘되는 꼴을 못 보는 거예요. 저한테 빌라 짓는 사업을 가르쳐줬는데 우리가 빌라를 짓기만 하면 분양이 잘 되는 거예요. 엄청 잘되니까 그다음부터는 매출에 10%를 달라는 거예요. 말도 안 되게 고집을 부리더니 이 상한 거를 갖다 붙여 사기로 고소한 거예요."

민우는 박 사장 집안도 콩가루라고 생각했다.

"그래서 처음에는 합의금 삼천만 원을 요구하길래 알았다고 합의하려 하였더니 말을 바꿔서 돈을 오천 더 달라는 거예요. 그래서 처음엔 거부하

다가 이젠 합의를 보려고요. 여기선 하루도 더 견딜 수가 없어서 이제는 변호사를 사서 변호사가 적당한 선에서 가격 협의를 하고 있어요. 난 여기 생활은 하루도 못 버티겠어요. 이제는 처형이 달라는 대로 다 주고 합의 보려고요. 합의만 보면 저는 금방 나가는데…".

그때 철문 밖에서 김민우 씨 하고 교도관이 불렀다. 교도관이 또 배상명령신청서 한 장을 들고 온 것이다. 민우의 가슴이 철렁 내려앉았다. 직인을 찍고 받아보니 지난번과 같은 내용에 정○○ 금 3천만 원이다. 괜시리 민우 자신이 저지른 일이지만 마음이 불편하였다. 이 사람도 보이스피싱에 속아 피 같은 돈을 사기당한 것이다. 모두 어렵게 사는 영세민들이다. 죽일 놈들! 이런 어려운 사람의 돈을 갈취하다니 하지만 자신도 그 일에 연루가 되어 있다는 사실이 슬펐다. 무슨 수를 쓰든 상책들을 잡아야 하는데!

잠시 후 와이프 접견 갔다 온 박 사장은 다행히 변호사끼리 합의하여 다음 기일에 집행유예로 나갈 거라며 "8천만 원에 합의 보았어요." 묻지도 않았는데 박 사장은 8천만 원을 마치 8백 원처럼 말하였다. 그렇게 말하는 박 사장의 능력에 민우는 박 사장이 부러웠고 동시에 자괴감이 들었다.

"어휴! 이 지겨운 감방에서 빨리 나가야지."

이제는 조금 있으면 나갈 수 있다는 확신이 서자 박 사장의 얼굴이 밝아지면서 즐거운 푸념을 하기 시작했다.

"6월 10일이 내 생일인데 그날 전에는 나가겠지요?"

박 사장의 이 말은 방 사람을 더욱 화나게 만들었다.

"형씨! 나가려면 조용히 나가, 씨발!"

술에 취해 공무 집행 방해 폭행으로 구속된 하 사장이 한마디 하였다. 옆에 있던 민우는 사실 속이 시원해졌다. 전 씨는 항소장을 하나 써 달라며 내 옆으로 왔다. 항소장을 받고 선고일로부터 7일 이내인데 국선 변호사가 선임되었으면 변호사가 알아서 해 줄 거니 확인만 하라 일러 주고 혹시나 해서 소지에게 항소장을 하나를 받아서 작성하는 방법을 알려 주었다.

서하지통

5월 18일

"머리에 총구 들이댔던 군인 만나고 싶다."

1980년 5월에 군인들에 총칼과 군화에 짓밟힌 어느 시민군의 메시지가 경향신문 헤드라인을 장식했다. 그 악몽 같은 시간을 뒤로하고 진심으로 용서해 주고 싶다는 당시 소년 시민군의 살아 있는 소리다. 재영이가 6번 방 사람들 우표 구매를 대신 신청해 주고 있었다. 물품 구매는 OMR카드에 본인 수번, 이름, 물품 번호를 기입하는데 OMR카드 사용을 잘못 기재하는 사람들이 많아서 OMR카드가 항상 모자랐다. 그래서 젊은 재영이가 대신 써주고 있었다. 물품 구매 신청을 하면 영치금에서 빠져나가는데, 방장 주호는 영치금을 자랑하려는 듯 물었다.

"재영아 나 얼마 남았지?"

"네, 185만 원 남았어요."

그때 전 씨가 말했다.

"나는 전 재산이 만오천 원밖에 없어요. 나는 다음에 주문할게요."

민우가 보기에 전 씨는 나이 육십도 안 되었는데 경제 활동은 전혀 하지 않고 그저 삶에 대한 애착도 없이 정부 지원금으로 하루하루 술에 의지하며 살아온 것 같았다. 일반 공무원은 재임 중 일을 잘하든 못하든 정년까지 버티기만 하면 퇴직금으로 흔들림 없는 삶을 살 수 있지만, 일반적으로 돈 버는 별다른 재주가 없는 사람은 힘든 삶을 살아야 한다. 그들은 매월 일정한 수입이 보장되지 않아 저축은커녕 국민연금도 제대로 내지 못하고 있는 게 현실이다. 그런 가운데 팬데믹은 가난한 사람들을 더욱 힘들게 만들었고 우리 모두를 아사 직전으로 내몬 것이다.

그들은 언제나 제도권 밖의 사람으로 기적이 없는 한 대부분 가난과 함께 평생을 살아가고 있다. 민우 역시 그들과 다를 바 없는 가난하고 힘없는 하류층 사람이라는 것을 이제 깨닫고 있었다. 누범들은 전국 교도소 생리를 잘 알고 있었다. 부산 교도소는 바퀴벌레가 손바닥만 하다며 '잡으며 이만해요.' 하면서 심 사장은 손바닥을 활짝 펴 자신의 말이 사실임을 증명하려 하였다.

"처음엔 저도 적응하기가 무척 힘들었어요."

노란색 수번을 달고 있는 심 사장이 우리 초범들에게 자신의 경험담을 말하고 있었다. 노란색 수번은 마약범들이 달고 있는 것이다.

"박 사장님! 금방 나갈 것 같은데 제 관물대 뚜껑과 좀 바꿔 주실래요."

갑작스러운 심 사장의 말을 듣고는 당황하여 잠시 생각을 하는 박 사장.

"어쩌라고, 허허!"

박 사장은 쓴웃음으로 대답을 대신하였다. 난감해하는 박 사장을 보면서 민우는 이제 곧 나갈 거라며 자신 있어 하는 박 사장이 뭘 망설이지? 며칠 내로 나간다는 말이 거짓말인가? 나간다면 그 까짓것 관물대 뚜껑이 무슨 필요한가 싶었다. 민우는 박 사장이 과연 뚜껑을 바꿔 줄 것 인가 궁금하여 편지 쓰는 것을 멈추고 심 사장을 쳐다보았다. 언젠가부터 5평도 안 되는 방에서 생활하는 다양한 사람들의 행동거지를 관찰하는 게 취미처럼 되었다.

"아마 안 바꿔 줄 거야."

짧은 시간 동안 민우가 겪은 박 사장은 민우한테만큼은 잘해 주었지만 매우 이기적인 사람이라 생각했다. 그래서 민우는 자신의 짐작이 맞을 거로 생각하고 있었는데 이게 웬걸, "에이! 알았어요" 하며 뚜껑을 열고 바꿔 주는 게 아닌가. 아마 온몸에 문신으로 휘감은 조폭의 부탁을 거절하기가 쉽지는 않았을 거로 생각했다. 민우는 다른 사람이 중요한 게 아니라 내 가족 그 누구도 아직 아무 연락이 없는 게 문제였다. '혹시 내 가족이 나를 버린 게 아닌가?' 하는 두려움이 겨울 한파처럼 민우를 얼어붙게 만들고 있었다.

오늘도 빗자루를 들면서 아침을 시작하였다. 어젯밤 잠자리 들기 전 골통 전 씨가 뻥기통 옆에서는 못 자겠다고 방 사람들과 말다툼 하다가 결국 뻥기통 옆으로 밀려났는데, 방 사람들은 매일 밤 전 씨의 코골이와 다투는 것이 일과가 되어 버렸다. 전 씨는 어제 덮고 잤던 모포가 없어졌다며 안절부절하고 있었다. 이 좁은 방에서 잃어버린 모포를 찾으려 여기저기 뒤지고 있었다.

"어디 갔지? 어디 갔지?"

"씨발! 내 물건에 왜 손대?"

이곳은 상대가 만만하면 나이고 뭐고 없는 곳이다. 누구 하나 전 씨에게 관심을 가져 주지 않는다. 관심 없는 척 한참을 지켜보고 있던 민우는 전 씨가 애처로워 베개로 쓰려고 준비해 둔 모포 하나를 건네주었다. 하지만 전 씨는 고맙다는 말 한마디 없었다.

외국 여성 접대부 공급 사업을 하는 민 사장은 얼굴 피부가 점점 붉게 번지고 있었다. 아마 우리가 쓰는 수돗물이 독해서 피부 반응이 심해지는 것 같다고 말했다. 박 사장은 사회에서 뇌동맥 약을 먹고 있었는데 이곳에 들어올 때 다 압수당하여 검진을 받고 약을 새로 사야 하는데 아무런 조치를 받지 못하고 있다며 혹시 쓰러지기라도 하면 어떡하지 걱정을 하고 있었다. 몸이 아픈 사람은 보고전을 써야 하는데 보고전을 쓰려 준비하였더니 쓰기도 전에 소지가 지나가면서 말한다.

"의료보고전은 코로나19 때문에 오늘부터 받지 않아요. 의료 과장이 전부 거부하라 하였고, 치료 신청은 본방 가서 하라는 지시가 있었어요."

"씨발! 다 지네 맘대로야."

민 사장이 피부약 보고전을 쓰려다 그만두고 불평하였다.

아침 9시 9분, 6번 방 철문이 열리고 광수는 지난번 면회 신청 때 부모와 여자친구 모두 오지 않았던 터라 면회에 대한 기대는 하지 않는 표정으로 철문을 나서고 있었다.

"잘 갔다 와! 울고 싶으면 참지 말고 마음껏 울고 와." 하며 광수를 응원하면서 이제 며칠 있으면 광수를 비롯한 모두와 헤어져야 할 생각을 하니 그 짧은 기간이었지만 아쉬운 생각이 들었다. 철문 밖에서 "김민우 씨!" 하고 또 민우를 불렀다. 철문을 바라보니 교도관이 철문을 열면서 배상명령서를 또 가지고 왔다. 직인을 찍어 주고 받아 보니 신청인 조○○ 3천5백만 원이 제일 먼저 눈에 띄었고, 금액을 보니 어렴풋이 기억이 났다. 언덕 위 아파트에서 기다리고 있었던 중년 남자인데 BMW가 너무 새것이었고 입고 있던 옷이 고급스러운 골프복이라서 돈이 있는 사람 같아 보였다. 돈이 많은 사람이 왜 사채를 썼을까 하는 생각이 들었던 사람이다. '나름대로 이유가 있겠지.' 하며 더 생각하지 않았던 걸로 기억한다.

민우는 "이제 5명 남았군." 혼자 지껄이며 처음 배상명령서를 받을 때와 달리 긴장감이 사라지는 것을 보고 쓸쓸한 미소를 지었다. 처음 배상신청서를 받았을 때는 가슴이 두근거리고 두 번째는 마음이 불편한 듯하였고 그다음부터는 무감각해지는 것이 이제는 배상신청서가 오면 오는가 보다 하고 남의 물건을 보듯 생각하게 되어 버렸다. 어차피 이제는 갚을 능력도 없고 이곳에서 몇 년 썩게 되면 인간 쓰레기가 될 터인데 무엇이 무서우랴. 민우는 잘 보이지 않는 하늘을 바라보았다. 이제 나이 육십을 넘겼는데 이 감방에서 무엇을 꿈꾸고 무엇을 할 수 있단 말인가. 부질없는 푸념보다도 보이스피싱에 속은 피해자의 피해를 생각하면 마음이 아플 뿐이었다.

잠시 후 면회를 마치고 돌아온 광수가 관복을 벗어 옷걸이에 고이 걸어놓고 내 옆으로 와 앉았다.

"엄마가 오셨어요!"

"어, 그래! 잘됐다."

"더 일찍 오고 싶었는데 상황이 그랬다면서 잘못했다고 하시더라고요. 그래서 잘못은 내가 했는데 왜 엄마가 잘못했다 말하냐고 했더니, 나까지 잘못될까 봐 무서워서 그랬대요. 아마 엄마는 누나를 하늘나라로 보내게 만든 내가 죽도록 밉지만, 모든 게 당신 잘못이라고 자책하고 있는 것 같았어요."

살인자도 내 자식이고 살인자에게 죽은 자식도 내 자식인 이 기막힌 현실. 이 비극적인 상황을 만든 광수 본인의 얼굴색이 검게 변하는 것은 고통스러운 후회를 하고 있는 것이 분명하였다.

"엄마는 제가 다른 마음을 먹어 세상을 버린다면 어머니가 이 세상을 살

이유가 없다고 울부짖는 거예요."

민우는 "서하지통(西河之痛)"이라는 고사성어를 떠올렸다. 공자의 제자 중 서하 지방의 자하라는 사람이 자식을 잃고 그 슬픔에 하도 슬피 울어서 눈이 멀었다는 이야기다. 부모에게 있어 자식이라는 것은 자하의 심정과 별반 다를 게 없다는 생각이 들었다.

"비록 살인마지만, 이 세상에 남아 있는 혈육이라곤 저 하나밖에 없잖아요. 그나마 저까지 잘못될까 봐 노심초사한다며 저를 붙잡고 통곡을 하시는 거예요. 엄마 옆에 친구가 같이 왔는데 그 친구는 15년 지기예요. 저한테 '네가 무슨 짓을 했든 넌 내 친구야.'라고 해 주더라고요. 그 소리에 비록 내가 크나큰 잘못을 저질렀지만 아직 나를 이해해 주는 사람이 있구나 하면서 고마웠어요."

"근데 여자친구는 같이 왔니?"

민우는 여자친구가 궁금하였다.

"아니요, 여자친구는 오지 않았어요. 여자친구가 오지 않은 거, 이제는 이해할 수 있어요. 엄마하고 친구가 왔으니까요. 하지만 미안한 마음도 있지만 서글픈 감정이 드는 것도 사실이에요."

누군가 사는 게 지옥이라 하지 않았던가? 민우는 단테가 베르길리우스의 안내를 받아 지옥과 연옥을 여행하는 것처럼 광수를 통하여 지옥을 걸어가고 있는 것 같았다.

오늘은 본방으로 가기 전 코로나검사를 다시 하였다. 이상이 없다면 내일이나 모레쯤 본방으로 가기 위해 이제 모두 짐을 싸야 한다.

5월 19일

내가 죽으면 슬퍼할 사람은 누구인가? 죽으면 다 그만이겠지. 민우는 정말 자신이 죽으면 가족이 자신을 그리워하지 않았으면 좋겠다고 생각해 보았다. 요즘 시대에 인생을 잘 산 사람을 꼽는다면 첫째는 한 직장에서 은퇴한 사람, 둘째 이혼하지 않은 사람, 세 번째로는 평생 죽을 때까지 경찰서 한번 가 보지 않은 사람이라 생각했다. 이 세 가지 중 2개 이상을 지켰다면 그래도 인생을 잘 살았다고 말할 수 있다.

민우는 어머니와 잠시 행복했던 어린 시절 고향을 생각하며 추억이 있는 자연으로 돌아가고 싶다는 생각을 해 보았다. 세월 앞에 민우의 주검도 이 시간이 지나면 그 슬픔도 차차 옅어지다가 곧 잊힐 것이다. 민우는 '내가 지금 무슨 생각을 하는 거지?' 하며 정신을 바짝 차렸다. 살아야 했다. 사랑하는 아내 그리고 아들딸에게 뭐라도 하나 남겨 줄 생각은 못 할망정 쓸데없는 생각은 날려 버려야 한다.

한참 떠드는 소리에 고개를 드니 젊은 보스는 옆방 방장과 전국 조폭들 족보를 따지느라 목소리를 높이고 있었다. 인천 조폭들과 부산 대전 광주 쪽 조폭들과의 왕래는 중고차 거래를 비롯하여 사채 등 사업적으로도 많이 얽혀 있는 것 같았다. 전 씨는 저녁 9시가 되자마자 잠자리에 들었다. 민우도 전 씨처럼 세상을 초월해야 하는데 세상 걱정 하나 없는 사람처럼 여지없이 코를 골기 시작하자 방 사람들은 동시에 양손으로 귀를 막기 시작하였다.

5월 20일

새벽즈음, 민우는 관물대에 남은 샴푸 2개를 발견하였고, 본방에서 사용하기 위해 챙겨 두기로 했다. 면회 소식이 없는 민우는 가족으로부터 더 이상 기댈 희망이 없어졌다. 누군가 감옥 생활도 돈이 있어야 한다는 얘기가 생각났다. 민우는 자신을 돌봐 줄 가족이 없다는 사실에 지금처럼 불안해 본 적이 있었던가 되짚어보았다.

아침이 되자 공동으로 쓰던 물품을 서로 챙겨 가려 분주한데, 누군가 "어라, 어젯밤에 샴푸가 분명 2개 있었는데?" 하며 의문을 제기했다. 다른 물품에는 관심이 없고 유독 샴푸에만 관심을 가졌다. 민우는 그동안 어디에 무엇이 몇 개 있는지에 대해 전혀 관심이 없었는데, 이놈들은 자신들이 챙길 것을 미리 준비하고 있었던 것 같았다.

'내가 순진했지. 미리 챙겨 놨어야 하는데.'

민우는 언제나 여유로운 군자인 척하며 살았는데 여기에서도 변하지 않은 그런 자신을 다시 발견한 것이다. 그런 자신이 한심하였다. 유독 하 씨를 비롯하여 몇 명이 없어진 샴푸를 꼭 찾아야 한다며 이구동성으로 난리였다. 아마 그놈들도 샴푸를 챙겨 갈려고 눈독을 들이고 있었던 게 분명하였다. 이제 분위기가 모든 사람의 관대를 서로 조사하여 없어진 샴푸 하나를 찾아야 한다는 분위기로 가고 있었다.

'아니, 그 많은 물품 중 왜 내가 가지고 간 샴푸만 가지고 이 난리일까.'

분명 본방에 가면 샴푸가 귀하기에 서로 가져가려 난리일 것이라 민우는 생각했다. 상황이 이상하게 돌아가고 있었다. 민우는 자신이 훔친 것도 아니고 편지지, 빨랫비누 등 남은 용품 중 하나를 챙긴 것뿐인데 유독 샴푸로 인해 마음이 조마조마해지고 있었다. 갑자기 무슨 금덩이라도 훔친 것 같은 도둑놈처럼 심장의 맥박이 빨라지고 있었다. 민우는 이대로 사소한 샴푸 하나 때문에 영락없이 도둑놈으로 몰리게 될 것 같아 타이밍을 맞추어 관대에서 샴푸를 꺼냈다. 그리고는 아무렇지 않다는 듯 표정 관리를 했다.

"으이그, 여기 있다! 내가 좀 쓰려고 챙겼다."

민우가 샴푸를 꺼내려 하자 이 모습을 창가 쪽에서 지켜보던 방장 주호가 큰 소리로 웃으며 만류하였다.

"삼촌! 그거 삼촌 건데 왜 꺼내? 얼른 가져가."

방장 주호의 한마디로 샴푸 사건은 깨끗이 정리되었다. 주호 이놈이 알고 보니 사람 심정을 알아주는 괜찮은 놈이었다.

지옥문

 오전 9시 30분, 6번 방 사람들은 다른 방 사람들과 함께 본방 배정을 받기 위해 엘리베이터 앞에 집결하였다. 격리방에서 들은 얘기로는 이제 여름이 코앞이라 2동보다는 1동이 시원하다며 1동으로 가는 게 좋다는 얘기를 들은 적이 있었다. 근데 여기가 여행객들이 전망 좋은 무슨 호텔을 선택하여 방을 잡을 수 있는 곳도 아니고 배정대로 가야 하기에 민우는 마음속으로 '제발 1동에 배정받게 해 주십시오.'라며 하나님에게 기도하였다. 잠시 후 교도관이 호명하는 소리가 들렸다.

 "수형 번호 1202번! 2동 8층 2번 방!"

 중 저음의 교도관 음성은 이번에도 민우의 간절한 기도를 소용없게 만들었다. '역시 나는 지독히 운이 없는 놈이야.' 민우는 낙심하였다. 운 좋은 박 사장은 8층 1동에, 민우는 8층 2동 2번 방에 배정받았다. ○○○ 살인 사건의 범인인 광수와 방장 그리고 그동안 잠시 만났던 사람들과 언제 다시 만날지 모르지만, 다시 만나자며 아쉬운 이별하였다.

 교도관의 안내를 받으며 엘리베이터를 타고 8층에서 내려 샴푸가 들어 있는 관물대를 들고 2번 방 철문 앞에서 섰다. 그 철문을 보자 단테가 베르길리우스의 손을 잡고 지옥으로 들어가기 전 지옥문에 쓰여 있는 글이 생각났다.

"여기 들어오는 자, 모든 희망을 버릴지어다."

잠시 후 2번 방 철문이 열리고 격리방에서 주워들은 문지방 밟지말란 소리를 떠올리며 조심스럽게 문지방을 넘어 천천히 수형자들의 표정을 살피며 2번 방으로 들어갔다. 이제 본격적인 지옥의 서막이 올라가기 시작한 것이다.

"그래, 내 인생 어디까지 가는지 가 보자."

먼저 자리 잡고 있는 사람들을 피해 맨 끝 안쪽 구석으로 갔다. 누가 가르쳐 주지 않아도 그 곳이 자신의 자리라고 민우는 생각하였다. 한 사람만 빼고 대부분 나이가 민우보다 어려 보였다. 그중 팔뚝에 문신이 있지만 인상이 착해 보이는 젊은이가 민우에게 다가와 "어디 사세요? 하며 다정하게 물었다. 그 젊은이의 눈을 보니 선한 표정이 진심으로 말을 건네는 것 같았다.

"경기도 파주입니다."

"저도 파주예요. 제 공업사가 거기 있어요."

그 젊은이는 친근하게 말을 붙여왔다. '이놈이 나한테 왜 이렇게 친절하지?' 나중에 알았지만, 민우가 이 방에 들어오기 전, 젊은이도 이곳에 처음 왔을 때 적응이 힘들어 자살 소동까지 벌였다고 하였다. 민우는 처음 들어온 이 방의 분위기를 살며시 둘러보았다. 감방이라는 게 어쨌든 범죄 혐의가 있는 사람이 모여 있는 곳이고 대부분은 사회와 격리되어 있기에 막연한 불안감과 두려움을 갖고 있다. 민우 역시 그런 그들을 좋은 시선으로 보지 않고 있었다.

방 공기는 그리 나빠 보이지 않았다. 다행히 민우보다 나이 들어 보이는 사람이 하나 있었다. 대머리에 약간 마른 사람이었다. 그리고 베트남에서 공장을 한다는 민 사장. 김명훈이라는 사람은 민우와 같은 보이스피싱으로 들어와 11개월 동안 재판을 위해 살고 있다고 하였다. 삼성전자 다니다 그림 사기로 들어온 빡빡이 김경훈 사장. 24살인 어린 방장은 "사랑이 죄야?" 소리를 질러 대며 여자친구 집에 놀러 갔다가 여자친구 엄마와 불륜을 저지르고 여자친구의 아버지한테 걸려서 여기까지 왔다며 계속 "사랑이 죄야?" 소리 지르고 있었다. 옆에 있던 민 사장은 "그 사랑은 죄야." 하며 타이르듯 웃고 있었다.

그럭저럭 방 분위기는 그렇게 나쁘지 않은 것 같아 보였다. 근데 놀라운 사실은 빵기통 옆에 있는 물품들이었다. 라면 박스 4개를 붙여 서랍장처럼 만들었는데 거기에는 격리방과는 다르게 상상도 할 수 없을 정도의 먹을 것이 가득 쌓여 있었다. 그중, 눈에 들어오는 것은 상자 아래쪽에 한방 샴푸와 비누가 가득 쌓여 있었다. '이걸 진작 알았다면 샴푸 하나 챙기려고 그 난리를 치는 일은 없었을 텐데.' 민우는 샴푸 하나 때문에 벌인 어리석은 자신의 행동이 부끄럽고 창피하였다.

잠시 후 철창 입구에 앉아 있던 젊은 애가 민우를 불렀다. 느낌상 이 방도 젊은 애가 방장인 것 같았다. 노트 하나를 펴더니 간단한 신상 조사를 하면서 혹시 돌볼 가족이 있느냐 물었다. 민우는 2주 이상 가족과 단절된 상황이라 '이놈이 이건 왜 묻지?' 생각하며 이걸 어떻게 답해야 할지 난감해했다.

"우리는 방의 모든 물품을 공동으로 구매해요."

이것도 나중에 알았지만, 구치소 규정상 공동 구매는 불법이었다.

"일주일에 한 3, 4만 원 정도 구매를 하는데 괜찮으시겠어요?"

그냥 강제로 공동 구매에 참여하라는 뜻을 에둘러 말하는 젊은 이놈이 보통은 아닌 듯보였다.

"예! 그렇게 하세요."

말은 그렇게 해 놓고 그다음부터 걱정이었다. 2주 이상 면회도 없는 가족이 정말 나를 버린 거면 어떡하나 싶었다.

"오늘 첫날이니까 아무것도 하지 마시고 앞사람 보고 배우세요."

"혹시 반바지 있으세요?"

옆에 있던 베트남에서 사업을 한다는 민 사장이 말을 건네왔다. 나이는 50대 초반인 것 같아 보였고, 서울 말씨를 사용했으며, 누구에게 사기를 칠 타입은 아닌 것 같았다. 그 옆에는 키가 183cm가 넘는 중사 출신이라는 오창수는 민우가 오기 전까지 막내로 빵기통을 타고 있었는데, 기다리던 막내가 젊고 힘 좋은 막내가 아니라 자기보다 한참 나이 많은 사람이 나타났다며 실망하는 눈치였다. 괜시리 민우는 미안해졌다. 서열 2위 김 사장은 같은 보이스피싱으로 구속된 사람인데, 4년 구형에 1년 8개월 선고받고 교도소로 이감 가려 대기 중에 있다고 했다. 처음 보는 민우에게 형님이라며 친근감 있게 불러 주었다.

"형님, 인천 구치소에 들어온 사람 중에 30%가 보이스피싱 범죄자예요. 보이스피싱은 해마다 증가 추세이고 피해가 심하여 구형이 많이 세졌어요. 형님, 걱정입니다."

김 사장은 진심으로 민우를 걱정해 주는 것 같았다. 오늘 하루는 구치소 본방으로 온 첫날이라서 그런지 긴장 속에 정신적으로나 육체적으로 피곤한 하루였다. 잠시 시간을 내어 아내에게 편지를 썼다. 아내와 결혼한 지 35년 만에 처음 쓰는 편지였다. 그동안 세월을 세어 보지는 않았지만 벌써 머리에 허연 서리가 내리는 줄도 모르고 정말 무던히 살았던 것 같았다. 아내에게 사랑을 구하는 세레나도 아니고, 그렇다고 최근 몇 년간 소원한 관계에 있었는데 지금 위기에 빠졌다며 살려 달라고 구조의 편지를 쓰는 게 쓸쓸하였지만, 처음으로 용기를 내어 보았다. 하지만 진심으로 미안하다는 말은 꼭 쓰고 싶었던 것이다.

사랑하는 당신에게!

이렇게 편지를 써 본 적이 거의 없는 것을 보니 나도 참 무던히 살아온 것 같아 미안해. 내가 구속된 지 거의 한 달이 다 되어 가고 있는 가운데 이 짓이 이렇게 무서운 범죄인 줄 정말 몰랐어. 나의 잘못으로 우리 가족 모두에게 이렇게 큰 아픔을 갖게 하여 미안해. 미안하다는 말 말고 지금 더 이상 무슨 말을 할 수 있겠니.

지난주에 호영이가 면회를 오지 않아 걱정하며 기다렸어. 또 한 주가 다 가는데 아직 소식이 없으니, 나 때문에 무슨 일이 생긴 건 아닌지 걱정이 태산 같아서 몇 자 적는 중이야. 이제 1주일에 2번 면회가 된다고 하니 할 얘기도 있고 면회 한번 와 주면 고맙겠어.

2020년 5월 20일

정말 미안한 당신의 남편, 김민우

오후에 배달되는 신문은 서열 순으로 볼 수 있었다. 젊은 애들은 가끔 야

생동물처럼 서열을 위해 싸우기도 한다는데 나이 육십이 넘은 민우는 다 소용없는 짓이라 생각하였다. 그럴 힘도 용기도 남아 있지 않았다. 이 방으로 배달되는 신문은 매일경제, 조선, 스포츠 이렇게 3개를 보고 있는데 가끔 타 신문도 섞여 들어왔다. 이 신문 구독료는 경제적 여유가 있는 사람 3명이 서로 지불하고 있었다.

오늘 신문의 주 내용은 요즘 젊은 사람들이 영끌을 하여서라도 집을 사는 게 문제였다. 민우는 나중에 아파트값이 폭락하거나 금리가 인상이 되면 은행에서 무리하게 대출하여 집을 산 사람들이 그 대가를 치를 텐데, 그렇게 해서라도 지금 집을 사지 않으면 앞으로 영원히 집을 살 수 없다는 생각을 가진 이 시대 젊은이들이 걱정이었다.

그들 가운데 수영이와 사위도 무리하게 집을 샀다는 얘기를 들었는데 그 당시 그 소식을 듣고 민우는 반대하고 싶었지만 아무 말도 할 수 없었다. 시부모의 도움이 있었다고 하는데 민우는 그럴 여유가 없었기 때문이었다. 문재인 대통령 집권기에 집값이 이렇게 폭등할 줄은 민우 역시 상상조차 하지 못하였다. 언론에서 떠드는 부동산 정책의 실패는 고스란히 민우에게도 상대적 박탈감과 사는 희망까지 포기하는 계기가 되었다. 이 나이에 집을 산다는 것은 아니, 돈을 조금이라도 모을 수 있다는 것은 도저히 불가능한 일이 되어 버린 것이다.

5월 23일

새벽 2시 20분, 사박사박 발소리가 들리더니 벌컥벌컥 물 마시는 소리가 들렸다. 내 얼굴 위로 물방울이 떨어지자 민우는 자다가 벌떡 일어났다. 그림 사기꾼 빡빡이었다. 민우에게 미안한 표현을 살짝 하더니 화장실에서 조용히 앉아 소변을 보고는 자기 자리로 돌아가서 모포를 뒤집어쓰고 이내 잠이 들었다. 빡빡이는 홍대 미대를 나왔다며 자기소개를 하였는데 자기 딸이 공부할 학습 자료는 직접 만들어 교육하고 있다며 "이거 제가 직접 제작한 거예요."라고 나한테 보여 주었다. 민우는 빡빡이가 대단하다는 생각이 들었다. 이 열악한 감방에서 자신의 딸을 위해 학습 자료를 만들고 있다니 하루를 버티기도 힘든 상황에 민우는 할 말을 잃었다. 콘텐츠는 제법 잘 만들었다. 그래도 콘텐츠를 직접 만들 정도로 손재주와 기획력이 있는 빡빡이었다.

"형님! 과학 콘텐츠를 만들어 우리나라 교육 시장에 보급하려면 어떻게 해야 해요?"

"글쎄? 먼저 과학 교수 프로필을 보고 잘 맞는 교수를 선택해서 연락하면 되지 않을까? 그리고 검증을 받아 시제품을 만들어 상의하고 마케팅 전략을 짜면 될 것 같은데."

"아니, 형님은 어떻게 그리 잘 아세요? 나가면 제 고문이 되어 주세요."

"알았어, 연락하고 지냅시다."

갈등

"나는 무죄야!"

오늘도 민 사장은 목청을 높이고 있었다. 6번 방 사람들은 전부 피해자와 합의를 보고 있는데, 자기 혼자 국가를 상대로 법무부와 무죄 싸움을 하고 있다고 드러누워 목소리를 높였다. 민우의 잠자리는 뺑기통 바로 옆이다. 이방에 처음 들어온 민우는 나이 육십이 넘어 막내가 되어 뺑기통 옆에서 구치소 생활을 시작하고 있는 것이다. 뺑기통 옆에 있는 민우는 밤새도록 사람들이 들락거리는 통에 깊은 잠을 이룰 수가 없었다. 피곤한 몸을 재우고 있는데 뺑기통에서 작은 신음에 눈을 떴다.

"무슨 소리지?"

살며시 뺑기통을 살펴보니 누군가 희미한 유리창 너머로 맥심 잡지를 들고 핸드 플레이를 하고 있는 게 아닌가! 젊음을 뺑기통에서 해소하고 있는 것이었다. 민우는 모르는 체 다시 눈을 감았다.

5월 24일

아침에 공소장을 보니 사기 방조가 아니라 사기로 되어 있었다. 경찰 조사에서는 사기 방조였는데 검찰 조서 때 그냥 사기로 된 것 같았다. 사기 방조면 형이 조금 더 낮을 수 있을 텐데 이런 생각을 하고 있을 때 8시 30

분 정인호 엄마와 누나가 접견을 온다고 하여 그 편에 수영이와 아들에게 각기 변호사 접견과 면회를 부탁하였다. 잠시 후 민 사장 역시 12시 20분에 가족 면회가 있다하여 나갈 때 다시 한번 수영이 전화번호를 민 사장에게 주면서 면회를 부탁하였다. 민 사장은 변호사 비용 포함 합의금 1억 8천에 합의를 보았다고 하면서 이제 조만간 나갈 예정이니 "형님, 생활 잘 하세요."라며 여유 있게 민우에게 말하였다. 민우는 부러운 목소리로 잘됐다며 축하해 주었다.

오늘 2번 방 운동 시간은 2시부터 30분 간격이다. 민우는 운동이 중요한 게 아니었다. 호영이는 오늘도 오지 않을 거야 이제 나는 어떻게 해야 하지. 녹슨 철창문만 바라보고 있는데 오후에 뜻밖에 변호사가 접견을 왔다. 민우는 부랴부랴 관복으로 갈아입고 면회실로 내려갔다.

"아들 연락을 받고 왔습니다. 뭐가 그리 궁금하십니까?"

변호사는 검은 뿔테 안경을 위로 올리며 엷은 미소로 물어보았다.

"유치장에 갇혀 있으니 불편한 게 한두 가지가 아닙니다. 무엇보다 소통이 안 되는 게 너무 불편합니다."

그러면서 민우는 다행이라 생각했다. 가족이 자신을 버리지 않았다는 걸 확인하는 순간이었다. 아들의 연락을 받고 변호사가 왔다는 것은 곧 위의 사실을 방증하는 거나 마찬가지였다. 변호사에게 가족 면회를 부탁하고 민우는 2번 방으로 돌아왔다.

이제 본격적인 본방 생활이 시작되었다. 옛날 군대 생활은 빨랫비누로 시작하여 빨랫비누로 끝났는데 여기 감방은 치약으로 시작하여 치약으로 끝나는 것 같았다. 아침 식사 후 설거지가 끝나면 뺑기통과 바닥 그리고 벽을 치약으로 문지르고 닦는다. 그런 다음 마지막으로 10명이 사용하는 걸레를 막내 혼자 빠는 시스템이다. 빨래가 끝나면 팔다리, 허리로부터 오는 뻐근한 신호에 민우는 자신도 모르게 "아이고!" 소리를 내지르며 바닥에 대 자로 눕는 것이다. 그러한 민우의 행동에 이 중사는 기가 막힌 눈으로 민우를 쳐다보았다. 그때 민우가 힘들어하는 모습을 보던 대머리 이 사장이 내시 목소리로 힘내라며 연양갱 하나를 건넸다. 다정한 한 마디에 민우는 고마워하였다. 본방에서는 먹을 것이 풍부하지만 분담금을 내지 않고 영치금도 없는 상황에서, 이거 계속 얻어먹어도 되는 건가 괜히 눈치가 보였다.

감방에서도 돈이 있고 없고의 차이는 매우 크다. 어떤 감방의 돈 있는 재소자 하나는 감방 재소자들에게 한턱을 크게 낸 것이 인구 회자되고 있었다. 그 돈 있는 재소자는 A급 대우를 받았다고 하는데 그 말이 사실이라면 돈의 위력은 이곳 감방에서도 여실히 증명되고 있는 것이었다.

"에라, 모르겠다. 케세라 세라!"

민우는 하늘나라에 계시는 부모님에게 편지를 쓰려다 멈추었다. 불효막심한 민우는 하늘나라로 간 지 20년이 지난 부모님의 하늘나라 주소를 아직 알아내지 못하였기 때문이다. 이 중사는 사고를 치고 징벌방에 갔다가 새로 이방에 배정받았기 때문에 처음부터 다시 신입이 되었다면서 감방의 규칙이 잘못되었다고 불평을 하고 있었다. 민우는 알지 못하는 하늘나라 주소보다 확실한 아내의 주소로 편지를 쓰기 시작했다.

오늘도 나 때문에 힘들지? 오늘 변호사가 왔다 갔어. 호영이 연락받고 왔다고 하더군. 공소장이 왔는데 어떻게 해야 할지 물어보려 했던 것이고, 사실 가족 면회가 2주 동안 없어서 마음이 많이 불안한 상황이야. 공소장에 보이스피싱 피해자들 3명이 배상명령신청을 하였는데 난 재산이 없으니, 변호사가 적당한 선에서 합의를 봐야 한다고 하였는데 호영이가 잘 하리라 믿고 있어. 내 주소는 정읍으로 되어 있고 당신은 나하고 거리를 두는 게 당신과 호영이 한 테 피해가 없을 것 같아. 내 늦은 나이에 비록 많은 것을 잃어버렸지만 가족을 위해 열심히 살려고 해. 여보 정말 미안해. 그리고 사랑해. 이곳 생활이 조금은 힘들지만 가족이 있으니까 견딜 수 있어. 이제 정말 잘 할게.

다음 달 6월 8일 재판 첫 심리 일정이 잡혔어. 공소장 범죄 일람표를 보면 10번째 천만 원은 그날 피해자에게 돌려주었기에 빼야 해. 변호사한테도 말했는데 호영이가 한 번 더 확인해야 할 거야. 경찰 조사에서는 죄명이 사기 공조였는데 검찰 조사에서는 사기로 되어 있더라. 사기 공조는 사기보다 죄가 더 가벼운 것으로 알고 있는데, 변호사에게 이것도 확인 바라고 호영이 수영이, 사위, 당신 모두 나 때문에 힘들어하지 않기를, 당신이 잘해 주길 바라. 그리고 호영이도 누나와 잘 의논하여 내 상황을 잘 판단하기를 바란다고 전해 줘. ○○○ 누나 살인 사건의 범인 살인자와 같은 방에 있었는데 살해 동기가 누나에 대한 반감 박탈감 그리고 대화의 단절로 생기는 깊은 불신 때문이었던 것 같아. 그 끔찍한 살인이 사실 따지고 보면 사소한 갈등 때문에 일어난 것 같은 생각이 들었어. 그래서 나는 그 젊은 사람을 통해 많은 것을 생각하게 되었지. 여보 정말 미안하고 앞으로 정말 당신과 가족을 위해 많이 웃고 좋은 내가 되도록 할게. 다 내 잘못이고 내가 부족해서야. 미안해!

2021. 5. 24.

민우는 비록 편지에서지만 아내에게 사랑한다는 말을 몇 번이고 썼다가 지웠다. 사랑한다는 말은 저 먼 바다 건너 백인들이 쓰는 외래어 같다는 생각으로 생각하고 살았기 때문이다. 위기에 빠졌다고 설탕 발린 말은 하고 싶지 않았는데 진심으로 사랑한다는 말을 한 것이다. 사실 이곳에 갇히고 난 다음, 아내를 위해 해 준 것이 별로 없다는 사실을 깨닫게 되었다. 그리고 그 옛날 결혼식 때 민우는 아내에게 말은 하지 않았지만 마음속으로 아내를 행복하게 해 주겠다는 약속을 마음속 깊이 자기에게 다짐하였지만 그 약속을 민우는 끝내 지키지 못하였던 것이다. 자신과의 약속을 날려 버리고 민우는 방관하고 있다가 이제 다시 이곳에서 옛날에 아내를 향한 스스로의 약속을 떠올리고 있었던 것이다.

저축 하나도 없이 빚만 지고 있는 민우의 입장에서 그럴 리는 없지만, 아들과 딸 그리고 아내가 합의금 마련으로 인하여 다툼이 생기거나 그게 확대되어 가족 싸움으로 번지게 되면 어쩌나 이것이 제일 신경 쓰였다. 더군다나 딸은 시집간 지 얼마 되지 않았는데 사위와 합의금 문제로 다투지 않을까 그것이 더 염려스러웠다. 이래저래 걱정뿐인 하루였다.

이놈의 구치소에서 무슨 고깔이 필요하다고 이 중사가 가르쳐 준 고깔을 이리 접어보고 저리 접어 보아도 도대체 잘 접히지를 않았다. 민우는 슬그머니 얼굴을 들어 독수리 이 사장을 쳐다보았다. 독수리 이 사장은 민우

와 눈이 마주치자 누런 이를 드러내며 한 번씩 웃더니 "형님, 이렇게 해 봐
~" 나름 쉬운 방법으로 설명하였다. 남 참견하기 좋아하는 이 중사는 옆에
있다가 "어허~! 이 형님 또 까먹었어!" 하고 기분 나쁜 말투다.

"에이~ 이 새끼를 정말!"

민우는 나이 어린놈과 신경질을 벌여야 한다는 게 한심스러웠다. 한편
으로는 '이놈이 정말 나를 우습게 보고 있는 게 아닌가?', '내가 보이스피
싱으로 들어왔다고 무시하는 게 아닌가?' 이런 생각이 들었다. 한편으로는
보이스피싱으로 들어온 놈이 폼이나 잡고 있는 게 눈에 거슬렸을 거다. 모
두 친절하게 대해 주는 게 어쩌면 심술이 나서 그럴지도 모른다는 생각에
민우는 '나이 먹은 내가 참아야지.' 하면서 서서히 화를 내려놓았다.

5월 25일

아침 5시 20분, 새벽에 눈이 떠졌다. 소변을 보기 위해 화장실에 조용히
앉았다. 작은 창 사이로 처연히 들리는 빗방울 소리. 기다리던 비가 오고
있었다. 민우가 좋아하는 비는 이곳 유치장에서도 차별 없이 내리고 있었
다. 하지만 민우는 이 비를 즐길 시간적 여유도 없었다. 이놈의 2번 방에서
막내라 할 일이 많기 때문이다.

담요는 관에서 주는 2장이 기본이다. 그래서 오래 있는 사람이나 추위에
약한 사람은 침낭이나 사제 담요를 하나 더 구입하여 사용한다. 이 무더위
에 겨울 걱정을 하며 덮을 이불 하나 사고 싶었지만, 민우에게는 돈이 없었
다. 바깥세상이나 교도소 안 세상이나 민우에겐 돈이 없다는 사실이 슬플
뿐이다. 민우는 자신을 비난하고 있었다. 그동안 무엇을 하고 있었단 말인

가. '병신 같은 놈! 어찌 나이 육십이 넘도록 통장에 100원짜리 하나 없어? 죽어야지. 죽자!' 민우는 죽은 동물이었다. 경제적으로 다시 살아날 가능성이 전혀 없는 죽은 경제적 동물이었다.

아침 점호가 끝나자 이 중사가 세숫대야에 쌓인 걸레를 보며 "혀 혀어어~엉님, 형님!" 가끔 말을 더듬는 이 중사가 말을 더듬으면서 "어, 어, 어제 걸레 빨지 않았죠?" 또다시 기분 나쁜 어투로 묻는다. "내가 잔소리가 많은가 봐." 깐죽거리는 이 중사의 말투는 귀에 계속 거슬렸다. '이놈의 새끼를 한번 엎고 징벌방에 같이 들어가야 하나? 며칠 먼저 들어왔다고 나한테 고참 행세를 톡톡히 하는데?' 민우는 잠시 생각에 빠졌다.

이 중사는 쉰 살로 민우보다 열두 살이나 어리고 키는 183cm로 큰 편이다. 얼굴에는 파란 점박이가 좀 넓은 편이라 잘 때도 검은색 뿔테 안경을 쓰고 자는데 아마 얼굴에 있는 파란 점박이가 콤플렉스인 것 같았다. 그 콤플렉스를 가리기 위해 잘 때도 쓰고 자는 것 같았다. 아마 말까지 더듬어서 어린 시절에 친구들에게 놀림을 많이 받지 않았을까 하는 쓸데없는 생각까지 해 보았다. 하지만 싸가지가 없는 놈의 행동은 마지막 남은 동정심마저도 사라지게 만들었다. 옆에서 분위기가 이상해지는 것을 눈치챈 민 사장이 타이르듯 말했다.

"이 중사, 좋은 말로 해. 초 임자에게는 상황을 잘 설명해 줘야 해. 걸레는 쉬엄쉬엄 빨아도 되잖아?"

독수리 같은 이 사장도 한마디 거들며 이 중사를 향해 한마디 하였다. 아침 점검 전 민우는 밀려 있던 빨래를 하고 아침 점검 후 설거지를 마치고 나오는데 이 중사 서열 바로 위에 인호가 마스크를 쓰면서 작은 소리로 말했다. "김 사장님, 참으세요! 저놈 싸가지 없어요." 그리고는 온종일 모아둔 쓰레기를 분리수거하였다.

식사 후 이 중사는 아들이 대학교 축구 선수라며 입에 침이 마르도록 자랑을 하였다. 그때마다 "야! 청소년 대표로 뽑히지도 못하잖아!" 하면서 민 사장이 농담 비슷하게 기를 죽이자 애꿎은 청소년 대표 감독을 욕하기 시작하였다. 전에 청소년 국가대표 감독을 찾아가 자신의 아들을 뽑지 않은 거에 대하여 불만을 얘기하였다고 한다.

"내가 코치를 몇 번 찾아 갔는데 체력이 약하다고 체력 평가도 하지 않고 무조건 안 된다는 거예요. 우리 애가 말랐거든요. 아니 그래도 체력 평가를 한 번이라도 하고 그러면 내가 수긍할 텐데 겉모습만 보고 안 된다고 하는 거예요."

그러면서 혈압을 올리고 있었다.

2번 방은 매주 화요일이면 청소를 해야 했다. 모기장 창틀에 있는 먼지 하나하나까지 칫솔로 씻어내야 한다.

"막내는 앉아 있을 시간이 없어요."

이 중사는 계속 민우를 몰아붙인다. '원래 말투가 그런 놈인가, 아니면 나한테만 그런 건가?' 나이 들어 누구에게 작은 잔소리 하나 들어보지 못한 민우는 이 중사의 계속된 잔소리가 귀를 거슬리게 하고 있었다. 하지만 모든 것에서 초월하려 노력하고 있었다. 나이든 죄로 나이를 먹는다는 것은 많은 것을 이해하고 용서해야 한다.

"형님 옷 며칠 입었어요?"

"5일 째야."

"제가 하나 드릴게요."

민 사장은 관물대에서 회색 반팔 티셔츠 하나를 꺼내 주었다.

"고마워."

"고참 잘 만난 줄 아세요.ㅎㅎ"

오후 4시에는 변호사 접견이 있었다. 저녁 식사 때 민우는 수저 놓는 담당이다. 상 위에 숟가락 5개를 놓고 있는데 어린 방장이 수저 하나를 들더니 대머리독수리 이 사장에게 건네주었다. 수저의 앞뒤를 살피던 이 사장은 두루마리 화장지를 조금 뜯어 수저를 닦았다. 휴지에는 점심 때 먹은 고추장이 엷게 묻어 나왔다. 아마 설거지가 잘못된 거 같았다. 그러자 넘버투가 한마디 하였다.

"나 때는 이런 게 있을 수가 없었어."

한마디 하자 이 중사가 끼어들면서 "막내가 설거지를 못 해서 이런 거예요."라며 책임을 민우에게 돌리고 있었다. 설거지는 이 중사와 둘이 하였는데 민우는 어이가 없어 이 중사를 말없이 쳐다보기만 하였다. 나이 육십 넘은 민우는 신병처럼 앞으로는 잘하겠다며 목청을 세워 큰 소리로 말했다. 그러자 모두 웃으면서 이 사건은 해프닝으로 끝났다.

인간적 배려

짬을 내어 동생에게 편지를 썼다.

사랑하는 동생, 잘 지내고 있지!

오늘은 새벽부터 봄비가 내리고 있단다. 여기 구치소에서 본방 생활 시작한 지 벌써 5일 째야. 내가 있는 2번 방에서 이 나이에 막내로 빵기통 생활을 시작하고 있는데 이 늦은 나이에 가족의 소중함을 새삼 느끼며 나를 돌아볼 시간도 갖고 있단다. 지난날 내가 장남으로서 아니 큰형으로서 너희들에게 형다운 형이었을까 생각을 하니 미안한 게 한둘이 아닌 것 같구나.

너의 인생! 그 모든 것이 내 잘못인 것 같아 정말 뭐라 말할 수가 없구나. 옛날 사업을 할 때 엄마 집문서를 아무 말 없이 주던 너의 고마움. 다시 생각해도 고맙다는 말밖에는 할 말이 없구나. 사람은 자기 밥그릇은 타고 난다고 하였는데 나는 여기까지인 것 같구나.

이상호가 보내 준 문자가 보이스피싱이었어. 그 문자를 본인도 모르고 나에게 보내 준 것 같은데 그게 보이스피싱인 걸 알았을 때는 본인도 얼마나 놀랐겠니. 인천 중부 경찰서에 구속되었을 때 호영이와 수영이가 소식을 듣고 단숨에 달려와 통곡을 하는데 그 통곡 소리가 아직도 나의 가슴을 저리게 만드는구나.

나는 가짜 김태영 법무사라는 놈이 카톡으로 알려 준 장소에 가서 피해자의 돈을 받았고, 그 뒤에 또 카톡으로 전달해 준 장소의 직원에게 전달하는 일을 했어. 1건에 10만 원을 받았는데, 이 짓을 10건 정도 하였고 공소 금액이 2억이 조금 넘어. 이 돈을 전달하고 내가 받은 돈은 대략 백만 원. 이곳 인천 구치소의 수감자 3,000명 중 30%가 보이스피싱 범죄자라고 하니 보이스피싱이 우리 생활에 얼마나 깊숙이 들어와 있는지를 피부로 느끼고 있단다.

보피의 보통 구형은 대개 1년 6개월 이상이라 하더군. 전달책은 보통 그 정도 구형을 받는다고 들었어. 정말 세더라. 나와 비슷한 범죄자 한 사람도 처음에는 모르고 했다고 해. 도중에 이상하다 느껴서 경찰에 신고하려 했는데 그만 형사들에게 잡혔다며 죄를 뉘우치고 있단다. 그 사람은 피해자에게 1억 원 정도 받아 통장으로 입금만 했는데, 검찰 구형을 4년 받고 결국 재판에서 선고를 1년 8개월 받아 이제 얼마 있으면 교도소로 떠나려 하는 사람이야.

합의는 돈이 없어 포기하고 50대 중반의 자기 인생이 너무 슬프다고 한탄하고 있는 사람이야. 그 사람 말로는 나는 9명 합의를 다 보면 집행유예 가능성이 있다고 하는데 어찌해야 할지 돈도 돈이지만 판단이 서질 않고 있어. 이곳에 와서 잃은 것도 많지만 하나 확실하게 얻은 것은 가족의 소중함이란다. 아무쪼록 내가 탄원서 초안을 써서 하나 보낼 테니 너의 뛰어난 문장 실력으로 탄원서 하나 부탁한다, 5월 27일이 구속된 지 한 달째가 되는 날인데 아직 적응이 안 되어 힘들구나.

만일 가족이 없었다면 내가 살 의욕을 포기했을 거야. 호영이에게 아비로서 너무 미안하고, 수영이 사위 그리고 네 형수에게도 미안한 마음 끝이 없단다. 인천 구치소 사이트에 들어가면 편지를 쓸 수 있으니 보내 주길 바란다.

2021. 5. 25.

兄

이런 편지를 보내면 아직도 동생만 생각한다며 분명 아내가 싫어할 것 같았지만 몸이 아파 쉬고 있는 동생이 시간적 여유를 갖고 호영이 대신 날 위해 일을 쫓아다녀 줄 것이라 믿고 쓴 편지였다. 내 인생 최고로 잘한 것은 아내를 만난 것이고 아들과 딸이 잘 자라 준 것이다. 교도관이 지나가면서 "김민우!" 하고 불러 철창으로 갔더니 창문 안으로 팔을 넣더니 어린애한테 사탕을 주먹으로 꽉 쥐여 주듯이 쪽지 하나를 주고 갔다. 쪽지에는 수영이가 영치금을 넣었다는 소식과 얼마를 넣었는지 금액이 적혀 있었다. 하지만 민우는 수영이가 보내 준 소중한 돈을 함부로 쓰고 싶지 않았다.

5월 25일

호영이에게 편지를 쓰기 시작했다. "오늘도 배상명령신청서가 왔단다. 6월 8일 심리가 잡혔는데 그때까지 물리적으로 풀어야 할 합의 날짜가 부족할 수 있어. 하지만 될 수 있는 한 빨리 합의를 보고 나를 이 지옥에서 구출해 주기를 바란다." 마음은 이렇게 쓰고 싶었지만 이내 지워 버렸다.

변호사 역시 돈 많은 의뢰인 위주로 스케줄을 잡기에 미리 한 백만 원 정도 성의 표시로 보내 주고 내 계획대로 갔으면 좋을 것 같다. 변호사가 합의 본다는 것이 그리 생각처럼 쉽지는 않을 거다. 너의 노력이 좀 필요하다. 삼촌을 만나 상의 좀 해 보도록 해. 이번 6월 8일 심리까지는 시간이 촉박하기에 속행(연기)하면 심리가 2주 연기될 거야.

그러면 그 시간 내에 합의를 보고 집행유예를 받으면 어떨까? 그렇게 기대하고 있는데 보이스피싱이 생각보다 심각한 범죄이기에 앞으로의 상황은 어떻게 될지 모르겠다. 힘들지만 수고 부탁한다.

피해자를 만나 합의를 할 때 피고가 정말 가난해서 뭐 한 푼이라도 벌어 보려고 이 일을 정말 모르고 시작했다며 빌며 사정하는 수밖에 없을 것 같아. 너는 부잣집 아들 같아 보이니까 옷도 허름한 것으로 입고 만나야 해. 그리고 가족들의 탄원서도 필요해. 큰삼촌이랑 이상호 아저씨 주소도 보내 주고. 아빠로 인해 우리 가족이 힘든 일을 겪는 것 같아 죄책감이 든다. 아빠를 잘못 만난 너희 엄마가 불쌍해. 아빠가 나간다면 최선을 다할게.

2021. 5. 25.

민우는 가족들에게 보내는 편지에 최대한 예의를 갖추었다. 글이라는 게 잘못하면 오해를 불러일으킬 수 있다. 민우의 글에 감정이 실려 오해를 사게 되면 지난번처럼 소식이 끊어지고 가족에게 버려질까 봐 한편으론 두려웠던 것이다. 가족에게 버림받는다는 것 그것처럼 슬프고 고통스러운 것은 없을 것이다. 민우는 가족이라는 단어에 대하여 이곳에서 뼈저리게 느끼고 있었다. 어느 날 장모님 상을 마치고 돌아오던 길에 아내가 울면서 한탄하던 장면이 떠올랐다. "당신 만나서 한 번도 여유 있게 살아 본 적이 없었어." 조용히 울부짖던 아내의 모습. 그 모습이 지금 민우를 쓰리도록 아프게 하고 있었다.

민우는 사업을 시작하면서 가족보다는 회사를 먼저 생각하였다. 사업이 잘되면 그때 잘해 주면 된다는 생각을 가지고 있었기 때문이다. 그러한 민우를 보고 당시 민우의 선배는 회사도 중요하지만 가족부터 먼저 챙기라는 말을 하였는데 민우는 한쪽 귀로 흘려보냈다. 많은 것을 잃어버린 민우는 이제 보이스피싱이라는 범죄를 저지르고 합의금이라는 커다란 짐까지 지웠다. 그리고 그 합의금이 없으면 이 지옥 같은 구치소를 벗어날 수 없다는 사실이 야속했다. 민우는 그러한 자신의 슬픈 인생이 죽도록 미웠다.

5월 26일

음주운전으로 법정 구속된 대머리독수리, 이 사장이 오전에 재판 심리에 다녀왔다. 다음 기일이 6월 25일 한 달 뒤로 잡혔다며 "그 새끼가 내 돈만 처먹고 일은 제대로 하지 않고 있어요, 형님!" 민우에게 담당 변호사 욕을 하고 있었다. 빨리 나가고 싶은 마음을 민우는 충분히 이해할 수 있었다.

예쁜 딸 덕에 듬직한 사위를 얻었는데 이번 일로 자존심에 상처를 입어 생각만 하면 마음이 편치 않았다. 그런 사위에게 민우는 그래도 자신의 심정을 알리고 싶었다.

이 서방!

내 뭐라고 이 편지를 써야 하고, 어떻게 고마움을 표현해야 할지…. 직장은 잘 다니고 있어?

공자(孔子)님은 나이 육십이 되면 천지만물(天地萬物)에 통달(通達)하고 듣는 대로 모두 이해(理解)하게 된다고 하였는데, 나는 지인의 소개로 가짜 법무사에게 속아 범죄를 저지르고, 가족들을 곤경에 빠뜨렸으니 자네 얼굴을 봐야 할지 모르겠네.

그래도 잃은 게 있다면 얻는 것도 있다고 이 나이에 가족의 소중함을 새삼 깨닫고 있다네. 그리고 자네가 우리와 한 식구가 된 것에 대해 너무 고맙게 생각하네. 언제나 듬직한 자네 모습, 나뿐만 아니라 장모도 자네를 많이 아끼고 사랑하고 있다는 걸 잊지 말게. 이곳에서 지난 시간을 돌이켜보니 가장 중요한 것은 뭐니 뭐니 해도 가족인 것 같더군.

가화만사성(家和萬事成)! 집안이 화목하면 모든 게 잘 이루어진다는 뜻으로, 자네의 사회생활에 있어 중요한 말 중 하나니 잘 새겨 놓기를 바라네.

마지막으로, 수영이 하고 자주 대화하고 소통하기를 바라네. 살다 보면 어렵고 힘든 일들이 있을 수 있어. 그때마다 중심이 되어 흔들리지 말고 가족의 힘으로 극복하고 항상 웃으면서 지냈으면 하네.

2021. 05. 26.

사위의 답장은 바로 다음 날 민우 편지가 수영이에게 도착하기 전 수영이의 인터넷 편지 속에 미리 왔다.

"저 옆에 있어요. 아버님 항상 응원해요!"

눈앞에 없지만 밝게 웃고 있는 듯한 얼굴이 떠올랐다. 수영이는 접견의 어려움을 편지로 말하고 있었다. 코로나19로 인하여 일주일에 접견은 두 번, 오후 4시까지만 가능하고 예약도 1~2주 전에 하지 않으면 가능한 날짜 잡기가 쉽지 않다고 하였다.

이제 6월 8일이 얼마 남지 않았다. 민우는 재판에 대해 생각하고 있었다. 한번 속행하여 2주 후 심리가 열리면 6월 22일 아니면 25일경 그때까지 합의를 보게 된다면 이 지긋지긋한 감방에서 벗어날 수 있지 않을까.

오늘 신문 톱 뉴스는 PGA 우승 '필 미켈슨'이었다. 불굴의 의지로 왼손잡이 골퍼로는 적지 않은 나이에 기라성 같은 젊은이들을 물리치고 우승을 한 것이었다. 인간의 의지는 나이와 상관없다는 것을 '필 미켈슨'이 증명한 하루였다.

"형님, 나가면 베트남에서 운동 한번 해야죠!"

함께 TV를 보던 민 사장은 골프가 그리운가 보다.

수영이는 편지를 등기로 보내면 엄마가 퇴근 후 우체국까지 갔다 와야 하는 불편함이 있으니 일반 우편으로 보내도 될 것 같다는 소식을 전했다. 그러면서 아빠가 해 준 북어찜이 먹고 싶다며 빨리 나와서 북어찜을 해 달라는 말도 잊지 않았다. 민우도 빨리 나가서 가족들이 좋아하는 요리를 마음껏 해 주고 싶었다. 그러나 그날이 언제가 될지….

"김민우 씨, 면담입니다. 나오세요."

예정에 없던 부름에 민우는 허겁지겁 관복을 입었다. 잠시 후 철문이 열리자 키가 작은 주임 하나가 8층 교도관 실로 민우를 안내하였다. 그곳에는 처음 보는 계장이 민우를 반갑게 맞이하면서 민우의 안부를 물어보았다.

"생활이 좀 어떠세요? 커피 한잔하실래요?"

"아, 네. 저는 녹차나 한 잔 주십시오."

커피와 녹차는 지금 지내는 방에도 넘쳐 나기에 커피를 별로 좋아하지 않는 민우는 녹차를 주문하였다

"황 계장님 아시죠? 전에 제가 모시던 분이에요."

이제야 그가 나를 부른 이유를 알았다.

"아버님이 연로하셔서 치매를 보살펴 드리느라 직접 오지 못한다고, 저더러 선생님을 한번 만나 보라 하여 이렇게 모셨습니다."

최대한 예우를 갖추어 말하는 이 사람의 인품을 느낄 수 있었다. 민우의 친구는 치매에 걸린 아버님을 직접 보살피느라 한시도 짬을 내지 못하는 효자로, 우리 친구 사이에서도 인정하는 효자였다. 민우는 그런 친구가 부러웠다. 본인은 힘들지 모르더라도 민우에게는 돌봐 드릴 아버지가 없다. 만일 아버지가 살아 계신다면 그 친구처럼 아무 불평 없이 아버지의 치매를 돌봐 드릴 수 있었을까? 민우는 자신을 의심하면서 아버지가 살아 계신다면 최선을 다하여 보살펴 드렸을 거로 생각한다. 그리고 바쁜 가운데 민우를 챙겨 주는 그 친구의 우정에 대하여 진정 고마움을 느끼고 있었다.

교도관들은 코로나19로 인하여 일이 많아졌는지 바삐 들락거리면서 무표정한 표정으로 민우를 쳐다보며 지나갔다. 그래도 민우는 여기 구치소에 아는 친구가 있다는 게 심적으로 위안이 되었다. 또한, 이 계장을 보면서 그래도 친구의 직장생활을 짐작할 수 있었다. 이 계장은 구치소에서의 생활 방법 등 몇 가지 요령을 알려 주었다. 유치장에 있을 때 임 씨가 하던 말이 생각이 났다.

"생활하다 어려운 점 있으면 말씀하세요."

"고맙습니다."

민우는 궁금한 것이 많았지만 친구나 이 사람에게 누가 될 것 같아 참기로 하고 정중히 인사만 하고 방으로 돌아왔다. 민우가 누구를 만나러 갔었는지 소지를 통하여 대충 정보를 들은 방장과 2번 방 사람들은 우리 방에 교정국 스파이가 들어왔다며 웃으면서 경계를 하였다. 이로써 계장과 짧은 면담은 민우가 방 생활을 하는 데 보이지 않는 도움이 되었다.

오후 1시 30분부터 2번 방 샤워 순서다. 오랜만에 따뜻한 물로 샤워를 했다. 당번인 민우는 아낙네가 동내 목욕탕에 갈 때 가지고 다니는 대야 속에 샴푸와 비누를 2개씩 챙겼고, 슬리퍼를 든 채 철문 앞에서 문이 열리기를 기다렸다.

"2번 방이요."

소지의 우렁찬 소리와 함께 2번 방 철문이 열렸다. 하나 있는 슬리퍼는 방장이 신고, 나머지는 고무신을 신은 채 그 뒤를 우르르 뒤따라 목욕탕으로 들어갔다. 육십이 넘은 민우는 24살짜리 젊은 놈의 슬리퍼를 챙겨 바쳐야 하는 이 상황이 못마땅했다. 하지만 이게 이곳의 소리 없는 규칙이다. 이 규칙을 민우가 깰 이유는 없다. 민우나 이 방에 있는 누군가는 시간이 지나면 방장이 되기 때문이다. 하지만 민우는 이 나이에 새로 들어온 재소자에게 방장이라고 소개할 생각을 하니 헛웃음이 나왔다.

목욕탕은 철문 오른쪽으로 1번 방을 지나서 교도관 상황실을 지나면 바로 우리 방 반 정도의 구치소들이 몇 개 있고 세탁실 바로 옆에 있었다. 복도 왼쪽에는 나무로 투박하게 만든 책장 속에 몇 년 지난 잡지와 다양한 책이 들어 있었다. 밝은 햇빛이 창가에 쏟아지고 있었다. 햇빛이 그리웠던 이 사장은 그동안 보지 못한 햇빛을 마음껏 몸으로 받고 있었다.

"형님! 이쪽으로 와서 태양 좀 봐."

그 소리에 이 사장 옆으로 가서 파란색으로 선팅된 유리창 사이로 비치는 작은 햇빛을 얼굴에 담아 보았다. 창문 앞에는 각 방에서 널어놓은 빨래가 긴 줄에 매달려 있었고, 양쪽 복도 끝 철문은 굳게 닫혀 있었다. 목욕탕의 입구 오른쪽에는 옷걸이 몇 개와 못이 5개 박혀 있는데 그곳에 우리는 벗은 옷을 걸어 놓았다. 안으로 들어가면 왼쪽에 작은 방이 하나 더 있는데, 각 방의 서열 5위까지는 그곳을 사용하였다. 샤워기가 총 7개인데 전방가 버린 동호를 빼고 오늘은 8명이 샤워를 하였다.

민우는 서열상 누구 하나가 끝나야 샤워를 할 수 있어 기다리고 있는데 때수건을 들고 있던 대머리독수리 이 사장이 이리 와 보라며 민우의 팔을 끌어당겼다. 그리고는 가지고 있던 때수건에 비누를 잔뜩 칠한 다음 민우 등을 밀어 주기 시작하였다. 민우는 그의 인간적 배려가 고마웠다.

일산 김 사장의 사연

오후 2시 넘어 교도관이 3,500만 원 배상명령신청서를 하나 더 전달해 주고 갔다. 아들이 영치금 10만 원을 보내 준 것도 확인하였다. 오후 4시가 지나자 딸한테 편지가 왔다.

아빠, 옛날에 아빠가 만들어 준 동파육이 생각나요. 아무 걱정하지 말고 거기서는 어떻게 하면 동파육을 더 맛있게 만들지 생각하세요.

옆에서 함께 편지를 보던 독수리 이 사장이 박수하며 축하해 준다.

"여기서 나가면 같이 한번 밥 먹읍시다."

얼마 전까지 법자인 줄 알았는데 가족들에게 연락이 하나둘 오기 시작하니 다행이라며 자기 일처럼 기뻐해 주는 대머리독수리 이 사장. 정인호는 민호에게 "아까 면담 오신 분이 누구예요?" 그러자 넘버 투인 김명훈 씨가 "아니 국회의원 보좌관 면담도 보통 10분 정도 면담하면 끝난다고요. 대체 무슨 백이 있길래 30분 넘게 면담을 해요! 이건 있을 수 없는 일 이이에요!"

민우의 대답을 일산 김 사장이 대신 말하고 있었다. 민우는 창틀 구석에 유성 펜으로 쓰여진 "신장 구함"이라는 문구를 보고 옛날 어느 젊은이의 일화가 생각났다.

공중화장실이나 고속도로 화장실에 가면 "신장 장기 삽니다."라는 글을 볼 수 있는데 어느 날 돈이 필요한 젊은이는 스티커 문구를 보고 신장은 하나만 있어도 죽지 않는다는 말에 신장 하나를 팔려고 마음을 먹고 다이얼을 돌렸다.

"여보세요?"

"저, 혹시 신장 팔 수 있나요?

"네."

"그럼 얼마 주시죠?"

"네! 금액은 500에서 시작하고요, 상태에 따라 천만 원 정도 드려요."

젊은이는 500만 원이 필요하던 차에 잘됐다 싶어 적극적으로 물어보고 있었다.

"그럼 어떻게 해야 하죠?"

"우선 신체검사를 받아야 하는데 검사 비용으로 50만 원 정도 입금을 해야 합니다."

그러나 단돈 10원도 없는 그에게 50만 원은 너무 큰 금액이었다.

"좀 깎아 줄 수 없나요?"

젊은이는 간절하게 전화 속 남자에게 매달리고 있었다.

"네, 사정이 그러면 10만 원 깎아 줄 테니 40만 원만 보내세요."

젊은이는 없는 돈 40만 원을 마련하기 위해 발버둥 치기 시작하였다. 그리고는 겨우겨우 돈 40만 원을 마련하여 전화 속 남자에게 보내 주었다. 그리고 건강한 신장은 돈을 더 받을 수 있다는 말에 좋아하는 술도 먹지 않고 신체검사 날짜만 기다리고 있었는데 그다음부터는 전화 속 남자와 통화를 할 수가 없었다. 없는 전화번호가 된 것이다.

5월 27일, 석 달 만에 외출하는 민 사장

민 사장은 구치소에 온 지 100일 만에 첫 심리가 열렸다고 한다. 서열은 4위지만 방장처럼 행동하는 사람이다.

"석 달 만에 외출인데 뭐 사다 줄까?"

"난 피자요.

"난 치킨이랑 콜라."

"저는 담배요."

2번 방 사람은 서로 먹고 싶은 것을 주문하느라 난리다.

"아, 그리고 나 들어오기 전에 면세점도 갈 건데 옷도 필요해?"

민 사장이 나가자 잠시 후 새 베개 4개가 보급품으로 들어왔다. 경리를 보는 이 중사는 그중 하나를 챙겨서 민우에게 주었다.

"형님, 이거 하나 쓰세요."

"내일은 해가 서쪽에서 뜨겠네."

5월 28일, 김 사장의 사연

새벽 4시 30분 천둥소리에 잠에서 깨었다. 요란한 5월의 비가 내리고 있었다. 올해는 유난히 비가 자주 오는 것 같았다. 빗소리를 좋아하는 민우는 빗소리에 자신의 심정을 담아 흘려보내고 있었다. 건너편 건물 사이로 떨어지는 낙숫물 소리는 하모니를 이루며 그나마 적적한 민우를 달래 주고 있었다.

오전 8시 50분, 수영이의 접견 소식을 듣고 30분 전부터 준비했다. 1층 접견실로 내려가자 8시 55분인데 아직 수영이는 오지 않았다. 지난번 접견 때는 아들이 오지 않아 속이 타들어 갔었는데 오늘은 수영이가 면회 신청을 하고 오지 않은 것이다. 주어진 면회 시간이 고작 10분인데, 1분 1초가 아까운 이 마음을 누가 알아 줄까? 결국, 접견 시간은 지나 버리고 말았다. 이곳에서 쓰는 용어로 "불러뺑"을 한 것이다. 바람맞았다는 뜻이다. 비가 많이 와서 접촉사고라도 난 걸까? 대체 무슨 일로 오지 않았을까.

9시 4분, 결국 풀이 죽은 채로 접견실을 나섰다. 일이 이렇게 되자 민우는 정말 가족들이 무언가 실망할 만한 일이 있었는지 되돌아보지 않을 수 없었다.

'아니 며칠 전 호영이가 영치금도 보내 주고 어제는 수영이에게 편지도

왔는데…. 그 사이에 무슨 일이 생긴 건 아니겠지?'

민우는 순간순간 일희일비(一喜一悲)하는 자신이 미웠다. 민우의 마음은 완전히 중심을 잃어가고 있었다. 만일 가족이 나를 버린다면 이제 어떻게 할 것인가. 처음으로 진지하게 자신을 생각해 보았다. 이렇듯 복잡한 생각과 함께 방으로 돌아오자 상황을 모르는 독수리 이 사장이 묻는다.

"형님! 딸이 뭐라고 그래?"

아무 일도 없었다는 듯 민우는 엷은 미소로 답하였다. 내심 실망하고 있던 차에 소지가 복도에서 창문 너머 민우를 보면서 알려 주고 지나갔다.

"김민우 씨, 월요일 2시 30분에 이다혜 씨 접견입니다."

아내의 접견 소식에 깜짝 놀란 민우는 바위가 되고 말았다.

"아, 드디어 아내가 왔어."

소식을 주고 간 소지는 50대 후반으로 매우 성실한 사람처럼 보였다. 와이프가 피부과 의사라면서 이곳 구치소 사람들에게 간단한 의학 지식과 피부 미용에 관하여 상담도 해 주며 필요하면 와이프 병원으로 가라며 열심히 아내 병원을 함께 홍보하였다.

저녁 식사 후 일산에 사는 김명훈 사장이 민우 곁으로 오더니 무거운 입을 열었다.

"형님, 저는 딸이 고3이고 아들은 입대한 상태인데, 아내와 헤어진 후 새로 만난 여자와 동거 중에 이 사달이 났어요. 지난해에 대학 진학을 앞둔 딸이 음대를 가야 하기에 돈이 많이 들어갔거든요. 딸을 돌보는 전 처에게 매월 생활비도 보내 줘야 하거든요. 코로나19로 어려워지니까 뭐든 돈을 벌어야 하는 상황에서 아르바이트 자리를 찾는다는 게 보이스피싱인 줄 저도 처음에는 몰랐어요."

민우는 그의 말에 고개를 끄덕였다. 민우 역시 같은 처지라 동병상련을 느끼고 있었다.

"일을 하다 보니 도중에 이상한 것을 느끼고 그만두려 했는데 그만 형사가 찾아와 구속된 거예요. 그 당시에는 아마 귀신에 씌운 것 같았어요. 법정에 나갔을 때 김 사장은 판사에게 누군가에게 돈 일이 백만 원을 받고 징역을 몇 년씩 살라고 하면 그렇게 할 사람은 아무도 없을 겁니다. 피해 금액 1억을 제가 한 푼도 쓰지 않았는데 단지 심부름만 한 저 같은 사람이 저처럼 이렇게 징역을 살면서 이 큰돈을 물어줘야 한다면 누가 보이스피싱을 하겠습니까?"

민우는 김 사장 말에 일리는 있지만 생각을 달리하였다. 심부름하여 1~2백만 원 받고 징역 몇 년이 중요한 게 아니라 이 운반책 범죄가 가져다주는 사회적 비용과 파장이 더 중요하다는 생각이 들었다. 계속 진화해 가는 윗선은 중국이나 해외에 있어 잡기 어렵고, 말단 운반책이나 수거책이 대부분인 보이스피싱 범죄의 구성상 운반책이나 수거책이라도 무거운 형을 내려 사회적 피해를 줄여 보려는 법무부의 몸부림이라고 볼 수 있었다. 김 사장은 그 판사에게 할 말은 다 한 것으로 위안으로 삼는다고 힘없이 말하였다. 그러면서 '끝까지 모르고 했다고 우겼어야 하는데!' 싶다가도 무죄를 주장하다 잘못되면 검사에게 괘씸죄에 걸려 형을 가중 받게 될까 봐 그냥 용서를 빌었다고 했다.

"그러니까 형님도 잘 판단하세요."

그 말은 무죄를 괜히 주장하다 형기만 늘리지 말고 검사에게 용서를 빌고 선처를 받으라는 뜻 같았다. 그러면서 교도소 생활도 경제적으로 계산을 하였다. 코로나19로 인하여 경기가 없으니 지금 당장 나간다고 하더라도 소득이 보장되지 않고, 만일 합의금을 빌린다고 하더라도 당장 갚을 능력이 없을 게 뻔하다는 것이었다. 그럴 바엔 그냥 교도소로 가서 가석방으로 나가는 것이 지금의 방법으론 최선이라고 하였다. 악몽 같은 이 상황에서 최대한 빨리 벗어날 방법을 여러 각도로 찾는 것이 좋을 거라 조언해 주는 것이었다. 김 사장은 아무것도 모르는 숙맥 같은 민우가 걱정이 되는 듯 심각하게 말했다.

김 사장은 결국 검사 4년 구형에 재판에서 1년 8개월 선고받고 항소는 포기하고 교도소로 갈 준비를 여기서 하고 있다며 말하였다. 그러면서 동거한 여자는 처음 구속되었을 때 자동차 소유권 이전 문제로 면회를 와서 그 여자에게 소유권을 이전해 주자 그 후 소식이 없다며 그동안 그녀에게 베푼 인간적 배신감에 처음에는 많이 힘들었다고 고개를 떨구었다. 그 얘기를 들으며 민우는 제 처지를 돌아보았다. 빨리 나가고 싶다는 생각만으로 집에 돈도 없는데 그 짐을 가족의 어깨에 이게 하는 비겁한 가장이 되는 셈이 아니던가?

김 사장의 사연은 민우 자신을 냉정하게 생각하는 계기가 되었다. 민우 역시 2억이라는 큰돈을 당장 아니, 앞으로도 쉽게 벌 수 있는 돈이 아니라는 것을 인지하기 시작했다. 더군다나 월급쟁이 생활하는 아이들에게 이 큰 짐을 씌운다는 것은 아비로서 있어서는 안 될 못된 짓이라 생각하며 철없이 자기의 욕심만 생각하였다는 것에 대하여 창피함을 느꼈다.

5월 29일

민우가 2번 방 문지방을 들어섰을 때만 하더라도 11명이었던 사람들이 어제 2명 나갔으니 이제 9명이 남았다. 하지만 민우의 빵기통 일상은 변함이 없었다. 서열이 높은 3명이 좁은 방 2/3를 쓰고 있고 아래 공간 1/3을 6명이 비좁게 쓰고 있었다. 어린 방장 놈이 자리 잡고 있는 윗상에는 서열이 낮은 사람이 가지 않으려 하였다. 이유는 뻔하다. 뭐가 무서워서 피하는 게 아니라 더러워서 피한다고, 그놈의 어린 방장 놈이 자기 맘에 들지 않으면 성질에 못 이겨 온몸으로 소리를 질러 대기에 그 꼴이 보기 싫었기 때문이다. 그러기에 아예 상대하지 않는 것이 좋다고 생각하는 것이다.

바깥 날씨는 황사로 인하여 온 대기가 누렇게 변해 있었고 공기마저 텁텁하였다. 오후를 보내는 2번 방 사람들은 장기를 두거나 책을 읽고 있었다. 민우는 모퉁이에서 오랜만에 단잠을 청하였다. 오늘도 수영이 편지가 정확히 오후 4시에 전달되었다.

자주 면접을 가지 못해도 서운하거나 힘들어하지 마세요. 영치금 보냈으니 확인해 보시고 맛있는 거 사 드시고요. 변호사는 월요일 온다고 해서 6월 8일 재판 전에 무엇이라도 해야 할 것 같아 급한 마음에 변호사에게 물어보았어요. 일단 8일에 재판받고 나서 합의 진행하고 탄원서 올리면 된다고, 걱정하지 말라고 하니까 아빠도 차분하게 기다리세요. 오늘 29일 토요일 쓴 이 편지는 월요일 받을 수 있는 건지.

그나저나 지금 중요한 것은 아빠가 나왔을 때 우리가 어떻게 행복하게 다시 살 수 있을까에 대한 준비인 것 같으니까, 이성적으로 생각하고 함께 노력해요, 아빠!

아빠를 사랑하는 딸 수영이가

5월 30일

아침 5시 45분, 1번 방에서 세수하는 소리가 요란하게 들렸다. 방음이 제대로 되지 않는 구치소는 옆 방에서 오줌 놓는 소리마저 천둥이나 폭풍 소리처럼 요란스러웠다. 민 사장은 아침 새벽부터 일어나 돋보기를 시골 영감처럼 쓰고 어두운 불빛 사이로 성경책을 오늘도 열심히 읽고 있었다. 일요일 오후 4시, 교도관이 우편물을 거두어 갔다. 남들은 반성문을 쓰고 있는데 민우는 제목도 정하지 못하고 판사님께 자신의 진심을 전달하고자 펜을 잡았다.

아내의 표정

5월 31일

예정된 아내 접견이 2시 15분에 있었다. 10분이라는 짧은 시간의 만남. 쉽게 발걸음을 돌리지 못하는 아내의 표정은 민우를 더 이상 지켜보기 힘들게 만들었다. 정말 파란만장한 인생 속에 슬픈 조연이 되어 버린 아내. 그러한 민우는 철없는 말을 하고 말았다. 합의금이 우리 가족에겐 크나큰 부담이 되니 이제 그만두라고 얘기하고 싶었지만, 이 지옥 같은 구치소를 빨리 벗어나고 싶어 아내에게 합의를 종용하였다.

"빨리 합의를 보았으면 좋겠어."

매사 신중하고 책임감이 강한 아내는 쉽게 대답을 하지 않았다.

"호영이가 열심히 뛰어다니고 있으니 건강하게 지내기나 해."

아내는 원론적인 말만 하고 돌아갔다. 그도 그럴 것이 쥐꼬리만 한 아내의 월급으로 한 달 살기도 벅찬 상황에 민우의 합의금까지 생각한다는 것은 쉬운 일이 아니었을 것이다. 또한 민우에게 도움을 줄 수 없는 자신의 현실이 아마 더 고통스러웠을지 모른다. 아내가 가고 난 다음 민우는 차라리 아무 말도 하지 말 것을 하면서 후회를 하고 있었다. 아내는 접견 물품으로 참치 5개, 율무차 1통, 과일 2종류, 밀크커피 1통을 사서 2번 방에 보내 주었다.

민우는 접견을 마치고 2번 방으로 돌아오자 숨이 막힐 것 같았다. 여기서는 하루도 살 수가 없어 미칠 것만 같다. 하루를 버티는 게 쉽지 않다고 생각 들었다. 언제 끝날지 모르는 재판과 합의가 두려웠고, 합의가 끝난다면 집행유예로 나갈 수는 있는지도 확실하지 않았다. 끝이 보이지 않는 터널 속에 있는 것 같았다. 오늘 접견 내용을 정리하여 12번이나 썼다가 지우면서 아내에게 편지를 썼다.

사랑하는 당신에게!

짧은 접견이 끝나고 쉽게 발걸음을 옮기지 못하는 당신을 보니 무척이나 마음이 아팠어. 우린 정말 드라마 같은 인생을 살고 있는 것 같아. 이곳에 있다 보니 하루에 열두 번도 더 심정에 변화가 생기는 것은 어쩔 수가 없어. 우선 오늘 접견을 정리하면 변호사를 최대한 빨리 만나서 이번 주 내로 백만 원을 보내 주고 합의를 빨리 보도록 독촉해야 할 것 같아. 가급적 6월 8일 심리 날 2주 후 6월 25일 이전에 하였으면 해. 보내는 등기는 우체통에서 확인 바라고, 이상호 주소 확인해 줬으면 좋겠어. 동생에게 내가 있는 곳의 주소도 알려 줬으면 해.

여기서 나가면 정말 잘할게. 호영이가 나 때문에 일도 제대로 못 한다는 거 잘 알아. 그래도 시간을 내서 변호사에게 합의를 종용하고 일정을 자주 논의해야 변호사가 신경 쓸 거야.

민우는 구치소에서 나갈 방법이 가족 아니면 없다는 생각이 들자 자신의 의지와 상관없이 아내와 자식들에게 매달리고 있었다. 점심 식사 전, 민

우를 부르는 소리에 철창문을 바라보니 교도관이 서류 두 개를 주면서 수신인란에 직인을 요구하였다. 서류를 보니 또 배상명령신청서라 쓰여 있었다. 뻔한 내용이지만 자세히 읽어 보려 하였더니 교도관은 반강제적으로 명령하였다.

"직인부터 빨리 찍으세요."

내용을 읽고 직인을 찍어야 하는데, 직인부터 찍고 난 다음 받아서 읽어 보라는 말에 한마디 하고 싶었지만 그렇게 하지 않았다. 죄인 주제에 무슨 권리로 얘기할 수 있겠나 싶었다. 다만 아직 우리나라 교정 당국의 행정이 19세기인 것만은 틀림 없는 것 같았다. 민우는 엄지손가락을 인주를 들고 있는 교도관에게 맡겼다.

사건 2021 고단 3800 사기

피고인은 2021. 4. 23. 위 신청인이 운영하는 가게에서 신청인이 우리은행에서 대출금으로 2천5백만 원을 갚았다고 하자 신청인에게 대출금을 낮추어 준다고 속여 금 2천5백만 원을 편취한 혐의로 현재 귀원에서 공판 계속 중에 있습니다. 따라서 신청인은 위 피해 금 2천5백만 원에 대한 배상을 구하여 이 배상명령을 신청합니다.

2021. 5. 14.

신청인 ○○○

문서를 보니 신청인의 주소는 검게 칠해져 있었다. 민우는 떨리는 손으로 신청서를 들고 "이게 뭐지?" 하며 얼이 빠진 표정을 지었다. 이 사건 내

용은 전부 모르는 일이었다. 단지 피해자의 돈만 받아 전달만 한 것이 민우가 아는 전부였다.

"이거 아무것도 아니에요! 신청인이 나중에 사장님 나오면 민사소송 때 요구하려 하는 거예요. 그 사람 법 좀 아나 보네. 제법이네요."

방장은 어린 나이에 이곳에서 터득한 경험을 민우에게 말해 주고 있었다. 방장은 이곳 구치소에서 재판을 받는 수많은 피의자를 통하여 주워들은 내용을 나름대로 판단하여 조언해 주는 것이다. 어린 나이에 이곳 구치소 덕분에 제법 법률 지식을 가지게 된 방장은 어설픈 지식으로 우쭐대고 있었다.

6월 1일

아침 인원 점검 후, 신문지 2장을 펼쳐 놓고 전동 면도기를 놓아두면 상선들이 둘러앉아 면도를 시작한다. 오늘은 8시 45분에 우리 2번 방 운동 시간 차례이다. 운동장 같지도 않은 운동장은 우리가 지내는 방의 2배 정도쯤 되는 8평 정도의 직사각형 운동장인데, 철문이 앞뒤로 있고 우리가 들어가자 소지가 철사 고리로 문을 잠갔다. '덜커덩' 잠금 소리와 함께 독수리 이 사장과 딸 바보 김영훈이는 먼저 체중계에 몸을 올려놓았다.

민우도 그다음에 몸을 올려놓았다. 69.5kg. 여기 들어 오기 전 집에서 잰 몸무게가 73kg이었으니 살이 좀 빠졌다. 독수리 이 사장을 선두로 뛰던 달리기를 멈추고 방에 들어오자 민 사장이 "형님, 운동하고 오셨으니 땅콩 하나 듭시다!" 하며 땅콩 한 봉지를 뜯어서 내 입에 몇 개를 넣어주었다. 옆에서 지켜보던 이 중사가 "방 정리해야지 땅콩 먹을 시간이 어딨어요?"라고 핀잔을 준다.

아~ 이 새끼의 또 기분 나쁜 잔소리! 민우는 '이 새끼를 어떻게 잡지?'라고 생각하는데 대머리독수리 이 사장이 "형님 이거 보세요." 하면서 민우의 손바닥에 참을 인(忍) 자를 한자로 쓰면서 한눈을 지그시 감는 모습을 보여 준다. 저녁 8시 30분경, 옆에 있는 1번 방에서 우당탕 시끄러운 소리가 나더니 수감자 하나가 교도관과 CRPT 5명에 체포되어 우리 방 창문을 지나가고 있었다. 그 수감자를 보면서 민우는 되뇌었다.

"그래, 참아야 한다. 참아야지. 이 또한 지나가리라."

사랑하는 아들에게!

잘난 아빠 덕에 네가 고생이 많구나. 여기에 있어도 느낄 수가 있어. 아빠 아직 죽지 않았다. 새옹지마 앞으로 좋은 일이 많을 거야. 그렇게 만들 거야. 아빠는 어느 순간부터 시야가 좁아져 있었던 것 같았어. 이곳 생활이 조금은 불편하지만 여러 가지 생각할 여유를 가질 수 있는 기회가 된 것 같구나.

어제 엄마가 왔다 갔어. 엄마 생각만 하면 마음이 아프단다. 그리고 잠시 생각해 봤는데 큰 삼촌이 시간적 여유가 있으니 아빠에게 면회 한번 왔으면 좋겠어. 아무래도 네가 직장생활과 아빠 옥바라지를 동시에 하기에는 쉽지 않을 것 같아.

그래도 오 변호사랑 전화하는 게 급하잖니? 변호사 전화번호를 인터넷 편지로 보내 주면 다음 날 받을 수 있으니 부탁한다. 이번 심리가 6월 8일이니 서둘렀으면 좋겠어. 너는 부잣집 아들 같으니까 합의 볼 때는 큰삼촌이 너 대신 가는 게 좋을 것 같은데, 큰삼촌이 시간을 낼 수 있는지 확인 바란다.

2021. 6. 1.

아빠가

"존경하는 재판장님, 저는 올해로 만 61세인 김민우입니다. 적지 않은 나이에 인천 구치소에서 새로운 세계를 경험하며 현실을 통감하며 아파하고 있습니다…."

재판장에게 보내는 글은 서두만 잡고 어떻게 써야 할지 더 이상 글을 이어갈 수가 없었다.

6월 2일, 믿을 수 없는 정부 정책

유치장 감방은 아랫사람만 개고생하는 구조이다. 나이는 민우가 제일 많으나, 서열은 막내라 손에 물이 마를 날이 없다. 이곳은 여러 형태로 간식거리를 만들어 먹는데 어린 방장의 까탈스러운 식성 덕에 아침에 먹다 남은 김치를 물에 빨아 훈제닭과 말굽소시지와 섞어 주먹밥을 만들어 먹는다고 분주하다. 하나 먹어 보았는데, 무슨 맛인지도 모르겠다. 오후에는 물품 구매 신청을 하는 날이다. 팬티 2개, 반팔 티셔츠 2개, 편지지 1개를 신청하였다. 볼펜은 전에 민 사장이 몇 개 주어 여유가 있었다.

저녁 9시 30분경 잠자리에 들기 전, 내일 신입이 들어 올지도 모른다는 소식에 자기소개 시간에 발표할 각자 가짜 죄목과 범죄 역할을 리허설 하면서 시간을 보냈다. 민우는 신입이 들어오면 생활이 조금은 편해지겠지

기대해 본다. 민우는 이제 며칠 내로 막내 생활을 끝낸다는 생각에 작은 안도의 한숨을 쉬고 있었다.

오전에 들어온 신문을 오후가 되어서야 잠깐 보았다. 신문의 타이틀은 "서울 아파트값 1년 내내 숨 가쁘게 올랐다" 였다. 문재인 정부 들어 새로 내놓은 부동산 정책마다 매번 실패하여 국민의 반감만 더 사게 만들었다는 기사가 눈에 확 들어왔다. 2019년 12·16대책 이후 잠시 잠잠하던 매수세가 뛰어오른 것이다. 지난해 5월부터 당시 17억 정도 하던 개포동 아파트가 20억 원이 넘었다고 하였다. 옆에서 같이 신문을 보던 독수리 이 사장은 개탄했다.

"형님, 우리가 일해서 일 년에 얼마를 벌겠어. 일해서 1년에 천만 원 벌기가 쉽지 않은데 아파트는 자고 나면 오르니 일은 해서 뭐 해. 모두 생산성 있는 일은 하지 않고 부동산에 매달려 있으니…. 더군다나 사람 구하는 것도 너무 힘들어요."

민우는 고개를 끄떡이며 이 사장 말에 동감을 표하였다. 일반 서민들이 1년에 몇 억을 어떻게 벌겠는가. 이제 집 사는 것은 남의 나라 얘기가 된 것이다. 2000년에 정부 정책을 믿고 집을 두 채나 팔아 회사에 투자하였지만 다 날려 버리고 월세 생활을 하는 민우로서는 요원한 얘기다. 자신이 하는 사업이 부동산보다 훨씬 더 큰 수익이 날 거라는 민우의 순진한 판단은 2012년도에 다시 한번 민우를 수렁에 빠트렸다.

기회가 있었을 때 남들처럼 공장 부지나 부동산에 투자하지 않고 정부 정책을 믿은 것을 뼈저리게 후회하고 있었다. 무엇이든 정부 정책 반대로만 하면 돈 번다는 선배의 얘기를 진즉 깨달았어야 하는데. 그의 말을 조금 더 깊게 생각해 보지 않은 자신의 잘못을 이제는 후회해도 소용이 없는 것이다. 물려줄 재산 하나 없는 민우는 아들의 앞날이 걱정스러웠다.

반갑지 않은 신입

6월 3일

새벽에 눈을 뜨니 모두 자고 있는 가운데 민 사장이 혼자 일어나 성경책을 보고 있었다. 그는 민우와 눈이 마주치자 눈인사를 하였다. 오늘은 어쩌면 신입이 오는 날이다. 오늘도 대부분 방 사람들은 아침을 거르고 있었다. 젊은 사람들은 아침을 먹는 대신 잠을 택하였다. 결국, 아침은 대머리독수리 이 사장과 민우 둘만 먹었다. 디저트로 바나나를 먹을까 말까 고민하는 민우에게 독수리 이 사장은 어서 먹어치우자며 농담을 건넸다. 민우는 이 사장의 농담을 받아 주기로 했다. 설거지를 끝내고 잠시 쉬는 사이 소지가 정보를 날라다 주었다.

"2번 방 신입이요."

2번 방에 신입이 들어온다며 작은 소지가 준비하라며 알려 주고 갔다. 그 소리에 옆에 있던 대머리독수리 이 사장이 민우의 손을 꼭 잡아 주었다.

"형님 이제 고생 끝났어."

그런데 소지의 말을 듣자니 썩 좋은 소식만은 아닌 것 같았다.

"근데 6개월짜리야."

"6개월짜리가 뭐지?"

민우는 처음 듣는 말에 왠지 불안함을 느꼈다. 소지들은 이방 저방 물품부터 잔심부름 이외에 교도관의 전령 역할을 하기에 각 방 사람들에 대한 시시콜콜한 어느 정도의 정보는 대충 다 알고 있었다.

"김 사장님의 막내 생활은 아직 끝나지 않다는 뜻이지!"

그때까지 나는 나이든 소지의 말에 담긴 뜻을 이해하지 못하였다. 유치장 규칙상, 재소자 한 명이 한 방에서 6개월 이상을 살지 못한다. 그러므로 6개월이 되면 무조건 다른 방으로 이동해야 했다. 6개월짜리란, 우리 방에 오는 사람은 신입이 아니라 다른 방에서 6개월을 살다가 2번 방으로 옮기게 된 재소자를 두고 하는 말이었다.

잠시 후, 창문 밖에 젊고 건장한 청년 하나가 철문이 열릴 때까지 기다리고 서 있었다. 방 사람들 틈에서 민우도 궁금하여 힐끔 그를 쳐다보았다. 키가 크고 듬직한 젊은 청년이 개인 짐 치고는 커다란 짐을 2개 나 들고 있었다. 그는 전에 있었던 방에서 방장으로 있다가 6개월이 다 차자 우리 방으로 오게 된 6개월짜리 재소자였다. 그 청년은 방장과 면담 후 서열 5번을 받았다. 결론적으로 민우는 빵기통을 벗어나지 못하고 새로 들어온 5번의 뒤치다꺼리까지 하게 된 것이다. 세상에 이런 일이 있을 수가 있나 낙담하고 있을 때 수영이 편지가 왔다. 빵기통이야 언젠가는 끝날 날이야 있을 것이었다. 지금은 딸의 편지가 제일 중요했다.

아빠, 나야!

일단 변호사님 전화번호는 010-○○○○-○○○○야. 여쭤봤더니 합의는 국선 변호사님 혼자 진행한대. 가족은 합의 진행할 때 함께하지 말아야 한다고 해. 피해자분들의 피해 금액 합의는 그중 일부만 진행하는 거라 가족이 같이 가지 않아야 일이 더 쉽다고 했어. 그게 맞는 것 같아. 오늘은 아빠가 좋아하는 비가 많이 오네! 몸 건강히 하시고 건강 잘 챙기고 계세요.

6월 4일, 사랑하는 딸과의 구치소 첫 만남

아침 5시 50분에 일어 났더니 봉사원이 이가 아프다면서 오른손을 오른쪽 어금니에 대고 심각하게 진통제를 찾고 있었다. 방장을 다른 말로 봉사원이라 부르는데 이곳은 아프다고 그때그때 약국이나 병원을 쉽게 갈 수 있는 곳이 아니다. 몸이 아프면 차라리 교도소가 훨씬 치료받기가 좋다고 경험 많은 소지가 말하였다. 교도소를 가고 싶다고 바로 갈 수 있는 것도 아니고 다 절차가 필요한 건데 말이다.

아침 식사 후 9시, 수영이가 신청한 접견에 나가기 위해 짧은 머리를 손으로 다듬고 어울리지 않는 관복으로 갈아입었다. 사위도 함께 왔다면 무슨 예기를 해야 할지 왠지 불편한 마음을 정리해 보았다. 이곳 재판부 중 항소 12부는 무슨 일이든 기각을 시킨다고 해서 '기각 천사'라 부른다. 여태껏 12부 재판부에서는 집행유예가 하나도 없었기에 생긴 별명이다.

그 기각 천사 재판부가 오늘 이 중사가 배정된 재판부라 이 중사는 앉아서 걱정 어린 한숨만 푹푹 짓고 있었다. 철문이 열리자 민우는 수영이 면회를 위해 일어났고 이 중사는 재판을 받기 위하여 일어나 같이 방을 나섰다. 민우는 이 중사를 향해 붕어처럼 '이놈아, 마음을 곱게 써야 복을 받지!' 하고 뻐끔거리듯이 말하다가 겉으로는 재판 잘 받고 오라며 웃어 줬다. 처음 본방에 들어왔을 때 2주 동안은 면회가 없었는데, 그 2주라는 기간에 독수리 이 사장과 민 사장 등이 베푸는 따뜻한 배려에 잘 지낼 수 있었다..

다른 방에서는 나이고 뭐고 어린놈이 씨팔, 저팔거리며 망나니짓을 한다는데 그래도 우리 방은 그나마 어른에 대한 조용한 예의가 있어 그나마 다행이었다. 그래서 그런지 교도관들이나 소지 들은 우리 2번 방을 모범 방이라 불렀다. 우리는 사용하는 물품을 공동 구매하고 있었는데 민우는 그동안 구매 비용을 내지 못하고 있었다. 어찌 보면 공동 구매 덕에 불편 없이 지낸 것이다.

그러한 가운데 딸이 면회를 온 것이다. 그동안 가족들의 면회가 없었을 때는 세상과 단절된 지옥처럼 느껴졌는데 딸의 면회 소식은 암흑에서 한줄기 빛을 만난 느낌이었다 민우는 자신 때문에 힘들어할 가족들에게 짐이라고 느껴지면 자기를 버려도 된다며 몇 번이나 편지를 썼다가 지우곤 하였다. '아, 가족이 날 버렸구나.' 가족에게 버림받은 것처럼 힘들고 아픈게 이 세상 어디 있단 말인가.

옛날 고려장 이야기가 생각났다. 어머니를 등에 업고 산에 버리러 가는 자식이 집에 돌아갈 때 길을 잃지 말라고 나뭇잎을 하나하나 뿌려 준 부모의 마음처럼, 민우 역시 자식을 위해서는 모든 것을 아낌없이 주고 싶었다. 그러나 어쩌다 자식의 도움을 바라는 처지가 되었는지…. 이를 어쩌면 좋을지 모르겠다. 다행히 가족에게 편지가 오기 시작했고 오늘은 수영이가 면회를 온 것이다. 수영이는 한여름처럼 밝은 하늘색 반팔 티셔츠에 요즘 젊은 애들이 가지고 다니는 코치 가방을 들고 있었다.

"아빠!"

"언제나 다정한 딸!"

눈이 큰 수영이는 오늘따라 아이라인을 이쁘게 하고 왔다. 마치 영화배우 누구처럼 더욱 눈이 크게 보였다.

"우리 딸, 너무 이쁘게 하고 다니지 마라. 오랜만에 보니 더 예뻐졌네."

민우는 지난번 수영이가 면회를 오지 않은 사연을 묻고 싶었지만, 미안하다는 말부터 먼저 하였다.

"미안해. 아빠가 미안하다."

"아빠 먹고 싶은 게 뭐야? 필요한 거 있으면 말해."

할 말이 많았지만 막상 얼굴을 보자 시간은 화살처럼 지나가 버렸다.

"아빠! 또 올게."

방으로 돌아오자 누구보다 독수리 이 사장과 민 사장이 기뻐해 주었다.

"야, 우리 형님 이제 법자 면했네."

오후에 판사님에 보낼 원고를 일산 김 사장에게 보여 주며 김 사장의 생각을 물었다.

"형님, 중요한 것은 피해자가 있잖아요. 본의 아니게 피해를 입은 피해자 분들에게 사과하고, 피해 회복을 위해 노력하겠다는 내용이 중요해요."

민우는 그가 충고하는 말에 고개를 끄떡였다. 그리고 보고전을 썼다. 민우는 재판 일정이 잘 생각이 나질 않았다. 기억이 흐릿해져 확인하고자 보고전을 쓰는 것이다.

재판부 및 재판 일정을 알고 싶습니다.

교도주임이 보고전 쪽지에 볼펜으로 흘려 쓴 글씨로 잠시 후 답장을 보내 주었다.

6월 5일

"여보, 내 입장만 생각해서 미안해. 여기 있으니까 방법만 있으면 탈출하고 싶은 게 솔직한 심정이야. 그동안 당신을 위해 해 준 것도 없고 벌어 놓은 것도 없는 나는 모든 손을 놓아 버릴까도 생각했어. 하지만 그러기에는 우리 가족의 인생이 너무 슬프다는 생각이 들었어. 마지막으로 내 가족의 인생을 위해 나를 태우고 싶어.

가족들에게 아버지라는 이유 하나만으로 너무 많은 신세를 지고 있는 것 같아. 죽기 전 갚아야 하는데, 그러려면 빨리 나가서 돈을 벌어야 한다고 생각해. 그러기 위해 변호사를 국선이 아니라 사설을 썼어야 하는데. 내가 돈이 없어 당신에게 강력하게 주장을 하지 못했어…"

민우는 쓰던 걸 그만 멈추었다. 결국, 민우가 하고자 하는 말은 가족의 현실은 생각지 않고 결국 자신의 이기적인 생각만 하고 있잖은가! 신입 같지 않은 신입이 들어오기 전에는 8명이 생활을 하고 있어 그래도 덜 복잡했는데 덩치 큰 젊은이 하나가 들어 오니 마치 열대지방 밀림에 코끼리 하나가 더 들어온 것처럼 숨이 막히기 시작하였다. 이놈의 징역 생활은 언제 끝날 것인가?

저녁에는 반찬으로 상추가 들어왔다. 상추 씻고 설거지하고 뺑기통에 쌓여 있는 20개 정도의 걸레를 빨아 옷걸이에 걸고 나니 허리에 통증이 오기 시작하였다. 민우는 자신도 모르게 바닥에 대 자로 누우며 "아이고, 허리야!" 소리를 질렀다.

"우리 형님 손에 물이 마를 날이 없네, 마를 날이 없어."

민 사장이 웃으며 민우를 놀리고 있었다.

아빠!

오늘 드디어 아빠 만났네! 오늘 쓰는 이 편지는 내일 오후 4시 정도에 받겠지. 구치소로 가고 나서는 처음 면회라 사정이 있긴 했지만, 너무 오랜만이라 미안하기도 했어요. 아빠 얼굴 보니까 마음이 많이 아프기도 하였지만 정말 좋더라. 아빠 보고 회사 갔다가 이것저것 하다 보니 지금 밤 11시 57분이에요. 어차피 이 편지 월요일에 아빠한테 전달되더라도 밤 12시 전에 보내야 내일 또 보낼 수 있으니 얼른 써야겠다.

한 사람당 하루에 하나만 보낼 수 있으니 낼 또 쓸게요! 안뇽!

민우는 수영이의 인터넷 편지를 보고서야 가족이 보낼 수 있는 편지가 하루에 하나로 제한되어 있다는 것을 알게 되었다.

각자의 사연

　민 사장은 아들에게 사업체를 물려 주려 해도 관심이 없다며 아들 걱정을 하자 옆에서 듣고 있던 젊은 방장은 눈치 없이 자기에게 물려 달라며 민 사장에게 철없이 떼를 쓰고 있었다. 그러한 방장에게 허허 웃고 넘어가는 민 사장. 유쾌한 민 사장은 화제를 돌리려고 본방에 오기 전 격리방에서 있었던 얘기를 시작하였다.

　민 사장 본래 이름은 민성준이다. 베트남에서 중소기업을 운영하던 민 사장은 법정 출두 통지를 받고 사업 관계상 자신을 고소한 상대방을 욕하며 재판정에 출두하였다. 지금 생각하면 가지 않아도 될 법정에 간 것을 후회한다고 하였다. 한국으로 오지 않고 고소인과 합의를 보면 되는데 그렇게 하지 못한 자신을 후회하고 있었던 것이다. 판사는 간단한 인적 사항을 묻고 바로 판결을 구하였다. "죄명, 사기. 피고 민성준에게 징역 2년을 구형한다."라는 판사의 말 한마디에 바로 법정 구속이 되었다.

　"저는 재판 끝나면 바로 집에 가는 줄로 알고 차를 법원 앞에 세워 두었는데 앞이 캄캄해졌어요. 나 같은 사람이 의외로 많아요. 핸드폰도 압수당하고 동시에 수갑이 채워지고 포승줄에 묶이자 기다리고 있는 마누라한테 연락도 못 하고 황당했어요."

　민 사장은 오래전 고소인으로부터 투자금 3억 8천만 원을 받았는데 그 당시 투자 확인서를 받아 놓지 않은 것이 화근이 된 것이라며 시간이 지나자 투자자는 투자금이 아니라 차용해 준 것이라며 상환을 요구한 것이다. 이에 투자자와 다툼이 생기자 투자자는 민 사장이 사기를 쳤다며 고소를 하였다. 억울하지만 결국 사기 혐의로 구속이 된 것이다. 민우는 이 부분이 의아했다. 아무리 돈이 걸린 문제라도 해도 어떻게 오랫동안 알고 지내던 사람을 단번에 사기로 고소할 수 있을까? 살다 보면 다툼이 있을 수 있겠지만, 투자를 입증할 정황이 분명 있었을 텐데. 능력 없는 변호사를 쓴 게 아닌가 싶다가도 다른 말 못 할 사연이 따로 있겠지 하고 생각하였다.

그렇게 격리방에서 2주가 지난 후, 민 사장은 지금 민우가 있는 2번 방으로 배정받았고 민우가 오기 전 용구라는 사람은 집행유예로 나가고 그 후 민우 역시 2번 방을 배정받아 민 사장을 만나게 된 것이다. 머리를 주지 스님처럼 빡빡 밀고 있는 그림 사기꾼 김 사장은 주말 찬스라며 민우한테 대신 설거지를 해 주는 서비스를 하였다.

김 사장은 그림 사기를 친 6명 중 5명은 합의를 보았고 나머지 한 명이 9천만 원짜리인데 이 사람은 9천 만 원을 다 주지 않으면 합의를 해 주지 않겠다고 버티는 통에 김 사장 여동생이 오빠를 살리기 위해 고군분투하고 있는 것 같았다. 다행히 그 사람을 설득하여 같이 면회를 온다고 하기에 잘하면 합의를 볼 수 있을 것 같다며 독수리 이 사장이 한마디 하였다. 일단 피해자가 구치소까지 온다는 것은 합의 생각이 있다는 것이기 때문이다.

순간 모기가 '왱' 하면서 천장 쪽으로 날아가자. "모기다." 누가 뭐라 그럴 틈도 없이 동시에 소리를 질렀다. 어젯밤 모기 때문에 모두 잠을 설친 게 분명하였다. 이리저리 도망 다니던 모기가 민우 앞을 지나자 민우는 감각적으로 손바닥을 쳤다. 짝 소리와 함께 민우 손바닥에 작은 핏방울을 확인하자 모두 환호성을 질렀다. 이 작은 모기 하나에 박수와 환호성을 치는 이곳은 단세포 인간이 되어가고 있었다.

정인호는 100kg이 넘는 젊은이로 겉모습은 착해 보였다. 그런 사람이 보기와는 달리 보험 사기로 들어왔는데 보험 사기는 차를 가지고 1, 2차선을 동시 좌회전이나 우회전하는 차가 관성으로 인해 차선을 넘어올 때 기다렸다가 받아 버리는 아주 나쁜 범죄이다. 우리가 내는 차 보험료가 올라가는 원인이기도 하다. 또는 실선 차선에서 차선 변경을 하는 차를 박는 수법인데 보험 사기는 수법이 여러 가지지만 이 수법을 대체로 많이 쓴다고 하였다. 한번 사고로 차량 수리비가 적게는 백만 원부터 5백만 원 정도이고 대인 보상은 평균 1인당 2백만 원씩, 5명이면 천만 원이나 된다. 한 달 정도 보험 사기를 하면 수입이 엄청 나다 고 신이 나서 말하는데 듣고 있던 민우가 농담조로 말했다.

"뭐, 쉽네! 나가면 나도 한번 해 볼까?"

"김 사장님! 처음 하면 백퍼 안 걸려요. 그런데 처음에는 쉽게 돈을 벌지만, 나중엔 거의 다 발각되는 것 같아요. 금방 잡혀요. 그리고, 그 돈 평생 갚아야 해요."

인호는 마지막 말을 하며 금세 풀이 죽었다.

"그럼 인호 씨는 그런 짓을 왜 시작했어?"

"저도 처음에는 좋은 차나 신발, 가방 같은 걸 사는 씀씀이가 큰 친구들이 부러워서 시작했어요. 나쁜 일인 줄 알면서도요. 죄책감도 있었는데, 몇 번 하니까 자기 합리화가 나를 잡아먹었어요. 보험 사기는 대부분 어린 23

살 미만 친구들이 저 같은 생각으로 아직도 많이 하고 있는데 불법이기에 분명 후회하게 될 거예요."

"근데 호길 씨는 형이 얼마 남았어?"

"1심에서 1년 6월에 실형 10개월 받았고 지금 항소했어요."

보험 사기는 걸리면 대략 평균 2년 형을 받는데 본인은 생각보다 적게 나왔다며 다행이라 하였다. 신문을 보고 있던 빡빡이 김 사장은 갑자기 제법 심각한 표정으로 물어보았다.

"형님, 친환경 에너지 전기·수소차에 투자하는 게 어떠세요?"

"글쎄!"

투자할 돈도 없지만, 민우는 생각이 달랐다. 빅 데이터를 가지고 있는 네이버나 카톡 등에 투자하는 것이 미래 가치가 더 있을 거라고 생각하였다. 빡빡이 김 사장은 유명 화가 그림을 카피하여 팔다가 들통이 나서 구속퇴었는데 이러한 범죄는 당장은 아니더라도 나중에는 분명 문제가 될 소지가 분명한데 사기를 친다는 것이 민우로서는 이해하기 힘든 부분이었다. 더 기가 막힌 것은 미국의 유명한 현대 작가를 만나려 맨해튼까지 가서 만났고 그 작가와 사진도 찍고 하여 그림 구매자들에게 작가와 찍은 사진을 보여 주며 자신이 그 작가의 그림을 독점 판매한다고 미리 사기를 계획하고 친 것이라 말하였다. 이 정도면 나라도 당할 수밖에 없다고 생각하였다.

"참 간도 크지!"

현대 작가 이름을 누구라 말하였는데 금방 잊어버렸다. 그러면서 이곳에 온 지 10개월 정도 지나니까 와이프 면회 오는 횟수도 점점 적어지더니 자기한테 무관심해졌다고 민우와 독수리 이 사장에게 심정을 말하는 것이다. 그러자 이 사장은 대수롭지 않게 대답했다.

"김 사장, 성질 죽이고 여기 있을 때는 바짝 엎드려 있어야 해. '내가 잘못했습니다.' 하고 빌고 또 빌라고."

사람의 정(情)이란 없으면 멀어진다고 부부지간이나 애인 사이는 이곳 구치소에 오게 되면 특별하지 않는 한, 자연스레 정리되는 것 같았다. 그동안 한방에서 봐왔던 빡빡이 김 사장은 직선적인 성격 탓에 방 사람들과도 수시로 다툼이 많았고 언제나 그런 그의 행동은 항상 일촉즉발이었다. 그런 빡빡이를 대머리독수리 이 사장이 항상 다독거려 주었다. 민우는 그의 얘기를 들어 주기는 하였지만 어쩔 수 없는 상황에 친 사기가 아니라 좋은 직장을 가지고 있으면서 더군다나 나쁜 짓인 줄 알면서 계획적으로 사기를 친 빡빡이에게 쉽게 정이 가지는 않았다.

'그나저나 나는 합의를 보면 과연 나갈 수 있을까? 그렇다면 합의 계획은? 변호사 비용은? 무죄를 주장하는 근거는?'

어느 것 하나 준비되어 있지 않은 민우는 생각의 무게만큼 답답한 마음이 자신을 짓누르고 있어 답답하였다.

6월 6일, 타들어 가는 가슴

아침 점검 끝나고 6시 35분, 3번 방에서 누가 맞았다고 벨을 눌러 교도관 주임이 허겁지겁 뛰어갔다.

"나를 4명이 한꺼번에 팼어요."

4대에게 맞았기에 억울하다고 소리를 질러 댔다. 인상 좋은 우리 담당 주임은 양쪽 상황을 다 들어보고 조용히 넘어가려 하는 것 같았다. 겉보기에 큰 상처가 없으니 서로 참고 이해하며 지내라고 했다. 조금 있으면 다 헤어질 텐데 그동안 서로 조금만 참으라고 화해를 시켰다.

오늘은 노트를 3권 신청하였다. 일요일 오후 4시가 되자 주임 교도관이 우리 방 편지도 같이 거두어 갔다. 일산 김 사장은 내일 혹은 모레 교도소로 가기 위해 심사방으로 올라갈 예정이다. 심사방에서는 등급에 따라 1급 2급 3급 교도소가 결정되고 그곳에서 본격적인 형을 살게 되는 것이다. 자신의 인생이 불쌍하다며 자신이 구속되자 자신을 떠난 새 여자에 대해 잊으려 해도 그 배신감이 쉽게 잊히지 않는다며 괴로움을 말하는 김 사장에게 민우는 어깨를 다독여 주었다.

"김 사장, 다 잊어버려. 여자, 그 망할 놈의 여자! 돈만 있으면 얼마든지 좋은 사람 만날 수 있다는 거 잘 알잖아. 그러니 다 잊고 여기서 나가면 무조건 개 같이 돈 벌어! 인생 선배로서 내가 얘기하는 거야."

민우는 자신의 앞가림도 하지 못하면서 김 사장에게 조언하였다. 내일모레인 6월 8일이 심리인데 변호사는 항상 만나기가 어렵다. 충분한 시간을 갖고 예약하고 싶었지만 항상 필요 한 시간은 어긋나고 있었다. 원하는 시간에 접견한다는 것은 이곳 구치소에서 쉬운 일이 아니다. 오늘도 타 들어가는 속을 어찌 말로 표현할 수 있을까? 민우는 그동안 부탁한 여러 가지 상황들을 점검하고 싶었다. 그러나 구치소에서는 피의자가 자신의 변론을 준비하는 데 있어서 분명 한계가 있었다. 어쨌든 민우는 본인이 직접 연루된 사건인데도 재판 준비를 하나도 할 수 없었다. 이러한 복잡한 심경을 달래 보고자 아내에게 또 편지를 쓴다.

당신에게!

이곳은 하루가 멀다고 미결수들이 들어왔다 나가고, 어느덧 내 첫 재판이 있는 날 화요일에는 그동안 나에게 도움을 주었던 민 사장이라는 사람이 합의를 보고 나갈 예정이라 아쉽지만 부럽기도 해. 변호사 얘긴데 국선 변호사가 나 같은 사람 여러 명을 순서대로 하다 보면 (합의 대상자 9명) 3~6개월은 걸릴 것 같아. 대충 그렇게 잡아서야.

하지만 돈 백만 원이라도 주고 빨리 부탁하면, 내 계획은 그러니까 원래 계획은 3주 그러니까 6월 8일 첫 심리 그리고 3주 후 판결까지 합의 시간을 달라 하여 3주 내 합의 보면 좋을 것 같아서야. 더 좋은 방법은 당신 접견 왔을 때 내가 얘기한 대로 국선이지만 변호사에게 입금을 좀 하고 최대한 빨리 부탁한다면 더 빠를 것 같은데, 물론 합의가 쉽지 않을 것이고 돈도 쉽지 않을 거란 걸 알아. 보이스피싱 범죄가 어렵지만, 합의 보면 거의 다 나간다고 해서 하는 말이야.

이곳도 내가 가진 게 없으니 이 고통을 받아들여야 하겠지만 백만 원을 변호사에게 별도로 쓰면 변호사가 합의금을 더 낮추고 더 잘할 거라는 어리석은 생각을 해 보는 거야. 그렇지 않으면 3~6개월을 더 기다려야 할지 모르니까. 그런데 수영이는 변호사에게 주는 백만 원을 차라리 피해자에게 합의금으로 더 주는 게 낫다고 생각하고 있는 것 같아. 큰돈도 아니고 백만 원이라는 적은 돈은 국선 변호사에게 별 의미가 없다고 생각하는 것 같아.

이곳은 매일 재판이 있고 그들로부터 쏟아지는 수많은 재판 애기를 듣기 싫어도 나는 매일 듣고 있어. 그래서 재판부의 성향이나 성격들을 변호사보다 더 잘 알 수 있지. 오늘은 일요일 내일모레 6월 8일이 첫 재판인데 많이 불안하고 답답하여 이렇게 쓰니까 이해하길 바란다.

6월 6일 당신의 남편

6월 7일, 일산 김 사장 전방 가는 날

보이스피싱 사건으로 작년 겨울에 구속된 일산 김 사장. 이제 교도소로 가기 전 심사방으로 이방 간다고 담요와 관물대에 있는 물품을 챙기고 있었다. 방 사람들은 라면 1박스, 과자, 음료수, 치약, 비누 등 딸을 시집이라도 보내 듯이 살림들을 챙겨 주었다. 전방을 가게 되면 그 방 사람들에게 덜 무시당하도록, 그러니까 먼저 자리 잡은 사람들에게 기 죽지 않게 해 주기 위함이었다. 김 사장은 9시 40분에 2번 방을 떠나면서 민우와 가벼운 포옹을 하였다.

"형님, 재판 잘 받으세요."

"어, 그래! 생활 잘 하시고."

김 사장은 그동안 보이스피싱 범죄의 경험과 재판 때의 경험을 민우에게 여러 번 설명해 주었다. 덕분에 앞으로 있을 재판에 대하여 많은 것을 생각할 수 있었다. 고마운 친구였다.

"교도소에 가서 생활 잘 하고, 사회에서 우리 소주나 한잔합시다."

김 사장은 내년 8월에 가석방을 목표로 삼고 있다면서 철문을 나섰다. 일산 김 사장이 떠나자 "김민우 씨, 변접(변호사 접견)이요."라며 소지가 알려 주고 갔다. 10시 30분 수영이 말대로 변호사가 접견하러 온 것이다. 변호사 면접은 2층에서 이루어졌다. 코로나 19는 사회적 거리 두기로 구치소 면회 방식도 바꾸어 놓았다. 민우는 재판 계획을 알고 싶었고 오 변호사는 자신이 알아서 한다는 말만 하고 가 버렸다.

아니, 이렇게 답답할 수가. 변호사가 왔다 가도 답답함은 더 가중되었다. 회사 운영도 모든 걸 처음부터 끝까지 모든 부서의 상황을 다 알아야 기획을 하고 리스트관리를 할 수 있는데 이놈의 재판은 도무지 자료가 없으니…. 그리고 변호사는 자신이 알아서 할 테니 기다리라는 말만 하니 민우는 답답해 견딜 수 없었다.

코로나 19로 인하여 거의 모든 게 정지된 상황 속에 그래도 재소자들에게 머리를 깎을 기회가 주어졌다. 8층 1번 방을 지나 매일 우리가 운동하는 자그마한 실내 운동장을 지나서, 교도관 상황실 옆에 6개의 임시 플라스틱 의자를 놓고 그 의자 순서대로 앉아서 머리를 깎는 것이다. 바로 민우 차례가 왔다. 민우 순서는 왼쪽 끝인데 가운데서 바리캉을 들고 서 있는 50대 이발사가 제일 베테랑 같다는 생각에 그 이발사 앞으로 가서 앉았다.

"어떻게 깎아 드릴까요?"

이발사는 프로처럼 질문을 하였다.

"옆에 귀 덮은 것만 좀 살짝 쳐 주세요.

민우는 만날 애인도 없는데 이발사에게 스타일을 주문하였다.

"네."

구치소 이발은 거울이 없다. 거울이 없으니 거울을 보면서 여기저기 주문을 할 수는 없고 이발사의 실력에 자신의 머리를 맡길 수밖에 없었다. 근데 정말 양쪽 귀만 살짝 파 주는 게 아닌가.

"다 됐어요."

"다 됐다고요?"

느낌상 군대 이등병 시절 귀를 덮은 머리만 깎았던 느낌이 들어 반문 한 것이다. 민우는 손으로 양쪽 귀 머리카락을 만지며 다시 한번 물었다.

"아니, 이게 다 된 거예요?"

"네. 다 된 거예요. 여기 이발이 원래 그래요."

민우는 거울을 볼 수 없기에 느낌으로 분명 이놈이 쥐가 파먹은 것처럼 해 놓았을 거란 생각이 들었다.

"그래도 여기 귀 위를 조금만 다듬어 주세요."

"저 할 줄 몰라요. 저도 여기서 처음 배운 거예요."

민우는 아직 사람 보는 눈을 기르려면 한참 멀었다고 생각하면서 손으로 머리를 털었다. 구치소에서 제대로 된 이발을 기대한 제가 바보라고 생각하며, 앞으로 면회 올 가족들을 어떻게 봐야 하나 걱정되었다. 거울은 보지 않았지만 분명 까치 머리가 되었을 게 분명했다. 민우는 그리 중요하지도 않은 머리에 대해 집착하면서 2번 방으로 돌아갔다.

사랑하는 딸 수영이에게!

아빠가 보낸 편지를 손 서방과 같이 보고 있겠지. 엊그제 접견하러 와 주어 너무 고맙다. 네가 보내 준 물품 방금 받아서 우리 2번 방 사람들과 같이 나누어 먹고 있단다.

이곳에 있으면 하루가 1년 같은 심정이야. 아빠 나가면 가족 휴가를 계획하고 있다는 소식은 아빠를 설레게 하는구나. 또한, 시간을 쪼개어 여기 인천 구치소까지 오는 게 쉽지 않았을 텐데 거듭 고맙다. 다 갚을게. 꼭 갚고 죽으마. 아빠 딸이라서 그런 게 아니라 우리 딸 너무 이쁘더라.

오늘 2번 방의 일산 김 사장이라는 사람이 전방을 갔어. 전방이란, 형을 살기 위하여 교도소로 가기 전 여기 위 11층이나 12층에서 심사받는 동안 잠시 있는 곳이란다. 김 사장은 작년 11월에 이곳에 왔으니 꽤 오래 있다가 오늘 나가는 거야. 서열 2위인데 아빠처럼 보이스피싱으로 들어왔지. 돈 여력이 없어 합의는 포기하고 교도소를 가기 위한 절차를 밟는 중이었어.

전에는 회계 감사를 하였던 지식인이야. 아빠하고 말이 통하였는데, 아내하고 이혼한 상황에 아들은 군에 가 있고 딸은 고등학생이라 누가 돌봐줄 사람은 없고 전 처가 데리고 있다는데. 여기 있는 사람 하나하나 다 사연이 있는 사람들인데 안타깝기도 해.

처음에는 재판에서 무죄 주장하다가 괘씸죄에 걸릴까 봐 나중엔 잘못했다고 빌고 검사 구형을 4년 받고 법원 판결은 1년 8개월 선고받았다고 하더라. 하지만 항소는 포기하고 이제 지루한 이곳 생활을 접고 교도소로 가는 것이야. 아빠에게 많은 조언도 해 주고 좋은 사람 같은데 코로나19 때문에 소득에 문제가 생겨 가족을 위해 뛰다가 결국 사회 범죄의 슬픈 피해자가 된 것이지.

이 편지는 아침부터 썼는데 이제 마무리한단다. 하루라도 빨리 나가고 싶은 게 솔직한 심정이다. 변호사가 왔을 때 사위가 행정복지센터 공무원이라고 하였더니 가족관계증명서를 보내 달라고 하니 변호사에게 보내 주길 바란다. 변호사는 아빠가 돈이 없을 뿐이지 신분도 확실한데 구속되었다며 안타까운 듯 말해주니 말이라도 고맙더라. 그제 밤 옆에 3번 방에서

4명이 1명을 때린 일이 발생하여 교도관들이 오고 잠시 시끄러웠단다. 다행히 우리 방은 좋은 사람들뿐이니 걱정하지 말아라.

가족의 소중함이 한층 더 생각나는 밤이란다. 내일 심리 갔다 와서 또 편지할게.

편지를 쓰고 나자 수영이 인터넷 편지가 도착하였다.

아빠, 수영이에요!

금요일 아빠 만나고 나서 생각해보니 기분이 좋았어. 왜인 줄 알아요? 엄마가 아빠 만나고 와서는 아빠 얼굴이 많이 좋아졌다고 술 안 드시고 그래서 그냥 혈색이 많이 좋아진 것 같다는 거야. 그런데 그것뿐만 아니라 표정, 말투 모든 게 좋아졌더라고 특히 눈빛이 또렷해지고 안광이 생겼다고 해야 하나? 말투에서도 뭔가 힘이 생겼다는 게 딱 느껴지더라고!

정말 오래전에 한참 전에 힘 있던 아빠의 모습이 느껴졌어. 정말 얼마나 좋았는지 몰라. 아빠가 느끼고 있을지 모르지만, 많이 힘들겠지만 생각지 못하게 긍정적인 부분이 생겨서 정말 다행이라 생각해요.

아빠 만나고 변호사님과 통화했는데 안 그래도 월요일에 접견 신청해 놨다 하더라고 이 서신이 도착하기 전에 만났으려나. 아빠가 판사님에게 보내 드릴 것도 많이 적어 놓은 것 같은데, 계속 무죄를 주장하면 피해자 증인 신청 부탁하거나 재판 준비해야 할 것들이 또 생기니 또 재판이 길어질 수도 있다는 것이고 그게 아니면 합의 위주로만 진행해서 재판은 빨리 끝나되, 결과는 어떻게 될지 진행해 봐야 하다 보니 설명을 잘해 주시더라고. 변호사님 접견할 때마다 믿고 많이 얘기하고 물어보고 그래야 해.

아빠가 빨리 나올 방법이 따로 있을지 혹시나 해서 물어봤는데 확률도 결과도 그건 아무도 확실하게 알 수 없다 보니 ㅎㅎ 최대한 노력해 봅시다!! 아빠! 지금의 힘 있고 의지 있는 모습 그리고 맑아진 눈빛! 힘들더라도 계속 잃지 않았으면 좋겠어.

수영이가

첫 심리

6월 8일

새벽 5시 방광에서 소변이 꽉 찼다는 신호가 왔다. 일어나 바로 옆 빵기통에서 볼일을 보고 제자리로 와서 누웠다. 1시간가량 아무 생각 없이 천장만 바라보며 누워 있었다. 4월 27일, 보이스피싱으로 구속된 다음 처음 맞는 재판이다. 민우는 자신의 재판을 어떻게 진행할지에 대하여 아직 갈피를 잡지 못하고 있었다. 진실은 어떻게 되는 걸까? 잠시 눈을 붙여 보았다.

"김민우 씨, 정인호 씨 나오세요."

보험 사기로 들어온 인호는 오늘 다른 재판부에 재판이 있는 날이다. 지하 1층으로 내려가니 그곳에는 벌써 약 40명 정도 미결수와 기결수들이 수갑과 포승줄을 매고 있었다. 민우도 그들 틈에서 교도관이 불러 주는 순서대로 수갑과 포승줄을 차고 긴 통로를 지나 법원 건물 4층으로 올라갔다. 검찰 조사 때도 같은 생각이었지만 영화의 한 장면처럼 내가 죄수가 되었다는 사실이 쉽게 받아들여지지 않았다. 이 믿을 수 없는 현실을 민우가 지금 겪고 있는 것이었다. 4층에는 교도관 책상이 하나 있었고 책상 맞은편에 2평 반 정도의 철창이 분리되어 있었다. 민우와 다른 사람 5명이 차례로 철창으로 들어갔다.

"벽 보고 서세요."

교도관의 지시에 6명이 동시에 벽을 바라보자 차례대로 묶인 포승줄을 한 명씩 풀어 주고, 코로나19로 인해 사회적 거리 두기로 한 명씩 거리를 두며 앉았다. 교도관 주임은 차례로 재판 시간을 알려 주었다. 민우의 재판 시간은 10시 정각이다. 소변을 보고 싶은 사람은 차례로 갔다 오라는 말에 뚱뚱하고 건장하게 생긴 젊은 사람이 몹시 급했는지 화장실로 급하게 먼저 달려갔다. 그 왼쪽에는 아라비아 숫자 달력이 하얀색 바탕에 짙은 검정 색깔이 커다랗게 6월을 알리고 있었다. 종이 달력이 걸려 있는 왼쪽 문이 단독 법정인 것 같았다. 잠시 후, "김민우." 하고 이름 소리가 들리자 민우는 떨리는 가슴을 진정시키며 교도관의 안내대로 왼쪽 철문으로 들어갔더니 예상대로 법정이었다. 민우가 법정에 들어서자 판사는 근엄한 표정으로 민우를 바라보았다. 민우는 최대한 판사에게 잘 보이려 공손하게 허리를 굽혀 인사를 하였다. 그리고 오른쪽에 먼저 와 있는 피고석 변호사 옆으로 가서 앉았다.

"피고인, 일어나서 나이와 주소 말씀하세요."

다음 재판에 증인을 채택한 검사 측과 우리 측 변호사 간에 날짜 조정을 하고 다음 증인심문 날짜를 7월 6일로 한다는 판사의 말에 서로 동의하고 재판은 끝났다. 첫 심리 재판은 재판정까지 수갑을 차고 포승줄에 묶이는 번거로움에 비하여 생각보다 싱겁게 빨리 끝났다. 7월 6일이면 앞으로 한 달이나 남았다. 민우는 이 지긋지긋한 깜 빵에서 한 달을 더 있어야 한다는 것 그 자체에 대하여 받아들이기 힘들었다. 그건 고통 그 자체였다. 보통 2주 정도 기간을 두고 재판하는 줄 알았는데 생각보다 너무 길었다. 다시 날짜를 빨리 잡자고 변호사에게 말하고 싶었지만 생각뿐이었다.

변호사와 가벼운 눈인사만 하고 민우는 철문이 있는 대기실로 다시 돌아왔다. 민우는 재판정을 나오면서 다음 재판에 증인 신문이 있다는 사실에 대하여 두려운 감정이 들면서 약간 흥분이 되었다.

"증인심문?"

이제부터 본격적인 민우의 재판이 시작되는 것이었다. 이제 한 달이라는 시간적 여유가 있으니 합의를 보는 것과 무죄를 주장하는 것, 이 두 가지를 어떻게 풀어 나가야 할지에 대하여 고민해야 했다. 합의를 빨리 보면 증인심문 때 나갈 수 있을 것 같은데, 그럼 합의는 어떻게 볼 것인가의 문제에 대하여 의논을 해야 하는데, 변호사와 얘기하고 싶지만 현실은 그럴 수가 없었다. 구속과 불구속은 하늘과 땅 차이라는 생각이 들었다.

7월 6일 증인심문 때 검사 측 증인은 누가 나오는지 알아야 하기에, 민우는 수영이에게 다시 편지를 쓰기 시작하였다. 변호사는 민우의 의견도 물어보지 않고 김우석을 증인으로 세웠다. 예상은 하였지만 물론 잘 판단한 선택이었지만, 상의 없이 증인을 세운 것에 대하여 기분이 조금 나빴다. 우리나라 변호사의 문제점은 이게 문제였다. 의뢰인의 의견을 존중하지 않는 버릇. 어쨌든 국선 변호사인데 어찌하겠는가?

김우석 씨를 피고측 증인으로 선택은 하였지만, '혹시 당일에 오지 않는다면 어떻게 하지?' 하는 걱정이 들었다. 민우는 김우석에게 법정에 증인으로 꼭 나와 달라는 편지를 써야겠다는 생각을 하면서 2번 방으로 돌아왔다. 베트남 사업가 민 사장은 다행히 민우가 재판을 받고 돌아올 때까지 2번 방에 있었다. 오늘 재판 후 나갈 것을 예측한 민 사장은 어제 짐을 정리하며 그중 소중하게 간직하고 있던 관복을 민우에게 꺼내 주었다.

"형님, 앞으로 누가 면회 오거나 일이 있으면 꼭 이 옷을 입고 다녀! 그리고 재판받을 때도 꼭 입고 가."

민 사장이 준 관복은 앞에 단추가 있는 일반 관복과 달리 지퍼가 달려 있었고 옷감도 일반 관복과 달리 고급스러운 귀한 사제 옷이었다. 그냥 옷이 아니라 사형을 선고받은 재봉사가 한 땀, 한 땀 정성을 들여 만든 작품이라며 민 사장도 물려받은 것이니 소중하게 간직하라며 주는 사제 관복이었다.

"형님, 가오 다시 잡고."

그러면서 민 사장은 내복과 운동복 기타 편지지 봉투 새 팬티 볼펜 등 남아 있는 것은 몸만 빼고 전부 다 민우에게 주었다.

옆에 있던 이 중사는

"다시 돌아오면 어쩌려고?"

"벗고 살면 되지."

낙천적인 민 사장은 민우에게 아낌없이 다 주었다. 그리고 민 사장은 방을 나서기 전에 빡빡이 김 사장을 바라보며 걱정스러운 듯 조용히 한마디 하였다.

"김 사장은 성질 좀 죽이고 방 사람과 잘 좀 지내."

독수리 이 사장은 민 사장에게 인사하였다.

"잘 갔다 오세요, 민 사장!"

이 중사는 평소처럼 깐죽대는 성격을 버리지 못했다.

"잘 갔다 오라는 게 뭔 소리래요? 다시 감방으로 오라는 거야, 뭐야?"

민 사장은 민우가 보기에 민 사장 성격상 사소한 일 같았는데 인간관계에 처신만 잘 하였다면 굳이 구속까지는 안 되었을 사건이라는 생각이 들었다. 민 사장은 고소인의 상식 밖의 언행에 화가 나서 다투다가 어느 날부터 상대도 하지 않았는데 결국 재판정에서 만나 사기로 구속된 것이다. 민 사장의 말이 맞든 틀리든 민 사장의 사건은 인간관계가 얼마나 중요한지를 새삼 깨닫게 해 주는 사건이었다.

> 어리석은 사람은 인연을 만나도 알지 못하고
> 현명한 사람은 옷자락만 스쳐도 인연을 살릴 줄 안다.
>
> -피천득,《인연》

문제는 아무리 다툼이 생겨 화가 난다고 하더라도 상대를 이해시키고 설득할 필요가 있다. 우리나라 사람들은 뭐 조금만 틀어져도 법대로 하자는 태도, 이것이 문제이다. 투자금을 투자금이었다고 증명하지 못하면 결국 문제가 되는 것이다. 잠시 알았지만, 거짓말할 사람 같지는 않아 보였다. 결국 3억 8천 만 원을 와이프가 준비하여 고소인과 합의를 하고 오늘 출소하는 것이다. 민우는 그런 큰돈을 한 번에 주고 나갈 수 있을 정도의 능력이 솔직히 부러웠다. 러시아 속담에 돈에는 독이 있다고, 모든 일에 돈이 얽히면 매사 조심해야 한다는 것이다. 돈 문제는 문서로 정확하게 남겨 놓아야 낭패를 보는 일이 없다는 것을 민 사장을 통하여 새삼 깨닫게 되었다. 다음 재판까지는 근 한 달이나 남았다. 이제는 빨리 나가야 한다는 생각을 접기로 하였다. 그나저나 검찰 측 증인은 누구일까? 그 사람을 찾아서 협상을 해야 하는데 나는 범죄 영화에서처럼 증인을 포섭하여 유리한 증언을 얻어 내는 장면을 생각해 보았다.

오후 2시 조금 넘어 CRPT(기초질서 위반단속)가 떴다며 소지가 알리며 지나갔다. 군대에 비상이 걸린 것처럼 일사분란하게 창가에 올려놓은 우유 참외와 뺑기통 위에 있는 비누 샴푸 등 잡다한 거를 모두 바닥에 내려놓았다. 아주 빠른 속도로 탁자 2개를 붙이고 서열대로 탁자 앞에 나란히 앉았다. 이는 과거 군대의 점호를 연상하게 만들었는데, 오늘은 CR이 모포 정리가 안 되었다며 트집을 잡고 다음 방으로 지나갔다.

다음 재판 7월 6일까지는 한 달 정도 남았다. 그리고 두세 번 정도 재판을 하고 나면 8~9월이 될 것이다. '판결이 잘 되면 좋은데, 나한테 그런 행운이 있을까?' 민우는 생각했다. '나의 인생은 언제나 내가 노력한 만큼만 먹고 살았어. 그 이상도 그 이하도 아니었지. 행운은 이제 더 이상 바라지도 않아.' 언제나 행운의 여신은 민우를 외면하고 비켜 지나가기만 했는데 이번에는 어떨지. 그래도 민우는 행운의 여신이 자신에게 미소를 보내길 바라고 있었다.

오늘은 이래저래 날씨가 많이 덥다. 오후 3시 20분 스피커 잡음 소리와 함께 교도관 목소리가 들린다.

"민성준, 관물대 준비하여 내려보내세요."

드디어 민 사장 관대를 내려보내라는 스피커 소리와 함께 준비 해둔 민 사장 짐을 내려보냈다. 오늘 민 사장은 재판받으러 가기 전 본인이 나갈 것을 예상하고 며칠 전부터 본인의 짐을 정리하였기에 우리는 그의 부탁대로 작은 짐 하나만 소지에게 전달하였다. 오전 재판에서 집행유예를 받고 출소가 확정된 것이다. 그때까지는 이곳 구치소 2번 방에서는 민 사장이 나갈지 다시 돌아올지 아무도 모른다.

3시 넘어 스피커 소리가 나면 출소가 확정되었다는 신호다. 오후 3시에서 3시 반까지 관물대를 내려보내라는 말이 없으면 나가지 못한 것이고. 민 사장이 나간다는 소식에 민우는 부러움을 감출 수 없었다. 민우는 소리 없이 벽에 기대어 앉았다. 언제까지 견딜 수 있을까? 한 사람 한 사람 나갈 때마다 민우는 무너지고 있었다. 언제까지 버틸 수 있을까? 오늘따라 몸과 마음이 너무 무거웠다. '어려운 길을 가고 있는 내 인생. 무죄로 풀려날 수 있을까? 그 험난한 길을 나는 가야만 한다.' 민우는 물러설 곳도 없다고 생각했다. 아니면 어쩔 건데. 벌어 놓은 것 하나 없는 빈털터리 입장에 자식들에게까지 이런 일로 빚까지 안겨 줄 수는 없다. 모르고 했다고 끝까지 주장해야 하고 그것을 입증해야 한다. 아니 알고 했더라도 민우는 모르고 했다는 사실을 입증해야 한다. 검찰이라는 그 거대한 산을 어떻게 뛰어넘을 수 있을까. 민우는 다짐한다. 죽어도 가족에게는 피해를 입히지 않겠노라고. 이번에 새로 들어온 박진호는 28살 민우와 같은 보이스피싱 범죄로 구속된 젊은이다. 하지만 이곳 구치소에서 본 젊은이 중 가장 바른 청년이었다. 아들보다 어리지만 말 한마디 한마디와 행동 하나하나가 바른 청년이다. 이런 청년이 어쩌다 보이스피싱을 하게 되었는지 안타까웠다. 들어보니 육군 본부 헌병으로 제대한 지 얼마 되지 않아 아르바이트를 시작한 게 그만 보이스피싱 전달책이었다. 민우처럼 보이스피싱에 속아 전달만 하였는데 그 조직에 연루되었다며 결국 실형을 살게 되었다고 억울해하는 청년이다. 엄마가 61년생이라며 "조금 있으면 엄마 환갑인데 제가 여기 있습니다." 하며 울먹일 때는 민우의 마음도 아팠다.

청다색

6월 9일

사랑하는 당신에게!

어제 6월 8일 재판 끝나고 불확실한 미래에 대해 조금은 힘들었지만, 다시 용기를 내기로 했어. 내 인생에 있어 당신과 다시 한번 제2의 인생을 꽃 피울 수 있을까? 지난날을 생각하면 당신에게 미안한 것이 너무 많았어. 내가 생각보다 속이 많이 좁은 사람이었던 것 같아. 박 사장이라는 사람은 여기서 만난 사람인데 건설 회사를 운영하는 사람이야.

건설 일을 하기 전 종로에서 식당을 하다가 식당 일이 어려워져 처형 소개로 빌라 짓는 일을 3년 전부터 시작했는데 그게 대박이 난 거야. 근데 그 박 사장이라는 사람은 건설을 한다면서 땅 한 평의 면적이 얼마인지도 모르면서 돈은 잘 벌고 있으니 이런 황당한 일이 있을 수 있을까?

어쨌든 빌라 짓는 일을 알려준 처형이 돈 욕심에 고소해서 8천만 원에 겨우 합의 보고 며칠 후면 나간다고 자랑하는데 그 큰돈을 쉽게 합의 보며 나가는 게 부럽기도 하였어. 나는 내가 약지 못해서 돈 귀한 줄 모르고 살아온 게 후회가 많이 돼. 어제 변호사가 무죄를 주장하자고 하는데 무죄가 받아들여지지 않는다면 형이 가중될 수 있다며 무죄의 위험성을 말해 주더라. 모 아니면 도지. 내가 정말 모르고 했다는 사실을 입증하기 위해 최선을 다하려 하지만 쉽지는 않을 것 같아.

여기 있으면 감정의 기복이 파도처럼 심해지거든 어쨌든 어렵고 힘든 길을 가게 되었어. 우리 가족의 행복을 위하여. 안녕

2021. 6. 9.

오후 3시

호영이에게!

이곳에서는 딱히 다른 무엇을 할 게 없단다. 책을 읽고 싶지만 마음이 안정되지 않아 편지나 글이라도 쓰면 마음이 조금 위로받을 것 같아 또 몇 자 적어 보낸다.

어제 재판은 검찰 측에서 증인을 신청하였고 우리 변호사도 증인 신청을 하여 7월 6일로 잡혔단다. 앞으로 한 달. 정해진 것도 없이 증인 신청만 한 달을 기다려야 하니 앞으로 언제까지 징역살이를 해야 할지 암담할 뿐이란다. 다 아빠의 인생인데 내가 잘못 살아온 대가지만 그래도 속상하구나. 아빠 때문에 너무 마음 아파하지 말고.

진짜 요즈음도 술 많이 먹니? 일주일에 한두 번만 먹고 네 발전을 위하여 시간을 투자해라. 어제 아빠에 대하여 곰곰이 생각해 보았는데 만 명에 한 명 될까 말까 하는 무죄를 내가 왜, 그리고 우리 변호사가 시작했을까? 판사에게 그냥 잘못했다고 반성한다며 대충 합의 보고 형을 살까? 아빠는 아직도 판단이 서지 않는단다.

변호사가 우리 측 증인 김우석 씨를 채택하였다면 그동안 김우석과의

통화 내역 (4월1일부터 체포 직전 4월 27일)까지 속기사 프린트와 검찰 조사 때 조사 내용을 프린트하여 아빠에게 보내 주면 아빠가 변론 준비하는 데 도움이 될 거야.

검찰은 아빠를 기소하는 게 목적이라 아빠에게 불리한 내용만 중점으로 정리하였을 거고 조사 때는 정신적 압박감과 위압감에 생각이 잘 나지 않았어. 조금 더 침착했어야 하는데. 형사 재판은 민사소송과 많이 다른 것 같더라. 한번 해 보지 뭐. 구속 상태에서 소송을 하는 것이 쉽진 않겠지만 한번 해 보기로 마음먹었단다. 그럼 다시 편지하마.

사실 그렇게 보고 싶어 했던 김우석 씨와의 통화 내역과 검찰 조사 프린트는 무슨 일인지 모르지만 7월 6일 증인심문 날까지도 받아 보질 못하였다. 이 프린트 자료를 기다리는 한 달은 100년보다 더 길고 답답한 기간이었다. 오늘 자 매일경제신문은 "65~69세 절반, 생계 위해 일해"라는 타이틀이 눈에 들어왔다. 우리 대부분이 은퇴 후 가지고 있는 힘든 삶을 조명하였다.

공무원이나 직장인은 열심히 일하면 정년퇴직 후 연금을 받을 기회가 있지만 민우처럼 열심히 일은 하였지만 실패한 사업가나 자영업자는 사회 제도에서 벗어나 있는 것이다. 그들은 누구보다 세금에 불평·불만 없이 이 사회에 공헌한 사람인데 실패한 자들은 연금도 없고 아프거나 위기가 오면 죽음만이 답인 것이다. 사업을 하는 사람은 무슨 수를 쓰더라도 성공해야 한다. 그렇지 않으면 노후에 거지, 상거지에다가 모두로부터 철저히 버림받는다. 민우는 이 현실을 이제야 깨닫고 후회하고 있는 것이다.

잠시 후 오후 3시에는 빨래를 찾는 시간이다. 빨래 시간이 되면 철문이 열린다.

"저 빨래 가질러 가요."

빨래 찾으러 간다며 나가는 빨래 담당 인호에게 그림 사기범 빡빡이가 뻔히 알면서도 어딜 가느냐 묻는다.

"아메리카노 사러 가용."

"그럼 난 블랙으로."

6월 초부터 기승을 부리는 무더운 날씨에 이렇게라도 웃으려고 노력하는 2번 방 사람들. 그 사람들이 뿜어 내는 열기는 오뉴월 더위에 암소 뿔이 정말 빠질 지경으로 무더워 정말 견디기 힘들 정도였다. 이게 정말 징역살이라는 것을 느끼고 있었다. 다행히 기다리던 선풍기가 오늘 처음으로 돌아가기 시작하였다.

아빠, 나야!

아빠가 월요일(7일)에 써서 보내 준 편지가 오늘 수요일에 도착했네. 어제 심리는 잘 갔다 왔나 궁금하고 걱정돼. 문득문득 아빠 생각이 자주 나. 잘 있나 무슨 일 없나. 아빠가 6일에 써서 엄마한테 보낸 편지 봤어~ 그 편지 내용에 대해서 내가 아는 것과 생각하는 걸 조금 설명할게!

국선 변호사가 3주 내 합의 봤으면 한다는 내용은 아빠랑 어떻게 재판을 진행할지, 사건 내용에 대해 우선 파악을 하고 합의를 진행해야 하는 거잖아. 그래서 심리 후 상황에 맞추어 진행해야 하니까 아빠도 이해해 줬음 좋겠어. 아빠가 자꾸만 더 빨리 진행할 수 있는데 못했다는 식으로 생각하고 있는 것 같아 속상하네….

우리도 아빠가 빨리 나왔으면 좋겠고, 그렇게 하고 싶고 그렇게 되도록 최대한 노력하고 있고 노력하는 중이야. 국선 변호사건 사설 변호사건 다른 사건도 맡고 있으니까 몇억을 주면서 아빠 사건만 전담해 달라고 하지 않는 이상, 이 일에만 매달릴 수는 없어. 변호사님과 대화해 보니까, 책임감도 있고 자부심도 강해서 최선을 다해 줄 거라 믿고 있는 거야.

아빠가 그곳에서 다른 사람의 재판 결과나 재판의 성향 들을 많이 듣고 있겠지만 모두 각기 사건마다 상황이 다르니까 그 점은 생각해 두길 바라. 변호사님은 아빠랑 우리의 손과 발이 되어 줄 뿐이야. 통화도 하면서 많이 물어보고 설명도 듣고 있어. 우리 면회가 마음만큼 쉽지 않으니 아빠 접견 때마다 들으려 한다고 해. 우리 모두 변호사님 잘 만난 것 같다고 생각해.

아빠가 변호사님 믿고 진행하는 게 중요해. 변호사님 접견하면 많이 얘기하고 많이 물어보고 아빠 의견을 얘기하고 해야 해. 알아보니 피해 금액 전부를 걸고 합의할 수도 있지만, 꼭 그렇지만도 않다고 해. 법원이나 판사 입장에서는 피해 회복이 먼저이기 때문에 피해자 중 몇 명만 어느 정도 금액으로 합의가 됐다고 들어 준다면 나와서 나머지 피해자들에게 피해 보상한다는 보장이 없어도, 최대한 합의가 되어야 내 보내 주겠지. 피해자 만나서 합의금 낮추고 변호사에게 돈을 주고 합의에 최선을 다하도록 한다는 건 그보다 앞에 말한 것처럼 합의 인원과 금액이 가장 중요한 거야. 판사는 그 결과를 보기 때문에 합의금을 너무 낮춘다고 좋은 것만은 아니야.

그 많은 금액을 마련할 수도 없지만, 합의되어도 복구 금액을 확인하는 판사도 있대. 대출이라도 해서 조금이라도 더 많이 피해 금액을 복구하라는 식으로 말이야. 그래서 가족이 가면 합의가 쉽지 않대. 근데 가족사진은 어떻게 보내야 하지? 우편으로 보내면 되나?

아버님 저 맏사위입니다. 저는 다 괜찮습니다! 힘내시고 빨리 나와서 뵈어요. 파이팅! 못다 한 얘기는 나와서 해요.

아빠, 두렵기도 하고 힘들겠지만 너무 걱정하지 마요. 잘될 거야. 우리가 있잖아. 함께 이 시간을 견디고 이겨 내자.

아빠! 아자 아자!

민우는 딸과 사위에게 무척이나 고마움을 느꼈지만, 타들어 가는 속을 추스르기 힘들었다. 민우의 속은 까맣게 타 버린 것을 넘어 잿빛으로 변해 버렸는데 그것은 마치 서까래가 타들어 가는 색깔을 표현한 윤형근 화가의 〈청다색〉처럼 민우의 속은 까맣게 타다 못해 이제 청다색이 되어 버린 것이다. 수영이의 편지를 받고 민우는 마음을 바꾸기로 하였다. 합의를 포기하기로 한 것이다. 자신의 잘못으로 자식들에게 커다란 짐을 안겨서는 안되겠다는 마음을 먹었다. 민우는 그렇게 여러 번 편지로 자신의 심정과 의견을 말했건만 역시 민우의 글재주로는 상대방을 설득하기에는 한없이 부족함을 느꼈다. 이제는 민우 자신이 직접 모르고 한 사실에 대하여 무죄 주장을 증명하는 수밖에 방법이 없다고 생각을 한 것이다.

손톱깎이

6월 10일

대머리독수리 이 사장은 약간 마른 형에 눈가에 엷은 미소와 주름진 모습이 삼국지의 조조와 비슷하게 닮았다. 그리 밉지 않은 스타일인데 직업은 사출 공장을 운영하고 있으며 나이는 61세, 고향은 전라도 고창 사람으로, 현재 사는 곳은 김포이다. 그는 김포에서 먹지도 않은 술 때문에 음주 운전으로 개고생하고 있다고 했다. 그 와중에 우리나라 10대 로펌 변호사를 1억에 썼다며 은근히 부를 과시하고 있었다. 그 소리에 옆에 있던 정인호가 "이 사장님도 결국 백이 없어 들어 온 거예요." 하며 이 사장 속을 뒤집어 놓는다. 신문 기사에 유명 국회의원 아들의 음주 기사가 난 것을 본 독수리 이 사장은 분개하였다.

"형님, 이것 좀 보소! 이런 놈은 집행유예고, 운전석에서 조용히 잠만 잔 나는 2년이나 맞고! 세상에 이런 일이 어딨어?"

이 사장은 술에 취해 대리 운전을 이용했다고 했다. 그러다 김포 감정동 사거리에서 기사와 다투었고, 홧김에 기사가 자기만 두고 사라지자 운전석에서 잠시 잠든 것뿐인데 이렇게 구속이 되었다며 민우에게 하소연하였다. 민우는 독수리 이 사장의 말을 어디까지 믿어야 할지 난감하였다. 민우는 그의 얘기를 들으며 증언을 서 줄 김우석에게 편지를 쓰기 시작했다.

김우석 씨, 김민우입니다.

소식이 없어 궁금하였지? 살다 보니 이런 곳에서 편지를 다 쓰게 되는군요. 전에 내가 알 바로 취직한다며 보내 준 문자 김태영 법률사무소가 알고 보니 가짜였어. 그게 보이스피싱인 줄 누가 알았겠어.

내가 믿는 지인이 보내 줘서 일을 했는데 물론 그 사람도 모르고 보내 주었지만 1주일 동안 2억 원 정도를 9명으로부터 받아서 가짜 김태영 법무사에게 전달해 주고 약 백만 원가량을 수고비로 받았는데, 그놈이 연락을 감추는 바람에 내가 그 돈을 피해자에게 다 물어주고 합의를 해야 하는 상황이야.

어쨌든 상책은 잡을 수 없고, 내가 다 뒤집어써야 하는 상황이 된 거지. 나도 놀랐는데 이곳 구치소 범죄 중 약 30%가 보이스피싱범이래 우리 방에도 3명이 보이스피싱범이야. 그들의 사연을 들어보면 안타깝기 그지없어. 오죽하면 보이스피싱을 했겠어? 불쌍한 사람들이야. 근데 그게 나쁜 짓인 줄 알고 했다는 게 문제지. 아무리 돈이 필요해도 하지 말아야 하는 것은 하지 말아야 하는데…. 자기 말로는 조금만 하고 나처럼 그만두려 했다는 게 문제야. 애시당초 불법은 저지르지 말았어야지. 더군다나 피해자가 있는 만큼 자유롭지가 못한 거지.

어찌 보면 피의자들도 피해자인데 합의금이 없어 교도소로 가려고 이곳 구치소에서 의미 없는 재판을 기다리는 중이지. 나는 내가 모르고 했다고 하니까 처음에 이들도 믿지 않는 거야. 어떻게 나 같은 사람이 모를 수가 있냐는 거지. 그러나 나같이 얕은 지식으로 잘난 체하는 사람이 어찌 보면 사회 범죄에 더 취약할 수 있다고 생각해. 다행히 나는 그냥 우리 애들이 합의를 보고 나를 빨리 나오게 하려 노력하고 있지만 그 큰돈을 애들에게 부담시킬 순 없잖아. 옛날에 사업할 때는 돈 몇억이 그렇게 크게 느껴지지 않았었는데….

변호사 얘기로는 나는 다른 사람들과 상황이 약간 다르대. 모르고 속았으니 무죄라는 거야. 그동안 민사는 가끔 당신 도움으로 잘해 나갔지만, 형사 사건은 여기 구속되어 있는 상황에서 잘해 나갈 수 있을지 의문이야. 원고 측은 내가 알고 했다, 피고인 우리 쪽은 모르고 했다는 식으로 주장하는 중인데, 그냥 다 내가 잘못했다고 하고 용서를 빌까 하는 생각도 들어.

한편으로는 합의금도 적지 않은데 무죄 증명을 하면서 끝까지 버틸 수 있을지 모르겠고. 우리 변호사는 나하고 김우석 씨와의 통화 내역을 살펴보더니 무죄를 주장할 희망이 있다고 조심스레 말하더라. 지난 6월 8일 첫 심리 때 우리 변호사가 김우석 씨를 증인으로 신청하였어. 증인심문 날이 7월 6일인데 그날 법정에 나와서 사실대로 증언해 주었으면 해.

왜 이런 일이 생겼는지 나도 이해가 안 돼. 전에 압구정동에서 같이 만났던 우리 딸이 연락할 거야. 그럼 또 연락할게.

"지금의 아빠에겐 너무 가혹하지만, 이런 시련이 없었다면 우리는 여전히 그대로였겠지."

수영이가 보내 준 편지의 한 구절이 생각나는 순간이었다.

아빠!

우리 가족 지금까지 각자의 생활만 하고 대화는 별로 없고 서로 어떻게 무얼 하며 지내는지 자세히 몰랐다고 생각해. 그래서 이번 일이 없었으면 지금처럼 이렇게 서로 매일 생각하고 걱정하고 했을까? 만약 아빠가 밖에 있었다면 우리가 재판을 위해 아빠를 구하려 이렇게까지 신경 쓰고 있었을까? 하는 생각이 들어.

아빠의 생활, 정말 힘들고 답답할 것 같아. 그곳에서는 마음만큼 바로바로 확인하고 행동할 수 없으니까. 하지만 그게 우리가 아빠를 위해 움직이게 되는 동력이 되는 이런 아이러니하고 어이없는 현실.

속상하다가도 앞으로 함께 더 행복하게 살 수 있도록 기회가 될 수 있을 것 같기도 해. 오늘 퇴근하고 우편함부터 슬쩍 봤네. 날이 점점 더워지고 있네. 더위 조심하고 항상 건강하게 지내요.

2021. 6. 10.

아빠를 사랑하는 딸

이대로 있을 수가 없었다. 무슨 일이라도 해야만 했다. 민우는 재판정에게 보낼 편지를 다시 쓰기 시작했다.

재판장님께 보내는 편지(6월 12일)

저는 올해로 만 61세의 김민우입니다. 부끄럽게도 적지 않은 나이에 인천 구치소에 들어와 생활하면서 지난날을 돌이키며 저의 잘못과 세상에 대한 무지에 대하여 후회하고 반성하고 있습니다. 교육 사업을 하던 중 교육 사업을 할 때 알고 지내던 울산 영어 학원 원장의 소개로….

민우는 쓰던 편지의 대상을 재판정보다 방금 생각 난 울산 이상호에게 먼저 쓰는 게 좋을 듯하여 상호에게 쓰기 시작하였다.

상호야, 살려 다오.

힘들다! 이 나이에 징역 생활이라니, 뭔 영화를 누리려고 이렇게 이리 버티고 있는지. 그냥 다 손을 놓고 싶다. 이것도 내 인생의 일부라 생각할 수 있는 건가? 다 잘못했다고 그냥 용서해 달라고 말하고 그냥 교도소로 갈까? 거기도 힘들면 이제 끝내고 싶다.

얼마 전 6월 8일 변호사가 첫 심리에서 무죄를 주장했어. 검찰은 내가 당신과의 통화 내역 중 "1건 당 2~30만 원"이라는 소리와 가짜 김태영 법무사에게 "사기꾼"이라고 말한 것이 보이스피싱임을 알고 했다는 것이라고 말하고, 나는 사기꾼이라는 단어는 통상적으로 하는 말이다. 라고 주장을 하고 있지.

사회적 물의를 일으키고 있는 보이스피싱에 대해 보이스피싱 의심이 있었다면 "이거 보이스피싱 아니야?" 이렇게 반문하지 "이거 사기꾼 아니야?"라고 말했겠냐며 이제 검찰과 나는 진실 게임을 시작하게 되었어. 가족이 전부 나를 위해 고생하는데 면목이 없어. 바쁘겠지만 탄원서 하나를 써서 내게 보내 주길 바라.

2021. 6. 21.

김민우 보냄

위의 편지를 수영이에게 보냈다. 금요일 보내는 편지는 다음 주 화요일 정도 받을 수 있고 보통 평일에는 2~3일 정도면 받을 수 있다. 재소자가 보내는 인터넷 서신은 다음날 오후 4시에 받는단다.

> 아빠는 네 편지 받는 게 하루의 낙이 되어 버린 것 같구나. 아빠의 잘못으로 가족이 뭉쳤다니 다행이라는 생각이 들지만, 어찌 보면 슬프구나.

밤새도록 선풍기가 돌아가다가 멈추기를 반복하고 있었다. 6시 기상 음악 소리와 소지의 '바이오!' 소리와 함께 아침잠이 많은 인호가 꾸벅 졸다가 바이오 소리를 듣고 철문으로 뛰어가다 넘어졌다. 모두 모포를 개서 관물대 위로 올리고 마지막으로 모포 한 장을 펴서 감싸면 걸레 담당이 걸레에 치약을 묻혀서 엎드려 자세로 바닥을 밀고 지나갔다. 그리고는 창문 쪽 복도를 향해 두 줄로 앉아 아침 점검을 받는다.

인천 구치소 우리 방 앞 창문 너머에는 ○○건설이라는 회사가 아파트를 짓고 있는데 한 층, 한 층 올라가는 것을 보면서 누군가가 "저게 몇 층까지 올라가야 나갈 수 있으려나."라며 푸념하고 있었다.

교도관 주임의 점검은 우리 2번 방을 점검하기 전에 1번 방부터 점검을 시작한다. 1번 방은 65세 이상의 노인들만 가두어 놓은 방이다. 가끔 그들이 점검받을 때 여러 일이 우리를 즐겁게 만들곤 하였다. 인원 점검 때 번호 소리는 언제나 하나, 둘, 셋, 넷, 다섯에서 멈췄다. 1번 방 사람은 모두 11명이다. 항상 다섯 번째에서 번호 소리가 멈추더니 약 5초 정도의 짧지만 긴 시간이 흐르고 여섯으로 넘어가는데, 옆방에서 듣는 동안 우리도 같이 숨이 넘어갈 듯 호흡을 멈추다 동시에 내뿜는다. 하지만 너그러운 주임 교도관은 빙그레 웃으며 "앞으로는 잘하세요."라고 말해준다. 군대 같으면 있을 수 없는 너그러움이 그래도 이곳 구치소에서는 흐르고 있었다.

우리 방 윗상은 1, 2, 3번 아랫상은 서열 4, 5, 6, 7번이 상에 둘러앉는다. 오늘 아침은 두부김칫국, 메추리알조림, 바나나, 깍두기인데 밥과 반찬은 항상 남아돈다. 잔반은 화장실 양변기에 적당히 나누어 버린다. 아침 식사가 끝나면 분리수거용 수레를 소지들이 끌고 오면 철문이 열리고 밤 사이 먹고 버린 쓰레기를 분리해서 버리는데 얼마나 먹성이 좋은지 매일 쓰레기가 가득하다.

서열상 막내와 바로 위가 설거지를 하고 나면 잠시 후 8시 아침 시작 점검을 다시 하고 하루가 시작된다. 오늘 우리 방 운동 시간은 9시부터다. 이 운동장은 5평 정도로 우리 방보다는 3평 정도 더 큰 약 8평 정도의 운동장인데 구석에는 체중계와 운동기구가 하나씩 놓여 있었다.

기구를 보아하니 마무리 상태가 부족한 것이 투박해 보였다. 아마 미결수 중 용접할 줄 아는 사람이 대충 용접하여 만든 것 같았다. 이곳에서는 손톱이 왜 이리 빨리 자라는지, 오늘은 운동장에 가서 손톱과 손톱 가시를 제거하려고 신문지 2장을 준비하였다. 손톱깎이는 운동장에 비치해 놓고 8층 수감자 모두가 돌려가면서 사용하고 있었다.

손톱깎이는 위생상 알콜솜으로 소독한 다음에 사용해야 한다. 근데 어제도 깎은 것 같은 이 중사가 손톱깎이를 들고 손톱을 다듬고 있었다. 저놈이 빨리 끝내야 다음 서열이 깎을 수 있는데 운동 시간은 정해져 있기에 여차하면 손톱깎이는 만져 보지도 못하고 운동장을 나가야 한다. 민우 앞에 2

명이나 대기 중이라 오늘 손톱 깎는 일은 그른 것 같았다. 그때 빡빡이의 날카로운 목소리가 들려 왔다.

"에이, 씨발! 손톱깎이 전세 냈어?"

그 말에 이 중사를 비롯한 나머지 운동하던 사람들은 모두가 정지된 화면처럼 하던 운동을 멈추고 말았다.

"민우 형이 며칠 전부터 손톱 가시가 아파서 오늘은 깎아야 한다고 기다리고 있던 거 몰라?"

빡빡이가 민우를 위해 한마디 한 것이다.

"뭐, 씨발! 이 나이도 어린 게."

이 중사도 지지 않고 한마디 하였다. 일촉즉발의 상황이다.

"야! 나 괜찮아 별것도 아닌 거 가지고 그만하자."

민우는 이 중사가 밉지만, 그의 등을 두드리며 싸움을 말렸다. 한동안 청소를 안 했는지 바닥에 깎고 버려진 죽은 손톱 잔해가 널려 있었다. 민우는 빗자루를 들고 벽 사이에 끼어 있는 손톱 쓰레기를 하나하나 쓸어 담고 방으로 돌아갔다.

오후 4시 55분에는 저녁 배식을 준비하였다. 배식 때 나오는 맛김 보다 구매한 맛김이 훨씬 맛이 있기에 구매한 맛김을 윗상에 하나씩 나누어 주자 이 중사는 낮에 있었던 일에 아직도 마음이 풀리지 않았는지 퉁명스럽게 말했다.

"사람 인원에 맞추어 주세요."

"아니 좀 부드러운 말로 하면 안 돼?"

'이놈을 그냥!' 민우는 어금니를 꽉 물었다 풀면서 평소보다 큰 소리로 받아쳤다.

"민우 형, 조금 있으면 터지기 일보 직전인 것 같아요."

서열 2위 김 사장이 민우를 위해 또 한마디 하였다.

"나는 뭐 안 터지나?"

이 중사는 민우보다 빡빡이 김 사장에게 불만이 더 있는 듯 지지 않으려 받아치고 있었다.

"이런, 씨발! 너 몇 살이야? 그럼 터트려 봐!"

이 중사의 반말에 빡빡이도 지지 않고 소리를 질렀다.

"그만해! 도대체 왜 그러는 거야."

독수리 이 사장이 보다 못 해 큰소리로 한마디 하였다.

"형님께서 그만 참으세요."

이 사장의 말에 민우는 못 이기는 척하며 마지막 수저를 놓았다.

"내, 더러워서. 이 징역살이 빨리 끝내야지."

징벌방을 한번 갔다 왔다는 이 중사도 여기서 일이 더 커지면 다시 징벌 방을 피할 수 없다고 생각했는지 입을 다물었다. 이 중사는 스포츠토토 도박 사이트에서 돈을 받아, 본인 통장뿐만 아니라 대포 통장에 입금하는 역할을 하다가 체포되었는데 공소 금액이 13억이나 되었다.

"나는 이 일이 나쁜 일인줄 알고 했어. 그리고 경찰에다 다 알고 했다고 사실대로 얘기했거든."

이 중사는 돈이 필요해 어쩔 수 없이 했다고 자신이 저지른 범죄를 합리화하고 있었다. 어제 검찰 조서 때 다 얘기했는데 피해자가 나타날 때마다 매번 똑같은 진술 하는 것도 이젠 지겹고 한번 했으면 됐지 건건이 조사를 한다며 불만이었다. 오늘 오전에 대전경찰서에서 형사들이 새로운 조사를 하기 위해 왔다 갔는데, 무슨 내용인지 모르지만 그것 때문에 마음이 불편하여 감정이 더 격해졌던 거 같았다. 잠시 후 집에서 편지가 왔다며 읽어보던 이 중사가 한마디 내뱉었다.

"씨발, 나더러 어쩌라고!"

서울에서 식당을 하고 있다는 아내가 가게 간판 불이 나갔는데 어떻게 하면 좋을까 남편의 의견을 묻는 내용인데 아내를 향해 심한 욕을 하는 것이었다. 물론 여기에 갇혀 있어 도움을 주지 못하는 심정은 이해하지만 아내에게 하는 언행이 민우는 마음에 들지 않았다. 이곳에 들어왔으면 미안하다고 빌어도 시원찮은데 나이 오십이나 처먹은 놈이 아직 철이 없어서 그런지! 민우 역시 한심하지만 딱하다는 생각이 들었다.

음주운전

6월 11일

수영이 편지가 왔다. 이상호가 미안하고 도의적으로 너무 미안하다고 민우를 위해 무엇이든 해 주고 싶다는 내용이었다. 빡빡이 김 사장은 여동생 편지를 보더니 안색이 편하지 않은 것 같았다. 피해자와 마지막 합의를 보려면 9천만 원이 필요한데 더 이상 합의금 마련이 쉽지 않다는 내용이라 하였다. 이곳에 있으면 가족들과 편지를 통해 그 사람의 직업과 학력 재력과 사회에서의 위치나 능력을 대충 알게 되는데 가끔 거짓말하는 놈들이 있다고 하였다.

민우가 오기 전 2번 방에 상태라는 사람이 빡빡이 김 사장에게 중소기업을 크게 운영하고 있는데 조금 있으면 자기 회사가 상장될 것이니 투자를 하라고 김 사장을 꼬신 사건이 있었다. 다행히 빡빡이 김 사장이 여동생에게 편지를 보내 상태라는 사람의 회사를 조사시켰는데 전부 거짓말인 게 들통이 나서 대판 싸움이 있었다고 하였다. 이곳 구치소는 사회와 모든 것이 단절되어 있어 편지 이외에는 확인 할 방법이 없다. 그래서 이런 일도 가끔 생기는 것 같았다.

그동안 피해자와 합의하느라 있는 돈 없는 돈을 싹 끌어모아 합의금으로 다 쓰고 정작 제일 중요한 사람 합의금이 최소 4천5백만 원에서 5천만 원이 더 필요하다고 하였다. 이제는 방법이 없다며 여동생에게 부탁하여 개인 대출 신청을 1억 원 정도 하였는데 은행에선 천만 원밖에 대출해 줄 수 없다고 한다며 그런 은행을 못마땅해하고 있었다. 민우는 그의 얘기를 듣고 그의 말이 사실이라는 가정하에 담보가 없는 상황에서 신용대출 천만 원도 은행에서는 많이 해 주는 것이라 생각했다.

마지막 합의금으로 남은 9천만 원짜리 사람은 그래도 빡빡이 김 사장이 친하다고 생각했는데 다른 사람을 자신보다 먼저 합의해 준 것에 대하여 기분 나쁘게 생각하고 있다며 그건 오해라고 말하고 있었다. 그 사람은 금액이 제일 커서 맨 마지막에 합의 할 계획이었지 다른 뜻은 없었다며 고개를 숙였다.

"그나저나, 세상에 오빠를 위해 불철주야 뛰어 다니는 여동생도 보기 어려워. 나가면 여동생에게 잘해."

독수리 이 사장이 한마디 하였다. 대머리독수리 이 사장은 술을 좋아하기로 동네 소문이 자자하였다. 약간 마른 체형에 앞머리가 비어 있는 전형적인 대머리 스타일이고 독수리 머리를 닮았다하여 민우가 대머리독수리라 별명을 지었다. 사회 있을 때 이 사장은 대머리를 감추기 위해 1백5십만 원을 주고 산 가발을 쓰고 다녔다며 "내가 가발을 쓰면 얼마나 멋있는 줄 알아?" 하며 확인되지 않은 자랑을 하였다.

사고가 발생한 그날은 공장이 있는 감정동에서 집까지 2.5km 정도인데 감정동 큰 사거리에서 좌회전을 위해 신호 대기 중에 대리 기사와 지름길을 놓고 다툰 것이다. "에이, 씨발!" 하며 사거리 신호등 앞에서 그냥 이 사장을 차에 내버려두고 가 버리는 통에 이 사달이 난 것이었다.

대리가 가 버린 후 뒤차의 빵빵 소리에 운전석에 앉아 우측으로 빼려 했는데 좌회전 앞 차량들이 길게 늘어져 있는 통에 기다리다 지쳐 그만 깜박 잠이 들었던 것이다. 이 사장은 가끔 공장 일이 끝나면 공장 근처에서 한잔하고 가끔 들리는 순이네 식당이 생각나서 7km나 떨어진 순이네 식당에서 2차를 하러 갔었다.

"오빠 왔수?"

약간 통통하지만 코맹맹이 애교가 넘치는 순이를 보면 온종일 힘들게 작업했던 하루의 노고가 사라지는 맛에 가끔 이 사장은 공장에서 거리가 약간 있지만 순이네 가게에 들러 한잔하는 낙으로 살고 있었다. 그날따라 순이는 소맥을 황금 비율로 맞춰 말아 주었다. 소주잔에 소주를 3분에 2 정도 따른 다음 맥주 컵에 붓고 맥주 컵 비율 표시 라인까지 맥주를 따르면 기가 막힌 황금비율 소맥이 만들어진다. 이 소맥을 이 사장에게 주었더니 벌컥벌컥 숨도 쉬지 않고 단숨에 비워 버린 이 사장. 결국, 평소 주량보다 과음한 이 사장이다. 순이는 술에 취해 횡설수설하는 이 사장을 보며, 오늘은 너무 취했으니 얼른 집에 들어가라고 택시를 불러 태웠다.

택시를 타고 가던 이 사장은 술에 취했어도 거래처에 보내기로 한 중요한 팩스 생각은 잊지 않았다. 팩스를 보내기 위해 공장에서 내렸고 공장에서 팩스를 보내고 집으로 가기 위해 감정동 대로까지 걸어가 대리를 부르려 하는데 "대리요, 대리!" 소리 치며 길가에서 호객행위를 하는 대리 기사를 발견했다.

"여기 ○○아파트까지 얼마야?"

"만 원이에요."

대리와 함께 차에 오른 이 사장은 공장에서 집에 갈 때 항상 다니는 지름 길이 있어 그리로 가자고 하였다.

"사장님 말 대로 갈려면 3천만 원 더 주셔야 해요."

대리 기사가 돈을 더 달라고 요구하자 이 사장은 화를 내면서 큰소리로 대리 기사에게 따졌다.

"아니, 이놈아! 이 길이나 저 길이나 비슷한데 무슨 3천만 원을 더 달라는 거야. 내가 여기 이 길을 수십 년이나 다녔어! 이 길이나 그 길이나 거리는 똑같은데 왜 3천만 원이나 더 받어!"

이 사장은 아무리 나이 어린 대리 기사지만 계속 반말을 하고 있었다. 그때 차는 감정동 사거리 신호등에서 좌회전하는 차 뒤꽁무니에 붙어 있었다. 이어 뒷차들이 좌회전을 하기 위해 밀려오는데 "에이, 씨발!" 하면서 차 문을 확 열고 대리가 가 버렸다.

"어? 저 놈 봐라!"

순간 당황한 이 사장은 뒤에 차도 밀려 있고 난감하였다. 어쩔 수 없이 바로 운전석으로 옮겨 앉아 오른쪽 도로가에 세워 둘 생각에 운전석에 앉아 약간 앞으로 갔다. 여기 사거리는 평소 차가 많이 밀리는 곳이었다. 술에 취한 독수리 이 사장은 신호등이 그날따라 길게 느껴 졌다. 눈꺼풀이 무거워지는 것을 느끼는 순간, 그만 운전대를 잡고 잠이 들어버린 것이다. 신호가 바뀌어도 움직이지 않는 앞차가 이상했는지 마침 이 사장 차 뒤에 있던 모범택시 기사가 클랙슨을 여러 번 누르다 반응이 없자, 이 사장 차에 가서 안에 곤히 잠든 이 사장을 깨운 뒤 사거리 옆 도로로 차를 옮겨 놓고 경찰서에 신고하고 가 버렸다. 동네 지구대 경찰은 술 취한 이 사장을 아파트 집까지 데려다 주고 조용히 돌아갔다. 다음날 오전 이 사장은 술에서 깨어나지도 않은 상태에서 전화 벨 소리에 핸드폰을 받았다.

"여기 김포 경찰서인데 와서 조사받으셔야 합니다."

이 사장은 어젯밤 일이 전혀 생각이 나질 않았다. '경찰이 무슨 일이지?' 전에 음주운전으로 걸려 벌금을 낸 적이 있었고 더군다나 작년 11월에 무면허 음주운전으로 걸려 집행유예를 받은 적이 있었다. 약간 걱정스러운 마음으로 경찰서로 향했다. 경찰 진술에서 이 사장은 어젯밤 대리 기사를 부른 것을 기억해 내고 대리가 사거리에서 그냥 가 버렸기에 불가피하게 오른쪽 100m가량을 운전한 것 같다고 진술을 하자 경찰은 의아해하며 되물었다.

"이 사장님, 차는 사거리에서 모범택시 아저씨가 대신 운전해 줬다는데, 진술이 다르잖아요, 어제 어디서부터 운전을 하셨습니까? 마지막으로 술 먹은 집이 어디에요?"

이 사장의 주장과 달리 경찰은 7~8km 떨어진 순이네 가게부터 운전을 한 것으로 조사를 마쳤다. 순이네 가게에서 택시를 타고 공장까지 간 사실은 둘째 치고 이 사장은 아예 순이네 가게에서부터 음주운전을 한 것으로 조사를 마무리한 것이다. 이 사장은 아직 술이 깨지 않은 상태에서 음주운전은 했지만, 인명 사고도 없고 작년처럼 음주운전하다가 옆에 있던 차의 백미러를 친 것도 아닌데 무슨 일이야 있겠나 싶어 대충 진술을 하고 집으로 돌아갔다.

이 대충 한 진술이 독수리 이 사장에게 있어 일생 최대의 비극적 사건이 될 것이라는 것을 그때는 꿈에도 생각하지 못 하였다. 이 사건은 바로 검찰로 넘겨졌고 이 사장은 날카로운 젊은 여 검사 앞에서 다시 그날의 기억을 떠올려야 했다. 서류에 음주 전과가 있는 이 사장은 음주운전으로 벌금을 낸 게 3번이나 있고 작년 11월에는 무면허 음주운전으로 집행유예까지 받은 게 얼마 전이라 아무리 강심장인 이 사장 이라도 검사 앞에서는 작아질 수밖에 없었다.

"앞에 앉으세요."

딸보다 어려 보이는 여 검사는 이 사장이 앉기도 전에 어디서부터 운전 하였느냐 심문하였다. 이 사장은 기억이 나는 대로 감정동에서 대리 운전을 한 상황에 대하여 있었던 사실을 설명하였다. 하지만 여 검사는 이 사장 말을 믿으려 하지 않았다.

"그럼 그때 운전했던 대리 기사를 찾아 보세요."

조서를 마치고 나오면서 이 사장은 고개를 갸웃거렸다.

"그 대리 기사를 찾는 게 검찰의 역할 아닙니까? 왜 내가 대리 기사를 찾아서 무죄를 입증해야 합니까?"

그날부터 이 사장은 사거리에서 만났던 그 대리를 며칠 동안 백방으로 찾아보았다. 하지만 그 대리는 다시 만날 수가 없었다. 결국, 재판으로 넘겨진 독수리 이 사장은 생각지도 못한 1심에서 2년 형을 받고 덜커덩 법정 구속되고 만 것이다

펜트하우스

6월 12일

오늘 신문에 국회의원 경험 한번 없는 30대 이준석이 국민의 힘 당 대표가 되었다. 헌정 사상 첫 번째 30대인 당 대표다. 정치의 중심이 된 젊은 층이 만들어 낸 기적이다. 이제 정말 정치 사회도 변해야 한다. 정치에 신물이 난 민우도 젊은 이준석에게 한 표를 던진다. 앞으로 많은 실수와 기득권의 견제가 있을 것이다. 하지만 그러한 시련은 극복할 것이고 그것을 이겨낸다면 그만큼 우리나라 정치도 조금 나아질 것이다.

6월 13일

"형님, 제주도 좀 아세요?"

빡빡이 김 사장이 민우에게 물어본다.

"제주도는 왜?"

"저 이제 나가면 아이하고 제주도 가서 살려고요."

"연고도 없는 지역에서 뭐 먹고 살려고?"

민우는 그의 뜬금없이 내용 없는 질문을 하였다.

"과학 박물관 하나 만들어서 그렇게 살려고요."

합의금도 마련하지 못하여 어려운 실정에 있는 김 사장의 제주도 꿈이야무지다고 생각했다.

"김 사장, 그거 한두 푼 드는 게 아닐 텐데? 자금 계획은 있어?"

"자금 준비를 위해 중기청 창업지원사업 신청할 거예요. 자금 지원을 받으면 교육 콘텐츠를 만들어 판매 보급할 계획을 구체적으로 세웠는데, 나가면 형님 도움이 조금 필요해요."

"중기청 자금은 아무나 주는 줄 아냐?

"알아요. 전에 몇 번 제가 개발한 아이템으로 받은 적도 있어요."

"아, 그래?"

민우는 그의 말이 놀라웠다.

"한데, 내가 뭘 도움이 되겠니? 작은 도움이라도 필요하면 도와줄게."

옆에서 토정비결 책을 보고 있던 독수리 이 사장이 민우의 생년월일을 물어보고는 잠시 후 운을 뗐다.

"형님, 대기만성형이야."

"뭐? 육십이 넘은 내가 아직도 대기만성이라고? 이놈의 구치소에서 내가 무엇을 꿈꾸고 무엇을 할 수 있다고. 이 사장, 나 그만 놀려라."

민우는 대기만성이라는 소리에 오래전 어머니와의 추억이 떠올랐다. 그 옛날 어머니가 파주 광탄에 있는 무당집에 민우를 데려간 적이 있었는데 아마 국민학교(초등학교) 3학년 무렵 무당집을 처음 갔을 때 일이다. 그 무당집은 무당이 모시는 무당 신과 12지신 그리고 도깨비 형상을 한 그림들이 당장 민우를 잡아먹을 듯이 덤비고 있었는데 그 모습은 오줌이 마려워도 오줌을 누지 못하게 할 만큼 무섭고 공포스러웠다. 무당집의 신들이 과연 민우의 미래를 보장해 줄지 그저 엄마의 강압으로 왔을 뿐 민우는 두

번 다시는 가고 싶지 않은 곳이었다. 성격이 급한 엄마는 큰아들의 미래가 궁금하여 민우의 의사는 물어보지도 않고 점 집으로 간 것이었다.

민우 기억에는 오색 관모를 쓴 여자 무당이 대나무 깃발 7개 정도 들어 있는 통을 꺼내 그중 하나를 뽑으라 하였다. 그중 하나가 약간 홈이 있었는데 어린 나이에도 순간 갈등이 생겼다. 잠시 고민을 하다 홈이 있는 것을 뽑았던 것 같았다. 뽑고 나니 그 깃발은 노란색이었는데 그 무당은 민우가 뽑은 노란색 깃발을 들고 예언자처럼 민우의 앞일을 엄마한테 말하였다.

"대기만성형이야. 나중에 큰 만석꾼이 되겠어."

무당은 어머니한테 아주 만족할 만한 흐뭇한 소리를 했다. 엄마는 영업용 멘트에 기분이 좋아져 복채를 두둑이 주었다. 당시에는 재벌이라는 단어보다 듣기 좋은 만석꾼이라는 말을 무당에게 들었으니, 민우의 미래가 무당의 말처럼 될 것이라고 기대를 하며 무당집을 나선 기억이 스쳐 지나 갔다.

기억이 저만치 지나가자 민우는 가족이 생각났다. 다 늙고 영양가 없는 아빠를 구하겠다고 똘똘 뭉쳐서 없는 돈을 모아 합의금을 만들려고 노력하는 가족들. 아들은 애지중지하던 외제차를 팔고, 집도 내놓았고, 재작년에 결혼한 딸은 얼마 전 영끌하여 서울에 새 아파트를 무리하여 산 지 얼마 되지 않았는데 사위와 의논하여 추가 대출을 알아보고 있다 하니 민우는 자신이 무슨 일을 저질렀는지 기가 막힐 뿐이었다.

일요일 오후 3시 반 경 샤워를 하고 나오자 대머리독수리 이 사장은 땅콩을 열심히 까 먹고 있었다. 점심을 먹고 디저트로 방울토마토와 참외를 깎아 방장에게 따로 하나 주고는 방 사람들 간식으로 줄 참외를 2개 더 깎

왔다. 민우는 좋아하는 단팥빵을 박스에서 하나 꺼내 우유와 함께 먹고 있었다. 땅콩을 먹던 독수리 이 사장은 어제 읽던 《최진석의 대한민국 읽기》를 다시 보기 시작하였다.

이 책의 저자인 최진석 교수는 전에 노자 사상 책을 재미있게 읽은 적이 있어 신문에 나온 광고를 보고 독수리 이 사장에게 추천을 하여 샀는데 사실 민우가 한번 보고 싶어서 독수리 이 사장을 통하여 주문을 한 것이다. 이 사장은 신문 광고에 책 광고가 나오면 항상 추천해 달라 하였다.

"형님이 먼저 보고 나도 보게 좋은 놈으로 부탁해요."

독수리 이 사장은 그 책을 시험 공부를 하듯 밑줄을 그어 가며 읽어 나갔다. 그때, 호길이가 끼어들어 물어 왔다.

"김 사장님! 라떼 드실래요?"

"물론!

"근데, 카푸치노도 가능해? 되면 시나몬 좀 많이 넣어줘. 고마워!"

인호는 블랙커피와 믹스커피에서 설탕과 프림을 분리하여 섞은 다음 뜨거운 물을 조금 부어 젓는다. 그리고 우유를 인호 스타일의 비율에 맞추면 아주 훌륭한 라떼가 되는 것이었다. 이 라떼 레시피는 8층에서 인호가 최고다. 가끔 다른 방에서도 주문이 들어올 정도였다.

순간 건물 아래쪽에서 핑크 플로이드(Pink Floyd)의 〈Shine On You Crazy Diamond(빛나라 이 미친 다이아몬드야)〉라는 노래가 민우의 마음을 서서히 적시고 있었다. 그 옛날 입대하자마자 갑작스러운 아버지의 죽음 앞에 눈물 한 방울 흘릴 여유가 없었던 민우. 입대 후 준비되지 않은 미래를 원망하며 골방 구석에서 한없이 흐느끼며 슬퍼했던 음악이다.

'이 현실에서 벗어날 방법은 무엇인가, 나의 미래는 어떻게 될 것인가?' 당장 찾을 수 있는 답도 아닌데 그 답을 찾고자 방황했던 시절, 민우의 눈가가 다시 촉촉해지고 있었다.

독수리 이 사장은 요즘 고민거리가 하나 더 생겼다. 며칠 전 딸이 면회 왔는데 지그 엄마가 내 핸드폰을 봤다고 얘기하여 고민에 빠진 것이다. 그동안 이 사장의 과거가 그 핸드폰에 다 들어 있기에 "정말 느그 엄마가 내 핸드폰 다 봤냐?" 전라남도의 짙은 사투리 리듬으로 말하는데 이 사장의 과거보다 나는 전라도 말이 더 우스웠다. 등산 모임에서 같이 간 여자들, 콜라텍에서 만난 유부녀들. "형님, 이제 출소하면 난 반 죽었어. 이제는 집에도 못 가고 공장에서 자야 해" 하며 엄살을 부리고 있었다. 우리의 핸드폰은 이제 블랙박스처럼 모든 사실과 비밀이 그 안에 들어 있는 것이다.

6월 14일

아빠, 나야.

아빠가 10일 써서 보내 준 편지 잘 받았어요. 김우석 씨 연락처는 알아보고 전달해 드릴게요. 오늘 늦게 퇴근해서 편지 온지 모르는 상태였어요. 오늘은 엄마랑 나한테 둘 다 편지 안 온 줄 알고 엄마가 걱정했는데 우편함에 편지를 보자마자 엄마한테 다시 전화해서 나한테 편지 왔다 하니 좋아하네. ㅎㅎ. 엄마가 안 그래도 드라마 〈펜트하우스〉에서 교도소가 나오는 장면을 보면서 아빠 생각이 나서 마음이 아팠대. 아빠, 혹시 〈슬기로운 감빵생활〉이라는 드라마 알아? 하루아침에 교도소에 갇히게 된 슈퍼스타 야

구 선수 김재혁의 교도소 적응기야. 최악의 환경에서 재기를 위해 노력하는 부활기이며 교도소라는 또 다른 사회에서 살아가는 성장기지. 약 3~4년 전 드라마인데 약간 코믹하기도 하고 감동도 들어 있어. 영치금으로 물품 구입도 하고 먹을 것들 사서 나눠 먹기도 하고 그러더라. 아빠, 우리는 술 좋아해도 절대 운전대 잡지 않으니 걱정하지 마세요. 여러 사람이 모여 있는 곳이라서 힘들겠네! 그래도 스트레스 받지 않게 잘 마인드 콘트롤 해요. 뭐든 그러려니…. 말은 쉽겠지. ㅎㅎ. 나는 요즘 팀원이 늘어나서 매니징 역할도 늘어났어. 그래도 아빠랑 일할 때 경험 덕인가, 잘 하고 있는 것 같아. 우리 회사에 인턴들이 들어오는데 벌써 나랑 10살 정도 차이 나는 애들이 들어오고 있어. 꼰대 소리 안 들으려 무척 신경 쓰고 있지. 여유로운 척, 이해하는 척해. 아빠도 회사 운영할 때 오죽했을까? 아, 그리고 이발은 했는지 모르겠네. 저번에 보니까 머리가 많이 자랐던데. 나 태어나서 아빠 머리 그렇게 자란 거 처음 봤어. 속상했어. 우리 아빠 평소에는 깔끔쟁이인데. 이발봉사 하는 분들이 있다던데. 아직 그런 기회가 없는 건가요? 그럼 오늘 하루도 힘내서 밥 잘 먹고 잘 주무셨으면 좋겠어요. 편지 또 쓸게요.

When one door of happiness closes, another one opens. But, we look so long at the closed door that we do not see the one which has opened for us(행복의 한쪽 문이 닫힐 때 다른 한쪽 문은 열린다. 하지만 우리는 그 닫힌 문만 오래 바라보다가 우리에게 열린 다른 문을 못 보곤 한다).

-헬렌 켈러

2021년 6월 14일 오후 10시 30분

아빠를 사랑하는 딸

6월 15일

어제 수영이가 걱정해 준 이발을 했어. 마음에 들지는 않았지만, 구치소이니 뭐 깎아 준 것만 해도 고맙게 생각하기로 했어. 이제 이곳도 작은 사회라 차차 적응을 해 나가고 있단다. 우리 딸이 자주 편지해 주어 고맙게 생각하고 있어. 회사 일이 바쁜데도 불구하고 아빠에게 신경 써 주니 너무 고맙다.

당신은 회사 잘 다니고 있어? 여행이 자유로워진다는데 회사 상황이 조금은 좋아지려나? 내가 나가면 당신 편하게 해 줄게. 그동안 정말 미안했어. 여기 와서 보니 많은 것들이 이제 눈에 들어오는 거야. 앞으로 잘할게. 지금 내가 할 수 있는 것은 이 말뿐이야. 호영이 본지도 오래됐네, 회사는 잘 다니고 있지?

오늘은 이만 쓸게.

TV에서 제목을 알 수 없는 클럽 노래가 나오자 고지식한 이 중사와 독수리 이 사장 그리고 민우 셋만 앉아 있고 나머지 사람은 전부 일어나 제멋대로 쿵쿵대며 한바탕 춤을 추고 있었다. 유교 사상이 투철한 대머리독수리 이 사장은 못마땅하다는 듯 한마디 했다.

"으이구! 저놈들 또 시작이다."

이곳에서는 밑장 깐다는 말을 하는데 재판을 연기하고 싶으면 〈재판 불출석 사유서〉를 제출하면 된다. 이 중사는 소지에게 불출석 사유서를 하나 달라고 했고, 사유를 배탈이라 작성하여 제출하였다. 민우는 저놈이 빨리 재판을 받아 다른 곳으로 갔으면 하였는데 별 요령을 다 부리는 꼴을 보고 있었다.

수영이 편지를 받았다.

아빠! 그림까지 그려 보내 주고. ㅎㅎ 방 생김새는 TV에서 본 거랑 비슷하긴 하다. 근데 밥 먹는 거랑 나뉘어 있는 거랑 치약으로 청소하는 건 몰랐네. 아빠, 막내 생활은 새로 누군가 들어와야 그 사람으로 바뀌는 건가? ㅎㅎ 아빠가 가르쳐 주시길! "미안합니다." 하고 먼저 말하는 게 이기는 거다. 아빠 멋있어! 지금의 아빠는 아빠 인생에서 아주 짧은 순간일 뿐이야.

"지금의 나를 죽이지 못하는 고통은 나를 더 강하게 만든다."라는 말이 있듯이 지금은 담금질하는 시간이라고 생각해.

[사위]
아버님! 오늘도, 내일도 힘내고 파이팅하세요!

Hope sees the invisible, feels the intangible and achieves the impossible(희망은 볼 수 없는 것을 보고, 만질 수 없는 것을 느끼고 불가능한 것을 이룬다.)

-헬렌 켈러

[수영]
아빠! 지금 새벽 1시 30분인데 자는 도중에 이상호 아저씨가 탄원서를 카톡으로 보내 주었어.

〈이상호 아저씨 탄원서 카톡 편지〉

본인 이상호는 10여 년 전 울산에서 영어 학원을 운영 하던 중 김민우 씨를 만나 서울에서 함께 사업을 하게 되었습니다. 사업은 뜻대로 되지 않아 3여 년 만에 큰 빚을 지게 되었습니다.

얼마 전 울산에 내려온 김민우 씨는 학교 일 때문에 잠깐 내려왔다고 했고, 다시 만나 그간 서로의 회포를 풀었습니다. 지금 하는 일은 임시직인데 새로운 일을 구하고 있다는 얘기를 들었습니다. 그래서 저도 어려운 상황에 있을 때 취업을 위해 몇 개 받아 둔 문자 중 하나를 도움이 될까 하여 김민우 씨에게 하나 소개해 드렸습니다.

근데 이런 것이 보이스피싱이라고는 상상도 못 했는데 청천벽력이 따로 없었습니다. 김민우 씨는 저와 3년 가까이 사업을 하면서 형제처럼 가까이 지냈습니다. 제가 곁에서 지켜본 김민우 씨는 교육 사업을 하는 사람으로서 늘 정직하고 바른 모습으로 정도를 걷는 분이었습니다.

한번은 남산 도서관에 같이 갔는데 로비에 걸린 몇 안 되는 기부자 명단에서 김민우 씨의 이름을 발견하고 더욱 존경하게 되었습니다. 비록 사업은 망했어도 서로 그 어떤 원망도 하지 않았습니다. 나쁜 일인 줄 알고 하실 분은 결코 아닙니다. 소식을 접한 저도 매일 잠을 설치는데 본인과 그 가족은 오죽할까요.

존경하는 재판장님, 이런 보이스피싱에 속아 심부름 한 사람이나 피해본 사람을 굽어살펴 주시길 간절히 바랍니다.

이렇게 써서 보내 줬어요.

6월 16일

눈을 뜨니 시계가 새벽 5시 30분을 가리키고 있었다. 취침 시간에는 최대한 소리를 죽이기 위해 양변기에 앉아서 볼일을 보는데 노인네 방인 1번 방은 벌써 일어나 '푸푸' 하면서 세수 소리를 요란하게 내고 있었다. 그리고 서서 시원하게 소변을 보는 소리가 리얼하게 우리 방을 강타하고 있었다.

"아이, 씨발! 저 새끼들은 잠도 없나?"

이 중사는 모포를 뒤집어쓰면서 거친 소리를 내뱉었다. 옆방과 달리 우리 방 규칙은 6시 '땡' 하면 일어나기로 하였기에 그 이전까지는 꿈나라에 있으려 발버둥 친다. 어린 24살의 방장과 젊은이들은 언제나 잠이 모자랐다.

5시 55분에 바이오 담당은 바이오 물을 받기 위해 철창 밑에 약 가로 20cm, 세로25cm 정도 사이즈의 구멍으로 페트병을 먼저 보내고 잠시 후 철문이 열리면 그때 바이오 통을 내보낸다. 그 잠시를 참지 못하고 젊은 바이오 담당 인호는 꾸벅꾸벅 졸고 있었다.

6시 정각에 모두 일어나 각자 모포를 빠르게 접었다. 정해진 위치대로 서열이 낮은 사람의 모포가 제일 밑에 깔리고 그다음 순서대로 모포를 올린다. 그다음 베개를 올리고 모포 하나를 펼쳐서 미관을 깔끔하게 정리하면 끝이다. 그러면 동시에 세탁 담당이 엉덩이를 높이 들고 양 손바닥에 힘을 주어 바닥을 걸레로 밀며 지나간다. 그와 동시에 TV밑에 신문지 2장을 깔고 면도기 통을 놓으면 각자 자기 자동 면도기를 집어 들고 면도를 시작하였다. 민우는 누군가 쓰던 면도기 하나를 얻었는데 민우가 오기 전 먼저 사람이 쓰던 면도기 하나를 민 사장이 챙겨 주어 그걸 사용하기로 하였다. 새로 사려면 4만 원 정도 줘야 하는데 이것도 감지덕지였다.

오늘 수요일 아침 식사는 어묵국, 오징어무침, 김, 배추김치다. 한끼 식사비는 1,580원. 그 돈으로 양질의 식사를 기대한다는 것은 지나친 욕심일 것이다. 하지만 그렇다고 썩 나쁜 것은 아니었다. 오늘 아침 식사는 독수리 이 사장, 빡빡이, 민우 이렇게 세 명이 식탁에 앉았다. 코가 예민한 서열 2위 빡빡이는 걸레에서 조금만 이상한 냄새가 나도 질겁을 하였다. 다행히 민우도 지저분한 것을 별로 좋아하지 않기에 쓸고 닦는 일에 최선을 다하여 청소하였다. 샤워하는 날은 매주 수요일로 바뀌었는데 아마 코로나19가 점점 심해지기 때문인 것 같았다. 이러한 집단 시설에서의 감염은 심각한 문제를 불러일으키기에 교도 당국도 예민해져 있는 것 같았다.

"샴푸는 2개 쓰던 거 챙기세요."

샤워 가기 전에 이 중사의 잔소리가 시작되었다.

"아니야, 새것 챙기세요."

이 사장은 새것을 가져가라 하고 빡빡이 김 사장은 아무거나 가져가서 쓰면 되지 않냐며 성화다. 새것으로 가져가느냐 마느냐 세숫비누는 퐁 크림으로 가져가야 하고 동네 아낙들보다도 말이 많았다. 그러자 대머리독수리 이 사장이 인상을 찌푸린다. 오늘도 대머리독수리 이 사장은 때수건으로 민우의 등을 밀어 주었다. 아직 때수건을 구매하지 못한 민우는 이 사장 때수건 덕분에 시원한 등 맛을 볼 수 있었다.

오늘 오후에는 하복을 받았는데 바지가 엑스라지(XL)라서 민우에게는 너무 컸다. 다른 사람은 라지(L)를 입어 보았더니 약간 커서 미디움(M) 사이즈로 바꿔 달라고 요청하였는데 잠시 후 다시 받은 사이즈가 엑스라지(XL)였다.

"이 새끼들 행정은 왜 아직까지 자유당 시절에 멈춰 있지?"

그후 민우는 2주 넘게 커다란 바지에 몸을 집어넣고 있었다.

아빠!

오늘 낮에 변호사님과 통화 했어. 아빠가 경찰 조서와 관련 얘기하고 싶어 한다니까 다음 주 초에 접견할 거라 하네. 그리고 시아버지 어머니는 코로나 백신 다 맞으셨대. 아빠는? 거기서 해 주리라 생각하는데 좀 걱정되네. 힘들지만 잘 이겨 내세요.

아빠를 사랑하는 딸

진짜 신입

6월 17일

오늘 아침 점호는 조금 늦게 6시 20분에 시작되었다.

"하나, 둘, 셋⋯일곱! 번호 끝!"

점호 소리가 끝나자 창문 바로 밑에 그려 놓은 6월 달력의 17일 자 네모 칸을 형광펜으로 반절 정도 칠하였다. 나머지 반은 오후 점호가 끝날 때 나머지를 칠하는 것이다. 그러면 그제야 하루가 끝나는 것이다. 다른 방은 잘 모르지만, 이것은 2번 방만의 방식인 것 같았다.

오늘도 아침 식사는 밥상에 대머리독수리, 민우, 빡빡이 이렇게 세 사람만이 둘러 앉았다. 오늘 설거지는 식기가 3개뿐이라 민우는 이 중사에게 오늘은 혼자 할 테니 쉬라고 하였다. 그러자 이 중사는 못 이기는 척 보던 만화책을 보기 위해 바닥에 엎드렸다. 이 중사를 갈구고 싶어 기회만 엿보던 빡빡이가 뺑기통에 혼자 있는 민우를 향해 소리쳤다.

"아니! 왜 형님 혼자 설거지해요?"

"아~ 식기가 얼마 안 돼서."

민우는 갑작스러운 빡빡이의 질문에 당황하여 대답을 얼버무리는 사이에 만화책을 보고 있던 이 중사가 화들짝 놀라 일어나서 대답하였다.

"다음부터는 같이할게."

"앞으로 내 밑으로는 자지 마."

이 중사의 말이 끝나기도 전에 빡빡이 김 사장이 단호하게 한마디 하였다. 아침 식사 때 대부분의 사람은 밥 대신 잠을 먹는다. 순간 빡빡이 덕분에 방 분위기는 싸해졌지만 민우는 왠지 고소한 마음이 들었다.

10시 45분, 웅성거리는 소리가 철창문 밖에서 들리기에 고개를 들어보니 신입 3명이 서 있었다. 오늘 신입 세 명이 한꺼번에 들어오는 것이었다. 이제 민우는 막내 생활을 진짜로 벗어난다는 생각에 그들이 무척 반가웠다. 한 명이 아니라 3명이 동시에 들어오다니. 마음속으로 서열 순서를 생각해 보았다. 우선 뺑기통 생활은 벗어나고 다음 순서인 세탁(걸레질)도 건너뛰고 바이오도 하지 않는다. 한 달 넘게 해온 막내 뺑기통 생활을 순식간에 완전히 벗어나게 된 것이었다. 저번처럼 설마 6개월짜리가 동시에 3명이 들어오는 것은 아니겠지!

민우는 어느덧 이 방에 들어온 지 벌써 한 달이 다 된 것이다. 시간은 그렇게 민우를 뛰어넘고 이제 허리를 펴고 살 수 있게 된 것이다.

"형님, 이제 두 다리 쭉 펴게 생겼네!"

대머리독수리 이 사장은 자기 일처럼 좋아하였다. 하지만 다 좋은데 잠자리가 문제였다. 이제 3명은 비좁은 관물대까지 점령하여 그곳에 발을 집어넣고 잠을 자야 한다. 코로나로 인하여 정원이 초과된 구치소는 잠자리 때문에 항상 아우성이다. 아래에서 잘 사람들은 오늘 밤부터 잠자리를 어떻게 하면 편히 잘 수 있을까를 고민하고 있는데 장기 기증 안내서를 소지가 전달해 주고 갔다. 안내서가 들어오자, 장기 기증을 하면 형량을 조금 감면받는다는 말이 돌았다.

"이거 정말이에요?"

"확실한 건 없어요."

방장이 말하였지만 몇 명은 빨리 나가고 싶은 생각에 장기 기증서에 서명하였다. 이곳에 혼자 들어와 한 달 조금 넘도록 막내 생활을 한 시간이 얼마나 길고 지루하였는지 생각만 해도 끔찍하였다. 오늘 입방한 3명은 민우보다 생활이 수월할 것이다. 제일 먼저 문지방을 넘은 사람은 키가 큰 젊은 청년인데 왼쪽 팔에 문신을 크게 하고 있어 조폭 아니면 건달이라는 생각이 들었고 두 번째는 착실해 보였고 세 번째 남자는 얼굴이 시커먼 게 어딘가 많이 아파 보였다. 말이 많은 이 중사는 신입들에게 여러 가지 구치소 생활에 대한 교육을 시작하였다.

서열상 민우가 교육을 시켜야 하는데 성질 급하고 남에게 참견하기 좋아하는 이 중사가 먼저 일어나 교육을 시키기에 민우는 가만히 이 중사의 행동을 지켜보기만 하였다.

민우는 매번 신입이 올 때마다 교정국에서 붙여 놓은 홍보물이 반복되는 방의 규정에 대하여 매뉴얼이 필요하다는 생각이 들었다. 예를 들면 화장실 사용법, 식기 세척 요령, 빨래 건조 방법, 바이오 사용 방법 등. 구치소 풍습 중 하나는 재판이 있는 날은 미역국에 밥을 말아 먹거나 페트병을 꾸기거나 하는 행동은 금지되어 있다. 재수가 날아가서 나쁜 판결이 나오게 된다고 오래전부터 금지된 행동이다.

편지는 월요일부터 금요일까지만 들어오고 내보내는 것은 월요일부터 목요일 그리고 일요일 오후 4시에 가져가니 참조하라고 힘주어 알려 준다. 생활 요령 설명이 끝나자 신문지 한 장을 들고 이 중사의 교육은 계속되었다. 고깔 접기를 가르쳐주기 시작한 것이다. 넘버 나인은 눈썰미가 있어 제법 잘하고, 넘버 텐은 계속 감을 못 잡고 있었고, 조폭 문신을 한 넘버 에잇은 아무 생각 없이 헤매고 있었다.

그는 일찍 결혼하여 5살 된 아들이 하나 있는데 그동안 이혼한 아내가 아이를 만나게 해 주지 않아 3년 동안 아들 얼굴 한번 보지 못하였다며 아들이 보고 싶다며 덩치에 어울리지 않게 목소리가 젖어 있었다. 그러면서 민우더러 앞으로 아버지라 부르고 싶다며 아버지로 받아 달라 하여 당황하게 만들었다. 넘버 텐이 고깔 접는 것에서 벗어나지 못하자 넘버 나인이 안타까운지 가르쳐 주기 시작하였다.

잠시 선풍기가 멈췄다. 방마다 왜 갑자기 선풍기가 꺼졌냐며 아우성이다. 새로 들어온 우리 방 역시 3명이 더해지자 우리 방은 포화 상태다. 우리 몸에서 나오는 열기는 서로를 초주검으로 만들고 있었다. 마치 사우나에 들어 있는 듯 그 열기는 견디기 힘들었다.

내일 18일 아침 9시 5분, 수영이 접견이 잡혀 있기에 관복을 꺼내 준비를 하였다. 옆에서 민우의 관복을 구경하던 넘버 나인은 긴 바지를 입고 있어서 그런지 유난히 땀을 많이 흘리고 있었다. 민우는 관물대에 보관중인 반바지 하나를 꺼내 말없이 주었다.

"형님, 너무 고맙습니다."

6월 18일

새벽에 눈을 뜨니 비가 오고 있었다. 아침 점호가 끝나고 식사를 마치자 8시 5분 덜커덩 소리가 나면서 철문이 열렸다. 민우는 수영이 면회에 가기 위해 관복으로 갈아입고 철문을 나섰다. 언제나 예쁜 수영이는 유리 가림창 건너에 얌전히 앉아 있다가 민우를 보자마자 그동안 잘 지냈냐며 반가워한다. 민우의 소식을 우연히 알게 된 후배 병선이가 수영이에게 면회를 같이 가고 싶어 한다기에 만나 보고 싶은 마음은 태산 같지만 여기까지 올 필요는 없고 나가서 만나자고 전해 주라 하였다. 사실 민우는 자신의 몰골을 보이고 싶지 않아서였다. 민우는 딸 수영이의 수다를 들어 주고 방으로 올라갔다. 저녁 9시 5분, 사각형 인천 구치소 콘크리트 아래층에서 누군가 울부짖는 소리가 처절하게 들려오고 있었다. 그 울림은 이 지옥에서 견딜 수 없는 자신의 절박한 심정의 표현이었다. 자유에 대한 갈망 그리고 고통을 참지 못하여 절규하는 듯한 소리였으며 아래층 어디에선가는 다른 수감자가 그 고통을 이해한다는 뜻으로 수저를 들고 쇠창살을 두들기며 소리를 지르고 있었다.

"야, 이 개새끼들아!"

이번엔 여자 목소리였다. 깡이 있는 대찬 여자로 생각되었다.

"아마 조사 방이나 징벌방일 거예요."

방장은 이곳을 잘 아는 교도관처럼 민우의 궁금증을 풀어주었다. 이어 다른 방에서도 조용히 하라며 욕지거리하는 소리가 늘어나기 시작했다.

"야, 조용히 해!"

"야! 이 개새끼야!"

맨 처음 나던 소리가 잠잠해지자 다른 놈이 또 소리를 지르기 시작하였다. 민우도 소리를 지르고 싶었지만 용기가 나질 않았다. 잠시 있다가 우리 방에서 "뻐꾹" 소리를 내자 다른 방에서 "뻐꾹, 뻐꾹" 하고 답을 보내 왔다.

우리가 있는 감방에서부터 이방 저방 뻐꾹 이 소리가 메아리를 치기 시작하였다. 민우와 같은 층을 사용하는 사람들은 소리를 지르는 대신 뻐꾹 이 소리로 카타르시스를 해결하고 있었다. 마 지루한 감방 생활과 자신이 저지른 죄에 대한 반성 후회 그런 것에 대한 변명이 아닐까 생각해 보았다. 어찌 보면 정말 할 일 없는 놈들의 몸부림이었다.

스피커에서 내일부터는 하복을 착용할 예정이라는 안내 방송이 나왔다. 오늘부터 운동과 샤워 시간 또한 15분으로 바뀌었다.

"그 좁아 터진 운동장에서 운동도 15분만 하라니. 그러면 무슨 운동이 돼? 아무리 코로나지만 그래도 최소한 30분은 줘야 하는 거 아니야?"

독수리 이 사장의 불만 소리가 가장 컸다. 민우는 모든 신경을 끊고 수영이에게 간단히 편지를 썼다.

이제 제대로 재판 준비를 해야 해. 검사 측과 나와의 무죄 다툼에서 필요한 아빠의 자료를 변호사에게 보내 주어야 하고 창구의 일원화가 필요해. 우리 가족에게 너무 미안하고 고맙다. 오늘 이상호에게 탄원서 샘플을 우편으로 보냈단다.

고맙게도 이상호가 무슨 일이든 할 수 있는 일은 다 하겠다 하니 탄원서 오면 아빠에게 보내 줘. 그러면 검토하여 다시 보내 주면 변호사에게 전달해 주렴. 이제 7월 6일 증인 심리 이전까지 시간이 별로 없는 것 같다. 그럼 잘 있어.

2021. 6. 17.

아빠가

6월 19일

면도할 때는 신문지를 깔고 하면 좋을 텐데 굳이 그 작은 고깔을 선풍기 밑에 놓고 한다. 방장은 베개와 모포를 쌓아 그 위에 작은 거울을 올려놓고 혼자 왕처럼 면도하고 있었다. 어린 방장의 수염이 정말 다 자란 것일까? 정말 대가리에 피도 마르지 않은 놈이 어른 흉내를 내고 있는 것인가? 넘버 텐인 구 사장은 52살로 치통 때문에 왼손은 항상 어금니를 감싸고 있었다. 이 방에 들어오기 전, 대기방에서 치통 치료 신청을 해 놓았는데 2주가 지난 오늘에서야 치료가 잡힌 것이다.

"참, 빨리도 해 준다."

대머리독수리 이 사장이 안타까워 한마디 하였다. 이마저도 소화제를 주는 것으로 끝난다는 구치소 치료 방법은 과거 옛날 군대 시절과 매 반 다를 게 없었다.

"외래 진료는 죽어야만 나가서 받을 수 있어요. 웬만하면 진통제를 먹고 참아야 해요."

옆에서 듣고 있던 젊은 방장이 말하였다. 그래서 낙센을 응급약으로 많이 확보해 놓는데 민우는 이곳에서 낙센이라는 것이 진통제인 줄 처음 알았다. 민우는 나도 어금니가 문제인데 "아프면 어떡하지?" 하였더니 "형님! 그건 그때 고민하지!" 별 걸 다 미리 고민하고 있다며 대머리독수리 이 사장이 핀잔을 주었다.

장 사장은 치과 치료를 하고 다시 방으로 돌아왔다.

"마취 주사를 놓자마자 기다려 주지도 않고 염증을 찢는 바람에 비명을 질렀어요. 고통을 막 참고 있는데 그때 커다란 마취 주사를 놓는 거예요."

황당한 치료였다며 그래도 시커먼 구 사장의 얼굴이 순간 천사의 미소 같이 밝아지기 시작하였다. 구치소 작은 TV에서는 제35회 한국여자오픈 골프대회를 생중계하고 있었다. 3라운드 현재 선두를 달리고 있는 박민지는 2016년 10월 KLPGA에 데뷔하여 이번에도 우승을 하면 통산 9승을 차지하게 된다. 실력도 있어야 하지만 운도 그 못지않게 중요하다는 생각이 들었다.

확 트인 그린에서 저 높은 하늘을 향해 드라이브를 날리고 싶다는 생각이 들었다. 민우는 언제나 필드의 풀 냄새를 맛볼 수 있을까 상상하였다. 넘버 나인인 윤 사장은 인테리어 가구를 해서 그런지 일 하는 것이 매섭고 분명하였다.

더 이상 말이 필요 없고 알아서 잘하는데도 이 중사는 이것저것 잔소리를 해 댄다. 쓸데없이 잔소리하는 통에 윤 사장은 나지막이 속삭인다.

"형님, 저 이 중사님은 왜 저러는지 알 수가 없네요."

"응, 그래. 네가 좀 참아."

이제 시간적 여유가 생긴 민우는 증인 김우석과 검찰 측 증인에게 심문할 내용을 정리하기 시작하였다. 민우는 징역을 사는 이유는 분명 내 삶이 무엇인가 잘못되었다는 뜻이라 생각되었다. 어디서부터 잘못된 것일까? 민우는 자신의 인생을 살펴보려 애를 쓰고 있었다.

6월 20일

이곳 인천 구치소에 재소자 중 30%가 보이스피싱범인데 그러니까 약 3천 명이 넘는 수감자 중 1천 명이 보이스피싱범이라는 것이다. 이 가운데 무죄가 되는 사람은 3천 분의 1도 안 된다고 하는데 그 어려운 것을 민우는 해내야 한다. 남들은 민우에게 말은 하지 않았지만, 민우가 무죄 주장을 하는 것에 대하여 미친 짓이라 생각하고 있었다.

오늘 일요일은 미역국이 나왔다. 민우는 신입들에게 그동안 주워들은 전국 교도소 반찬 이야기를 해 주었다. 인천 구치소 미역국은 전국적으로 소문난 맛집이라고 하며 민우는 그들에게 미역국을 한 그릇씩 더 퍼주었다. 학교 급식 납품 사업을 하는 넘버 텐, 구 사장이 오늘 영치금이 들어왔는데 방장이 전달하면서 금액을 슬쩍 보았다.

"와, 구 사장님 영치금이 2백만 원이에요."

어린 방장의 감탄사에 방에 있던 사람들 몇 명은 같이 감탄하고 있었다. 그중에 이 중사는 구 사장 곁으로 바짝 붙어서 바로 한 살 위인 구 사장에게 바로 "형님!" 하면서 친근감 있게 달라붙었다. 갑자기 구 사장은 부자 사장이 되었고 능력 있는 사람이 되어 버렸다. 그도 그럴 것이 민우는 수영이가 가끔 보내 주는 영치금 액수가 십만 원이 넘지 않았으니 구 사장의 영치금 한도 2백만 원은 부를 상징하는 숫자가 된 것이다. 서열 막내인 구 사장은 깐깐한 이 중사에게 밖에 나가면 음식 장사에 도움을 주겠다고 말하자 혹시나 도움을 받을까 하는 생각에 이 중사의 아부는 눈으로 보기 힘들 정도가 되었다.

"우리 구 사장님은 연 매출이 80억밖에 안 된다며 겸손하시네!"

아니 이 중사는 구 사장의 말을 정말 믿는 건가 싶었다. 민우는 이것도 사람이 살아가는 방법일 수 있다며 그를 이해하려 하였다.

아내의 보이스피싱

휴일은 평일보다 더 힘들었다. 온종일 좁은 방에서 앉았다 일어서기만 할 뿐, 면회가 없기에 의욕도 없다. 책이 눈에 들어 오지도 않았다. 그냥 좁은 방 안에서 빈둥빈둥 맥없이 놀고 있는 것이었다. 3D 업종 쪽은 일은 할 사람이 없어 난리라는데 우리 같은 미결수나 기결수들을 3D 업종에 투입하는 것도 나쁘지 않다는 생각이 들었다. 그러면 힘 좋은 젊은이들은 건강에도 도움이 되고 사회적으로는 3D 산업 기피 문제가 어느 정도 해소될 텐데. 공장형 건물을 지어 채소 등 기타 공산품을 생산하는 일에 투입하면 나쁘지 않을 텐데. 그러면 야당은 재소자 인권 유린이든 뭐든 이유를 붙여 무조건 반대부터 할 것이고, 이 문제는 정치적 반대에 부딪칠 것이다. 어쨌든 방 사람들의 열기가 유월의 여름을 뜨겁게 달구기 시작하였다.

아빠, 나 수영이!

아빠한테 다녀온 얘기를 하니 엄마가 좋아하네! 호영이는 출퇴근이 힘든가 봐. 작년 2020년 12월에 엄마가 보이스피싱당한 사건은 아빠 모르고 있었지? 금액은 얼마 안 되는데 엄마가 창피해서 말하지 않았다고 해. 아빠가 보이스피싱에 속은 사건이 생기니까 이제야 말하는 거야.

보이스피싱 범죄자놈들이 문자로 엄마에게 내 핸드폰이 고장 났다며 급하다고 구글 플레이 카드(구글 스토어에서 사용할 수 있는 상품권)를 편의점에서 사서 바코드 번호를 찍어서 보내 달라고 해서 15만 원짜리 5장을 사서 엄마가 그놈들에게 보내 준 사건이야. 엄마는 나라고 생각하며 보낸 거였지. 아니 내가 엄마한테 돈 얘기를 하겠어? 자식 일이라면 앞뒤 따지지 않는 부모의 심리를 보이스피싱범들이 노린 것 같아. 지나고 나서 생각해 보니 엄마는 내 말투도 아니고 내가 그런 부탁을 할 리도 없는데 뭐에 쓰이기라도 했던 것 같대. 이제 엄마는 모르는 번호는 받지 않는 습관이 생겼고, 나뿐만 아니라 우리 사회는 모르는 전화는 절대 받지 않는 불신의 사회가 되어 버린 것이지. 변호사님께 말하였더니 반대로 그런 일을 겪었으면 보이스피싱에 대한 경각심이 생긴 거니 좋은 쪽으로 생각하쟤. 어쨌든 변호사 만나면 의논해 보세요. 아빠 밑으로 세 명이 들어온 거 말하니 다들 엄청 좋아하네!

I am not afraid of storms for I am learning how to sail my ship(나는 폭풍이 두렵지 않다. 나의 배로 향해 하는 법을 배우고 있으니까).

-헬렌 켈러

2021. 6. 20.

사랑하는 아빠 딸, 수영

6월 21일

아침 식사 때 밥상 위에 펼쳐놓는 신문지가 모자라 어제 아랫사람들이 어렵게 접은 고깔을 다시 펴서 밥상 위에 펼치고 있었다. 고깔이 필요하면 그때 그때 접어서 사용하면 될 일을 이 중사는 미리 접어 놓아야 한다고 고집을 부리기에 미리 접어 놓고 이제는 밥상에 깔 신문지가 없다고 힘들게 접은 고깔을 다시 펴서 사용하는데 이게 뭐 하는 무슨 짓거리인지.

이발은 코로나19로 인하여 2주에 한 번이 아니라 오늘 이후 한 달에 한 번 한다고 방송에서 말하였다. 오늘 이발은 독수리 이 사장과 8번 명일이 그리고 막내 구 사장 등 3명이 신청하였다. 신청자가 별로 없어서인지 먼저 독수리 이 사장과 명일이가 먼저 이발을 하고 들어오는데 "벗고 들어와, 벗고!" 이 중사가 소리치자 군기가 바짝 든 구 사장이 복도에서 옷을 하나씩 벗더니 목욕탕 들어가듯이 벌거벗은 몸으로 들어오는 게 아닌가. 구 사장은 웃옷만 벗으라는 소리를 발가벗으라는 소리로 알아 든 것이다. 순식간에 구 사장의 누드 쇼는 2번 방 사람들에게 웃음을 선사하였다.

방장은 매일경제 신문을 보던 중 유가증권이 궁금하였는지 유가증권에 대해 물어보았다. 주식이나 비트코인은 나이 어린 방장도 관심을 가질 만큼 빠르게 저변이 확대된 것 같았다.

"재산권이야."

밖에 있으면 지식에 대하여 서로 묻고 답할 필요 없이 네이버에 물어보면 되는데 핸드폰이 없으니 대부분의 질문은 서로에게 물어보고 만능사전도 아닌 민우에게 최종적으로 물어보았다. 민우도 답을 모를 경우, 확실한 것은 교도관 주임이 사무실에 가서 확인 후 친절하게 알려주곤 하였다.

이번에 들어온 막내 구 사장과 윤 사장은 사이가 매우 좋아 보였다. 독수리 이 사장은 윤 사장과 구 사장을 보면서 흐뭇해했다.

"입방 동기를 끼리 서로 잘 챙겨 주면 얼마나 좋아. 지금은 전방 가고 없지만, 40대 어떤 놈은 나하고 같이 동기로 이 방에 같이 들어왔는데, 문지방을 지가 먼저 넘었다고 고참 흉내 내면서 나를 얼마나 시켜 먹고 갈궜는지. 내가 그때 생각만 하면 지금도 열이 받아요."

"형님! 나도 빵기통 한 달 넘게 탔는데 그 한 달 동안 힘든 게 문제가 아니라 같은 날 같은 시간에 들어온 동기라는 어린놈의 횡포가 나를 힘들게 한 거야. 형님은 아마 상상도 하지 못했을 거야.

독수리 이 사장은 막내 생활 때 어려웠던 시간들을 민우와 구 사장 그리고 윤 사장을 번갈아 쳐다보며 이야기하였다.

6월 22일

어제 이발한 것이 마음에 들지 않는다고 투덜대는 어린 방장이 작은 거울 앞에서 머리를 가다듬는다. 민우도 거울 좀 보려 일어나려 하자 독수리 이 사장은 민우 팔을 잡아끌었다.

"아따, 형님! 여기 자리에 앉아요."

거울을 보면 볼수록 속상해지니까 아예 보지 말라는 것이었다. 오전 9시 50분에 주어진 샤워 시간 15분이 끝나자 샤워실 복도에서 대기 중이던 독수리 이 사장이 민우를 불렀다.

"형님! 이리 와봐. 이게 얼마 만에 맞는 햇빛이야."

민우는 독수리 이 사장 옆에 서서 유리창 작은 틈 사이로 비추는 햇빛을 마음껏 마셨다. 언젠가 골프장 필드에서 태양이 싫다고 그늘만 찾아다녔던 지난 시간을 생각하면 알 수 없는 게 이 세상 인생사인 것이다.

어린 방장 놈은 형뻘 되는 통통한 호길이 젖가슴을 하도 만져서 가슴을 벌겋게 만들었다. "형 한 번만~" 하면서 끈질기게 젖가슴에 매달리는 방장의 요구에 지친 듯 아무런 표정 없이 이제는 가슴을 내 던져 놓고 앉아 있는 인호가 안쓰러워 보였다. 하지만 아무 말도 하지 못하는 민우는 자신이 부끄러웠다.

아빠, 나 수영이!

18일날 써서 보내준 편지 잘 받았어. 병선 아저씨에게 편지 전하고 통화도 했어요. 그림 완전 잘 그리시네! 전문가라서 다른 것 같아. 복도 창문 쪽에서 바라보는 방향인가 봐.

나는 내일 입원해! 자궁근종? 내일 입원해서 오후 2시쯤 수술하는데, 아빠가 이 편지 볼 때쯤이면 아마 수술 끝나고 회복실에 있겠다. 방금 병선 아저씨한테 편지가 카톡으로 왔네. 아빠한테 전달해 주라고.

형님께!

어찌 어찌하여! 이런 일이 생길 수 있나요. 제가 지금까지 살아오면서 이런 일은 처음입니다. 정말 충격적입니다. 저도 이런데 형님은 오죽하겠습니까. 형님이 힘들다, 힘들다 했을 때 제가 조금 더 신경을 못 써드린 게 한편 후회가 되네요.

제 생각은 형님이 순간적으로 귀신에 홀린 느낌이 드네요. 그렇게 현명하고 판단력이 좋은 분이 이렇게 됐다 하니 어안이 벙벙합니다.

형님, 힘내세요. 제가 아는 변호사하고 연결하려고 했는데 합의 시점에 변호사를 선임하면 역효과가 날 것 같아 국선 변호사 뜻에 따르는 것이 좋을 듯하네요. 그나마 국선 변호사가 의지를 가지고 변론한다니 다행입니다. 1차로 합의가 잘되면 좋은 소식도 기대가 되네요. 수영이와 의논하여 앞으로 잘 대처해 나가도록 하겠습니다.

빠른 시일에 형님의 웃는 모습을 보고 싶습니다. 그렇게 되려면 형님도 건강 잘 챙겨야 합니다. 급한 일 있으면 수영이한테 연락하시고요. 아무튼 힘내시고 건강하시고 조만간 찾아 뵙겠습니다. 형님!

병선이는 과거 민우가 다니던 ○○ENG에 공채로 입사한 직장 동료였다. 그때 민우가 면접관이었는데 민우가 강력히 주장하여 뽑은 우직한 사람이다. 그 병선이는 당시 현대증권에 합격하고 두 회사 사이에서 저울질을 하다 민우의 설득으로 인연을 맺었다. 근 30년 동안 민우를 친형처럼 따르고 있었으며 민우 역시 친동생처럼 아끼고 좋아하는 후배인 것이다. 그러한 병선이가 편지로 해 준 말을 들으니, 민우는 자신이 인생을 그리 나쁘게 살지 않았다는 생각이 들었다.

6월 23일

수요일 7시 5분, 아침 식사 중 첫 수저를 들기도 전에 아래층에서 여자 수감원이 정확히 들리지는 않는 남자의 이름을 애절하게 부르고 있었다. 잠시 후 여자의 절규를 들었는지 남자가 반대로 "영숙아, 영숙아~" 여자 이름을 목이 터지도록 부르짖고 있었다. 이름으로 보아 영숙이라는 이름은 대략 40대 이상의 이름으로 아마 둘의 관계는 공범 관계는 아니고 애인 사이 아니면 부부 사이가 아닐까 추측해 보았다.

엊그제는 1번 방에서 65살 먹은 사람이 안타깝게 죽었다는 소식을 지나가던 소지가 전해 주고 갔다. 3주 전, 몸이 아프다고 병원 치료를 원했었는데 바로 병원에 가지 못하고 기다리다 응급 상황이 되어 구급차에 실려 병원에 갔지만 저세상으로 가고 말았다는 것이다. 그 이야기는 오늘 하루 우리 모두를 우울하게 만들었다. 이곳 구치소는 들어오기도 쉽지 않지만 나가기는 더욱 어려운 곳이다. 죄를 지으면 그 대가를 혹독하게 치르는 곳이다. 가끔 억울한 누명을 쓴 사람이 있다는 얘기는 들었지만, 그 역시 그런 오해를 뒤집어쓴 본인의 인생이다.

매번 식사 시간에 방장만 생수 물병을 혼자 쓰고 있었다. 나머지 사람은 생수를 공동으로 사용하고 있었는데 입을 벌리고 물병을 위에서 붓듯이 먹는다고 해도 사람의 입김과 이물질이 들어가는 것은 실험을 통하여 입증된 거라 민우는 서열 2위에게 물이 부족한 것도 아니고 위생상 방장처럼 각자 따로 물병을 사용하는 게 좋겠다 말하였더니, 옆에서 듣고 있던 이 중사는 생수가 밥상 위에 인원 수 대로 올라가면 가뜩이나 비좁은 밥상이 더 복잡해진다며 반대하는 바람에 생수를 개인적으로 사용하는 일은 없었던 얘기가 되어 버렸다. 그 후부터 민우는 2리터짜리 물병을 뺑기통 창틀 구석에 놓고 혼자 사용하였다. 병신 같은 놈이 방법은 서로를 위해 좋은 일인데 그냥 모르는 체 듣고만 있어도 좋을 텐데. 쓸데없는 감정의 문제로 무조건 반대부터 하니 정말 인간의 내면에는 악마가 있긴 있는 것 같았다

소지가 2번 방 모두 진료를 받으러 가야 한다며 소식을 전하고 갔다. 우리는 순서대로 일어나 의료실이 있는 4층으로 줄지어 내려갔다. 약 20명 정도의 사람들이 줄을 서서 대기 중이었는데 민우도 그 줄 뒤에 서서 기다

리는데 의무실 직원이 혈압부터 확인한다기에 위쪽 팔에 내밀었다. 수축기가 164까지 올라가자 직원은 혈압이 너무 높으니 나중에 다시 한번 재보자며 돌아가라 하였다. 나중이 언제일지 모르지만, 기약 없는 진료를 마치고 다시 8층으로 올라갔다.

방에 돌아오니 어린 방장은 코로나19로 엄마가 일자리를 잃었다며 엄마의 취직을 넘버 텐인 막내 구 사장에게 부탁하고 있었다. 구 사장은 암흑가의 보스처럼 편지지 하나를 들고 자기 회사에 면접 일정을 잡아서 면접을 보라고 할 테니 어머니 전화번호를 주면 연락이 갈 것이고 일을 할 수 있을 거라며 우쭐대고 있었다. 민우는 수영이에게 편지를 들었다.

변호사 접견 요망 사항

1. 검사 조사 기록 2. 가짜 김태영 법무사 녹취/이상호 녹취/김우석 녹취

(현장 체포 당시 경찰 통화. 아빠가 보이스피싱인 줄 모르고 경찰에 확인시켜 주려 했더니 김태영 전화 끊음)

비타민 14개

6월 24일

오전 8시 40분에 물품이 들어왔다. 김 커피 참치 등 다시 풍족해지는 2번 방 창고. 오후 1시 운동 시간이 코로나19로 인하여 며칠 만에 하루 30분에서 15분, 15분에서 또 10분으로 변경되었다. 10분이라도 운동을 하기 위해 2번 방 사람들은 작은 운동장을 줄지어 뛰기 시작하였다. 넘버 텐인 구 사장이 발톱을 깎으려 하는데 알콜솜을 미리 준비하라는 얘기를 왜 안 했냐며 이 중사가 심술 궂은 짜증을 냈다.

"아니, 이 미친놈은 구 사장에게 잘 보이려면 본인이 소지에게 얘기하여 알콜솜을 구 사장에게 주던가 하지 그걸 왜 나한테 신경질을 내고 있어? 저래서 군대 생활이나 제대로 했겠어?"

민우는 방 사람이 들으라는 식으로 약간 크게 말하였더니 독수리 이 사장이 "으이그, 형님도 참내! 참고 그만 넘어갑시다." 하면서 민우의 손을 잡아끌었다.

수영아!

편지 잘 받았다. 이상호 탄원서에 주민등록증 사본, 재직증명서 사본 같이 보내 달라 하였는데 그럴 필요가 없다고 전해 주렴. 이상호가 부담을 느끼지 않을까 생각되어 탄원서만 보내면 된다고 해.

　민우는 이상호가 며칠 전 쓴 탄원서를 다시 정리하면서 시간을 보내고 있었다. 그러면 화요일 정도 도착하겠지. 어제 넘버 투가 독수리 이 사장에게 조용히 다가와 나가면 공장으로 찾아 가겠다 하는 통에 이 사장은 민우에게 "진짜 찾아오면 어떡하지?" 하며 걱정을 하였다.

　"오면 차나 한 잔 주고 보내면 되지. 오는 사람 막지 말고 가는 사람 잡지 말라는 말이 있잖아."

　이상호 탄원서 수정 사항을 다시 보내야 하는데 오늘은 편지가 가지 않는 날이니 일요일 오후 4시 교도관이 거두어 갈 때까지 기다려야 한다. 방울토마토를 씻어 윗상과 아랫상에 놓았는데 아무도 관심이 없었다. 간식거리도 박스에 쌓아 놓고 먹고 있으니 밥맛도 없을 것이고 재판 결과를 기다려야 하니 더더욱 입맛이 없을 것이다. 같은 층에 있는 다른 방의 신발장을 보면 그 방 경제 수준을 알 수 있다. 다른 방 신발장에는 고무신이 가지런히 있는데 2번 방 신발장은 민우의 고무신만 빼고 전부 운동화다. 또한, 다른 방은 생수가 항상 부족하여 우리 방으로 빌리러 오곤 하였는데 우리 방은 2리터짜리 생수가 항상 천장까지 쌓여 있었다.

　건강 검진을 받으러 모두 아래 의무실로 내려갔다. 수축기가 160이 넘자 구치소에서 혈압약을 처방해 주었는데 민우는 주는 혈압약을 반 개만 잘라 먹었다. '과연 이 약은 믿을 수 있는 것일까? 쓸데없는 의심이 드는 건 왜 그럴까?'

　10시 40분에 어제 접견 때 가족이 넣어준 사식이 들어왔다. 이제 방에 쌓아 둘 공간이 부족하다. 배부른 돼지들의 고민이다. 먹을 것이 방을 가득 채우고 복도까지 침범하였다. 의사 아내를 둔 소지가 우리 방을 부르주아 방이라 불렀다. 사람이 배가 부르면 만사 여유로워지는 법. 물자가 풍부해서인지 우리 방은 다른 방에 비하여 다툼이 덜 하였다. 다른 방은 하루가 멀다고 다투는 소리에 소지와 교도관들이 그들 때문에 지쳐 가고 있었다.

밖에서는 전혀 생각지도 않았던 사식 물품 중 요구르트 일종인 윌이 제일 인기가 있었다. 요구르트 종류의 '윌'이 인기 있는 이유는 아마 미결수들이 이 방에 처음 들어오면 긴장하여 배변을 잘 못 하기 때문에 '윌'을 먹으면 배변을 잘 한다는 말에 너도나도 먹는 것 같았다. 민우는 관물함 뚜껑을 열어 공소장을 다시 읽어 보았다. 7월 6일 증인심문에 대처를 어떻게 해야 할지 고민이다. 하지만 여기서는 민우가 할 수 있는 게 아무것도 없다. 이러한 사실에 민우는 또 한 번 실망하고 있었다.

6월 26일

아침 점검이 끝나자 수염이 많은 이 중사를 비롯하여 방 사람들은 무뇌 인간처럼 아무런 표정 없이 고깔 주위에 둘러앉아 면도를 시작하였다. 선풍기가 돌아가자 신문지로 접은 고깔이 선풍기 바람에 날려 뒤집혀 얼마 되지 않는 잔털이 바람에 흩어져 바닥에 쏟아져 버렸다. 그냥 신문지 한 장 펴서 그 위에 앉아 면도 하는 게 훨씬 더 효율적인데 굳이 고깔을 접어 그 작은 고깔 위에 면도하는 것이 참 알다가도 모를 일이었다.

그냥 신경을 끄기로 하고 민우는 쇠창살 밖 하늘을 바라보았다. 하늘은 어느덧 다시 잿빛으로 변해 가고 있었다. 대부분의 2번 방 사람들은 본인의 출감 예상 날짜에 본인들이 먹는 비타민이나 먹는 약 수량을 맞추어 남겨 두었다. 독수리 이 사장 역시 14개를 남겨 놓으면서 "형님, 나 이제 14개 남았어요."라며 좋아했다. 출소가 이제 14일 남았다는 뜻이다. 상대방 심정은 아랑곳없이 자신의 출감 예정일을 민우한테 말하는데 민우는 그에게 어떤 대답을 해야 할지 결정하기가 어려웠다. 이곳은 자신 이외에 누군가를 위해 주기가 어려운 곳이었기 때문이다.

어린 방장과 2~30대 젊은이들은 오늘도 서로 힘 자랑을 하느라 방을 들었다 놨다 반복하자, 보다 보다 참지 못하던 이 사장이 적당히들 하라며 무거운 목소리로 한마디 하였다. 그러나 젊은 놈들은 이 사장 말을 모르는 체 씨름 질을 계속하고 있었다.

이번 주에도 변호사 접견은 없었다. 민우가 무죄를 입증하려면 이상호와 김우석 그리고 검찰 기록과 김태영과 했던 통화 기록을 봐야 하는데 이곳에서는 기다리는 방법 이외는 달리 방법이 없었다. 7월 6일 증인심문을 준비하기 위해서는 기록을 봐야 하는데 아무런 자료도 없고 소식도 없다. 모든 미결수는 재판을 받기 위해 구치소에 대기 중인데 그들 대부분은 재판을 변호사에게만 의지하고 있었다. 구속되어 있는 사람들은 답답한 심정을 감방 동료들에게 말하고 그들의 경험을 공유하며 조언을 구하고 있었다. 그들도 어차피 재소자이기에 얼마나 도움이 될지는 모르지만, 처음 재판을 겪는 사람에게 경험자의 한마디는 그래도 다음을 준비하는 데 도움이 된다고 생각하는 것 같았다.

재소자의 판결 경험은 범죄의 종류에 따라 검찰 구형은 대략 어느 정도이고 판사의 구형은 어느 정도라는 것은 그리 어긋나지 않았다. 하지만 자신의 범죄를 숨기고 거짓말을 하는 놈들이 있기에 수감자의 진실은 공소장을 직접 보지 않고서는 믿을 수가 없는 것이다. 자유가 얼마나 소중한지는 구치소에서 있어 봐야 알 수가 있다. 구속과 불구속 둘 중 하나인 민우는 구속되어 있다는 사실이 진실인 것이다.

최소한의 정보를 검색할 수 있는 컴퓨터라도 교정 당국에서 준비를 해 준다면 얼마나 좋을까 하는 생각을 해 보았다. 구치소는 변호사와 가족의 소통이 즉시 이루어질 수 있는 곳이 아니다. 이러한 상황에 코로나19 팬데믹은 사회와 가족과 소통하는 데 더더욱 문제가 생기고 말았다.

6월 27일

오늘은 평소보다 일찍 5시에 눈이 떠졌다. 누워서 창을 보니 하늘이 온통 잿빛이다. 황사가 너무 심해진 것이다. 그 사이로 중견건설 아파트가 제법 높이 올라가고 있었다. 아침마다 각자 깔고 덮고 잔 모포는 서열 순서대로 하나하나 올려놓는데 미관상 모포 하나를 펼쳐 덮어 버리는데 "민우 형님, 좀 잡아 주셔야죠!" 이 중사가 아침부터 짜증 어린 투로 말하였다.

"야, 하지 마! 나 혼자 다 할 테니!"

아침부터 까탈스럽게 짜증 내는 놈에게 모두 들으라는 식으로 소리를 높였다.

"아니 지금 뭐 하는 거예요?"

그러자 넘버 투가 민우와 이 중사 둘 사이에 끼어들었다. 그러자 서열 3위인 준호가 민우에게 이해는 하지만 그러면 안 된다며 단호하게 말하는 게 아닌가?

"아무리 나이가 있고 할 말이 있어도 윗사람에게 대드시면 안 됩니다. 민우 사장님이 그러시면 밑에 사람들이 그래도 되는 줄 알고 전부 대들고 그러면 방이 어떻게 되겠습니까?"

군에서 제대한 지 얼마 안 되는 바른 청년 진호의 이유 있는 한마디에 민우는 잠시 생각하다 큰 소리로 바짝 군기든 군인처럼 미안하다고 큰소리로 외쳤다. 민우가 사과를 표하자 자기를 선임으로 대우해 주지 않아 불평이 있던 이 중사가 그 큰 키를 반으로 줄여 미안하다는 표시를 하였다. 이 중사는 방 사람들에게 모두 친절하였다. 하지만 유독 민 사장에게만 대립 각을 세우기에 민 사장도 이 중사의 속내를 알고 싶었지만 참고 있었던 것이다. 단체생활에서는 꼭 자기와 맞지 않는 놈이 있어 그놈을 극복해야 하는데 지금의 상황이 그 상황인 것이다. 그런 이 중사를 바라보던 독수리 이 사장은 종이 한 장을 꺼내 한자로 참을 인(忍) 자를 써서 민우에게 보였다.

세상에 멈춰 있는 바람은 없고 모든 바람이 흘러가듯이
나를 찾아온 괴롭고 힘든 바람은 너무나 천천히 지나가고 있습니다.

변호사는 오늘도 오지 않았다. 60세의 대머리 이 사장은 엊그제 금요일 재판을 갔다 와서는 다음 기일인 7월 13일 집행유예로 나갈 것 같다며 숨길 수 없는 미소가 얼굴에 가득하였다. 머리를 빡빡 깎은 어느 절 스님처럼 행동하는 넘버 투 김 사장. 그런 그를 전부 싫어하지만 민우는 그가 밉지 않았다. 남들이 뭐라든 자기에게는 잘하는 넘버 투를 미워할 이유는 없었다. 그는 합의 볼 사람 6명 중 한 명이 합의를 해 주지 않아 마음고생이 심

했는데 다행히 여동생이 3천만 원을 마련하여 얼마 전에 겨우 합의 보고 7월 2일 선고 때 나갈 수 있을 것 같다며 조심스럽게 민우에게 말하였다.

이렇게 하나둘 나가는데 민우의 앞길만 불확실하다. 민우도 돈으로 합의만 볼 수 있다면 하지만 그 돈을 어떻게 마련한단 말인가? 이런저런 걱정이 민우의 앞을 가로막고 있었다. 민우는 다시 기도하였다.

'하나님 아버지, 부처님! 가족에게 마지막으로 봉사할 기회를 한 번만 주십시오.'

민우는 그동안 가족에게 사랑한다는 말에 너무 인색하였다. 처음 한 번이 어렵지 이제는 편지에다 자연스럽게 사랑한다는 말을 남발하고 있었다.

민우의 인생

사랑하는 당신에게!

평소보다 일찍 눈을 뜨고 누운 채로 당신을 생각하고 있어. 처음 만나던 순간 이제는 정말 옛날이 되어버린 순간들. 준비도 안 된 내가 당신을 만나 고생만 시켜서 미안해. 진짜 당신 동창 중 선이 그리고 키가 큰 친구와 내 친구 철진이. 그들 모두가 이제는 그리운 추억 속에 얼굴이 되어가고 있네. 어디서 잘 살고는 있겠지? 내가 사업을 시작한 것은 당시 월급쟁이로서는 이 사회에서 답을 찾을 수가 없다는 생각에 시작한 거야. 그렇게 시작한 사업은 운이 좋게 여러 번의 기회가 나를 찾아왔고 그때마다 고비가 있었지만, 당신과 장모님의 도움으로 위기를 극복할 수 있었지 근데 한동안 그걸 잊고 있었어.

첫 번째 기회는 전국 실업계 멀티미디어 교실 예산이 1990년도에 배정 되었을 때 이 예산을 차지하려 대기업과 중소기업이 치열하게 영업을 할 때, 중소 업체였던 나는 그들 틈에서 살아나려 발버둥을 쳤었고 다행히 그 때 ○○○여상 교장을 만나게 되었지. 마침 미국에서 박사학위를 받고 돌 아온 여자 교장 선생님의 의욕은 자기 학교를 우리나라 최고의 학교로 만 들려는 의지와 나의 사업 의욕과 맞물려 의기투합하였지.

그래서 제일 먼저 그 교장선생님 학교에서 멀티미디어 교실 수업 시연을 하기로 결정하고 4대 신문사, 서울시 교육청 외 16개 시도 교육청 장학사를 초빙하여 프레젠테이션을 하기로 하고, 담당 선생과 학생들은 한달 동안 열심히 연습하였어. 그동안 아무 문제 없었던 제품이 이 무슨 운명의 장난인지 가장 중요한 PPT 시연 도중에 문제가 생긴 거야. 63대의 컴퓨터가 계속 다운되는데 담당 선생도 당황하여 땀을 뻘뻘 흘리며 정상화시키려 노력하였지만 그 노력이 무색하게 전국 장학사 및 교육부 관계자 그리고 언론사들은 이구동성으로 "이 제품은 문제가 좀 있네." 고개를 가로저으며 자리를 뜨는 거였어. 우리 제품인 AV-NET은 가장 우수한 제품이 아니라 가장 치명적 결함이 있는 제품으로 그날부터 전국에 낙인이 찍히고 말았지.

그때의 좌절감과 절망감이란 정말 말로 표현할 수 없었어. 전국에 판매할 추정 판매 목표를 생각하여 장모님과 지인에게 수억 원을 빌려 제품을 준비하였는데. 나중에 안 사실은 시연을 좀 더 잘해보려고 그날 아침에 선생님이 집에서 쓰던 자신의 컴퓨터에서 메모리를 가지고 와 학교 서버 컴퓨터에 끼운 것이 문제가 된 거였어. 한 달 동안 고생하며 연습한 선생님과 학생은 서로 허탈해했고, 무엇보다 우리나라 최고의 학교로 만들고 싶어 했던 교장의 바람은 그 순간 사라지고 말았지. 결국 누구를 탓할 수 없지만 좀 더 잘해 보려는 선생의 욕심 하나로 나의 비즈니스 역시 일장춘몽이 되어 버린 것이지.

나는 낙심하고 앉아 있을 시간이 없었어. 절호의 기회를 놓친 나는 전국 팔도를 일일이 돌아다니며 낙인 찍힌 우리 제품을 팔려고 광주 목포 부산 대구 청주 대전 제주도 등 전국 실업학교를 거의 다 다니며 시연을 하였지. 당신도 잘 아는 제주도 김 교장 선생님도 이때 만난 거야. 우리 제품의 우수성을 몸소 체험한 당시 부장 선생님이었던 김 교장은 제주도에 적극적으로 홍보를 해 주어 다행히 실업계 고등학교에는 거의 납품을 하였지. 그나마 손해를 최소화 시킬 수 있었던 것은 같이 사업을 하며 나를 도와준 동생의 희생이 컸기 때문이라 생각해. 이 실패는 나를 또 도전하게끔 만들었지.

두 번째 사업 기회는 EBS 교육 방송국이 제작하는 콘텐츠의 VOD 사업권을 우리 회사가 하게 되었는데 업계에서는 말도 안 되는 사업이라고 믿지 않았지만 결국 벤처기업인 우리 회사가 EBS와 계약을 하게 되었어. 지금도 큰 금액이지만 1999년도에 9억 원이라는 큰 금액으로 EBS와 계약을 하고 여의도 공제회관에서 당시 EBS의 간판 사회자인 뽀식이를 사회자로 세우고 사업 설명회를 하였는데 당시 국민 세금으로 운영되는 EBS가 민간 업체와 수익 사업을 하면 안 된다고 하여 떨어졌어.

KBS는 많은 광고로 수익을 내고 있는데 말이야, 어쨌든 우리 회사는 심각한 사업 위기에 놓이게 되었지 이때 이 큰 투자금 일부를 마련해준 사람 중에는 회계사 형님의 도움이 컸었는데, 성공하지 못하여 미안할 따름이지. 그렇게 투자한 모든 비용을 빚으로 떠안고 다른 돈은 둘째 치고 계약금을 찾으려 계약금 반환 청구 소송을 제기하였지만 결국 대법원까지 가서 패소하였는데 개인의 이익보다 공공의 이익이 우선한다는 개똥 같은 판결에 우리 식구는 나락으로 떨어지고 말았지.

그 후 명맥만 이어가던 나에게 세 번째 기회가 찾아왔어. 교육부가 국가 영어능력 평가시험 사업을 발표하여 한참 사교육 학원 시장이 요동을 치고 있을 당시 울산에서 영어 학원을 운영하던 이상호를 만난 거였어. 국가 영어능력 평가시험이란 당시 중2 학생이 대학 시험 때 영어를 인터넷으로

iBT 토플처럼 시험을 보는 거야. 이상호는 사업이 성공하기 위해 EBS 브랜드가 곡 필요하다고 여러 번 나를 설득하는 거야. 그때 나는 EBS라면 지긋지긋하여 관심도 없었는데 이상호가 끈질기게 설득하는 바람에 요청을 수락했어.

"그럼 내가 EBS를 한번 만나 보지."

"정말이에요? 대기업도 쉽지 않을 텐데요?"

"자네가 소원이라면 내가 한번 해 보지."

나는 EBS 하면 그래도 믿는 구석이 있었어. 나는 과거 알던 김 부장에게 전화를 하여 국가 영어능력 평가시험에 대해 설명하였어. 김 부장은 내가 EBS 때문에 힘든 상황을 겪은 것에 대하여 누구보다 잘 알고 있었던 터라 나를 도와주려 애를 썼지. EBS에 처음 생긴 국가 영어능력 평가시험 신설 부서를 찾아 소개해 준 김 부장에게 지금도 고마움을 느껴.

미팅 날짜를 잡고 이상호와 개발부 직원 그리고 영어 담당 직원과 함께 미팅을 가졌는데 갑자기 EBS 팀장이 일어나 사과를 하는 거야.

"먼저, 과거 EBS가 김 사장님과 회사에 손해를 끼친 건은 방송사측을 대표하여 사과드립니다."

나는 그 팀장의 말 한마디에 그동안 쌓여 있던 아픔이 한순간에 사라지면서 가슴 속에서 흐르는 눈물을 참느라 힘들었지. 미팅을 마치고 나오면서 이상호는

"아니 사장님 이게 어떻게 된 일이에요?"

이상호는 아이처럼 성공이 바로 턱 앞에 와 있는 것처럼 껑충껑충 뛰면서 좋아했지. 내심 EBS와의 사업이 불가능할 거로 생각했던 것 같았어. 그

러나 내가 쉽게 해결하는 것을 보고 매우 흥분한 것 같았어. 그리고 우리는 이 기회를 살리기 위해 열심히 일을 했어 하지만 이 사업 역시 그 기쁨은 오래가질 못했어. 박근혜 정부가 들어서면서 국가 영어능력 평가시험 교육 정책을 폐지해 버렸기 때문이야. 그 바람에 전국 영어 학원 선생들 대부분은 신용 불량자가 되었고 나 또한 신용 불량자가 되어 버렸지. 다시 한번 일어나고 싶었던 내 인생의 불씨는 여기서 완전히 꺼져 버리고 만 것이지.

그때 나는 이상호와 같이 전국을 다니며 46개 지사를 만들었는데 우리의 운은 여기까지였던 거야. 의 변명은 주어진 환경 속에서 최선을 다하려 열심히 한 것뿐 성공하지 못하여 미안해. 이런 가운데 어찌 보면 당신이 더 힘들었을 거라는 것을 왜 생각하지 못했는지, 정말 미안해.

나는 아버지보다 나은 사람이 되고 싶어 발버둥 쳤지만 결국 그 굴레를 벗어나지 못했어. 여기 있어 보니 인생이란 후회하며 사는 게 人生인 것 같아. 그래도 우리 아이들은 바르게 자랐으니 그게 고마울 따름이야. 비교하고 싶지 않지만 여기 있는 애들은 대부분 사고뭉치투성이야. 그 애들의 부모가 내가 아닌 게 그나마 위안이라면 이상한 건가? 몸 건강하고 나가면 정말 잘할게.

2021. 6. 27.

사랑하는 당신의 남편

탄원서

6월 28일

오늘도 어제와 같은 높이로 바라보는 창문은 황사로 인하여 뿌옇게 흐려져 있었다. 자신의 몸도 가누지 못하면서 밖의 하늘을 걱정하고 있었다. 어젯밤은 7, 8월의 열대야 여름보다 더 무서운 더위였다. 모두 지친 강아지처럼 숨을 헐떡이며 늘어져 잠을 설쳤다. 여기에서 여름을 경험한 사람은 신입들에게 '우리가 있는 2동은 1동보다 바람이 없어 더 덥다며 건강 조심하라'고 하였다. 우리는 구치소에서 하루 한 번 주는 얼음물로 목을 축이며 겨우 더위를 이겨 내고 있었다.

영치금 영수증이 들어왔다. 영치금을 잊지 않고 보내 주는 고마운 내 딸! 이곳에서 잠 재워 주고 밥 주는데 무슨 돈이 필요하냐고 생각할 것이다. 세상살이라는 게 의식주만 해결된다고 해서 끝난다면 얼마나 좋겠는가? 어디에든 돈이 필요하다는 것을 새삼 깨닫는다. 민우는 군것질은 별 좋아하지 않지만, 젊은이들은 먹고 싶은 게 많은지 이것저것 주문한다. 하지만 그들이 선택하기에는 메뉴가 너무 적었다. 온종일 이 좁은 방에서 할 수 있는 거라곤 먹고, 마시고, 싸는 일뿐 이었다. 책을 읽고 글을 쓰고 바깥세상과 소통을 하기 위한 유일한 방법은 편지뿐이었다. 소통 비용도 만만치 않았다. 우표값이 1장에 2천 원이 넘으니 10장이면 2만 원이 넘는다. 편지 몇 번 보내고 나면 금방 돈이 바닥났다.

음주운전으로 들어온 독수리 이 사장은 7월 13일 출소 예정이다. 오늘도 내 변호사는 소식이 없었다. 딱히 아무 자료를 볼 수 없는 민우는 자신의 재판을 어떻게 해야 할지 난감할 따름이었다. 오후에 윤 사장이 낙센이 필요하다며 낙센을 찾고 있었다. 윤 사장 이가 아픈 줄 알았는데 같은 날 들어온 구 사장 이가 아프다며 자신보다 구 사장을 먼저 챙겼다. 구 사장은 마취와 동시에 염증을 찢고 치료한 이가 아파 견딜 수 없었던 모양이다. 다행히 민우가 하나 가지고 있던 낙센을 윤 사장에게 주었다. 오늘도 오후 4시가 되자 어김없이 편지가 배달되었다.

아빠, 나 수영이!

입원 한번 하니 일주일이 그냥 지나가 버렸네. 물혹 제거 수술을 했는데 잘되었어. 아빠한테 얼른 편지 보내야 하는데 링거에 제정신이 아니고 ㅎㅎ. 남편한테 얼른 쓰라고 해서 보내는 중이야.

-아빠를 사랑하는 딸

만일 오지 않는다면, 우리 변호사가 증인 신청을 한 김우석이 꼭 온다는 보장도 없잖은가. 온다고 하더라도 검찰의 질문에 말려서 민우에게 오히려 불리한 증언을 하게 되지 않을까. '아니야 채권 채무 일로 법원 일을 잘 아는 그리고 법원에 자주 다녔다고 하였기에 잘할 거야.' 하지만 걱정이 앞을 가리는 것은 어쩔 수 없었다. 아직 녹취록 자료도 받지 못하였다. 변호

사를 믿어야겠지만 사건의 당사자인 민우가 자신의 사건에 대하여 가장 잘 알고 있기에 방어를 준비할 수 있는데 갇혀 있는 이곳은 소통이 안 되니 답답하기 그지없었다.

인생이란 그렇게 살다 그렇게 가는 것인데, 무엇에 미련이 있어 아등바등하는가? 민우는 포기라는 것을 생각해 보았다. 이 세상이 억울하여 가끔은 폼 나게 한번 살아 보고 싶었지만 이제 환갑을 넘어 버린 민우가 할 수 있는 건 아무것도 없었다. 어찌 보면 덧없는 인생(人生). 우리는 흘러가는 인생을 막을 수도 없고 담을 수도 없다. 그저 말없이 흐르는 강물처럼 지켜만 볼 뿐이다. "후회하면서 사는 게 인생이라고."

옆방에 있는 보이스피싱 전달책 한 명은 그리 크지 않은 합의금 400만 원을 마련하지 못하여 실형 1년을 선고받고 교도소로 이감 간다고 하였다. 여기도 가진 자와 없는 자의 차이는 극명하였다. 이제 민우도 교도소로 갈 준비를 해야겠다. 온종일 한치 흐트러짐 없이 민우는 꼿꼿이 앉아 있었다.

6월 29일

"사랑하는 딸 수영이에게!"라며 편지 머리말을 쓰고 있는데 "김민우 씨!" 하고 부르는 소리에 철창문을 쳐다보니 구속 기간 갱신 결정문 한 장을 교도관이 내밀면서 직인을 찍으라 하였다.

사건 2021고단3000 사기.

피고인 무직 (수감번호:1202)

주문: 피고인에 대한 구속 기간을 2021. 7. 12.부터 갱신한다.

2021. 6. 29. 판사 ○○○

이는 재판이 끝날 때까지 구치소에 민우를 계속 가둬 두기 위한 법적 절차였다. 오전 10시, 드디어 기다리던 변호사가 접견을 왔다. 변호사를 보자마자 증인 김우석과 김태영의 녹취록을 보내 달라고 하였다.

"7월 6일 증인심문에 대해서는 걱정하지 마세요. 제가 알아서 할겁니다. 제가 바빠서 그만, 다시 뵙겠습니다."

황당한 변호사의 행동에 민우는 할 말을 잊었다. 그리고는 무엇이 바쁜지 시간에 쫓기는 사람처럼 가버렸다. 정작 할 말을 메모해 가도 다른 얘기에 섞여 본질을 말하지 못하는 경우가 많았다. 그렇다고 놓친 상황을 다시 얘기하기 위해 아니 다시 말을 하려면 또 며칠을 기다려야 하는 이 불편한 현실 이것이 진정 감방이었다.

민우는 화가 났다. 하지만 어떻게 할 방법이 없다. 민우의 목숨은 이제 오 변호사에 달린 것이었다. 그나저나 7월 6일 결과에 따라 나의 마음은 요동치겠지. 만일 실형이 떨어지고 어느 교도소로 가게 된다면 그곳에서 할 일을 찾아야겠다. 우선 목공 일을 배워야겠다. 목공 일을 하면 수당도 받고 나중에 집을 멋지게 만들어 볼 수도 있으니 잠시 상상의 나래를 펼치면서 마음을 달래 본다.

아빠! 나 지금 이 서방이랑 아빠 탄원서 쓰느라 바빠. ㅎㅎ

탄 원 서

사건번호: 2021 고단 0000

피고인: 김 민 우

탄원인: 이 경 민

연락처: 010-9000-0000

　존경하는 재판장님 안녕하십니까. 저는 인천지방법원 2021 고단 0000으로 재판을 받고 있는 피고인 김민우의 사위, 이경민입니다. 저는 현재 서울 용산구 동사무소에서 근무 중인 9급 공무원입니다.

　제가 직장에서 근무하던 중 장인어른의 전화를 받았습니다. 아버님은 경찰차를 타고 이동 중이며 법무사에 취직을 해서 심부름을 하던 중 상대방이 아버님을 보이스피싱으로 신고를 하였는데 법무사가 전화를 받지 않는다는 전화였습니다. 저는 너무 놀라 잠시 숨이 멈추고 말았습니다. 제가 2012년부터 알고 계시는 장인어른은 IT 교육 사업을 하시는 성실한 분이었습니다.

　저는 집안의 어려움으로 10년 만에 공무원 시험에 합격했습니다. 항상 후원해 주시는 장인어른에게 제일 먼저 합격 소식을 알려 드렸을 때 기쁨의 눈물을 흘리시며 진심으로 기뻐하시던 분입니다. 말이 10년이지 고시 공부도 아닌 공무원 시험을 10년 동안 지켜봐 주시는 장인이 어디 있습니까.

장인어른은 사업이 기울어지자 많은 어려움과 괴로움이 있으셨고 가족들에게 짐이 되지 않으려고 택배일 막노동 등을 하시며 올바르게 사시는 분이었습니다. 얼마 전 일을 하시다가 다리를 다쳐 불편해지셨다는 것을 알게 되어 마음이 아픈 상황이었는데, 장인어른이 이렇게 된 것은 다 제 잘못이라고 생각합니다. 평소 자주 연락 드리고 더 신경 쓰면서 보이스피싱의 문제점에 대하여 설명해 드렸어야 했는데 그러지 못했습니다.

　　더군다나 사위 이전에 공무원으로서 보이스피싱 범죄를 자세히 알려 드렸어야 했는데… 제일 가까운 가족을 돌보지 못하였습니다. 저희 장인어른은 정말 모르고 하신 것이 분명합니다. 비록 고위직은 아니지만, 사위가 공무원으로 일하고 있는 사람입니다. 어떤 사람이 사위가 공무원인 걸 알면서도 일부러 범죄를 저지르겠습니까? 앞으로 제가 처가를 잘 지키겠습니다. 제가 잘 지킬 수 있도록 저에게 기회를 주십시오. 제가 잘못하였습니다. 다시는 이런 일이 없도록 하겠습니다.

　　존경하는 재판장님, 제발 한 번만 장인어른을 다시 생각해 주시고, 사회의 일원으로 가족과 함께 살아갈 수 있도록 선처해 주시기를 간곡히 간곡히 부탁드립니다.

2021년 6월 30일

탄원인 이경민

탄 원 서

사건번호: 2021 고단 0000

피고인: 김 민 우

탄원인: 김 수 영

연락처: 010-9800-0000

존경하는 재판장님, 저는 인천지방법원에서 재판을 받고 있는 피고인 김민우의 딸 김수영입니다. 지난 4월 27일, 아버지께서 경찰서에 있다는 전화를 받고 놀란 마음에 정신없이 동생과 인천 중부경찰서를 찾아갔습니다. 경찰서 형사님으로부터 아버지께서 보이스피싱 전달책 역할을 하게 되었다는 설명을 들었습니다.

형사에게 상황 설명을 듣고 조사실로 보이는 곳에서 아버지를 만날 수 있었습니다. 이 모든 일이 제 탓인 것 같다는 생각에 너무 마음이 아파 주체할 수 없이 눈물만 나왔습니다. 아버지는 제가 자라 오면서 지금까지 저에게 자랑스럽고 멋있는 아버지이자 집안의 가장이었습니다. 가정에서 장남이자 맏사위였던 아버지께서는 정말 가족을 위해 최선을 다하여 살았습니다.

언젠가 우리 가족이 외할머니 집에 가는데 뒤에서 차를 몰던 사람이 아빠 차를 들이받는 사고가 났을 때 차에서 내려 차를 살펴보시더니 경미한 차 상태를 보고, 형편이 어려워 보이는 분이라 생각하셨는지 "괜찮아요. 그냥 가셔도 됩니다."라며 보내 드렸던 아버지입니다. 언젠가 아버지와 소주를 한잔하며 기부 문화에 대하여 나눈 얘기가 있었는데 아버지께서 서울 남산도서관에 디지털 콘텐츠를 기증한 사실도 알았습니다. 또한, 불우 학생에게 후 한 사실도 알게 되었구요.

제가 대학을 갓 졸업하고 아버지 회사에서 아르바이트를 한 적이 있었습니다. "먼저 미안하다는 말을 할 줄 알아야 한다." 항상 이렇게 말씀하시는 분이 보이스피싱이라니 말도 안 됩니다. 사업이 어려워져 많은 고통이 있을 때도 항상 올바른 길을 가면 인생지사 새옹지마라며 좋은 일 또 있을 거라던 분이 보이스피싱이라니, 그 동안 경제적으로 어려워지는 시간이 길어지면서 자식들 앞에서 아마 많이 힘들었을 것입니다. 스스로 다시 일어서는 모습을 보여 주고 싶어 하셨습니다. 포기하지 않고 자식들에게 짐 이 되지 않도록 애쓰시는 아빠에게 제가 연락도 자주 하고 대화도 더 많이 했다면 이런 일은 없었을 것 같아 정말 너무 후회되고 아빠에게 미안합니다.

그리고 일이 이렇게 되어 피해받은 분들에게 자식으로서 저 또한 죄송하고 이런 일로 판사님께 탄원서를 쓰는 게 너무나 면목 없고 죄송합니다. 아버지가 수감되신 후, 매일매일이 고통스럽고 힘들었습니다. 저에게 내려진 벌이라고 생각하다가 저를 34살이 될 때까지 잘 키워 주시고 바르게 자랄 수 있도록 보살펴 주신 아버지께 이제는 받은 만큼 이상을 베풀고 싶습니다. 감히 말씀드리면 그동안 아버지는 남을 속이거나 나쁜 짓을 알면서 행동하실 분은 아닙니다. 아버지의 인생이 어떠했는지 어떤 분인지 어떻게 살아왔는지 재판장님께 조금이나마 전달해 드리고자 이 글을 올립니다.

2021년 6월 29일

탄원인 김수영

이 무서운 범죄를 저지른 아빠를 위해 사위와 딸이 나를 위해 탄원서를 써 준다는 것, 눈물 나도록 고마웠다. 가족들은 그래도 내 진정성을 이해해 주려 한다는 사실 하나만으로 민우는 진정 고마웠다.

6월 30일

지난밤의 여운이 다 가기도 전에 민우는 잠에서 깨어났다. 무엇이 억울한지, 무엇이 답답한지 밤새 동안 목놓아 울부짖으며 소리치던 아래층 재소자. 민우는 울부짖을 용기도 없이 그저 숨만 쉬고 닫히지 않는 귀를 닫으려 하고 있었다.

어제 오후 4시에 편지를 보내고 나니 오늘 너의 편지를 받았단다. 안타까운 것은 증인 김우석 이상호의 탄원서 그리고 가짜 김태영 녹취를 받아 봤어야 하는데 어제서야 변호사를 만났는데 말할 기회를 잃어버렸단다. 어제 변호사를 만나보니 본인이 다 알아서 할 테니 걱정하지 말라고 하였지만 심문 준비가 아직 안 되어 있는 것 같아 보였어. 그래서 화도 나고 마음이 약간 불안 하였지만…….

그래서 지금부터 내가 직접 준비하여 변호사에게 전달하려 해. 이제 오늘이 6월 30일이니 7월 6일 전에 다시 받아 볼 수 있는 시간은 너무 촉박해져 버렸어. 아~ 바보 같은 나! 국선 변호사를 믿었다가는 큰일 나겠다는 생각이 들었어. 지금쯤이면 심문 사항을 정리하여 나하고 교집합을 의논을 했어야 하는데, 이제서야 녹취를 들어보려고 하는 것 같은 느낌이었어. 아직 준비도 안 되었다니.

그냥 화가 나더라. 하지만 그렇다고 화를 내면서 내 감정을 표출하기도 그렇고 그냥 잘 부탁한다고 형식적인 말만 하고 헤어졌어. 백만 원을 벌자고 2억을 물어주는 일이라면 누가 이 일을 하겠냐.

6월의 달력도 이 구치소를 소리 없이 지나가고 있었다. 6월의 마지막 날, 민우는 자신을 구속시키고 자신의 의지와 상관없이 인천 구치소에 앉아 아무 의미 없는 생각을 해 보고 있었다. 이 중사는 오늘도 돈 자랑하는 넘버 텐, 구 사장이 혹시나 나중에 도움이 되지 않을까 하여 그 큰 덩치에 아부성 웃음으로 애교를 부리고 있었다.

그러한 이 중사를 바라보며 민우는 왜 부질없는 짓이란 걸 모를까 하는 생각이 들었다. 나부터 나 같은 놈을 누가 이런 곳에서 만난 놈과 밖에서 인연을 맺겠는가? 독수리 이 사장은 관물대 한쪽에 앉아 숨소리도 없이 책장을 넘기고 있었다.

허가 난 도둑놈

7월 1일

어제저녁 뉴스에서는 코로나19 확진자가 700명이 넘었다고 방송국 아나운서들이 심각한 표정으로 발표하고 있었다. 여기는 외부와 단절되어 있기에 다른 세상이었다. 서방 백신은 우리 같은 구치소 사람들에게는 주지 않고 가령 준다고 하더라도 값싸고 효능이 검증되지 않은 중국제 백신을 줄 거라며 두려운 신세타령을 하고 있었다. 민우도 근거는 없지만 같은 생각이었다. 26살 정인호는 내일 출소할 예정이라며 잔뜩 들떠 있었다. 민우가 이곳에 처음 왔을 때 막막한 절망감과 두려움에 떨고 있을 때 "어디 사세요? 아~ 거기 제가 고등학교 때까지 살았어요." 하며 마음에 안정을 가져다준 고마운 아들 같은 젊은이인데 막상 내일 재판 후 나갈 예정이라니 그 아쉬운 감정은 이루 말할 수가 없었다. 그런 정인호는 민우에게 줄 정표라며 책갈피를 하나 만들어 주었다.

"이제 보험 사기 같은 거 하지 말고 무슨 자격증 하나 따서 좋은 직장 구하면 밖에서 만나자."

"네, 건강하세요."

원래 심성은 착한 청년 같은데 보험 사기라니 안타까울 따름이었다. 뭐라도 선물을 주고 싶은데 그렇다고 이 5평짜리 감방에서 딱히 어떻게 할 방법이 없어 A4용지에 새옹지마(塞翁之馬)라는 글을 써서 청년 손에 쥐어 주었다. 어느 변방에 사는 노인의 말 이야기를 해 주면서 희망을 잃지 말라 하였다. 민우는 잠시 창문 넘어 하늘을 보다 피고 측 증인심문 내용과 검찰 측 증인의 반대 심문을 작성하기 시작하였다. 혹시 변호사가 놓치고 지나가는 것을 확인시켜 줄 필요가 있다 생각하여 펜을 든 것이다. 우선 김우석 심문 내용부터 정리하기 시작하였다.

아침 식사 후 대머리독수리 이 사장이 주문한 최진석 교수의 《최진석의 대한민국 읽기》 책과 토정비결이 쇠 창틀 사이로 들어왔다. 얼마 전 독수리 이 사장이 "형님 어떤 책을 봐야 하는지 추천 좀 해 봐." 그때 마침 매일경제신문 하단에 나온 최진석 교수의 책 광고를 보고 민우가 보고 싶어 독수리 이 사장에게 추천하였던 것이다. "그리고 밖에서 여자들에게 인기 있으려면 토정비결 책 하나 더 사." 그렇게 주문한 책이 약 열흘 만에 들어온 것이다. 밖에서처럼 즉시 책방을 가던가 아니면 인터넷 주문을 하면 늦어도 2~3일 내 받아 볼 수 있지만 여기서는 최소 열흘 이상을 기다려야 한다. 민우는 이러한 세상에 살고 있었던 것이다. 인간은 자기가 가진 시선의 높이 이상을 절대 할 수 없도록 되어 있다. 시선의 높이는 그만큼 치명적이다.

> 전체를 못 보고 넓게도 못 보는 이유는
> 넓지 않아서가 아니라 높지 않아서입니다.
> 시선의 높이를 끌어 올릴수록 전체를 넓게 보는 능력도 올라갑니다.
> 실력 이상의 약속은 다 허망합니다.
> -최진석, 《대한민국 읽기》

그래! 실력을 키워야 한다. 그러면 사물을 보는 시선도 높아지기 마련이다. 맞아! 그동안 민우는 실력도 없으면서 시선만 높았던 것 같다고 생각했다. 《최진석의 대한민국 읽기》에서 어찌 보면 민우는 자신의 실력 이상으로 약속을 남발하며 살았던 게 아닌가 하는 생각을 해 보았다.

독수리 이 사장은 김포에서 사출 공장을 운영 중인데 그동안 먹고 사느라 책 한번 제대로 보지 못하고 살았다고 하면서 책 읽는 재미에 빠진 것인지 아니면 시간을 보내기 위해 책 읽기를 택한 것인지 독서삼매경이다. 그래도 이곳 구치소에서 그동안의 인생을 잠시 내려놓고 독서삼매경에 빠져있는 이 사장의 모습이 보기 좋았다. 이 사장은 《축의 전환》이라는 책을 밑줄 그어가며 읽고 있었다. 지나가던 소지가 "2번 방은 독서방이야~" 하면서 지나갔다.

민우는 우리 2번 방을 독서하는 분위기로 만든 것에 대하여 잘했다는 생각이 들었다. 홍대 대학원 나왔다는 그림 사기꾼 빡빡이 김 사장은 투자 관련 책을 보고 있고 이명호는 판타지 소설 그리고 《조선왕조 500년》에 빠져든 이 중사 등 대부분의 우리 방 미결수들은 재판 결과를 기다리는 동안 독서를 하고 있었다. 이제 일주일 있으면 벌어질 민우의 증인심문 재판은 어떤 식으로 펼쳐지게 될지 공소장을 다시 보면서 민우는 깊은 생각에 빠져들었다.

사건번호: 2021 형제 18000호 2021고단 3000

단독 죄목: 사기 공소 사실

공모관계 피고인은 성명 불상의 전화금융 사기 조직원의 제안을 받고

피해자를 직접 만나 피해금 원을 수금하여 전달하거나 송금하는 현금 수
거책 역할을 담당하기로 하는 등 성명 불상의 전화 금융 사기 조직원들과
전화 금융 사기 범행을 하기로 순차 공모하였다.

사기: 피고인은 성명불상의 전화 금융 사기 조직원들과 공모하여 피해
자들을 기만하여 재물을 교부받았다.

민우는 떠오르고 싶지 않은 기억을 다시 떠올리며 자신을 바보 같은 놈
이라며 질타하고 있었다. 피의자나 피고는 자신의 범죄에 대하여 구속이
된 상황에서 무죄를 주장한다는 것은 거의 불가능하다. 자유로운 밖에서
도 자신의 주장을 입증한다는 게 어려운데 구치소 안에서의 입증은 거의
불가능에 가깝다. 경제적으로 취약한 사람에게 좋은 변호사는 꿈도 꾸지
못하고 국가가 랜덤으로 정해주는 국선 변호사의 서비스를 받아야 한다.
이곳 구치소에 있는 피의자 대부분은 국선 변호사나 사설 변호사의 적당
한 서비스를 제공받아 적당한 타협으로 마무리하게 된다.

"형님 내가 술은 먹었어도 운전은 하지 않았어. 사실이야!"

"그래, 누가 뭐래?"

과거의 음주 전과 때문에 불렀던 대리기사가 사라지자 만취해 있던 이
사장은 운전석에 앉아 있다가 음주운전으로 오인받아 검찰에 구속되었다
며 억울하다고 몇 번이나 민우에게 하소연하였다. 자신이 음주운전을 하
지 않았다는 말을 경찰과 검찰은 전혀 믿지 않는다고. 이 위기를 빠져나가
는 방법은 오로지 변호사를 사는 수밖에 없다고 판단한 이 사장은 민우에
게 처음에는 1억 주고 변호사를 샀다고 거짓말을 쳤는데 사실 4,000만 원

을 주고 변호사를 선임하였다고 하였다. 석방되면 추가 성공 보수를 지급하기로 약속까지 하고.

"이 사장님! 이 사장님 사건 기록을 살펴보니 제 생각에는 그냥 죄를 인정하고 잘못했다고 시인하고 판사님에게 구형을 최대한 낮게 받고 집행유예로 나가는 방법이 최고라 생각합니다."

이 사장은 본인이 음주운전을 하지 않았는데 인정하는 꼴 같아서 속은 상하였지만 변호사의 말에 따르기로 하였다. 변호사를 믿기로 하고 판사님에게 앞으로 다시는 음주운전을 하지 않겠다는 의지의 표현으로 자가용을 팔고 공장 업무용 트럭까지 변호사 의견대로 처분하였다. 그리고 내일 재판에 나갈 수 있다는 희망으로 조금 들뜬 마음에 기다리고 있는 것이었다. 이 사장은 오늘 변호사 접견 후 변호사와의 대화를 조심스럽게 내게 말하였다.

"그동안 고생하셨어요. 좋은 결과가 있을 겁니다."

이 사장은 변호사의 이 말이 곧 나갈 수 있다는 말이라 생각하였다. 민우는 이 사장에게 말은 안 했지만 음주 전과가 몇 번 있고 더군다나 집행유예 기간에 또 음주운전으로 구속된 상황이라 "너는 나갈 수가 없어."라고 말하고 싶었지만 내일이면 결과를 알 수 있는데 굳이 그의 들뜬 마음에 상처를 주고 싶지 않아 입을 닫고 있었다. 그 변호사는 무슨 생각으로 이 사장에게 집행유예 가능성을 얘기하며 4천만 원이나 받아 처먹었는지 정말 변호사라는 직업은 허가 난 도둑놈이란 게 틀린 말은 아니었다.

법에 대하여 약간 무지인 이 사장 같은 사람은 변호사들에게는 좋은 먹잇감일 뿐이었을 것이다. 이 사장의 일은 그 사람의 일이고 민우가 여기 들어 온지 벌써 2개월이 조금 지났다. 그동안의 시간은 두려움과 절망의 시간이었다. 희망이라곤 가녀린 창틀 사이의 햇빛만이 유일한 희망이었는데 민우는 놓치고 있는 것이 있나 없나 별로 중요하지 않았던 일에 대해서까지 기억을 떠올리려 애를 쓰고 있었다. 하지만 그 모든 기억은 핸드폰 저 너머에 있는데, 핸드폰은 민우의 블랙박스다. 그 블랙박스가 없이 기억에만 의지하는 것은 분명 한계가 있었다.

명당

7월 2일

오전 8시 50분에 2번 방 사람들과 가벼운 인사를 하는 대머리독수리 이 사장과 정인호가 심리를 받으러 재판정으로 떠났다. 둘의 얼굴은 약간 상기되어 이제 햇빛을 볼 수 있겠다며 문지방을 나선 것이다. 이제 그들이 떠나자 민우의 마음도 많이 불편하였다. 하지만 이게 웬걸! 11시 조금 넘어 정인호가 풀이 죽어 돌아왔다. 인호는 보험 사기로 1심 때 10개월 선고받고 엄마가 합의를 다 보았기에 항소심인 오늘 집행유예로 나갈 거라고 하여 나가는 것만 생각하였는데 나가질 못하였던 것이다. 그래도 항소심에서 2개월을 감형을 받았으니 구치소에서 밑장 깐 생활 5개월 하면 앞으로 3개월만 견디면 나갈 수 있는 것이다.

"이 사장님은 나갔어?"

빡빡이가 물어보았다.

"아니."

"이 사장님, 안 왔어요?"

인호가 되물었다.

"뭐? 이 사장 못 나갔어?"

빡빡이와 다른 사람은 놀란 눈으로 되물었다. 오늘 나갈 거라며 로펌 변호사를 자랑하며 확신에 찬 모습으로 방을 나섰는데 민우가 예상한 대로 석방이 안 된 것 같았다. 잠시 후 독수리 이 사장이 창밖에 서 있더니 문이 열리자 들어왔는데 별 실망한 표정이 아니었다.

"아! 내가 잘못 알았어. 변호사가 다음 재판 때 나갈 수 있다네. 오늘 심리 때는 나가지 못하였지만 2주 후 선고 때는 나갈 수 있대."

이 사장과 인호의 오늘 출소는 해프닝으로 끝났다.

넘버 투 빡빡이 김경훈이는 뺑기통을 마치 전세 내서 쓰는 것처럼 장시간 혼자 쓰기 때문에 화장실이 급한 사람은 참느라 곤혹을 치른다. 통통하고 키는 작은 편이고 머리를 빡빡 밀어 처음 만났을 때 민우에게 주지 스님이라고 거짓말하여 민우는 속으로 이놈의 주지는 신도들에게 얼마나 등을 처먹었기에 이렇게 포동포동한가 하는 생각이 들 정도로 스님 스타일이었다. 그의 나이는 45살이고 초등학교에 갓 입학한 딸이 있다고 하였다. 다음 주 8일 출소 예정이다. 언젠가 민우의 딸 편지를 옆에서 보던 빡빡이 김 사장은 민우의 딸에 대해 궁금해했다.

"형님, 따님은 뭐 하세요?"

"디자이너야."

"제가 출소하면 형님 얘기 다 해드릴 테니 전화번호 주세요."

"말은 고마운데, 우리 딸이 많이 힘든 상황이야. 회사 일도 힘들고."

난처한 민우는 이렇게 기분 나쁘지 않게 거절을 하였다.

오늘 금요일은 편지가 오기만 하지 가지는 않는다. 7월 2일 금요일은 오후 4시에 편지를 수거해 갈 것이고 내일 토요일 그리고 일요일은 교도관들이 당직 근무를 하기 때문에 모든 것이 정지된다. 그러면 월요일밖에 시간이 없는데 월요일은 아무리 빠른 등기로 보낸다고 하더라도 월요일에 민우의 등기를 받는다는 것은 불가능하다. 그렇다면 재판이 있는 화요일 이전에 과연 변호사 접견이라도 가능할까. 소식을 전한다고 하더라도 국선변호사가 과연 와 줄까? 더군다나 코로나19로 인하여 변호사라도 접견은 예약을 하지 않으면 불가능하다고 하였는데 이런저런 고민으로 반 포기 상태에 있는 민우에게 빡빡이 김 사장이 갑자기 화를 낸다.

"형님!!"

"왜?"

"오든 안 오든 최선을 다해야지, 왜 그렇게 넋 놓고 있어요?"

김 사장의 질책에 민우는 갑자기 정신이 번쩍 들었다.

"그래, 끝까지 최선을 다해 보자."

민우는 먼저 피고 측 증인 질문을 정리하여 빡빡이에게 검토를 맡겼다.

"형, 이 대목은 다시 생각해 봐."

7월 3일

또다시 7월의 뜨거운 아침이 흐르고 있었다. 밥상을 하나씩 들어 치우고 나면 오늘도 쓸딱 담당이 걸레질하고 지나갔다. 잠시 후 이 한증막 같은 여름에 바이오 뜨거운 물이 들어왔다. 바이오 담당은 그 뜨거운 물을 페트병 6개에 나누어 담아 그것을 모포 사이에 집어넣는다. 그러면 모포 속은 보온 효과가 뛰어나서 겨울에도 보온이 오래간다고 하였다. 문제는 지금이다. 이 뜨거운 바이오 물이 민우 담요 바로 위에 있어서 잘 때는 페치카를 안고 자는 것처럼 매일 곤욕을 치르고 있는 것이었다. 어젯밤은 이곳에 와서 처음 느끼는 무더운 더위였는데 그 뜨거운 바이오 물과 함께 민우는 사우나에 있는 것처럼 땀을 비 오듯 흘렸다.

넘버 투, 주지 김 사장은 오늘도 빵기통을 전세 내고 혼자 샤워를 하고 있었다. 10명이 쓰는 이 빵기통을 더군다나 가장 바쁜 아침 시간에 독차지하고 있는 것이다. 하지만 아무도 뭐라 말할 수 없었다. 아랫사람들은 그냥 그가 빨리 나가고 내 순서가 빨리 오길 기다릴 뿐이었다. 독수리 이 사장은 2주 후 13일 출소까지 어떻게 기다리냐고 즐거운 고민을 털어놓으며 민우의 심기를 어지럽혔다.

"형님, 내 핸드폰을 우리 마누라가 보았다는데 어떻게 합니까? 우리 딸이 그러는데 아줌마들이랑 등산도 가고 낚시도 가고 하면서 찍은 사진들을 다 보았다고 얘기합디다. 이제 집에도 못 갈 것 같습니다."

"뭐, 어떡하겠어. 손이 발이 되도록 빌어야지!"

옆에서 빨래를 널던 돈 많다고 자랑하는 넘버 텐, 구 사장은 누가 묻지도 않았는데 열심히 자신의 상황을 서서 설명하고 있었다.

"10년 이상 거래한 원자재 업체가 1억 5천 때문에 저를 고소했어요. 이 사람과 합의를 보게 되면 나머지 업체와 합의를 다 봐야 하는데, 그러려면 23억이나 필요해서 못 하고 있는 거예요. 변호사가 후배인데 이놈의 실수로 여기까지 들어왔습니다."

보석 신청을 하였기에 조금 있으면 나갈 거라며 이곳에는 잠시 있을 뿐이라는 말도 곁들였다. 세금 문제로 10개월 선고받고 들어온 넘버 나인 윤 사장은 어제 변호사가 와서 회사가 어려워 직원 급여를 주지 못한 것은 어쩔 수 없지만, 세금 문제는 살아야 한다고 하여 받아들이고 살 준비를 하고 있다며 조용히 민우에게 말하였다.

오늘 토요일은 콘브레이크, 모닝빵, 우유, 채소샐러드가 나왔다. 유통기간이 거의 다 된 빵과 우유였다. 하지만 민우는 유통기한은 배부른 자의 투정이라 생각하며 한입 베어 물었다. 정인호는 어제 엄마하고 누나가 집행유예를 기대하고 재판정까지 왔었는데 실형이 떨어지자 눈물만 흘리고 되돌아갈 모습이 눈에 선하다며 엄마에게 편지를 쓰고 있었다

"엄마, 미안해. 3개월 금방이니 잘 참고 집에 갈게."

빵기통에 갈 때는 누구나 "화장실 가실 분?" 하고 먼저 물어본 후 들어가는데 독수리 이 사장은 "실례합니다."라고 말한다. 그러면 2번 방 사람은 하는 일을 멈추면서 동시에 "실례하세요."라고 맞받아친다.

시계는 아침 8시 40분을 지나고 있었다. 오늘도 비가 온다고 해서 그런지 하늘은 점점 짙은 회색으로 변하고 있었다. 빵기통에서 양치질을 하고 있는데 넘버 에잇이 읽던 책 속에 있는 한자가 무엇이냐고 물어보았다. 말씀 언(言) 자였다. 아주 쉬운 한자였는데 요즘 젊은이들은 고등학교를 졸업해도 한자는 물론 알파벳도 읽을 줄 모르는 학생이 많다고 하였다. 학교 고교 평준화로 인해 공부하지 않아도 졸업장을 주기 때문인 것 같다고 했다.

오후 1시 30분, 장마가 시작된다고 하더니 이곳 구치소도 빗줄기가 창문을 타고 넘어 들어오기 시작하였다. 각기 다른 환경에서 살았던 10명의 2번 방 사람들은 밖으로부터 들려오는 소식에 일희일비하며 한숨과 절망 그리고 희망을 이야기하고 있었다. 민우에게 있어 7월 6일은 희망과 절망 둘 중 하나가 되겠지. 증인 김우석의 심문서와 검찰 측 증인심문서를 다시

보고 있었다.

"김 사장님! 더우시죠? 제 자리에서 주무세요."

인호가 조용히 와서 자리를 양보하였다. 인호 자리는 선풍기 바람이 이 방에서 방장과 함께 제일 시원한 자리였다. 그 자리를 민우에게 슬쩍 양보해 주는 것이었다. 민우는 고맙다는 말과 함께 인호 자리에 누워보았다.

"아, 세상에! 이 자리가 제일 명당이구나!"

노마지지

7월 4일

오늘이 7월 4일인데 증인심문 날인 7월 6일 이전에 준비한 증인심문 심문서를 변호사에게 어떻게 전달해야 할지가 관권이었다. 오늘이 일요일이니 내일 월요일 변호사 접견을 신청한다고 해도 물리적으로 월요일 만날 수 있는 확률은 거의 불가능하였다. 지금까지 준비한 심문서는 헛수고 한 것이다.이것을 전달하기 위해 빡빡이 김 사장은 자기 일처럼 고민에 빠져 있었다.

"야! 네가 왜 고민이냐!"

민우는 자신을 걱정을 해 주는 빡빡이 에게 괜찮다는 투로 말했다.

"안 되면 재판장에게 내가 직접 하면 되지."

"아~, 형님 그러면 되겠네."

증언해 주기로 한 김우석은 2~30년 동안 서로 바라는 것 없이 좋은 관계로 만나 왔던 사람이기에, 이 위기에서 민우를 구하고자 발 벗고 나선 사람이다. 한 사람의 좋은 인연은 후에 자신의 목숨을 살려 줄 정도로 중요하다는 것을 요즘 젊은이들은 잘 모르는 것 같다. 재판 증언을 앞두고 김우석은 수영이를 통해 민우의 상태를 정확히 살피고 대처하고 있다고 들었는데 민우가 말하고 싶은 이 부분을 김우석과 같이 변호사와 논의하고 싶었지만, 구치소라는 곳은 영화처럼 할 수 있는 곳이 아니었다. 민우는 요란하게 쏟아지는 빗소리를 들으며 울적한 마음을 달래려 수영에게 편지를 쓰기 시작하였다.

사랑하는 아빠 딸, 수영이에게!

어제 비가 많이 왔는데 이 서방과 함께 떠내려가지는 않았는지 모르겠다. 화요일 증인심문이 있는데 이게 어쩌면 아빠의 마지막 기회인데 속기 녹취록이 없는 가운데 기억만으로 증임 심문서를 작성하였단다. 여기서 할 수 있는 방법을 다 동원하여 내일 이 심문서를 변호사에게 전달하고자 하는데 가능할지 모르겠네.

사실 민우는 딸에게 녹취록을 한 달 전부터 준비하여 보내 달라 부탁하였는데, 편지를 쓸 때까지도 받지를 못하여 화가 많이 나 있는 상황이었다. 하지만 그 감정을 표출하였다가 (그럴 리 없겠지만) 면회나 영치금 그리고 인연을 끊으면 어떡하나 싶은 어리석은 생각에 감정을 뒤로하고 이렇게 편지를 보냈다.

7월 5일

내일 재판 시간을 어디 적어 놓았는데 몇 시인지 생각이 나질 않았다. 보고전을 냈더니 잠시 후 답장이 왔다.

"10시 30분"

오늘 오전 9시 30분에 독수리 이 사장 아들이 면회 왔을 때 아들 전화번호를 주고 변호사 접견을 급히 부탁하였다. 갑작스러운 변호사 접견을 우리 국선 변호사가 받아들일까? 민우는 초조하게 변호사가 오기를 애타게 기다리고 있었다.

그나저나 오늘은 이발하는 날이다. 떨리는 손으로 오늘 처음 이발을 한다는 이발사에게 민우는 머리를 맡기고 기대도 하지 않고 방에 들어 왔다.

"김 사장님, 이발하셨어요?"

"왜? 이상해 보여?"

"아니에요. 멋있어요. 김 사장님은 아무렇게나 해도 항상 멋있어요."

정인호는 12mm로 아주 짧은 스포츠머리로 깎았다. 길었던 머리가 갑자기 빡빡이로 변하니 처음에는 왠지 어색하였는데 어려서 그런지 귀여워 보였다. 넘버 에잇 장영수 역시 2부 머리로 하고 들어왔다.

근데 이 사장이 갑자기 큰일이 났다며 호들갑을 떨었다. 지난 재판에서 독수리 이 사장은 다음 기일이 8월 13일이라고 한 것을 7월 13일로 잘못 알아들었다는 것이다.

"아이고, 죽겠네! 형님이 재판장한테 기일 좀 당겨 달라 말해 주쇼!"

민우는 이 사장이 답답하였다. 공장을 운영하여 계획적일 것 같은데 매사 덜렁대고 있는 이 사장이 답답하였다.

"대체 어떻게 한 달이나 더 기다린당가!"

특유의 전라도 사투리로 반 포기 상태에서 엄살을 부리고 있었다. 민우 역시 반 포기 상태에서 지금의 심정을 상호에게 편지로 전하였다.

상호야!

남부지방에 비가 많이 온다는데, 너의 마지막 탄원서는 보지 못하였지만 고맙다. 지난 7월 2일 금요일까지 내가 원하는 자료가 오지 않아 노심초사 하고 있었지. 그래서 그냥 내 기억을 더듬어 검사 측 반대 심문과 우리 측 심 문서를 수백 번 고쳐 쓰며 작성하였단다. 이렇게 작성한 심문서를 우리 변호사에게 전달해야 하는데 시간이 없고 방법이 없는 거야. 교도관들이 토요일 일요일은 근무가 없고, 그래서 면회도 안 되거든. 월요일 변호사 접 견은 코로나19로 인하여 예약을 해야만 하는데 당일 접견은 안 되기에 이 런저런 걱정만 하다가 오늘이 된 거야. 침 면회 온 방 사람에게 수영이와 아들 전화번호를 주고 변호사 접견을 부탁했어. 그리고 지금은 가슴 조이 며 기다리고 있는 중이야. 안 된다면 법정에서 내가 준비한 것을 변호사에 게 주고 아니면 내가 직접 하려고 하는데 그게 가능할지는 모르겠어.

"김민우 씨, 변접이요."

변접이라는 말에 빡빡이가 소리를 질렀다.

"와, 됐다!"

"왔다, 왔어!"

2번 방 사람들은 마치 자신들의 변호사가 온 듯 뛰면서 소리를 지르고 자신들 일처럼 기뻐하였다. 2번 방은 축제의 방이 되었다. 민우 역시 마치 기적이 일어난 것처럼 아니 석방이 된 것처럼 기뻤다. 엘리베이터를 타고 2층에서 내린 다음 대기실에 기다렸다. 코로나19로 인하여 변호사 접견 방 이 1층에서 2층으로 변경되었다..

"김민우 씨, 3번 방이요."

안내 방송을 듣고 3번 방으로 갔다. 운이 좋게 3번 방은 유리 칸막이가 없이 변호사를 직접 대면할 수 있는 방이었다. 언제나 검은 뿔테 안경을 쓰고 나타난 오 변호사는 민우를 보자마자 "뭐가 그리 급하십니까?"라고 물었다. 민우는 아무 말 없이 침착함을 유지하면서 볼펜으로 5가지씩 준비한 양쪽 심문서를 설명하였다.

"변호사님이 잘 준비하셨으리라 생각되지만 저의 생각을 다시 정리한 것이니 참고 바랍니다."

민우의 생각을 정리한 질문서를 변호사에 주었더니 빠르게 스캔하듯 보던 변호사가 고개를 끄떡였다.

"선생님이 쓰신 질문 들을 보니 고사성어 중 노마지지라는 단어가 생각이 납니다."

노마지지(老馬之智)란, 제(齊)나라 환공(桓公)이 전쟁에서 길을 잃고 헤맬 때, 재상 관중이 "이럴 때 늙은 말의 지혜가 필요합니다."라며 즉시 늙은 말 한 마리를 풀어놓고 그 뒤를 따라가니 마침내 길을 찾았다고 하는 고사성어. 민우가 정리한 질문서를 보고 오 변호사는 피고 측 증인과 검사 측 증인에 대한 심리 구상이 정리된 듯 고개를 끄떡였다. 젊은 오 변호사는 자신이 법률 전문가이지만 오랜 세월을 살아온 민우의 핵심적인 질문이 이해가 되었다는 뜻으로 '노마지지'라는 말을 한 것이다. 예정에 없던 시간을 내주어 면회를 온 국선 변호사에게 진정 고맙다는 말을 하였다. 오 변호사는 민우에게 수고하셨다며 내일 법정에서 만나자는 말만 남기고 바쁘게 자리를 떠났다.

검찰 측 증인

7월 6일 화요일, 운명의 증인심리 날이 밝아왔다. 오 변호사는 전날 증인 김우석에게 전화를 걸어 자신의 사무실에 아침 9시까지 올 것을 약속하였다. 대중교통을 이용하는 김우석은 도봉구에서 인천지방법원 근처에 있는 오 변호사 사무실에 도착하기 위해 아침도 먹지 않고 출발하였다. 법원 옆 5층짜리 건물 3층에 자리한 오 변호사 사무실은 개업한 지 얼마 되지 않은 듯, 아직 마르지 않은 페인트 냄새가 짙게 나고 있었다. 사무실에 미리 도착한 김우석은 9시 정각에 오 변호사가 나타나자 인사를 하였다.

"안녕하세요. 오 변호사님이시죠!"

"일찍 나오셨네요."

"차 한잔하시죠."

오 변호사는 어젯밤 늦게까지 정리한 A4용지 몇 장을 김우석에게 건네주었다.

"그동안 통화한 사실을 정리한 것입니다. 오늘 심문할 내용이니 한번 읽어 보시고 사실 대로만 말씀하시면 됩니다."

오 변호사가 건네 준 A4용지를 받아본 김우석은 문항 수가 20여 개가 넘는 것을 보고 이렇게 많은 걸 오늘 다 질의하는 거냐 묻는다.

"아니요, 오늘 상황에 따라 그중 몇 가지만 질문할 겁니다."

10시 30분에 있는 증인 심리를 위해 민우는 아침 8시 50분에 2번 방 철문이 열리자 전장에 나서는 비장한 장수처럼 두 주먹을 불끈 쥐며 철문을 나섰다. 2번 방 사람들은 모두 민우에게 "파이팅"을 외쳤다. 구치소와 연결된 지하 통로를 통하여 법원 건물에 도착하자 교도관은 수갑과 포승줄을 채웠다. 다른 미결수들도 무표정한 모습으로 교도관의 다음 지시를 기다리고 있었다.

잠시 후 법원 건물 엘리베이터를 타고 교도관과 함께 3층에서 내렸다. 법정 대기실 철창으로 들어가자 수갑과 포승줄을 풀어 주었다. 왼쪽 벽에 걸려 있는 벽시계가 9시를 가리키고 있었다. 재판을 기다리는 사람은 민우 포함하여 3명이었다. 어깨 견장에 무궁화 하나를 단 통통하게 생긴 고참 교도관이 우리에게 재판 시간을 알려주었다. 민우 앞사람은 10시 민우는 10시 30분 민우 뒤는 11시라고 말하고 갈 때는 모두 끝날 때까지 기다렸다가 같이 올라갈 거라 말하였다.

재판이 열리기까지는 1시간 넘게 남아 있었다. 민우는 초조해지는 마음을 달래려 두 손을 꼭 잡고 작은 기도를 드렸다.

"하나님 아버님, 부처님! 이 나이까지 그저 평범하게 살아왔습니다. 오늘의 재판도 어느 한쪽으로 치우치지 않고 다만 공정한 저울처럼 공정한 재판이 되게 해 주십시오."

민우는 증인 김우석 씨가 과연 오늘 나올 것인가, 나온다면 검사 측 질문에 말리지 않고 잘 할 수 있을까 하나부터 열까지 걱정이었다. 불구속이었다면 증인 김우석과 말을 맞추고 준비라도 했을 텐데 민우는 아쉽지만 그동안 편지로 부탁의 말을 보냈기에 이제는 증인이 알아서 하길 기대하는 수밖에 없었다.

10시 30분이 조금 지나자 "김민우 씨!" 하며 교도관의 목소리가 들려 왔다. 자기를 부르는 소리에 민우는 별로 남지 않은 앞머리를 손으로 가다듬고, 떨리는 가슴을 진정시키고자 심호흡을 크게 하고는 교도관의 안내에 따라 왼쪽 문으로 들어갔다. 왼쪽 문은 바로 6단독 법정과 연결이 되어 있었다. 법정으로 들어서자 판사를 비롯하여 법원 서기만 빼고 모두 민우를 쳐다보았다. 입구 바로 오른쪽에는 피고 측 변호사인 오 변호사가 먼저와 자리하고 있었다. 민우는 재판정을 향해 45°로 허리를 굽혀 최대한 공손하게 예의를 다하여 인사를 하였다. 그리고 방청석을 빠르게 스캔하였다.

다행히 피고 측 증인 김우석이 나와 있었고 어렴풋이 민우가 체포되던 날 마지막 보이스피싱 신고를 하였던 사람이 검찰 측 증인석 뒤에 앉아 있었다. 그를 보자 민우는 약간 긴장이 되기 시작하였다. 민우가 변호사 옆에 앉자 오 변호사는 증인심문서를 민우가 잘 보이도록 민우 쪽으로 밀면서 한 부는 재판부에 한 부는 검찰 측에 제시하였다. 법원 공무원이 받아서 판사와 검사에게 전달해 주었다. 그사이 민우는 심문서를 빠르게 읽어 내려 갔다. 다행히 어제 보내 준 심문 내용이 변호사 질의 사항에 들어 있었다. '아! 다행이다.' 민우는 그제야 안도의 한숨을 내쉬었다. '그래! 난 최선을 다했어. 진인사대천명(盡人事待天命)이라고, 이제는 하늘에 맡기는 거야.' 하며 민우는 스스로를 진정시켰다.

"피고는 일어나서 이름, 주민등록번호, 주소 말씀하세요."

간단한 신분 확인을 마친 재판정은 검찰 측에서 신청한 증인을 요청하였다. '요즈음 검사는 왜 이렇게 잘생긴 거야?' 민우는 잘생긴 검사를 엉뚱하게 바라보고 있었다. 증인은 증인석으로 나와 증인 선서를 하였다. 증인 선서가 끝나자 젊고 잘생긴 검사는 검사 측 증인에게 질문하기 시작하였다. 검사는 20쪽짜리 수사 기록을 증인에게 보여 주며 물었다.

"본인이 진술 한 대로 적혀 있고, 그걸 확인하고 서명한 거 맞습니까?"

"예, 맞습니다."

"증인은 2021년 4월 21경 자신을 KB국민은행 직원으로 소개하는 성명 불상자의 전화를 받고 저금리로 대환대출을 해 주겠다는 제안을 받고 승낙한 적이 있나요.?"

"예, 있습니다."

"증인은 2021년 4월 27일경 ○○저축은행 직원으로 보이는 사람을 만나 현금 1,000만 원을 건네준 적이 있나요?"

"예, 있습니다."

"증인이 돈을 건네준 사람이 피고인석에 있는 김민우 씨가 맞습니까?"

"예, 맞습니다."

"증인이 피고인한테 돈을 건네준 직후에 피고인이 어떻게 행동했나요?"

"현금을 받으면 금액이 맞는지 세어 보는 게 보통인데, 세어 보지도 않고 받은 돈을 그냥 가방에 넣더라고요. 뭔가 이상하다 싶어서 따라가면서 경찰에 신고했습니다."

이때 민우는 의심 가면 경찰에 신고하시라고 내가 말했잖냐고 말하고 싶었지만 분위기상 그런 말을 참고 넘어갔다.

"그때 이상한 걸 느낀 증인이 피고인을 뒤따라가서 돈을 돌려 달라고 한 사실이 있나요?"

"예."

"이때 피고인은 어떻게 행동했나요?"

"순순히 가방을 주시더라고요. 그래서 제가 가방을 열고 돈을 다시 회수했습니다."

"피고인이 증인한테 잠깐 기다려 달라고 말하면서 어디론가 전화한 적 있나요?"

"예, 담당자하고 통화하는 것 같더라고요."

"피고인이 실제로 다른 사람하고 통화한 사실이 있었나요? 통화에 성공은 했나요?"

"제가 경찰관하고 계속 통화하는 중에 그분도 계속 통화하고 계셨어요."

"돈을 돌려받고 나서 피고인이 증인한테 따로 변명한 건 있었나요?"

"없습니다."

이로써 검찰 측 증인심문이 끝나고 피고 측 변호사의 반대 심문이 이어졌다. 민우는 검찰 측이 민우가 모르는 예리한 질문이 혹시 있을까 하여 마음이 조마조마했었는데 다행히 심각한 질문은 없었다. 사실 보이스피싱이라는 것은 말 그대로 핸드폰 보이스 사건 자체였기에 진실은 핸드폰 속에다 들어 있는 것이었다. 오 변호사는 자신의 트레이드마크인 검은 뿔테 안경을 손가락으로 살짝 올리며 증인을 향해 약간 긴장된 목소리로 질문을 시작하였다.

"증인은 맨 처음 피고인을 어떻게 알아보았나요?"

"만나자고 하는 장소를 알려 준 대로 갔더니 제 옷차림하고 상대방 옷차림을 서로 알려 주라 하더라고요. 통화한 사람이 그거 보고 알았습니다."

"증인한테 돈을 건네주라고 한 사람이 미리 피고인의 옷차림을 알려 줬다는 거죠?"

"예."

"증인은 피고인에게 돈을 건네주기 전에 피고인과 대화를 나누었나요?"

"아니요, 전혀요."

"왜 대화를 나누지 않았나요?"

"일단 담당이고 돈을 그 사람한테 건네주면 된다고 그 이야기를 듣고 갔더니 저를 알아보더라고요. 옷차림을 서로 이야기해서 그래서 돈을 건네준 것 같아요."

"증인과 전화를 한 사람이 피고인과 서로 아는 체하지 말라는 식으로 통화를 했었나요?"

"기억이 안 납니다."

"증인이 느끼기에 직원하고 통화할 때, 돈을 받을 사람과 가급적이면 대화를 못 하게 하려는 그런 느낌을 혹시 받았나요?"

"다른 이야기는 하지 말라고 하는 거를 들은 것 같아요. 그래서 저도 특별히 이것저것 안 물어본 것 같아요."

"그냥 그 사람 만나면 우리 측 직원인 것만 확인하고, 돈만 건네주고 불필요한 이야기는 하지 말라는 식으로 했다는 거죠?"

"예."

"피고인이 돈을 받고서 세어 보지 않고 그냥 가방에 넣었다고 해서 경찰에 신고한 거죠?"

"예."

"증인이 경찰에게 전화할 당시에 피고인은 무엇을 하고 있었나요?"

"제가 돈을 건네주는 순간에도 그 사람이 전화 통화를 끊지 말고 계속 통화하라고 하더라고요. 입금된 금액을 자기네가 처리해야 한다면서 계속 확인 사항 다시 주지하고, 약관 같은 거 이야기하면서 전화를 못 끊게 하더라고요. 그래서 제가 통화를 계속 그 사람하고 하면서 지금 피고인석에 계신 분을 따라갔거든요."

"피고인한테 돈을 건네주는 순간에도 담당 직원이라는 사람이 계속 증인을 붙잡고 전화 통화를 하고 피고인과의 대화를 못 하게 유도를 한 것이지요?"

"예."

"증인이 경찰에 신고한 사실을 피고인도 바로 알았나요?"

"아니요, 일부러 거리를 두고 따라갔어요. 저와 통화하는 사람은 이 돈 받은 사람이 갔냐고 물었어요. 전철역 쪽으로 갔다는 식으로 계속 통화하면서 저는 낌새가 이상해서 따라가고 있었거든요."

"피고인은 증인이 뒤따라오고 있다는 사실을 알고 있었나요?"

"이분이 운서동에 있는 롯데마트 화장실로 들어가더라고요. 그때 통화하면서 그분 가셨다고 하니까, 이 사람이 그제야 전화를 끊더라고요. 그래서 그때 112에 신고한 겁니다."

"112에 신고하고 쫓아간 것이 아니고, 그 사람과 통화하면서 쫓아가다가, 그쪽에서 최종적으로 피고인이 돈을 받고 갔냐고 해서 갔다고 하니까 그것까지 확인하고 그 사람이 전화를 끊었다는 거죠?

"네."

"증인이 화장실에 들어가서 피고인한테 돈을 돌려달라고 했나요?"

"아니요. 나올 때까지 기다리고, 나오기에 112에 신고하는 중에 계속 따라갔습니다."

증인이 피고인에게 뭐라고 하면서 돈을 다시 돌려달라고 하였나요?"

"이거 보이스피싱이냐고 하면서 돈 가방을 낚아채서 꺼냈습니다."

"보이스피싱이냐고 하면서 증인이 가방을 낚아챘나요? 아니면 피고인이 순순히…."

"제가 잡으니까 이분이 그냥 가만히 계시더라고요."

"증인이 보이스피싱이냐고 물었을 때 피고인이 뭐라고 대꾸했나요?"

"아무 소리 안 하고 어디론가 전화를 걸더라고요."

"피고인이 누군가와 어떤 내용으로 통화하는지는 못 들었나요?"

"자기가 처한 상황에 대해 이야기하는 것 같았어요."

"상황을 이야기하고 있었다는 거죠?"

"예."

"채무자가 돈을 돌려 달라고 하고 있다는 상황을 이야기하고 있었다는 건가요?"

"예."

당시 상황과 기억으로 하는 심리이기에 증인의 진술에 반론을 제기하고 싶어 도중에 끼어들려 하였더니 그러한 내 심정을 아는지 오 변호사는 민우에게 눈짓으로 가만히 있으라는 신호를 주었다. 오 변호사는 검은 안경테를 손가락으로 다시 올리며 다시금 질문을 이어갔다.

"증인이 경찰에 신고하고 몇 분쯤 후에나 경찰이 현장에 왔나요?"

"5분에서 10분 사이인 것 같습니다."

"그때까지 증인과 피고인은 현장에 같이 있었나요?"

"예, 같이 있었습니다."

"피고인도 현장을 이탈하지 않고 증인 바로 옆에 서 있었나요?"

"예."

"특별히 증인이 피고인을 붙잡거나 그런…."

"저는 돈을 회수해서 주머니 넣은 상태로 경찰과 통화하고, 이분은 거기에서 다른 사람하고 통화하고 있었습니다."

"다른 사람하고 통화하고, 현장에서 경찰이 올 때까지 이야기하고 있었나요?"

"예."

"현장을 이탈하려고 하거나 그런 행동은 보이지 않았나요?"

"전혀 그러지 않고 계시더라고요."

오 변호사는 민우가 보이스피싱임을 알고 범행을 하였다면 경찰이 오기 전에 도망갈 수 있었을 텐데 자리를 뜨지 않고 가만히 있었다는 것을 증인에게 확인 차 질문하였다.

"전혀 그런 행동은 보이지 않았나요?

"예."

오 변호사의 질의가 잠시 멈추자 바로 검사의 심문이 시작되었다. 검사는 증인을 바라보며 말했다.

"증인이 피고인에게 돈을 주고 피고인이 돈을 받고 나서 롯데마트 화장실 쪽으로 처음에 이동했다가, 롯데마트 2층으로 계속해서 이동했던 사실이 있는가요?"

"예."

"증인은 그 부분이 이상하다고 생각해서 계속 쫓아갔던 거고요."

"아니요. 돈을 건네주자마자 안 세어 보는 게 이상해서 쫓아간 거고요, 2층으로는 왜 올라갔는지 모르겠더라고요. 화장실 바깥에 있는 저를 발견해서 2층으로 이동한 건지, 2층으로 가시더라고요."

"피고인이 돈을 받고 계속 이동을 했다는 거죠?"

"예."

검사의 질문 도중에 판사가 증인에게 질문하였다.

"화장실 앞에서 기다렸다가 피고인이 나오는 것을 보았고, 그때 계속 경찰이랑 통화하고 있었나요?"

"예."

"피고인을 보고 '보이스피싱이죠?'라고 말했나요?"

"그건 2층으로 따라 올라간 다음에요."

"계속 경찰이랑 통화하면서 따라갔습니까?"

"예."

"2층으로 따라가서 피고인에게 뭐라고 말하였나요?"

"제가 이거 이상하다, 보이스피싱 같다고 하면서 가방을 잡고 돈을 달라고 하면서 열고 하니까 별다른 말씀이 없고 전화를 하더라고요."

"그럼 그 당시 돈은 넘겨받았습니까?"

"예."

"돈은 증인이 받았고, 피고인은 그때 어디론가 전화를 했다는 거죠?"

"예."

"혹시 전화 통화하는 내용은 들었나요?"

"얼핏 지금 상황을 이야기하는 것 같더라고요."

"어쨌든 경찰이 올 때까지는 피고인이 다른 사람하고 통화하는 것을 들었을 것 같은데 그때 느낌이 피고인이 통화하면서 이게 무슨 일이냐 자기도 잘 모르겠다는 식의 모습을 보였나요, 아니면…."

"저는 경찰하고 통화하느라 그 통화 내용에 신경 못 썼고요. 경찰이 계속 지시하면서 그 자리에 잡고 있으라 해서, 이분이 경찰이 올 때까지 거의 통화를 했습니다."

"처음 피고인을 만나서 돈을 건네줄 때 피고인과 대화를 나눈 건 없다고 하였지요?"

"예."

"아무런 이야기도 안 했고, ○○저축은행의 직원이라는 말도 없었다는 겁니까?"

"예."

판사는 증인의 말을 들으며 간단한 메모를 하였고 판사의 질문이 끝나자 피고 측 오 변호사가 검찰 측 증인에게 질문을 이어갔다.

"경찰이 올 때까지 붙잡고 있으라고 해서 강제로 하거나…."

"아니요. 그냥 거기 의자가 하나 있었는데, 2층도 엘리베이터 앞 화장실이었거든요. 그 앞에 의자가 있는데 그냥 앉아 계시더라고요."

"두 분 사이의 거리는 어느 정도 떨어져 있었나요?"

이 질문은 2층 의자에 앉아 있었을 때 거리가 아니라 당시 피해자와 민우 사이가 돈을 받아 2층으로 올라갔을 때의 거리가 약 15~20m였던 것을 묻고자 한 것이었다.

"만약 피고인이 현장을 이탈하였더라도 증인이 피고인을 제지하거나 잡았을 거죠?"

"일단 잡았겠죠."

조용히 듣고 있던 판사가 증인에게 다시 질문하였다.

"피고인도 증인이 경찰이랑 전화 통화하는 것을 인식하고 있었습니까?"

"예, 제가 경찰에 신고했으니까 계시라고 이야기했어요."

검찰 측 증인심문은 이것으로 마치고 피고 측 증인 김우석을 호명하자 김우석은 천천히 선서 자리로 걸어 나왔다.

김우석의 증언

법원 서기가 선서문을 증인에게 건네주자 김우석은 담담하게 선언서를 읽어 내려갔다.

"양심에 따라 숨김과 보탬이 없이 사실 그대로 말하고 만일 거짓말이 있으면 위증의 벌을 받기로 맹세합니다."

선서가 끝나자 오 변호사의 질문이 시작되었다.

"증인은 피고인을 어떻게 아는 사이인가요?"

"예전에 채권 문제로 상담해 드렸던 적이 있어서, 그 이후로 계속 자주 전화 통화도 하고, 가끔 만나서 밥도 먹고 그런 관계입니다."

"증인이 하는 일은 무엇인가요?"

"저는 지금 채권추심 업무를 하고 있습니다."

"증인은 보이스피싱범들이 일반인에게 합법적인 일이라고 속이고 보이스피싱 현금 수거책으로 이용하는 수법에 대하여 들어 본 적이 있나요?"

"아니요. 그건 전혀 들어 본 적도 없고요, 채권추심 수금하는 것으로 해서 그것을 보이스피싱에 이용한다는 사실을 들은 적도 없습니다."

"증인은 2021년 4월 8일, 피고인으로부터 구인 문자 하나를 살펴봐 달라는 부탁을 받은 사실이 있지요?"

"예."

"증인은 그 문자를 보고 보이스피싱과 관련되어 있다는 의심을 하지는 않았나요?"

"전혀 하지 않았습니다. 그때는 지인이 구직 문자를 보내 줬다는 이야기를 들었고, 문자에 적힌 내용만 들어서는 보이스피싱이라고 전혀 생각할 수가 없었습니다."

"증인은 그 문자를 보고 아마 현장 조사원이나 집행 대리인일 것 같다고 하자, 피고인이 '사기 치는 건 아닌가 보지?' 이런 말을 했고 이에 증인은 '사기 치는 것은 아닐 수 있는데, 뭔지 저도 잘 모르겠습니다.'라는 취지로 말한 사실이 있지요?"

"예."

"당시 증인과 피고인은 어떤 맥락에서 사기 친다는 말을 한 건가요?"

"채권추심이라는 게 돈이 왔다 갔다 하는 문제이기 때문에, 일하는 사람이 중간에서 오해를 살 수 있는 부분이 많거든요. 혹시 이용당할 수도 있을 것 같고, 그런 문제 때문에 사기 그런 이야기가 나왔던 것 같아요."

"이용당할 수 있다는 말은 채권추심 일을 하면서 피고인이 피해를 볼 수 있다는 건가요?"

"그렇죠. 신용정보회사도 수년 전까지는 일하는 사람이 현금을 수령해서 채권자에게 전달하거나 그런 일이 많았거든요. 그런데 중간에서 더 줬느니, 덜 줬느니, 못 받았느니 그런 문제가 생겨서 돈은 무조건 통장으로만 받게 바뀌었습니다. 그런데 이번에 하는 일이 돌아다니면서 대신 수금하는 거라고 하니까, 그런 문제가 생겨서 중간에서 괜히 돈을 물어내는 일이 생길 수도 있을 것 같았습니다. 아마 여러 가지 문제가 걱정돼서 그렇게 이야기했던 것 같아요."

"증인은 4월 12일에 피고인과의 통화에서 하루 일당이 5만 원이라는 거에 대하여 이야기를 나눈 사실이 있지요?"

"예."

"당시 증인이 채권 회수가 안 되는 날에는 기본급 5만 원이라는 거에 대해서 이야기를 나눈 사실이 있지요?"

"예."

"증인은 피고인이 준 문자메시지에 나온 law1234.com 사이트에 직접 접속해 보았지요?"

"처음 줬던 구직 문자하고 홈페이지를 문자로 보내 줘서 제가 인터넷에서 홈페이지에 들어가 봤거든요. 보통 법무사 사무실 홈페이지랑 차이점을 느낄 수 없었고요."

"김태영 법무사 홈페이지였지요?"

"예."

"구로인가 그쪽 동네에 있는 일반 법무사 홈페이지랑 똑같이 생겨서 전혀 이상한 낌새를 못 느꼈습니다."

"홈페이지는 가짜라고 의심을 못 했는데, 증인이 '이상한 게 뭘 이야기하는 건지 모르겠네.'라고 말한 사실이 있습니다. 그건 어떤 의미로 말한 건가요?"

"저희가 하는 일과는 시스템 자체가 달랐습니다. 제가 그 회사에 몸담고 있질 않아서 그 부분은 정확히 알 수가 없으니까요."

"증인이 취급하는 업무와는 전혀 다른 일이라서 그런 취지로 말씀했다는 건가요?"

"예."

"증인은 피고인으로부터 구체적인 업무 내용을 듣고 금융권 채권 관련해서 통상적으로 일어나는 일은 아니라며, 피고인에게 경험상 한번 해 보는 것도 좋지만 이런 경험은 별 쓸모가 없다는 말을 했습니다. 어떤 취지로 그렇게 말한 건가요?"

"채권추심 자체가 일만 많고 돈 벌기는 힘듭니다. 괜히 욕 듣는 일이 다반사거든요. 그래서 이 업종 자체를 권하지 않은 거죠."

"2021년 4월 21일, 피고인이 증인에게 전화를 걸었습니다. 채권추심 업무 합류에 소극적인 태도를 보이는 피고가 법무사 쪽에서 자꾸 같이 일하자고 적극적으로 붙잡고, 하는 일도 잘 이해가 가지 않는다고 의구심을 가졌고, 증인도 그 말에 공감을 했죠? 그때까지 증인도 그 일이 보이스피싱과 관련된 일이라는 사실을 전혀 눈치채지 못했나요?"

"예, 저한테 이야기하는 거 그런 거 들어 보면 그냥 현장에서 수금 업무만 대신해 주는 통상적인 일인 줄 알았죠."

"피고인이 계약직 직원이 되면 수금한 금액의 2.5%를 떼어 받기로 했다고 했고, 그 금액이 적정한 거냐고 증인에게 물어봤죠?"

"예."

"그래서 증인은 보통 최소 10% 정도는 받는다고 말했고, 피고는 2.5%가 통상적인 금액보다 적은 것이냐고 되물은 적이 있죠?"

"예, 사람을 안 만나고 전화만 하는 상담원이 10% 정도를 받거든요. 보통 현장에 나가는 사람들은 20~30% 정도 받습니다."

"피고인이 잘만하면 조금 목돈을 금방 만질 수 있을지도 모른다고 하자, 증인이 그 사람들 스케줄에 맞춰서 계속 움직여야 하는 게 힘들고 차후에도 문제의 소지가 있다는 식으로 말씀하셨습니다. 문제의 소지라는 게 어떤 겁니까?"

"현금을 만지게 되면 항상 일하는 사람이 돈을 물어줘야 하는 경우가 계속 생겼거든요. 그래서 저희 업종 같은 경우도 통장으로만 돈을 주고받게 되었고, 현금으로 수납하는 업무는 가급적 하지 않는 게 좋을 것 같다는 생각으로…"

"피고인이 수거한 현금을 은행에 송금하지 않고 다른 직원에게 직접 전달한다는 것이 신기하다는 취지로 말하자, 증인은 금전 사고가 날 수 있어서 그런 것 같다, 금전 사고가 나면 본인이 책임져야 하는 문제가 있기 때문에 장기적으로 할 일은 못 된다는 취지의 말을 한 사실이 있지요?"

"예."

"결국 증인은 피고인이 하는 일이 보이스피싱이라는 것을 전혀 모르고 피고인이 물어보는 거에 대해서 그냥 정상적인 채권추심 업무를 전제로 해서 대답을 한 거죠?"

"예, 저도 채권추심 업무를 20년 정도 했거든요. 그런데도 통상적인 저희 업무의 일환인 줄 저희와 시스템은 다르지만 그런 건 줄 알았죠."

김우석의 증언을 듣고 있던 검사가 심문을 요청하자 바로 시작되었다.

"증인은 지금 채권추심 일을 하고 있지요?"

"예."

"4월 12일경에 피고인이 증인에게 정확히 부탁한 내용이 무엇인가요?

문자를 보내면서 쭉 말했던 부분에 대해서 피고인이 증인한테 물어봤던 내용이 정확히 무엇인가요?"

"처음에 전화 왔을 때는 아마 지인한테 구인 구직 문자가 왔다, 어떤 일이냐, 제가 이쪽 업종에 있으니까 처음에는 그렇게 물어본 겁니다. 그래서 제가 아는 선에서 이야기를 드렸죠."

"피고인이 증인한테 말한 내용과 본인이 채권추심하는 내용하고 다르다고 말했는데, 구체적으로 어떻게 다른가요?"

"저희 같은 경우는 현금 수납이 금지된 지 몇 년 됐습니다. 그래서 저희 회사에서는 현금으로 수납을 할 수가 없고요, 하다못해 신용 상태가 안 좋은 분들은 은행에 가서 자기 이름으로 발급하는 것도 꺼리시거든요. 그런 경우에는 가족 통장이라도 보내라고 말씀드리고, 입금자가 누구인지만 알려 주면 우리가 채권자한테 전달해 준다고 그렇게 이야기합니다."

"현금 수납이 금지됐다고 했는데 피고인이 그렇게 일을 한다고 들었을 때, 그 부분에 대해서 이상한 걸 느끼지 못했나요?"

"사이트에 들어가 봤는데 법무사 사무소에서 그런 일을 하나 보다 했습니다. 녹취록을 들어 보시면 아시겠지만, 제 기억에는 어떤 식으로 일하는 지를 저한테 설명해 줬거든요. 현장에 가서 통화하게 해 주고, 돈을 받아서 전달해 주는 그런 일이라고 이야기를 들었습니다. 법무사 사무소에서 법무사가 직접 다닐 수 없으니 수금하는 직원을 따로 둬서 그렇게 할 수도 있겠다고 생각했습니다. 그리고 신용 상태가 안 좋은 사람들이라 통장이 없어서 저희도 그런 일이 많이 겪었거든요. 그래서 채권추심 담당자를 구하나 보다 생각했죠."

증인의 말을 유심히 듣고 있던 판사는 김우석의 증언을 메모하였다.

"증인의 말은 본인하고 업종이 다르니까 그런 식으로도 업무가 가능하다, 이런 식으로 생각을 했다는 거죠?"

"그렇죠. 왜냐하면 저희도 예전에 그렇게 했으니까요. 저희는 금감원의 규제를 받기 때문에 지금은 그런 일을 할 수 없지만, 법률사무소는 규제를 받는 게 아니니까 가능할 수도 있겠다 싶었습니다."

"증인은 피고인한테서 업무를 어떻게 하는지 대략 들었다고 했는데, 저축은행 직원으로 행세한다거나 금융기관 직원으로 행세한다거나 그런 부분은 혹시 듣지 못했나요?"

"현장에 가서 법률사무소에서 누구한테 연락해 주는 것을 확인하고 돈만 받아서 전달만 하면 된다고 이야기했습니다."

"만약 증인이 피고인한테서 피고인이 다른 저축은행이나 금융기관 직원인 것처럼 행세하면서 수금한다는 말을 들었다면, 피고인한테 어떤 식으로 말을 했을 것 같나요?"

"만약 그런 이야기를 들었다고 한다면 다시 한번 확인해 보라고 했을 겁니다. 왜냐하면, 채권추심자는 회사에 수금을 의뢰한 채권자를 대신해서 일하는 거지 당사자가 아니거든요. 그래서 채무자를 만났을 때 딱히 자기 신분을 밝히지는 않죠."

"예전에 증인과 피고인은 채권 문제로 상담을 했다고 했는데 그게 언제쯤인가요?"

"10년도 훨씬 넘었을 거예요."

"그 뒤로도 계속 연락을 해 오셨나요?"

"예."

그 대답 소리에 검사는 약간 놀라는 듯하였다. 아마 증인과 꽤 오랫동안 만나고 있었던 김민우의 인간관계를 좋게 해석한 것 같았다.

"예전에 억울한 일을 좀 많이 당해서 제가 좀 도와드리고 싶고 그래서 그런 일이 생기면 상담도 해드리고 그랬죠."

검사는 피고를 슬쩍 한번 쳐다보더니 다시 증인을 향해 심문을 이어갔다.

"피고인이 증인한테 '사기 치는 건 아닌가 보지?' 이런 식으로 말했던 내용도 있더라고요. 그런 부분을 보면 피고인이 약간 사기 부분을 의심하면서 증인에게 전화한 것으로 보이는데, 증인이 느끼기에는 피고인이 어떤 의도로 전화한 것 같나요?"

"피고인은 원래 영어 교육 관련 사업 종사자셨습니다. 지금도 하고 계시고요. 그래서 일하는 거에 대해서 꼼꼼하게 알아보고 하는 편이라, 알아서 하시는 말씀인가 보다 하고 큰 의미를 두지 않았습니다."

검사의 질문이 끝나자 바로 오 변호사가 질문을 시작한다.

"4월 21일에 피고인이 수금 일을 끝마치고 증인에게 전화해서 내가 채권 채무 오늘 처음 해 봤는데, '얘네들이 무슨 캐피털이잖아'라고 하니까 증인이 '캐피털이요?' 그러니까 피고인이 '농협 캐피털도 있고, 현대 캐피털도 있고 이런 식으로 여러 캐피털을 알아서 한다. 여기서 나오는 채권을 나는 돈만 받고, 채무자에게 돈을 받고 현금으로 전달해 주는 역할을 하는 거야.'라고 피고인이 하는 일을 증인에게 설명한 사실이 있지요?"

"예."

"이에 대해서 증인은 그때까지도 불법적인 일이 아니라고 생각하고 이와 관련해서 계속 이야기해 주었지요?"

"전화상으로 들어서 이게 불법적인 일이라고 전혀 생각할 수가 없었어요. 그리고 불법이라면 김민우 씨가 먼저 알아차렸을 거고요."

심각한 듯한 표정으로 곰곰이 듣고 있던 판사는 김우석에게 질문하기 시작했다.

"김우석 증인, 증인이 근무하고 있는 회사가 있습니까?"

"네, ○○신용정보입니다."

"그 회사 자체가 채권추심을 전문으로 하는 업체입니까?"

"네, 금감원 등록 업체입니다."

"증인은 거기서 어느 정도 일을 하였나요?"

"이 회사에는 2012년도에 왔고요. 그전에는 △△신용평가정보에 있었는데, 폐업으로 인해 회사를 옮기게 되었습니다."

"증인이 채권추심 업무를 해 왔다고 하셨습니다. 채권추심 업무가 예전에는 현금으로 받고 있었는데, 지금은 그런 게 문제가 발생하고 하니까 통장으로 받고 있다는 거죠?"

"예, 현금으로 수금 자체를 못 하게 되어 있습니다."

"피고인이 법무사 사무실 홈페이지를 보여 줬다고 했습니다. 증인은 지금까지 법무사 사무실에서 채권추심을 해 준다는 얘기를 들어보거나 실제로 본 적이 있습니까?"

"네, 변호사나 법무사 사무실에서 채권추심을 한다고 들은 적도 많습니다. 가끔 저희가 채권자와 동행할 때도 있는데, 대리인이라고 하시는 분들은 대부분은 그쪽 사무장인 경우가 많더라고요."

방청석 증인

김우석 증인의 말이 끝나기도 전에 방청석에 앉아 있던 부부인 듯한 사람 중 여자가 갑자기 일어나서 재판정을 향해 큰 소리로 물었다.

"제 돈을 찾을 수 있나요? 제 돈은 어떻게 찾을 수 있나요?"

50대 후반 정도의 여자는 법원 경찰의 제지에도 불구하고 막무가내로 자신이 보이스피싱에 속아 날린 돈을 어떻게 찾을 수 있냐고 몸부림치고 있었다

"할 말이 있으면 선서를 하고 여기서 말씀을 하시겠습니까?"

판사는 친절하게 그 방청객 여자에게 할 말이 있으면 나와서 선서를 하라고 부르는 게 아닌가? 예정에 없던 방청석 사람이 증인으로 나오자 민우는 당황하였다. '이 여자가 나에게 불리한 증언을 하면 나는 끝인데…. 분명 나한테 돈을 건네주고 보이스피싱에 당했다고 잠도 못 자고 억울해하고 있었을 텐데….'

전달책이었던 민우에 대한 감정이 별로 좋지 않을 텐데 민우는 다시 앞이 캄캄해지기 시작했다. 그 여자는 판사의 부름에 대답도 하지 않고 바로 증인석으로 나오더니 법원 서기가 시키는 대로 또박또박 선서를 하였다. 전혀 예상 밖의 일이 발생 한 것이다. 지금까지 김우석이가 답변을 잘 해 주었다고 생각했는데 생각지도 않은 방청석 피해자의 증언은 앞으로 어떤

돌발 상황을 가져올지 민우는 불안해지기 시작했다. 그것은 옆에 있던 오 변호사도 마찬가지인 것 같았다. 잠시 공소장을 살펴본 오 변호사가 한숨을 크게 쉬며 질문을 하기 시작하였다.

"공소 사실을 보면 2021년 4월 23일 오후 3시 34분경 영등포구 당산동에서 피고인을 만나서 피고인에게 돈을 건네준 것으로 되어 있는데, 여기 있는 피고인이 맞나요?"

"예, 맞아요."

"피고인을 만났을 때 피고인이 증인에게 뭐라고 말한 게 있나요?"

"맨 처음 ○○은행 직원이라고 전화가 왔는데 우리 직원이 왔냐고 전화가 왔어요. 아직 안 왔다고 했더니 갈 시간이 됐는데 밖을 보라고 하더라고요, 그래서 밖을 보니까 무늬 있는 남방을 입고 오시더라고요. 그래서 제가 ○○은행에서 오셨냐고 했더니 맞다고 해서 제 가게에서 만났어요. 영수증을 주길래 받고, 돈도 큰돈은 놔두고 적은 돈만 세더라고요. 들어와서 물도 한 잔 마시고 갔어요. CCTV 찍어 놓은 게 있어요."

민우는 영수증 같은 거는 가지고 다니지도 않았고 준 적도 없었는데 '무슨 소리냐고' 그 여자 얘기에 따지고 싶었지만 CCTV에 있다고 하니 변호사에게 진위를 확인해 보라고 하면 되겠지 하고 넘어갔다.

"보이스피싱 조직원과 통화할 때, ○○은행 직원이 갈 거라고 이야기했다는 거죠?"

"예."

"피고인이 직접 본인이 ○○은행에서 왔다고 이야기했습니까?"

"중요한 돈을 아무에게나 줄 수 없잖아요. 제가 전화기를 든 채로 ○○은행에서 오셨냐고 물어보니까 맞다고 했어요. 그러더니 전화를 건 사람이 돈 받으러 온 사람을 바꿔 달라고 해서 바꿔줬죠. 둘이서 서로 이야기하고 그러더니 다시 전화기를 다시 주더라고요. 그쪽에서 자기네 쪽 은행 직원이 맞으니까 돈을 주면 된다고 해서 영수증을 받고 돈을 줬습니다."

민우는 이 아주머니의 증언이 황당하였지만 변호사를 믿고 조금 더 들어 보자 생각했다

"가게에서 줬다는 건 무슨 말인가요?"

"제가 가게를 하는데, 그분이 저보고 어디로 나오래요. 그래서 가게를 비워 두고 나갈 수 없으니까 가게로 오라고 했더니 그럼 사람을 보낸다고 해서 가게로 온 거예요."

"거기가 한우 소머리 국밥집이 맞습니까?"

"예, 맞아요."

"가게 안으로 들어와서 돈을 건네줬고, 거기서 물도 한 잔 줬고, 그 사이에 피고인과 특별히 말을 나눈 게 있나요?"

"제가 돈은 안 세어 보냐고 하니까 그럼 큰돈은 놔 두고 잔돈만 세어 보겠다고 했어요. 그리고 물도 마셨고요."

이어서 바로 검사가 여자 증인에게 질문을 하였다.

"증인, 4월 22일에 3천만 원, 4월 23일에 2천5백만 원 두 차례지요?"

"예, 맞아요."

"피고인이 4월 23일에 2천5백만 원을 가져간 게 확실한가요?"

"아니요, 2천5백만 원 가져간 사람은 금융감독원 소속이라고 하신 분인데 지금 강동경찰서에서…."

"됐고요."

검사는 여자의 말을 가로막았다. 검사는 여자의 대답에서 내가 금융감독원 직원을 사칭했다는 대답을 듣고 싶었는데 그 사람은 또 다른 보이스피싱 범죄자가 강동경찰서에 있다고 대답하자 당황하는 것 같았다. 듣고 있던 판사는 오락가락하는 여자 증인의 증언이 답답한지 직접 질문을 하였다.

"그럼 ○○은행 직원이라고 한 사람이 피고인이 아니라는 거예요?"

"이분은 은행 직원이고요. 두 분이에요."

"피고인이 한우 소머리 국밥집에 온 사람이 맞나요?"

"예, 두 분 다 그리로 왔어요."

"피고인이 물 마시고 갔다는 사람이에요?"

"예."

"2천5백만 원 받아간 사람이 피고인이 맞습니까?"

"예, 사진이 저한테 있어요."

4월 22일에 본인이 확인했다는 사람과 4월 23일 확인했을 때는 피고인에 대해서 170 정도에 얼굴이 둥글둥글하고 안경을 안 쓰고 머리가 약간 벗겨졌다.

"4월 23일에 확인한 게 저 피고인으로 되어 있는데, 혹시 본인 기억이 헷갈리는 거 아닌가요?"

판사는 답답한 듯 질문을 하였다.

"물 마시고 간 분이죠? 그럼 저분이 3천만 원 가져간 분이에요?."

여자는 큰 금액을 민우가 가져갔다고 말하고 싶었던 것 같았다.

"날짜가 연달아 있어서 본인이…."

민우는 민우도 문제이지만 어떻게 연속 두 번에 걸쳐 보이스피싱에 당할 수 있나. 그리고 이 죽일 놈의 보이스피싱 조직의 농간에 대해 민우의 더 분노가 끓어 올랐다.

"22일, 23일 하루 차이에요. 그리고 나중에 온 분이 머리가 벗겨졌어요. 증인은 지금 ○○은행에서 나왔다고 한 분이 피고인이라는 건가요?"

"예."

"금융감독원 직원이라고 했나요?"

"금융감독원이라고 한 분은 머리가 좀 벗겨진 분이고요."

"피고인보다 더 벗겨졌습니까?"

"더 벗겨진 것 같은데, 모르겠어요. 사진을 봐야 알 것 같아요."

"4월 22일과 23일 연달아 있었다고 했는데, 22일이 3천만 원이고 23일이 2천5백만 원이 아닌가요?"

"예, 나중이 2천5백만 원."

"피고인이 22일에 온 사람인가요, 23일에 온 사람인가요?"

"22일에 오신 분이에요. 3천만 원 가져간 사람이 물을 마시고 갔어요. 나중에 오신 분이 물을 안 마시고 갔는데요. 얼굴을 봐야 알 것 같아요."

"22일에 온 사람이 물을 마시고 갔는데 그게 피고인인 것 같고, 3천만 원을 받아 갔다는 거지요?"

"예."

"핸드폰에 CCTV 사진이 있나요?"

판사는 오락가락 하는 여자 증인에게 답답해하며 질문을 하였다. 그 여자가 있다고 하자 "그럼 확인해 보세요."라고 했다. 판사는 즉석에서 여자 증인에게 핸드폰으로 CCTV 화면을 확인하게 하였다. 한참을 살펴 본 후에야 사실이 확실해졌다.

"아~ 저분이 3천만 원짜리가 아니고 2천5백만 원짜리에요."

민우는 졸지에 여자에 의해 2천5백만 원짜리가 되어 버렸다.

"피고인이 23일에 와서 2천5백만 원을 받아간 사람이 맞습니까?"

"예."

"그럼 아까 은행 직원이라고 말한 사람은 첫째 날 온 사람이고 피고인이 아니라는 거죠?"

"예."

"앞서 말씀하셨던 은행 직원이라고 말하고 물 마시고 간 사람은 22일에 왔다 간 사람이고, 피고인은 아니라는 거죠?"

"예."

"그럼 피고인이 돈을 받아갈 때 본인이 금융감독원 소속 직원이라고 말했습니까?"

판사는 증인에게 민우가 금융감독원이라는 사칭을 한 게 맞냐는 심각한 질문을 하였다.

"금융감독원이라고 또 전화가 왔어요. 똑같은 식으로 직원이 왔냐고 물어봐요. 그래서 나 바쁜데 왜 안 오냐고 그러니까, 지금 갔을 거라고 해서 문을 열어 봤더니 앞에서 두리번거리는 거예요. 그래서 제가 어딜 찾냐고 했더니 머뭇거리더라고요. 그래서 혹시 금융감독원에서 왔냐고 했더니 맞다고 해서 들어오라고 그랬어요. 그분도 전화를 바꿔 달라고 해서 바꿔 줬어요. 두 분이 이야기하더니 맞다고 그렇게 된 거예요."

아니 이 여자가 사람 잡네. 민우는 그 여자에게 소리치고 싶었다. 내가 언제 금융감독원 직원이라고 그랬냐고 따지고 싶었지만 참고 기다리기로 하였다.

"제가 돈을 세어 보라고 했더니 백만 원인가만 세어 봤어요. 나머지는 딱 적혀 있으니까, 은행에서 금방 찾아온 돈이니까 놔두고 잔돈만 세고 가방 에다 넣더라고요."

오 변호사는 판사를 향해 질문을 요청했다. 판사가 허락을 뜻하는 표현 으로 고개를 끄덕였다

"증인이 금융감독원에서 왔다고 하니까, '네' 하고 들어갔다는 거죠?"

"예."

"그러니까 가게로 들어가자 피고 이 사람이 금융감독원 직원을 직접 말 한 게 아니라 통화 중이던 전화 속 남자가 우리 금융감독원 직원을 바꿔 달라고 한 것이죠?"

"네, 그리고 들어와서 그분을 바꿔 달라고 해서 두 분이서 전화를 하고 나한테 도로 주더라고요. 우리 직원이 맞으니까 돈 드려도 된다고 그러더 라고요. 돈을 세어보라고 했더니 잔돈만…."

오 변호사는 국밥집 여자 증인이 피고인이 금융감독원에서 왔다고 말한 것에 대하여 피고인 민우가 금융감독원 직원이라고 말한 것은 전화속 남 자가 한 말이라는 것을 확실히 하고 가기 위한 질문이었다. 민우는 속으로 오 변호사 이 양반 제법이라는 생각이 들었다. 판사가 다시 여자 증인에게 질문을 하였다

"돈을 백만 원만 세고 돌아갔습니까?"

"예, 그게 다예요."

이것으로 방청석에 앉자 있던 피해자인 국밥집 여자의 마지막 돌발 증언이 끝나자 민우는 판사의 표정을 살펴보려고 얼굴을 들었으나 판사는 증인의 진술 내용을 계속 기록하느라 고개를 숙이고 있어 판사의 표정을 정확히 읽을 수가 없었다. 옆에 있는 오 변호사 역시 아무 표정 없이 덤덤한 표정으로 서류를 챙기고 있었다. 순간 민우는 오늘 재판을 순간적으로 복기해 보았다. 대체로 오늘 증인들은 민우의 보이스피싱 범죄에 대하여 민우를 그리 나쁘게 증언을 하지 않았던 것 같았다.

편지

단지 검찰이나 경찰은 민우를 기소하기 위해 민우의 범죄 사실을 입증하기 위하여 금융직원이나 금융감독원을 사칭하였다는 증언을 이끌어내려 하였지만 검사 측 증인에 의하여 오히려 민우가 유리해진 것 같았다. 그리고 우려했던 김우석의 증언 역시 검사의 질문을 무난하게 잘 대답하였다. 그에게 마음속으로 고마움을 표했다. 어쨌든 걱정했던 검찰 측 증인과 피고 측 증언이 끝나자 고무풍선에 바람이 빠지듯 온몸에 기운이 하나도 남지 않았다. 주어진 환경에서 그나마 이곳에서 할 수 있는 범위 내에서 최선을 다하여 민우는 재판에 임하였던 것이다. 아쉬움은 조금 남아 있었지만 민우는 자신의 능력이 여기까지인 것으로 만족해야 했다.

다음 심리는 7월 20일로 잡혔다. 피고 측 오 변호사는 마지막 녹취록을 법원에 제출하겠다는 말을 남기고 자리에서 일어났다. 민우는 김우석 씨에게 눈으로 고마움을 전하고 난 다음, 판사에게 공손히 간절한 마음으로 45°로 인사를 하였다. 그리고 오 변호사에게도 수고했다는 인사를 하고 들어왔던 문으로 다시 들어갔다. 법정에서 방청객 맨 앞자리에 앉아서 민우의 재판 과정을 쭉~ 지켜보던 교도관은 민우를 대기실로 안내하면서 물었다.

"사설이에요?"

"네? 아니요, 국선이에요."

"국선이라고요? 선생님은 정말 운이 좋은 것 같아요."

"네?"

민우는 무슨 뜻인 줄 몰라 다시 질문하였다.

"무슨 말씀이신지요?"

"정말 쓰레기 같은 변호사 많거든요."

"세상에 이렇게 준비도 잘하고 최선을 다하는 변호사는 처음 봤어요."

위대한 전쟁을 마친 전사처럼 민우는 2번 방으로 돌아왔다.

"형! 어떻게 됐어?"

"응 최선을 다했어. 너의 도움 고마웠어."

민우는 포기하려던 반대 심문서를 포기하지 않고 끝까지 할 수 있게 도 와준 주지스님 김 사장에게 진정 고마움을 표하였다.

민우는 오늘 일어난 일들에 대하여 아내에게 편지를 쓰기 시작하였다.

사랑하는 당신에게!

오늘 7월 6일 증인 재판이 있었어. 검사 측 증인과 피고 측 김우석 씨 증 언이 있었는데 결과야 알 수 없지만 느낌은 매우 좋았어. 법정에 같이 있었 던 교도관이 나올 때 쓰레기 같은 변호사가 많은데 나를 담당해준 국선 변 호사는 다르다고, 운이 좋은 것 같다고 하더라. 그러면서 좋은 결과가 있기 를 바란댔어. 사람은 어디서나 좋은 사람을 만나야 하는데 가끔 변호사 욕 은 했지만 다행히 우리 변호사는 성실한 사람 같아 다행이라 생각해. 내 실 수로 이곳에 왔지만 내가 무죄라는 것을 입증하려 최선을 다했어.

이제 마지막 심리가 7월 20일이야; 이제 내가 할 수 있는 것은 없고 결과가 좋으면 나가게 되겠지. 그러면 마지막 인생을 잘 살 수 있도록 노력할 거야. 좋지 못한 결과가 나오더라도 실망하지 않을 것이니 걱정하지 마.

그리고 좋지 못한 결과가 나오면 합의 볼 생각은 하지 말자. 이제 이곳을 견딜 수 있을 것 같아. 이제 내 운명을 받아들일 수 있을 만큼 적응이 됐으니까. 처음 이곳에 왔을 때는 많이 불편하고 답답하고 힘들었는데 인간은 환경에 적응이 빠른 동물인 것 같아. 아무튼, 이제 다음 기일을 기다려야 할 것 같아. 여름 더위 조심하고 언젠가 볼 날을 위하여, 안녕.

2021. 7. 6.

7월 7일

코로나19의 3차 대유행 이후, 6개월 만에 일일 확진자가 천 명이 넘었다. 수도권 거리 두기로 인하여 식당 등 자영업자의 어려움은 민우가 이곳에 들어오기 전보다 훨씬 더 힘들어진 상황이 되어 버렸다. 언론은 새로운 거리 두기를 강화해야 한다고 목소리를 높이는데 걱정이다. 아내 회사, 아들 딸 회사, 사위 모두에게 타격이 있을 텐데. 그런 가운데 민우 자신만 이곳에서 어찌 보면 가장 안전한 곳에서 무위도식하고 있는 건 아닌가 죄책감을 느꼈다.

과거 형제처럼 지내던 홍 형님 집에서 911테러 뉴스를 보고 있을 때 미국의 부시 대통령은 이라크, 이란과 함께 북한을 악의 축(Axis of devil)이라고 말한 것이 생각났다. 민우는 악의 축이란, 다른 게 아니라 지금의 자신을 말하는 것이란 생각이 들었다. '내 가족과 내 주변 사람을 사지로 내몰고 힘들게 하는 나야 말로 악의 축이 아니고 뭐란 말인가.' 하는 생각 말이다.

7월 8일

민우는 아들에게도 몇 자 적기 시작하였다.

사랑하는 호영이에게!

월 6일 재판이 끝나고 아빠가 있는 8층 2호실까지 호송을 한 교도관에게 고맙다고 하니까, 좋은 결과가 있길 바란다고 하더라. 그 교도관은 재판정에서 많은 변호사의 변론을 지켜봤기에 아빠 변호사의 성실한 변론에 대하여 감명을 받은 것 같았어. 역시 너의 선택이 옳았던 것 같아. 지난주 아빠가 준비한 증인 반대 심문서를 우리 변호사에게 전달할 방법이 없어 노심초사했는데 월요일 극적으로 접견이 되어 반대 심문서를 전달하였고 그 내용을 변호사가 재판 때 잘 활용을 하였던 것 같아 한결 마음이 놓였단다. 우리 젊은 변호사는 나의 심문서를 보고 노마지지란 말을 하였는데 아마 자신의 변호사 경험도 중요하지만 내가 살아온 인생 경험을 바탕으로 작성한 반대 심문서를 보고 재판 때 활용을 한 것 같더라. 피고 측 증인 김우석 씨는 20년 이상 채권 채무 일을 하였기에 판사나 검사의 질문에 합리적으로 있었던 경험을 잘 설명을 하여 아빠의 진실을 잘 증언해 주었단다. 그동안 너의 수고 고맙다. 마지막 7월 심리 잘 끝나고 풀려나면 우리 아들하고 소맥 한잔하고 싶다. 끝으로 먼 길 와 준 김우석 씨에게 고맙고, 이상호에게도 고맙다고 전해 주렴. 그리고 우리 변호사는 변론은 마치 영화의 한 장면 같았다고 전해 주고, 엄마에게도 사랑한다고 전해 주렴. 어제 뉴스에서 확진자가 천 명이 넘었다고 하니 코로나19 조심하고.

2021. 7. 8.

빡빡이의 탄원서

　내일 출소 예정인 넘버 투, 주지스님 김 사장의 회식은 없었다. 나이 어린 방장 놈은 자기가 좋아하지 않는 사람의 이별식은 해 주고 싶지 않았던 것 같았다. 그동안 방 사람들을 무식하다고 무시하는 김 사장에게 마지막까지 아무 말도 섞고 싶지 않았던 것 같았다. 넘버 투는 언젠가부터 외톨이로 있었다. 그런 김 사장을 민우와 대머리독수리 이 사장 그리고 넘버 나인, 윤 사장 셋만이 가끔 말 상대가 되어 주었다. 넘버 투 김 사장은 혼자 사는 데 익숙한 것 같았다. 어찌 보면 그게 인생 사는 데 있어 친구가 많은 사람보다는 더 나을 수 있다는 생각을 해 보았다.

　"두 형님, 저 나가고 나면 이 중사랑 철없이 까부는 애들 때문에 걱정이에요."

　넘버 투 김 사장은 민우와 독수리 이 사장을 바라보며 말했다. 방장과 정인호, 박진호 그리고 30살의 장영수가 어제와 마찬가지로 소리를 지르며 이소령 흉내를 내며 날뛰고 있었다.

　"야! 야! 좀 작작 좀 해라. 작작 좀 하라고~"

　김 사장은 마지막으로 큰소리를 내고 있었다. 누구도 방장과 그 패거리에게 제대로 한마디 하는 사람이 없었는데 그래도 한마디 하는 사람은 넘버 투 김 사장밖에 없었다. 이제 누가 싫은 소리를 할 것인가?

"좀 조용히 하라고."

그래도 멈추지 않는 젊은 애들의 행동에 빡빡이 김 사장의 목소리가 점점 격앙되기 시작하였다.

"이 어린 것이! 방장 시켜 줬더니!"

그 소리에 민우는 깜짝 놀랐다. 어린 방장이 순서대로 방장이 되었다고 생각했는데 비하인드 스토리가 있는 줄 오늘 처음 알았다. 몇 개월 전 차기 방장 순서였던 빡빡이 김 사장은 합의만 보면 곧 나간다는 생각에 다음 순서인 어린 방장에게 자리를 물려주었던 것이다. 실권을 이어받은 어린 방장 김영환은 빡빡이한테 고맙다는 말도 없이 한 달 정도가 지나자 버릇없는 횡포를 부리기 시작한 것이다. 사기를 치고 이곳에 들어왔지만 매사 정도를 중요시하는 김 사장은 어린 방장과 끊임없는 마찰의 연속이었다. 한참 나이 어린 2, 30대 젊은 애들이 좁은 방에서 그나마 싸우지 않고 견디고 있다는 것을 다행이라고 생각하고 있었지만, 서열이 위라고 도가 지나친 어린 애들의 언행은 김 사장의 성격상 용서가 안 되는 것이었다. 참다 못한 빡빡이 김 사장이 결국 나섰다. 덩치 큰 이 중사는 어린 방장 눈치만 보고 덩칫값도 못하고 있었고 방장에게 아부하기 바쁘기에 그놈에게 정상적인 방 생활을 바란다는 것은 애초 글렀다고 생각했었다.

"뭐, 씨발! 한번 해 보자는 거야?"

문신에다가 헬스로 다져진 몸매의 영수는 170도 안 되는 김 사장에게 위협을 주고 있었다. 민우는 그 사이에 끼여서 말렸다.

"그만해!"

민우는 이방에 들어와 처음으로 소리를 질렀다.

"에이, 씨발! 내가 빨리 나가 야지! 이 더러운 징역살이!"

오늘의 이 행동은 빡빡이 가 독수리 이 사장과 민우를 위해 젊은이들에 게 대신 한마디 하고 있다는 것을 민우는 알 수 있었다.

> 인간은 권력을 획득하는 데에는 능하지만,
> 권력을 행복으로 함께 나누는 데는 그리 능하지 못한 것 같았다.
>
> -유발 하라리, 《사피엔스》

나이 어린 방장 역시 이 좁은 방에서 권력을 가졌지만 남을 위해 행복을 주는 일은 할 줄 모른다. 자신의 언행이 남에게 끼치는 영향이 어떤 지를 아직 사회 경험이 부족한 방장에게 바란다는 것은 민우의 욕심일 것이다.

아침 식사 후, 밥상 책상 위에 넘버 에잇과 넘버 식스가 성경을 앞에 두 고 열심히 마태복음을 써 내려가고 있었다. 누가 이 짓을 시작했는지 모르 지만 그들은 이걸 쓰는 순간 마음이 편해진다고 했다. 민우는 그렇게 해서 라도 자신이 지은 죄를 반성하고 마음의 안정을 찾을 수 있다면 그리 나쁘 지 않다고 생각했다.

"안 하면 마음이 불편하고 그래도 다 쓰고 나면 마음이 편안해져요."

장영수의 말에 민우는 열심히 쓰라며 응원을 보낸다. 진호는 다음 주면 전방을 가게 될지 모른다. 떠나는 사람이 있으면 오는 사람이 있는 이 2번 방은 이번에는 어떤 새 얼굴이 들어 올 것인가? 잠시 깜박 졸고 있는데 철 창 소리가 들려 벌떡 눈을 떴다. 오후 1시 10분, 스피커에서 김 사장을 부르 는 소리다.

"김경훈, 출정!"

넘버 투, 빡빡이 주지 김경훈은 만감이 교차하는지 눈물을 글썽였다.

"형! 잘 있어."

벌써 목이 메여 있었다.

"집행유예가 떨어지지 않는다면 다시 돌아올 거야."

"뭐? 쓸데없는 소리 하지 마. 잘될 거야."

그런 일이 없기를 바라며 작별을 하였다.

김 사장이 나가는 순간 노인네 방 1번 방에서는 또다시 씨발거리는 소리와 함께 우당탕 소리가 났다. 매일 같이 싸우는 1번 방을 바라보며 한시도 싸움이 그치지 않는 1번 방에 자신이 있지 않은 것에 대하여 그나마 다행이라 생각하였다. 눈물을 글썽이며 떠나는 경훈이를 바라보며 이 방은 너무 쉽게 정들고 쉽게 이별하는 곳이라 생각이 들었다. 이곳이 정말 점점 싫어지기 시작했다. 문득 떠나고 싶은 생각이 들었다. 하지만 떠날 수 없는 현실, 자유가 그립다.

그가 떠나자 우리 2번 방은 갑자기 빡빡이 성토장이 되었고 비난의 소리가 커지고 있었다. 남아 있는 젊은 사람들 대부분은 빡빡이를 비난하고 있기에 만일 재판에서 석방되지 못하고 다시 돌아온다면 생각하기도 싫었다. 만일 돌아온다면 이런 비극은 없을 것이다. 민우는 그가 다시 돌아오지 않고 출소하기를 진심으로 기도하였다. 다시 온다면 그에게도 불행한 일이지만 항상 다이너마이트 같은 다혈질 김 사장의 감방 생활은 서로에게 너무 힘든 일이 될 게 뻔하였다.

오후 3시가 넘어가고 있었다. 아직까지 상황실에서 관대를 내려 달라는 소식이 없다. 스피커에서 소식이 없으면 못 나간 것이다. 3시 20분이 지나가는데도 아직 소식이 없다.

"못 나가는 모양이군!"

민우의 속이 더 타들어 가기 시작하였다.

"아~ 이놈! 못 나가는 것인가."

분명 마지막 고소인과 9천만 원을 3천 만 원에 합의 봤다고 했는데, 그게 아닌가? 그러한 생각을 하고 있는 사이에 스피커에서 찢어지는 소리가 들렸다.

"김경훈 씨, 관물대 내려보내세요."

민우는 안도의 긴 한숨을 내쉬었다.

"드디어 나가는군."

7월 9일

"이게 뭐지?"

아침에 일어나자마자 독수리 이 사장이 어제 김경훈이 떠나면서 남겨 놓은 편지를 발견한 것이다. 이 사장은 민우에게 함께 보자고 눈짓으로 신호를 보냈다. 편지지에 또박또박 써 내려간 편지는 김 사장이 이 방을 떠나기 전에 그동안 하고 싶었던 자신의 생각을 담아 놓은 것이다. 아마 어젯밤에 쓴 것 같았다. 민우에게도 간단한 멘트가 있었다.

민우 형! 생활 잘하고, 나오면 꼭 연락하세요. 그리고 형한테 말은 안 했지만, 재판부에 내가 탄원서를 보냈어. 그동안 구치소에서 길지 않은 시간

동안 함께 있었던 김민우 씨는 절대 나쁜 짓을 할 사람이 아니라고 말이에요. 그럼 안녕.

민우는 놀라는 심장을 어떻게 할 수 없었다. 이놈이 나에게 말도 없이 재판부에 탄원서를 썼다니 그저 놀랄 뿐이었다. 민우는 한 명씩 돌려 보라고 방장에게 주었다. 방장은 관심 없는 듯 받자마자 옆에 사람에게 주었다. 한 명씩 돌려 보던 중에 넘버 식스 이 중사가 거친 욕을 쏟아내기 시작하였다.

"에이, 씨발! 아침부터 기분 더럽네."

읽어 보던 이 중사가 집어 던진 쪽지에는 아래와 같이 적혀 있었다.

창수 형!

형님들이랑 사이좋게 지내세요. 어른 공경할 줄 알았으면 좋겠어요. 창수 형의 이중적인 성격을 고쳤으면 해요. 앞에서는 위해 주는 척하며 상대방을 힘들게 하는 거 그거 나쁜 거예요. 제가 보기엔 민우 형은 함부로 할 사람이 아닌 것 같아요. 민우 형이 말을 하지 않아서 알 수는 없었지만, 보이스피싱으로 들어왔다고 해서 우리 같은 사람하고 어울릴 사람 아니에요. 그리고 있는 체하는 사람 특히 구 사장에게는 그가 진짜 부자인지 검증도 안 되었는데 그렇게 아부하는 것은 옆에서 지켜보는 내가 오버이트가 날 정도였어요. 철없는 방장과 애들하고 노닥거리지 말고요. 아무튼, 민우 형이나 이 사장님에게 예의를 갖추었으면 좋겠어요. 재판 잘 받으세요.

김경훈은 떠나면서 거의 이 중사에게만 날카롭게 꾸짖고 있었다. 옆에 있던 독수리 이 사장은 이 중사 들으라는 소리로 "그놈, 나가면서 시원하게 한마디 했네!"라며 웃었다. 이 중사는 군에서 중사로 제대하였다고 하여 붙인 이름이었다. 그런 이 중사를 빡빡이 김경훈이가 시원하게 한 방 날린 것 같았다.

7월 9일 자 매일경제신문 A30면에 "보이스피싱과의 전쟁"이란 타이틀이 대문짝만 하게 실렸다. 독수리 이 사장이 음주운전 뉴스 기사가 날 때마다 가슴이 철렁거린다는 말을 민우는 이해할 수 있었다. TV나 신문에 이러한 기사가 나올 때마다 관련된 우리의 심장은 콩알만 해진다. 아무래도 이런 기사가 나면 자신들의 판결에도 영향이 없지 않아 있을 것 같아서이다. 범죄는 악마의 유혹으로 인하여 인간의 선행보다 여러 가지 나쁜 유형으로 빛의 속도처럼 빠르게 진화해 나가고 있는 것 같았다.

7월 10일

잠시 잠에서 깨어났다, 새벽 2시 30분을 가리키는 시계를 보고 다시 잠을 청하였다. 바스락거리는 소리에 다시 눈을 뜨니 바로 옆에서 자고 있던 독수리 이 사장이 누워서 발을 하늘로 향하고 자전거 타는 운동을 하고 있었다. 서로 눈이 마주치자 누가 먼저랄 거 없이 빙그레 눈인사를 하였다. 어제가 내 양력 생일이었다고 넘버 에잇 장영수에게 얘기하였더니

"진짜! 어제 미역국 나왔잖아요."

"제가 준비한 거예요."

"그래, 고맙다. 미역국은 인천 셰프가 최고지. 고맙다."

"죄송해요, 아버지. 나가면 맛있는 거 해 드릴게요."

민우를 많이 따르는 영수의 말 한마디에 민우의 힘든 여정이 녹아 내리고 있었다. 밖에는 조용한 빗물이 흐르기 시작하였다. 빗물 냄새가 점점 정겹게 다가오고 있었다. 민우는 쇼생크 탈출의 팀 로빈스처럼 하늘을 향해 쏟아지는 비를 맞으며 자유를 소리치는 상상을 해 보았다.

감방 사람들은 개인 물품에 모두 자신의 이니셜을 표시해 두는데 민우는 내의 등에다 헬리콥터의 이니셜인 H 자를 등에다 그려 넣었다. 언제든 떠나고 싶을 때 헬기를 타고 떠나기 위해서 그려 놓은 것이다.

어린 방장을 비롯하여 아이들은 '뚜두두두' 소리를 내면서 민우의 내의 뒤에 그려진 헬기장에 자신들의 손이 헬기인 것처럼 등에 착륙하곤 하였다. 민우는 그들을 위해 기꺼이 자신의 헬기장을 내놓았다.

빵기통에 앉아 설거지를 하는 9번 윤 사장과 10번 구 사장의 시시콜콜한 얘기를 들으며 식기 놓는 것을 도와주었다. 마지막 준비 서면 때 김태영의 마지막 녹취를 찾아 8월 10일에 제출해야 하는데 그때까지 받아 볼 수 있을지 또 걱정이다.

초상화

평소보다 아침 점검이 일찍 시작되었다. 뺑기통에서 이를 닦다가 1번 방에서 번호 소리가 들리자 후다닥 급히 웃옷을 걸치고 자리에 앉았다.

"번호!" 구령 소리에 하나 둘~ 여섯 단추가 채워지지 않은 민우를 본 교도관이 "점검 소리 못 들었어?" 톤을 높이면서 묻는다. 민우는 군기 빠진 노병처럼 대답했다.

"못 들었습니다."

그 소리가 다 끝나기 전에 교도관 계장은 2번 방을 지나 3번 방으로 향했다. 나이 육십 넘어 단추를 채우지 않았다고 한 소리 들을 줄 그 누가 상상했겠는가. 사람 팔자란 정말 알다가도 모를 일이다. 그나마 다행인 것은 이곳이 군대처럼 얼차려가 없다는 것이었다. 나이 육십 넘어 군대 같은 점호까지 했다면 더 슬펐을 것이다.

오늘은 온종일 왼쪽 머리의 끝이 아파 왔다. 그렇다고 병원에 갈 수 있는 상황도 못 되고 만약 뇌에 출혈이라도 생기면 어떡하나 싶었다. 넘버 나인 윤 사장은 대머리독수리 이 사장을 바른 자세로 앉히고 초상화를 그리기 시작하였다. 마른 얼굴에 이목구비가 뚜렷한 이 사장은 석고상의 줄리

앙 같았다. 독수리 이 사장의 초상화가 끝나자 넘버 텐, 구 사장은 눈을 아래로 깔고 포즈를 취하여 마치 잠자는 새끼 곰 모양이 되었고 민우도 하나 부탁하여 세 번째 순서로 초상화를 받았다. 우울한 자신의 모습을 변화시키려 웃는 포즈를 취하였는데도 초상화는 슬퍼 보였다. 민우는 윤 사장에게 농담 반, 진담 반으로 말했다.

"내가 만일 무슨 일이 생겨 죽는다면 이 그림을 내 영정으로 삼으라고 우리 가족에게 전달 좀 해 줘."

"아니, 형님! 무슨 말씀이세요? 앞으로 살 날이 더 많아요."

윤 사장은 민우를 위로해 주고 있었다.

"그리고 형님, 그거 영정으로 쓸 거면 내가 다시 그려 줄게요."

"다시 예쁘게 죽을라고?

민우는 윤 사장이 그려준 초상화를 다시 바라보았다. 낡은 내의 그리고 마음대로 자란 머리, 나갈 수 없는 창문을 바라보는 슬픈 눈동자, 민우는 자신도 모르게 눈가에 이슬이 맺혀 있었다. 그동안 민우의 인생은 자신의 가식 속에 묻혀 진실이라곤 손톱에 때만큼도 보이지 않았다. 윤 사장이 그려준 초상화에는 일부러 머리숱을 약간 심어 주었는데 그리 나쁘지는 않았다.

코로나 확진자 수가 1,000명이 넘어 우표 구매까지 중단된다고 하였다. 등기 우표값이 장당 3천8백 원인데 10장을 미리 살려면 3만8천 원이었다. 이제는 우표값도 만만치가 않았다. 독수리 이 사장은 본인이 가끔 다니는 식당 여주인이라고 민우에게 침이 마르도록 자랑하였던 꽃분 씨 편지를 받자마자 민우 앞에서 찢어 버렸다.

"아우님, 무슨 일 생겼어?"

그는 인생을 포기한 사람처럼 한숨만 푹푹 쏟아 내고 있었다.

7월 13일, 독수리 이 사장 선고 날

칠월의 더위는 새벽부터 빠르게 시작됐다. 민우는 오늘 아침도 어제와 마찬가지로 손이 부어 있었다. 오늘은 오른손이 부었다. 어디 무슨 문제가 있는 게 분명하였다. 이렇게 손이 붓거나 하면 분명 문제가 있는 것인데 여기서는 제대로 된 검사를 받을 수가 없다. 모두 교도소로 이감 가면 거기서는 진찰을 받을 수 있다고 검증되지 않은 말을 하고 있었다.

어느덧 오늘이 독수리 이 사장의 선고 날이다. 이 지긋지긋한 깜 빵을 벗어난다며 들뜬 마음으로 방문을 나갔던 이 사장이 풀이 죽어 돌아왔다. 이 사장은 얼굴이 붉으락푸르락 화가 머리끝까지 올라 있었다. 아들에게 변호사 수임료를 돌려 달라고 해야겠다며 평소 심한 욕이 없는 이 사장이 씨발 새끼, 개새끼, 소 새끼 등등 각종 새끼를 찾으면서 흥분하고 있었다.

"형님, 나 변호사 놈한테 사기당했어!"

"뭔데?"

이 사장은 아무 말도 하지 않았다.

"그냥 포기하자. 처음부터 변호사와 잘못 계약한 자네 탓이야. 잊어버려야지 어쩌겠어."

민우는 이 사장에게 말은 그렇게 했지만 그의 심정을 무엇으로 이해할 수 있을까?

숨쉬기가 벅찰 정도였는데 보안과장 순시가 2시에 있다는 소지의 고함에 더위에 지쳐 있던 2번 방 사람들은 늘어진 몸을 일으켜 겨우 정리 정돈을 하기 시작하였다. 그때 유치장 밖 누군가의 날카로운 소리가 담벼락을 넘어 민우 가슴에 꽂혔다.

"이 개새끼들아! 왜 죄 없는 사람을 잡아갔어?"

잠시 후 그 소리는 더 이상 들리지 않았다. 인천 구치소는 법원 바로 옆에 있다. 도로 옆이라서 그런지 지나다니는 사람의 작은 이야기 소리까지 들렸다. 그 소리는 바깥세상을 더욱 그립게 만들었다. 또한, 담배 피우는 장소가 우리 2번 방 밑이라서 그런지 가끔 담배 연기가 벽을 타고 올라오곤 하는데 꼴 초 들은 담배 생각이 더 간절한 모양이었다.

코로나 확진자가 사흘째 천 명이 넘었다는 뉴스에 모든 것이 정지되고 멈추고 연기되는 상황이다. 딸 편지에도 법원 재판이 다 연기되었는데 아빠 재판은 그나마 며칠 전에 잡혀 있어 다행이라는 소식을 전해왔다.

이상호는 무슨 일이든 아빠를 위해 필요한 것은 다 하겠다며 필요한 것을 다 말하라 하였다. 언제나 고맙고 든든한 사람이다. 고마운 사람, 내 일찍이 이상호의 사람 됨 됨을 알고 있었지만 죽기 전 좋은 친구 하나만 있어도 인생 잘 살았다고 하는데 민우는 그래도 나쁘지 않은 인생을 산 것 같다는 생각을 상호를 통해 위안받고 있었다. 고등학교 동창 박 변호사가 걱정 어린 안부를 보냈다는 소리에 '이놈은 아직 나한테 뜯어 먹을 게 남았다고 생각하는 모양이지' 쓴웃음을 지었다.

온다던 보안과장은 오지 않고 3시 반 넘어 보안과장 순시는 해지되었다. 이 중사 와이프는 서울에서 식당을 하고 있다고 하였는데 코로나19로 인하여 손님 발길이 줄어드는 상황에 간판까지 망가졌는데 어떻게 하냐고 아내에게서 편지가 왔다. '씨발, 이걸 알아서 해야지! 내가 여기서 어떻게 해!!' 하면서 아내의 편지를 들고 화를 내고 있었다. 아내에게 욕은 했지만 자신이 집에 보탬이 되어야 하는데 이렇게 갇혀 있어 집에 도움을 주지 못하는 심정을 그는 욕을 하면서 달래고 있는 것이었다.

오늘은 저녁 먹고 샤워를 해야겠다. 샤워라는 게 뭐 이 방에 하나 있는 호수를 왼손으로 잡고 오른손으로 몸을 더듬듯이 몸을 씻는 게 샤워다. 물은 가끔 수압이 낮아 곤란을 겪기도 하지만 이렇게라도 샤워를 할 수 있다는 게 어디인가.

이 중사는 스포츠도박 전달 입금책이었다. 본인들은 어쩔 수 없이 했다고 하지만 힘들고 어려운 일은 하기 싫고 쉽게 돈을 벌고자 결국 나락으로 떨어져 이곳에 온 것이다. 자기 전 매번 넘버 에잇 영수는 꼬박꼬박 영양제를 챙겨 주었다. 영수는 아버지가 엄마와 이혼 후 집을 나가버렸기에 아버지로부터 아버지의 사랑을 받아 본 적이 없다고 하였다. 그래서 그런지 아버지의 사랑이 항상 그립다며 민우에게서 아버지의 따뜻함을 느꼈다며 비록 아들이 마음에 들지 않아도 저는 아버지라고 부르겠습니다. 민우는 정작 아들에게 이 아이들처럼 다정하게 대해 주지 못한 것에 대하여 진짜 미안한 생각이 들었다. 이 무더운 날 오늘도 1번 방 노인네 방은 "야, 씨발놈아! 때려 봐!"라며 우당탕탕거린다. 또 시작이다.

7월 14일

> **수영이에게!**
> 어젯밤에 많이 더웠지? 아빠가 알고 싶은 것을 몇 자 적어 보낸다.

1. 제347조 제1항 제30조, 제37조, 제38조

2. 제48조 1항

3. 보이스피싱 범죄 집행유예 판결문

   (무죄 판결문은 없는 것 같으니 집행유예 판결문 위주로)

위의 자료를 프린트하여 8월 10일 결심 전까지 보내주면 고맙겠다.

민우는 보름이나 지난 이 시점에서 다음 재판 준비가 전혀 되고 있지 않는 것에 대하여 서서히 불안해지기 시작하였다.

7월 15일

새벽 4시 30분 선풍기 바람이 유독 강하게 느껴져 잠에서 깨어났다. 몸을 왼쪽으로 돌렸더니 내 주위가 다 함께 왼쪽으로 돌아가기 시작하였다. 민우는 순간 놀라서 바르게 누워 보았다. 조금 더 누워 있다가 6시에 일어나 앉아 있었더니 조금 좋아진 것 같았다.

6시 20분 아침 점검이 끝났는데도 어지러움은 계속되고 있었다. 오늘 아침 식사는 독수리 이 사장과 단둘이서만 하였다. 황탯국은 너무 싱거워 간장을 조금 탔더니 그나마 간이 맞았다. 바나나를 후식으로 먹고 있는데 혈압약이 들어왔다. 넘버 나인 윤 사장이 물을 한 컵 따라 주었다. 언제나 친절한 넘버 나인. 저녁때는 다시 허리가 아프기 시작했다. 이제 내 몸도 60년 이상 사용했으니 수리할 때가 된 것 같았다. 독수리 이 사장도 허리가 아프다고 하여 척추 주위를 마사지해 주었더니 바로 코를 골기 시작하였다.

7월 16일

밤에는 열대야 현상으로 모두 오뉴월 강아지처럼 늘어져 있었다. 오늘은 오전 오후에 한 번씩 두 번 샤워하였다. 그래도 더위는 떠나지 않았다. 독수리 이 사장이 등을 밀어주니 한층 시원하였다. 민우가 이방에 처음 들어왔을 때 동호라는 20살 먹은 어린 청년이 있었는데 11층으로 전방 갔다가 화성 교도소로 간다는 소식을 소지로부터 들었다. 그 어린 청년은 소년원부터 생활하여 구치소 생활이 무척이나 익숙한 아이였고 입만 열면 거짓말이라 어느 말이 사실이고 거짓인지를 민우 역시 알 수가 없었던 게 생각이 났다.

동호는 우리 구치소에 보급되는 부식품들은 모두 유통기한이 다 지난 것만 준다고 하였던 생각이 났다. 혹시나 하여 빵을 하나 집어 들고 먹기 전 유통기간을 보니 날짜가 7월 19일이다. 오늘이 7월 16일이니 3일밖에 남지 않았다. 민우는 그놈 말처럼 팔리지 않는 유통기한이 다 된 재고 식품을 이런 곳에 파는 게 아닌가 의심을 해 보면서 빵을 한입 베어 물었다.

오늘은 손이 붓는 게 좀 덜 하였다. 잠잘 때 머리를 반대로 하여 잠을 자니 조금 덜 한 것 같았다. 앉아 있는 것도 무료하여 점심 설거지 때는 넘버텐 구 사장 대신 내가 서비스로 뺑기통을 탔다. 독수리 이 사장이 운영하는 사출 공장은 독수리 이 사장이 이곳 구치소에 수감된 이후 공장장과 식당 아줌마 둘이서 공장을 이끌어 나가고 있다고 하였다. 하지만 식당 아줌마와 공장장 둘 사이가 좋지 못하여 가끔 다투는데, 이 사장이 없어진 이후 요즘은 다툼이 심해져 툭하면 식당 아줌마가 그만둔다는 통에 머리가 아프다며 민우에게 하소연을 하는 것이다.

오늘 이 사장에게 온 편지도 공장 아줌마가 그만둔다는 편지 내용이었다. 공장 처음 시작할 때부터 같이 일해 온 식당 아줌마는 식당 일 뿐만 아니라 남자 2~3명이 하는 일을 훌쩍 해 버리기에 그리고 사출 일이 하루 이틀 만에 배워서 되는 일이 아닌데 식당 아줌마는 그 사출 일도 남자 못지않게 할 줄 알기에 이 사장에게 있어 식당 아줌마는 없어서는 안 될 귀중한 존재였다.

"아니, 공장장은 여자 하나 다루지 못하고 왜 다투는지 모르겠어. 형님! 이를 어쩌면 좋소? 아, 이놈의 식당 아줌마가 또 그만둔다고 실업급여 받게 해 달라고 편지가 왔어요. 지난번에는 아들이 회사에 휴가를 내고 공장에 가서 달래 본다고 했는데, 잘 안된 것 같아. 내가 공장에 있으면 아줌마를 살살 달래 줄 텐데, 그러면 문제 될 게 하나도 없는데!"

그는 법무부 장관도 아닌 민우에게 또 하소연하고 있었다. 오늘은 얼음물이 조금 늦게 오후 2시에 들어왔다. 민우는 최대한 오래 먹기 위해 윤 사장이 알려준 대로 0.5리터짜리 페트병을 휴지로 말고 신문지로 싸고 마지막으로 홈런 볼 봉지에 넣어 꼭지를 비틀어 고무줄로 칭칭 감았다. 그런 다음 목이 마를 때마다 한 모금씩 뚜껑을 열어 목을 축였다. 독수리 이 사장은 번거롭다며 휴지로만 감고 그냥 개인 컵에 넣어 두었다가 조금씩 마시곤 하였다.

오늘은 넘버 나인 윤 사장의 무릎이 심각하게 부어 있었다. 내가 쓰려고 남겨둔 마지막 파스 하나를 넘버 나인 윤 사장에게 건네주었다, 의무실 신청 후 4층 의무실에 갔다 오더니 자기보다 더 심한 환자가 약 하나 없이 다음 주 외진 의사가 올 때까지 버텨야 한다는 소리에 그냥 말없이 올라왔다며 여기 구치소의 열악한 의료 환경을 말하였다. 오늘은 금요일이다. 소통이 어려운 이곳 구치소에서 마지막 재판 준비를 해야 하는데 역시 아무런 자료를 받아보지 못하고 있는 민우로서는 자신의 기억만으로 정리하는 데 한계가 있었다.

오늘은 수영이의 편지가 없었다. 오던 편지가 없으니 마음이 불편하였다. 경찰서에서는 죄명이 사기방조였는데 검찰에서는 사기로 되어 있었다. 이게 무슨 의미인지. 상식적으로 사기보다는 사기방조죄가 조금 더 약할 것 같은데. 오늘 자 신문 속, 오늘의 문장에 나오는 단어 Ransomeware는 Ransome 몸값, Malware 악성코드를 뜻한다. 내 몸에 침투한 악성코드는 어떻게 풀어야 할지.

7월 17일

오늘 아침 점검 때 벽에 걸려 있는 달력 옆에 바퀴벌레가 나타났다. 통통한 체구의 구 사장이 순식간에 몸을 날려 손바닥을 내리쳤다. 모두 동시에 박수했다. 바퀴벌레만 봐도 기겁을 하였던 민우는 이제 무감각해져 있었는데, 바퀴벌레를 잡는 일이 뭐 대단한 일이라고 박수까지 보내는 난리인지 이런 작은 일에도 서로 박수하며 즐거움을 찾으려는 2번 방 사람들. 그렇게 시간은 가고 있었다. 오늘 아침은 에어컨이 무척이나 그리웠다. 시원한 바람을 맞고자 발코니에 서 있는 것처럼 전부 창가에 몰려 있었다. 하지만 밖에서 불어오는 바람은 습기 많은 지중해처럼 그저 후텁지근하였다.

옥수수 콘을 흰 우유에 넣고 바나나 그리고 채소샐러드에 모닝빵을 딸기잼을 발라 아침을 시작하였다. 관물대 칸막이에 걸어 둔 손목시계는 충분히 벽시계 역할을 하고 있었다. 그 벽시계는 아침 8시 17분을 가리키고 있었다. 아침부터 선풍기에서 쏟아내는 바람은 올여름이 만만치 않음을 알리는 듯 이른 아침부터 무더운 열기를 쏟아 내고 있었다. 온종일 모두 축 늘어져 붕어처럼 숨만 쉬고 있었다.

7월 18일

민우는 점심때 배당받은 얼음물을 신문지에 둘둘 말아서 담요 사이에 넣어 보온을 유지한 다음 한 모금씩 꺼내 먹는 게 유일한 낙이다. 4월에 구속된 민우는 구치소에서 사월을 잔인하게 보냈고, 계절의 여왕 5월은 꽃 한번 만져 보지도 못하고 보냈다. 신록의 계절 6월은 그 좋아하는 잔디 한 번 밟아 보지 못한 채 걱정만 하고 유월을 보냈다. 그리고 숨 쉬기조차 힘든 7월을 매일 매일 견디고 있었다. 그런 가운데 저 멀리 귀에 익은 팝송이 들려오기 시작하였다.

There I was on a July morning, looking for love
나는 사랑을 찾아 7월의 아침에 그곳에 있었다.
With the strength of a new day dawning and the beautiful sun
여명이 밝아오는 힘으로 그리고 아름다운 태양이.
-유라이어 힙(Uriah Heep), 〈줄라이 모닝(July Morning)〉

세월은 어디서든 그렇게 빠르게 지나가고 있었다. 민우는 오늘도 두 손을 머리에 대고 진단을 해 보았다. 아직 어지럽다. 이제 습관적으로 일어나면 오른손부터 살펴보고 있었다.

"형님, 혹시 사회에서 술 많이 먹거나 하면 손이 부었어?"

걱정스러운 눈길로 이 사장이 물어보았다.

"아니, 아마 선풍기가 원인인 것 같아. 난 선풍기 바람이 싫거든. 여긴 나 혼자 생활하는 곳이 아니라 선풍기를 끌 수도 없잖아."

"아니에요. 한쪽으로 자서 그런 거예요."

그 말에 그의 말이 맞을 수도 있겠다는 생각이 들었지만, 정확한 진단은 병원에 가 봐야 하기에 걱정만 커져 갔다. 가끔 창가에 서서 창 밖을 바라보는 정인호는 이제나 저 제나 전방 갈 생각에 마음이 심란한가 보다.

7월 19일

스피커에서 이제 관복 대신 반팔과 반바지를 입어도 된다는 방송이 나왔다. 얼마 전 출소한 빡빡이 김 사장 얘기가 화두에 떠올랐다.

"아마 부인하고 이혼한 것 같아요."

넘버 에잇은 자신의 생각을 말하였다.

"김 사장, 이제 나가면 토끼 같은 딸과 마누라 만나겠네?"

"나가면 제일 먼저 엄마 집에 가서 한 1주일 쉬고 있을 거예요."

먼저 아내와 아이들을 볼 것이라 대답할 줄 알았는데. 그때는 그럴 수도 있지, 각자의 사정을 누가 알겠나 생각했었는데.

더운 날씨에 수돗물까지 힘이 없었다. 아파트형으로 된 사각형 구치소에서 수천 명이 동일 시간대에 마구잡이로 물을 쓰니 당연히 물줄기에 힘이 없는 것은 당연하였다. 또한, 이 타는 듯한 더위에 냉장고나 에어컨이 없으니 그나마 더위를 식히려 수돗물을 틀어 놓고 묾소리와 함께 견디는 것이다. 아마 자기 집이면 수돗물 아깝다고 소리치는 마누라 아니면 엄마 성화에 틀지도 못했을 텐데. 그러한 2번 방 사람들은 모두 자기 전까지 오늘 밤 안으로 샤워를 제대로 할 수 있을까 걱정하고 있었다. 민우는 자기 전에 재판정에 보낼 서신 초안을 다시 잡고 있었다.

"올해로 만 62세인 저는 보이스피싱에 속아 알고 했느냐 모르고 했느냐에 대하여 다투는 것조차 부끄럽게 생각합니다. (중략)"

연목구어

7월 20일

무척이나 더운 하루다. 그나마 우리 방은 생수를 많이 사 두어서 다행인데 다른 방은 생수가 부족하여 그 뜨거운 바이오 물을 먹고 있었다. 민우는 그들을 걱정할 상황도 아닌데 별 걱정을 다 하고 있었다. 그나마 더위를 잠시 잊어 보려 후배에게 편지를 쓰기 시작하였다.

사랑하는 후배님에게!

이제야 시간을 내어 몇 자 소식을 전하게 되어 미안하구나. 아침부터 더위가 기승을 부리고 있는 이곳은 북한보다도 더 먼 인천 구치소 2동이란다. 수감 번호 1202번 약 5평 되는 공간에 10명의 수감자 중 내가 왜 여기 있는지도 모르면서 앉아 선풍기 2대에 목을 매고 더위를 식히고 있어.

놀라지 마라. 이곳에 갇힌 지 벌써 4개월째, 짧지 않은 동안 인생의 막장을 경험하고 있단다. 나의 죄목은 보이스피싱 전달책, 전에 회사에 같이 근무하였던 울산 지 사장 소개로 일하게 된 것이 보이스피싱일 줄이야. 지 사장도 모르고 이 일을 소개해 준 것이기에 미워하거나 원망하지 않는다. 다 내 잘못이니까.

경찰과 검찰은 내가 알고 이 짓을 했다는 것이고, 나는 정말 모르고 했다는 것에 대하여 진실 게임을 하는 중이란다. 최고 상책은 여간해서 잡히지 않고 그놈들은 나도 누군지 모르고 나 같은 심부름꾼만 잡히는 것이지. 이 무슨 해괴한 일인지…. 나는 일주일 정도 일하고 2억 정도의 돈을 전달하였고 수수료로 백만 원 정도 받았지.

그 대가로 나는 이곳에 있는 것이고, 이곳 예상으로는 1년 6개월을 살아야 하고 그것도 2억 원을 합의 보는 조건이야. 뭔가 잘못되어도 한참 잘못된 것 같지만, 이게 현실이고 받아들일 수밖에 없는 상황이 되어 버렸지. 처음 이곳에 왔을 때는 새로운 세계에 대한 두려움 막막함 그리고 절망감으로 이 작은 공간만큼이나마 숨 쉬기 힘들었지. 근데 이곳도 사람 사는 곳이라 차차 적응이 되어 가더라.

누나를 칼로 살해한 ○○○ 살인 사건의 살인자, 남들은 모두 그 젊은이를 단지 살인범이라 거리를 두려 하였지만 가까이서 본 나는 비록 살인자이지만 그도 인간이라 나름 조금은 이해할 수 있었어. 그리고 인천 ○○병원 조폭들의 칼부림 사건 당시 조폭, 마약범, 스포츠토토, 여자 공급책 온몸에 문신인 젊은 깡패들의 모습들은 욕 한번 잘 하지 않는 나로서는 신체발부 수지부모(身體髮膚 受之父母)라 도저히 받아들이기 어려운 부분이었단다.

언젠가 자네 회사 근처 일산에서 막걸리 한잔을 하며 춘추전국시대 노자 얘기를 했던 거 기억나니? "누가 너에게 해를 끼쳤다고 앙갚음을 하지 마라. 강가에 앉아 가만히 있으면 곧 그가 떠내려가는 것을 보게 될 것이다." 그 떠내려가는 사람이 바로 나인 줄을 이제야 알게 되었단다. 나의 시간은 그동안 너무 긴 방황이었어. 지금 이 순간 "연목구어(緣木求魚)"라는 성어가 생각나네. 지금까지 나는 다른 세계에서 엉뚱한 짓을 하고 있었던 게 아닌지 아니면 너무 무식한 존재였던 것 같아. 내가 체포되었을 때 수영이가 통곡을 하고 이 수렁에 빠져 있는 아빠를 구하려고 가족들이 똘똘 뭉쳐서 '아빠 구하기'에 나서서 애를 쓰는 모습을 지켜보며 나는 가족 때문에 하염없이 울고 말았어.

지나고 보니 당신처럼 고마운 후배는 없었던 것 같아. 사업 번창하길 진심으로 바라고 또 언젠가 볼 날이 있겠지.

2021년 7월 21일

못난 선배가

7월 21일

이 더운 여름날 아침부터 수도가 과부하에 걸려 빈 공기만 토해 내고 있었다. 수도꼭지 하나에 9명이 매달려 있는데 아침 식사 전, 넘버 에잇 영수가 아름다울 미(美) 자를 물어보았다. 민우는 표현은 안 했지만 이런 기본적인 한자도 모르는데 어떻게 인생을 살 수 있나 생각하며, 아름다울 미 자에 대해 가르쳐 주었다. 우리나라는 미국을 한자로 표기할 때 아름다울 미(美) 자를 쓰지만, 일본은 미국을 쌀 미(米) 자로 쓴다고 하였더니 옆에서 듣고 있던 독수리 이 사장이 정말이냐고 되묻는다.

독수리 이 사장은 영수가 가지고 온 《사피엔스》를 읽기 시작하였다. 민우는 몇 년 전, 아내와 친한 모자 공장을 하는 형님 부부와 같이 제주도 크라운CC에서 라운딩을 하고 더위와 허기를 채우러 해녀촌에 가서 회국수에 소주 한잔하였던 생각이 문득 떠올랐다. 그 당시에는 그 일들이 얼마나 큰 행복인 줄 몰랐었다. 우리는 사는 동안 공기의 소중함을 모르고 살아가 듯이 정작 자신의 주위에 많은 소중함을 잊고 사는 경우가 많다. 가끔은 휴식을 취하면서 자신을 돌아볼 필요가 있는데 그게 큰돈이 드는 것도 아닌데, 어느 순간부터 민우는 그것을 하지 못하고 산 것이다.

이 더위는 언제까지 지속되는 걸까? 수영이 편지는 오늘도 없었다. 이 무더운 날 나는 어머니에게 편지를 쓰고 싶었다. 하지만 돌아가신 엄마의 하늘나라 주소를 아직도 찾지 못하고 있었다.

사랑하는 딸, 수영이에게!

오늘은 2번 방 사람 중 아빠만 편지가 없어 조금 서운했단다. 여기 사람들은 어찌 보면 모두 온종일 편지 기다리는 낙에 살고 있는데 나 역시 편지를 기다리는 일이 일과가 된 것 같구나. 바쁘면 "안녕!"이라는 짧은 인사만 보내줘도 고마울 것 같아. 며칠 전 호영이에게 편지를 보냈는데 아빠 친구 준혁이에게 부탁의 말을 보냈는데 통화는 했는지 물어보고 답해 주면 고맙겠다.

어제 괜찮았던 손이 또 부었어. 머리 위가 가끔씩 아프고 여기서는 진찰이 쉽지 않아 방법을 찾아보고 있단다. 이곳 인천 구치소는 콘크리트 건물이라 더 더운 것 같구나. 이 더운 날 수도꼭지 하나를 9명이서 목숨처럼 여기며 살고 있단다. 뉴스에서는 코로나19 확진자가 사상 최고라 하는데, 여기가 바깥보다는 안전한 것 같으니 걱정하지 않아도 된다. 이래저래 사람 사는 곳은 장소를 떠나 걱정이 떠날 수가 없구나.

재판 결과는 다음 달 8월 10일인데 어떻게 될 것인지 걱정이 아빠를 떠나지 않는구나. 오늘도 독수리 이 사장은 밖에 나가면 자기 공장에서 같이 일하자며 아빠를 꼬시고 있단다. 그 마음이 진심인지는 모르겠지만 여러 번 제의하는 것을 보니 허튼 말은 아닌 것 같아 기분은 좋구나.

2021년 7월 21일

7월 22일

어젯밤에는 더위에 지쳐 있는 넘버 나인 윤 사장을 민우 자리에서 자게 하였다. 기상과 동시에 민우 자리에 있는 모포를 개러 왔더니 독수리 이 사장은 앙칼진 여자 목소리를 흉내 내며 말하자 아침부터 모두 웃었다.

"형님, 그새 바람피우고 아침에 들어와?"

이렇게 웃으면서 2번 방 아침이 열리기 시작하였다. 오늘 아침 역시 독수리 이 사장과 둘만 만찬을 즐겼다. 깍두기, 북엇국, 미역튀김이 나왔다. 이 사장은 바나나부터 먹고 밥을 먹자고 하였다.

"이 사장, 바나나는 디저트로 먹자."

"아따, 형님! 어차피 입으로 들어갈 건데 아무거나 먼저 들어가면 어때?"

밥을 먼저 먹고 바나나나 과일은 디저트로 먹는 것으로 인식하고 살았는데 나도 세상 태어나 처음으로 이 사장 따라 바나나를 먼저 먹고 밥을 먹어 보았다. 순서를 바꿔도 세상은 달라지는 게 없는데 여태껏 순서에 순응하며 살아온 민우의 인생이었다. 10인분의 밥을 받아 놓고 나머지는 전부 뺑기통 양변기에 버린다. 아마 구치소에서 버리는 것만 해도 엄청날 거라 생각해 보았다. 이 짬밥을 다시 수거하여 처리한다면 그 일도 인건비 등 엄청난 부담이 될 것 같았지만 사료나 막걸리 등 다른 용도로 쓰면 어떨까?

도쿄올림픽과 경품

　오전 9시 15분, 우리나라와 뉴질랜드 올림픽 축구경기가 열린다고 어린 방장이 축구 스코어를 맞추기 제안을 하여 모두 좋은 생각이라며 오케이 하였다. 그동안 민우도 몰랐는데 어린 방장이 우리 방 살림을 하며 그동안 다른 방에 물품과 기타 비품을 빌려주며 그 대가로 등기를 받아온 것이다. 누구도 관심을 갖지 않았는데 그것을 혼자 개인적으로 쓰지 않고 모아 두었다가 이러한 축구 경기에 경품으로 내놓은 것이다. 그게 10장이나 된다고 하였다.

　민우는 속으로 그래도 보기보다는 제법이라 생각했다. 어린 방장은 구속 전에 부평 지하상가에서 핸드폰 가게를 운영하면서 돈이 절박한 젊은 여자들에게 핸드폰 대출 사기를 저지르다 구속되었는데 어리지만 장삿속은 밝은 것 같았다.

　"우리 방장은 정상적인 사업하면 큰 사업가가 될 거야. 한번 노력해 봐."

　"몇 가지 아이템이 있어요. 열심히 해 볼게요."

　3천백 원씩 열 장이면 약 4만 원 돈이라 전부 관심과 기대를 하며 스코어 맞추기에 참여하였다. 민우는 3:1로 우리가 이기는 쪽으로 한 표를 던졌다. 대부분 1:0 아니면 2:1이었다. 민우는 3:1로 정하고 결과를 기다리기로 했다.

　점심때 12시경 예정에도 없는 신입이 하나 들어왔는데 명문대 영문과를 나와 쿠팡 개발팀에 근무하던 중 구속된 35살 청년이었다. 키가 크고 덩치가 큰 편이지만 곱상한 마스크에 약간 여성스러운 말투를 하고 있었다. 새로 들어온 젊은 친구는 몇 년 전 만나던 여자가 돈 3억 정도를 짜깁기하여 혼인빙자와 사기로 고소를 하였는데 혼인빙자는 무죄를 받았고 사기만 적용이 되어 들어왔다고 소개하였다.

이전에 전과가 하나 더 있었는데 코스닥 업체 비밀 누설로 집행유예 1년을 받던 중 이번 사건 1년하고 도합 2년을 살아야 할 것 같다고 말 하였다. 합의는 돈도 돈이지만 전 여자친구가 현재 사는 동거녀와 사는 것에 대하여 감정이 실려 앙갚음을 하는 것이라 앞으로 어떻게 될지 모르겠다며 쉽지 않을 것 같다는 자신의 생각을 말하였다. 그 모습이 너무 불량스러워 보였다. 민우는 그의 전과를 듣는 도중 갑자기 화가 나서 한마디 하였다.

"이놈, 나쁜 놈이네? 먼저 사귀던 여자와 정리를 하고 새로 만나든가 해야지. 이중플레이 한 거잖아!"

"제가 잘못했어요. 하지만 만나서 술 한잔하면서 잘 헤어졌는데…"

"사람 간의 관계는 누구에게나 다 같은 거야. 이별에도 미학이 있어. 만남도 중요하지만 헤어질 때의 예의도 중요한 거야."

민우는 새로운 친구와 방 사람이 들도록 조용히 말 하였다.

넘버 텐은 이제 넘버 나인이 되었다. 말이 많은 구 사장은 오후 4시에 자신에게 온 편지를 열더니 표정이 어두워져 있었다. 잠시 후 입을 열더니 코로나 19로 인하여 재판이 다 연기되고 보석도 쉽지 않을 거라는 내용이라며 처음 이곳에 왔을 때의 자신감은 사라지고 얼굴은 죽상이 되었다. 이놈은 이 방에 들어올 때부터 뻥이 심하여 대단한 백이 있는 것처럼 떠들더니 이제와서 이런 변명으로 쉽게 나가지 못한 것에 대한 방어적 플레이를 하는 것 같았다.

'이놈이 그러니까 여태 연극을 했단 말인가?'

구 사장은 조만간 보석으로 바로 나갈 것이라며 큰소리 뻥뻥 쳤는데, 전에 있던 어느 놈은 금방 나갈 거라며 뻥 치기에 일도 시키지 않고 버티는 놈이 있어 골치가 아팠다는 놈보다 그래도 구 사장은 일은 열심히 했다.

"저는 여기 잠깐 있을 거예요."

약간은 건방져 보였는데. 민우는 그런 건방진 그에게 곧 있으면 현실을 직시하게 될 거라고 조언했다. 넘버 나인 구 사장은 인천지역 학교 급식 사업을 하던 중 코로나19로 인하여 학교가 셧다운되어서 갑자기 회사가 어려워졌다고 하였다. 하기야 펜데믹 상황에서 아이들이 재택 수업을 하기 때문에 점심이 사라진 학교는 급식 업체에게 있어 치명적일 수밖에 없었을 것이다. 결국, 학교는 펜데믹이 끝나면 입찰을 붙여 새로운 급식 업체를 찾을 것이고 그때까지 견디는 업체는 살아남을 것이고 견디지 못한 업체는 도산하게 될 것이다. 아직 젊으니 그의 사업이 진실이라면 극복할 것이다. 민우는 구 사장의 사업과 지금의 위기를 잘 극복하기를 진심으로 바랐다.

어제는 열대야로 인하여 2번 방 사람들은 우리 속에 가축처럼 겨우 목숨만 유지하고 가쁜 숨만 쉬고 있었다. 유독 더위에 약한 넘버 에잇 윤 사장이 더욱 힘들어하기에 민우는 그에게 자리를 양보해 주었다. 민우 자리는 선풍기 2대가 교차하는 지점이라 2번 방에서 바람이 제일 세게 부는 자리다. 그래서 선풍기 바람이 필요한 사람에게 가끔은 선풍기 바람을 양보하고 있었다.

7월 23일

밤새도록 뒤척거리다 아침을 맞이하였다. 아내 편지를 받고 너무 기뻤다. 민우는 아내에게 버림받을 거로 생각하였다. 구치소에 들어오는 순간 부부 사이는 끝나겠구나 했는데 다행히 아내의 편지는 민우를 심적으로 안정을 가져다주었다.

올림픽 중계는 저녁 9시가 되자 소등과 함께 꺼졌다. 그와 동시에 윤 사장이 "실례합니다." 하며 민우에게로 왔다. 민우에게 고마움의 표시로 얼음물을 함께 가지고 왔다. 민우는 아껴 둔 얼음물이 그대로 남아 있어 "당신이나 마셔." 하면서 손을 물리치자 독수리 이 사장이 확 낚아챘다. "그럼, 내가 한 모금 해야지!" 하면서 밉지 않게 한 모금 마신다.

통통한 구 사장은 여기 와서 15kg이나 뺐는데 더 빼야 한다며 온몸을 혹사시키고 있었다. 비대면 온라인 iBT PPT를 작성해 보고 있는데 구 사장이 보더니 5억 정도 투자하겠다는 말에 그저 미소로 답을 하였다.

'이놈도 나에게 뻥을 치는군!'

7월 24일

또 지루하고 힘든 주말이 되었다. 옆 사람의 열기로 인하여 가만히 있어도 땀이 범벅이 되었다. 민우는 더위를 식히려 샤워를 했다. 그리고 또 수영이에게 몇 자 적었다.

> **수영아!**
>
> 변호사 접견 바란다. 아빠가 처음으로 엄마 편지를 받았는데 너무 기뻤단다. 그나마 요즘은 올림픽 때문에 지루한 시간을 빨리 보낼 수 있어 그나마 다행이란다. 오늘은 이만 줄인다.

오늘은 남녀 양궁이 역시 기대를 저버리지 않았다. 저녁 8시 45분, 아직 9시도 되지 않았는데 벌써 중앙등이 꺼지고 TV도 꺼지자 한마디씩 하였다.

"에이, 씨발! 아무리 감방이래도 올림픽은 보게 해 줘야 하는 거 아니야?"

징역살이가 힘들다고 자신들이 저지른 죄는 생각하지 않고 자신들의 쓸데없는 권리만 주장하고 있었다. 방장과 넘버 투를 제외한 나머지는 몸을 옆으로 누워 칼처럼 칼잠을 자는 2번 방이다. 서로 이해하고 배려하려 노력하는 이방은 그래도 다른 방의 아우성보다 조용한 편이었다.

이 여름, 시원한 기차를 타고 여수에 가면 교직 생활을 그만두고 은퇴하여 멋진 집을 지어 여생을 즐기는 친구를 만날 수 있다. 그 친구의 작은 요트에 몸을 싣고 바다낚시를 하면서 사랑하는 사람들과 어울려 선상에서 소주를 깃들이는 상상을 해 보았다. 이런 생각에 오늘도 하루가 가고 있었다.

7월 25일

일요일도 어느덧 도쿄올림픽과 함께 지나가고 있었다. 바이오 때문에 불만이 많은 독수리 이 사장이 윤 사장과 협의하여 모포 2장으로 바이오 모포를 새로 만든 다음 방장을 설득하여 페트병 바이오 물을 분리시켰다. 이 더위에 뜨거운 바이오 물은 오직 방장만의 목욕을 위해 필요한 것이다. 과거 선임 때부터 해 오던 전통이기에 아무도 이의를 제기하지 않는다.

취침 시간에 어린 방장이 민우 얼굴을 슬쩍 한번 보더니 민우 잠자리 베게 머리 옆으로 발을 쭉 뻗어 올렸다. 민우는 순간 이놈이 나를 시험하는 건가 무언가 싶었다.

"방장, 불편하니 발 좀 치워 주었으면 좋겠어."

민우는 방장이 기분 나쁘지 않게 말하였다. 하지만 이놈이, 안 된다며 거부하는 것이 아닌가. 순간 '이 어린놈을 어떻게 다스리지!' 생각하는데 다행히 슬며시 발을 치워주었다. 만약 발을 치우지 않았다면 젊은 놈하고 난처한 상황이 될 뻔했는데 그 순간 이 어린놈과 다투게 된다면 내 편은 누구일까 생각이 들었다. 교도관이 오게 되면 싸움의 잘잘못을 따지는데 방 사람의 의견이 중요하다는 말을 들은 적이 있어서다. 어린 방장은 여지까지 이 방에서 왕이라 생각하고 본인 마음대로 무엇이든 할 수 있다고 생각해 왔던 것 같았다. 그놈 하는 짓에 누구 하나 반대나 토를 다는 사람이 없었는데 당황해하는 것 같았다.

그 후 조심은 하기 시작하였다. 아무리 방장이라도 아버지뻘보다 나이 많은 민우에게 경거망동은 본인에게도 어려웠던 모양이다. 사실 이 사장이 나보고 한마디 하라고 눈짓을 하기에 이 사장을 한번 믿고 잠시 고민하다 한마디 하였던 것이다.

사랑하는 딸 수영이에게!

엄마 편지 받았을 때 감방 동료 대머리독수리 이 사장이 부러운 듯 "형님 그래도 살아 있네!" 하니까 어깨가 으쓱해지더라. 나에게 있어 너와 우리 가족의 편지는 언제나 나에게 힘이 되고 있단다. 너의 친한 친구와 아빠 애기를 하다가 펑펑 울었다고 하니, 아빠 마음도 많이 아팠단다.

뉴스를 보니 코로나19로 확진자 수가 천 명을 넘었다고 하니 더위 항상 조심하고, 바쁘겠지만 호영이 잘 챙겨 주고. 아빠는 호영이 생각만 하면 눈물이 난단다. 눈물 많은 아빠는 눈물이 앞을 가려 이만 줄인다.

7월 25일

아빠가

7월 26일

존경하는 변호사님!

무더운 날씨에 변론 준비하시느라 수고가 많습니다. 지난 6일 재판정에서 변호사님의 증인심문 장면은 아직도 진한 감동으로 저의 가슴에 남아 있습니다. 그날 재판정에서 저를 이끌던 교도관이 재판이 끝나자마자 말해 주더군요. 소위 쓰레기 같은 변호사들도 많은데, 제 운이 정말 좋은 모양이라고요. 선생님께서 국선 변호사라는 생각을 못 했는지 사설 변호사냐고 물어보기까지 했습니다.

그 교도관의 말은 재판정에서 제가 느낀 그대로의 감정이었습니다. 아니 당시 방청객을 비롯하여 판사님 역시 같은 생각이었으리라 생각합니다. 피고 측 증인과 검찰 측 증인의 반대 심문 때 보여 주신 변호사님의 진지한 열정에 감사드립니다.

저와 같은 방에 있는 보이스피싱 피의자는 일하기 전 핸드폰으로 보이스피싱을 검색을 한 것이 경찰에서 알고 했다는 증거가 되어 버린 것 같습니다. 다행히 저는 이 일을 하기 전 보이스피싱임을 전혀 눈치채지 못하였기에 검색할 필요도 없었고 생각조차 하지 않았기에 직접적인 증거를 경찰이 못 찾은 게 다행이라 생각합니다.

그리고 변호사님 다음 접견 때 가짜 김태영의 녹취록을 보고 싶습니다. 더운 여름 건강 조심하시고 이만 줄이겠습니다.

2021년 7월 26일

호접지몽

7월 27일

여명이 트기 시작한 창밖은 온 천지가 붉게 물들어 있었다. 그 빛을 바라보던 민우는 문득 '나는 왜 여기 있는 것일까?' 하며 자신에게 다시금 질문했다. 장자처럼 꿈을 꾸고 있는 건 아닌지, 이게 꿈이라면 빨리 깨어나고 싶다. 이 현실이 진정 꿈이길 바라면서 민우는 허벅지를 꼬집어 보았다.

호접지몽은 장자가 꿈속에서 나비가 되었는지 나비가 내가 되었는지에 대한 이야기다. 장자의 깊은 철학은 둘째치고, 꿈이 현실인지 현실이 꿈인지 장자는 분명 한번 왔다가는 인생 잘 놀다 가라 하였는데 나는 왜 이 고통 속에 있는 것인가? 그래 분명 이유가 있을 거라고 민우는 생각했다.

붉은 하늘은 신축 중인 아파트 건물 유리창에 반사되어 민우 가슴을 붉게 태우고 있었다. 구 사장은 치과 치료를 받고 2번 방에 들어오면서 오른손을 어금니에 대면서 아픈 표정을 몸으로 말하고 있었다. 설거지를 대신해 준다고 하니까 몸으로 끝내 거부를 하는 구 사장. 독수리 이 사장은 피곤한지 저녁 5시 반이 조금 넘었는데 코를 골며 한쪽 구석에서 꿈나라로 가고 있었다.

어제 110kg이 넘는 정인호가 11층으로 이감을 갔다. 그가 떠날 때 구 사장은 눈이 벌게지도록 흐느껴 울었다. 어찌 보면 쉽게 정들고 쉽게 정을 주는 구 사장은 한편으로 정에 약한 사람 같아 보였다. 구 사장이 이방에 처음 왔을 때 인호가 민우에게 처음 대해 준 것처럼 따뜻한 말 한마디로 보살펴 준 정 때문에 잠시 만났지만 헤어짐에 아쉬워 눈물을 쏟아내는 것이었다. 그렇게 의미 없는 이별을 인호와 하였다. 그동안 이 좁은 공간에 110kg 이상의 거구가 뿜어내는 더위는 우리를 지치게 만들었는데, 그런 그 한 사람이 나가자마자 공기가 맑아지면서 열기가 반으로 줄어든 느낌이었다.

7월 28일

> **사랑하는 딸, 수영이에게**
>
> 재택 근무하고 있다니 잘 하고 있니? 아빠의 과거와 미래는 체포되는 순간 다 멈춰 버렸단다. 온종일 앉아서 생활하다 보니 무릎이 약해진 것 같아 걱정이다. 이곳의 생활은 어찌 보면 지난날을 돌이켜 볼 좋은 기회이긴 하다. 하지만 나는 언젠가부터 내가 처한 현실 앞에 언제나 적당히 타협하였던 것 같구나. 그 대가를 지금 치르고 있는 것 같기도 하고.
>
> 조금 전 TV에서 걷지 못하는 노모를 등에 업고 전국을 순회하는 효자를 보면서 아빠는 난 어머니에게 왜 저렇게 하지 못했나 미안한 마음 때문에 한쪽 구석에 가서 한참을 울었단다. 난 왜 이렇게 이기적인 인간인가 싶으면서도 엄마를 갉아먹고 사는 거미 같다는 생각을 했어.
>
> 어느 날 다리를 저는 엄마를 보고 어디 불편한가 보다 넘겨 버렸는데, 그때 왜 조금 더 세밀하게 살펴보지 못했을까 후회를 하고 있단다. 당신께서

아들에게 다리가 아프다는 말을 하지 않은 이유를 이제야 알 수 있을 것
같구나.

경제적으로 능력이 없어지고 자존감을 상실한 할머니는 대부분의 부모
처럼 자식들에게 피해를 주기 싫어 아픈 병을 얘기하지 않았던 거야. 그냥
자신의 무력감을 탓하며 현실과 타협하며 아픔과 슬픔을 가슴으로 삼키며
하루하루를 연명하고 있었다는 것을 왜 그때는 몰랐는지. 효자는 타고 난
다고 어찌 보면 아빠는 정말 무식한 사람이었던 것 같아. 내가 필요하면 엄
마에게 달려가곤 하면서 정작 엄마의 아픔은 애써 모르는 체하였던 나쁘
고 무식한 아들이었어.

세월유수

7월 29일

아무런 노동도 하지 않았는데 몸이 찌뿌둥하며 피곤하였다. 인간은 살아가는 데 있어 적당한 노동이 필요한데 여기는 아무런 노동을 할 수가 없단다. 그 노동도 교도소라는 곳에 가야 할 수 있고 구치소는 오직 판결을 받기 위한 장소라서 그 기다리는 시간이 구속 기관 중 가장 힘든 곳이다. 눈을 뜨니 아침이 밝아오고 있었다. 피곤한 몸을 일으켜 세우려 하는데 독수리 이 사장은 부지런히 목 운동부터 다리운동까지 열심히 움직이고 있었다. 오늘은 중앙등도 늦게 켜지고 시간이 다 되었지만 모두 일어날 생각이 없는지 시체처럼 엎어져 있었다.

그동안 민우는 세월에 무엇을 주고 무엇을 바라고 있었던가? 세월은 민우에게 상처만 주었고 민우는 그 상처를 치유하기 바빴던 것 같았다. 하지만 그 모든 상처의 원인은 민우 자신한 테 있었다는 것을 깨달았다. 오늘 새로운 신입이 또 들어왔다. 자기소개 시간을 가졌는데 이름은 김병수라고 하였다. 인천 아시아드 경기장 사거리에서 새벽에 음주 상태에서 사고를 내는 바람에 여자친구는 그 자리에서 죽고 본인은 7개월 동안 병원에 누워 있을 정도로 큰 사고였다며 자신을 소개하였다.

조금 전 수영이 편지에 온두라스와의 축구경기 결과가 6:0 대승으로 끝났다는 소식을 전해왔다. 1:0이나 3:0도 아니고 6:0을 누가 맞힐 수 있단 말인가? 민우는 축구 스코어가 중요한 게 아니었다. 만일 8월 10일 나갈 수만 있다면 하였더니 독수리 이 사장이 "형님, 이제 또 약 먹을 시간이네." 얼마 전 후배한테 편지를 보냈는데 아직 답장이 없는 걸 보니 민우가 합의금 2억 원을 빌려 달라 할까 봐 오해한 게 아닌가 하는 생각이 들어 편지를 괜히 보낸 것 같아 후회되었다.

남자 사브레 단체전 펜싱이 이탈리아를 제압하고 2연패를 달성한 뉴스와 함께 오늘도 하루가 마감되었다. 오후 10시 55분, 여기저기 코 고는 소리가 들리기 시작하였다.

7월 30일

오늘은 아주 옛날 민우가 국가의 부름을 받고 논산훈련소에 입대하던 날이었다. 병원 갔다 오시는 길이라 아버지에게 큰 인사도 못 하고 그게 마지막 인사가 될 줄은 몰랐다. 그 생각만 하면 지금도 가슴이 저려 온다. 2번 방 창 너머로 희미하게 깜빡이는 불빛은 민우를 빨리 나오라고 유혹하는 신호 같았다. 팔월에는 나갈 수 있을까? 오늘 조현식이라는 젊은이가 또 들어왔다. 잠시 후 며칠 전 주문한 비타민이 들어왔으니 이제 영수에게 신세를 지지 않아도 되었다. 주문한 무좀약도 같이 들어왔기에 자기 전 양쪽 발에 바르고 양말을 신었다. 전에 약하게나마 있었던 무좀이 여기서 심해진 것이다. 이곳에서 심해진 무좀을 없애기 위해 비싼 돈을 투자하여 산 이 약으로 나을 수 있을지 의문이 들었지만 모두 시도해 보는 것이었다. 무좀이 있는 사람들 모두 동시에 발라야 효과가 있다고 하여 공동으로 구매하여 함께 바르는 것이다. 효과가 있다는 그 말을 믿기로 하고 하루 이틀 기다려 보기로 하였다. 이 작은 감방에 또 한 명 들어와 다시 11명이 되었다. 이제 다시 5평 공간을 최대한 활용해야 한다. 5평에서 과연 몇 명이 살 수 있을지 모르지만 이리 재 보고 저리 재 본다.

말복이 열흘이 넘게 남았는데, 덩치 큰 젊은 놈들과 이 더위를 어찌 싸워야 할지 막막했다. 이 지겨운 징역 생활은 언제 끝이 날 것인지…. 점심 식사 후 영수가 살짝 민우에게 와서 노트에 몇 자 적으면서 심각한 표정으로 말하였다. 이 중사가 아침 배식 때 자기 배식판에는 김자반을 푸지 말라고 했는데 펐다며 신경질을 내길래 그런 사소한 것을 가지고 화낸다며 "아버지, 받아 버릴까요? 하면서 민우의 응원을 묻는 것이었다. 민우는 대답을 글로 쓰는 것보다 말로 하는 게 좋을 듯하여 이 중사가 듣도록 육성으로 말하였다. 사실 아무리 작은 소리로 말한다고 하더라도 이 조그만 감방은 다 들릴 수밖에 없었다.

"며칠 전 세워 둔 상이 넘어져 내 어깨를 쳤는데, 그때 바로 옆에 있던 이 중사가 모르는 척 자기와는 상관없다는 표정을 짓더라. 그때 같이 서 있던 윤 사장이 '제가 그랬어요.' 하길래 확실한 증거가 없어 그냥 넘어갔지. 근데 나중에 윤 사장이 와서 상을 넘어트린 건 자기가 아니라 이 중사라고 하는 거야. 그래서 나도 벼르는 중이니 넌 가만히 있어."

사실 건달 노릇을 하는 영수가 그 작은 일로 사고를 칠 것 같아 힘도 없는 민우가 손을 본다고 영호를 위해 뻥을 친 것이었다.

선풍기

7월 31일

7월의 마지막 날이다. 이곳에 들어온 순간 민우뿐만 아니라 모든 개인의 인생 시계는 멈춰 버리고 만다. 엉망이 돼 버린 민우는 인생을 푸념하고 있을 때 대형 사건이 터졌다. 토요일 대청소를 하면서 손이 서툰 영모가 선풍기 청소를 하기 위해 날개를 분리하다가 그만 부러뜨리고 만 것이다. 토요일이라 아무런 조치를 할 수가 없다. 다급한 방장이 주번 교도관에게 사정을 부탁하자 월요일까지 기다리라는 말만 하고 가 버렸다.

이제 오늘, 내일 그리고 월요일까지 바람이 불지 않는 이 2번 방에서 고통스러운 더위를 참을 수밖에 없게 되었다. 모든 비난은 영모에게 쏠렸다. 더군다나 말 많은 이 중사의 질타가 특히 심하였다. 민우는 모두 들으라는 식으로 윤 사장에게 말했다.

"선풍기가 오래되었을 뿐이야. 오랫동안 사용한 선풍기가 그 수명을 다한 거야. 단지 그 수명이 영모 손에서 끝이 났을 뿐이야. 날개의 운명이 영모의 손에서 다한 거라고."

"형님 말이 맞아요."

일 잘하고 성실한 윤 사장의 답변 한마디에 영모는 아무 탈 없이 고비를 넘기게 되었다. 이 무더운 날씨에 11명의 인간 스팀들이 뿜어 내는 더위는 가히 상상을 초월하였다. 더위를 참지 못하는 젊은이들은 평상시 멀리하던 뺑기통에 붙어서 번갈아 가며 샤워하기 시작하였다. 온종일 영모는 마치 큰 죄를 지은 듯 고개를 숙이고 아무 말이 없었다. 민우는 그의 어깨를 두드리며 기를 살려 주려 하였다. 나이 먹은 민우가 이 방에서 할 수 있는 거라곤 그것뿐이었으니까.

"괜찮아. 부러질 시기가 되어 부러진 것뿐이야."

오늘 멕시코와의 축구 경기는 3:6으로 참패를 당하였다. 결국, 2번 방에는 스코어를 정확히 맞춘 사람이 한 명도 없었다. 확률적으로 3:6이란 스코어는 맞추기 쉬운 게 아니었다. 배팅이란 엉뚱한 수를 던질 모험이 필요한 것이다.

여자친구에게 고소를 당한 영모는 현재 거주 중인 집의 전세금 1억 원에 대출 1억원 을 더하여 합의를 보려 한다. 고소인인 옛날 여자친구는 3억 5천이 아니면 합의할 수 없다고 버티고 있으니 답답한가 보다. 밖에 있다면 본인이 직접 만나서 손이 발이 되도록 빌어 볼 텐데 여기서는 자신의 진심을 편지 이외에는 방법이 없다. 그래서 더 답답할 수밖에 없는 것이다.

"저 그냥 살아 버릴까 해요."

"야! 어떻게 하든 여기서 빨리 나가는 방법을 생각해야지! 2년을 어떻게 더 살려고!"

윤 사장이 자기 일처럼 더 난리다. 윤 사장이 영모를 타이르고 있었다. '영모가 합의를 보는 게 중요하다', '아니다, 2년 안에 어떻게 3억을 벌 수 있느냐. 그러므로 사는 게 더 낫다.' 하면서 방 사람들은 저마다 각자 의견을 내놓고 있었다.

8월 1일

오늘도 아침에 일어나자마자 손부터 살펴보았다. 손 붓기가 조금 가라 앉았다. 그러고 보니 아마 그동안 선풍기 영향이 컸던 것 같았다. 선풍기는 이 작은 방에서 여름을 견딜 수 있는 유일한 기구였는데 그것을 못 쓰게 만들었으니 영모는 쥐구멍이라도 있으면 들어갈 수밖에 없었다. 일요일인데도 당번 교도관 주임이 다른 방에 있는 날개를 가지고 와서 교체해 주려 노력하였지만 이 역시 날개가 맞지 않았다. 그 와중에 이 중사는 가지고 있던 손부채를 선풍기 모터에 매달려고 실로 묶고 있었다. 어찌 저런 멍청한 생각을 할 수 있는지, 방 사람들은 아무 말도 하지 않았지만 모두 어이없다는 듯 서로를 쳐다보기만 하였다. 어리석은 이 중사의 행동은 보는 이를 부끄럽게 만들었다. 이곳에 있으면 이 중사처럼 바보가 되는걸까? 예상과 전혀 다르지 않게, 스위치를 켜자 선풍기 모터에 매달린 부채는 강력한 회전력에 의해 단 0.01초도 버티지 못하고 맞은편 벽으로 날아가 부딪치고 말았다. 하마터면 구 사장이 맞을 뻔하였다. 저런 사람이 군에서 중간 간부로 있었다니 정말 그 군대는 어땠을까? 생각만 해도 아찔하였다.

미미하게 불어오는 바깥바람을 쐬려고 창가 틀에 서서 얼굴을 내밀었다. 창문턱은 얼마나 많은 사람이 여기에 서서 밖을 그리워하며 비벼 댔을까? 들기름을 발라 놓은 것처럼 반질반질하였다. 커피에 중독된 영모는 페트병 하나에 커피 10봉지를 한꺼번에 타서 물처럼 마시고 있었다.

8월 2일

이 작은 방 70%는 방장의 구역이다. 방장과 영수 그리고 이 중사만 방장의 구역을 사용하고 나머지 8명은 30% 되는 공간 그러니까 전부 뺑기통 주위에 모여 있었다. 아침부터 11명이 양치질을 하느라 뺑기통이 북새통이다. 아침 점검이 끝나자 상 두 개를 펼치고 신문지를 깔아 배식을 하고 하루가 그렇게 시작되었다. 민우는 아침부터 우울하였다. 딱히 이유 없이 마음이 가라앉아 있었다. 이 무더위를 이겨내는 방법은 자기 전에 얼음물을 신문지에 싸고, 홈런볼 봉지에 넣어 모포 속에 간직하는 방법 이외는 아무 것도 없었다. 이 방법은 보냉이 뛰어나서 얼음물이 아침까지 그대로 있어 모두 따라 하였다.

방장은 운동시간에 운동을 싫어하는 영모마저 억지로 내보냈다. 우리는 모두 짧은 운동을 마치고 방에 들어오자 모두 놀라고 말았다. 방 가운데 생일 케이크가 놓여 있는 것이었다. 오늘이 구 사장 생일이었던 것이다. 모두 구 사장의 생일을 축하하며 생일 축가를 불러 주었다. 정이 많은 구 사장은 감동하여 눈물을 흘리고 있었다. 민우 역시 놀랐다. 철없는 방장이지만 아니 돈 많은 구 사장에게 아부가 필요하다지만 이렇게까지 준비할 줄이야. 방장이 만든 구치소의 케이크는 처음 보는 구치소의 케이크였지만 모두를 감동시키기에 충분하였다. 어린 방장은 방에 있던 간식 롱스 12개를 잘게 부수어 생일 케이크를 만들었다고 한다. 어린 방장이 만일 지금 당장 출소한다면 제과점을 해 보는 것도 나쁘지 않다는 생각이 들 정도였다.

1번 방에서는 또 악쓰는 소리가 들렸다. 얼굴은 모르지만, 바로 옆 1번 방의 싸움 소리는 항상 같은 목소리의 주인이 원인인 것 같다. 또 상욕을 하며 한참을 시끄럽게 소란을 피웠다. 그런 방에 비하면 2번 방은 정말 천사 방이었다.

사랑하는 딸, 수영이에게!

8월 2일 오전에 고장 난 선풍기가 드디어 다시 돌아가고 있단다. 하는 일이 서투른 영모라는 사람이 선풍기 날개를 청소하다 날개를 부러뜨리는 바람에 이틀 동안 우리 모두 힘들었지만, 교도관이 새 날개를 들고 와 교체해 주어 지금 선풍기가 서서히 돌아가기 시작하였어. 방금 선풍기가 돌아가자 모두 박수하며 환호성을 지르다 못해 바닥을 뒹굴고 난리를 치고 있단다. 이제야 영모의 표정도 지옥을 벗어난 것처럼 얼굴 표정이 밝아지고 있어. 만일 그 선풍기가 내 손에 부러졌다면 아마 끔찍했을 거야. 나도 난처했겠지.

그나저나 아빠에게는 변호사 접견이 빨리 필요하단다. 8월 10일 재판이 마지막 결심이기에 그 전에 두세 번 만나서 최종 변론을 준비해야 하는데⋯. 또 날짜가 마지막 턱 밑까지 왔구나. 오늘이 8월 2일이니까 3, 4, 5, 6일 그리고 7일이 토요일이니 8일 일요일을 빼면 오늘 2일 저녁에 편지를 거두어 가면 4일 수요일 정도에 네가 이 편지를 받겠지. 그러면 나는 변호사 접견이 언제 될지 또 걱정이다. 변호사 접견 때 김태영 녹취록을 받아볼 수 있을까? 받아 봐야 중요 부분을 확인하여 말할 수 있는데 이제 또 타이밍을 놓칠까 걱정이다. 최대한 빨리 변호사 접견을 바란다.

2021년 8월 1일

아빠가

여담이지만, 사실 이 편지를 쓸 때 민우는 자신이 원하는 일들에 대하여 빨리 대처하지 못하는 가족들에게 화가 많이 나 있었다. 하지만 그 감정을 다 표현할 수가 없었다. 수영이를 비롯하여 가족들에게 감정이 생기면 편지 또는 면회조차도 오지 않을까 하는 말도 안 되는 걱정 때문에 감정을 최대한 숨기고 편지를 쓰고 있었다.

모범 청년과 이별

　형사 사건에서 피고나 피의자에게 국선 변호사가 선임된다고 하더라도 자기 변론을 준비한다는 것이 그리 말처럼 쉬운 일은 아니었다. 준비할 수 있는 게 거의 없다. 국선 변호사는 피고 입장에서 쉬운 변호사가 아니다. 민우 같은 피의자는 구치소에서 자기 변론을 위해 자료를 수집하고 증거를 확보해야 하는데 거의 불가능에 가깝다. 피의자의 대부분은 변호사에게 모든 것을 맡기고 제도에 수긍하지만 그 답답함이란 민우뿐만이 아닐 것이다. 민우는 이곳에서 만난 여러 피의자와 달리 열악한 조건에서도 살아남기 위해 발버둥 칠 뿐이다. 어느 변호사가 자기 일처럼 할 수 있을까?

8월 3일

　더위가 확실히 조금은 꺾인 것 같았다. 8월10일 결심 전에 변호사에게 체포 당시 김태영과의 마지막 경찰 통화 내용을 확인 해 달라고 수영이에게 편지를 다시 하였다. 윤 사장이 그려준 초상화도 잘 받았는지 남산 도서관에 가서 콘텐츠 기증 확인서를 받아오라고 해야 하는 건지. 판사님에게 편지를 써야 하는 건지. 마지막으로 하고 싶은 말은 어떻게 써야 하는 건지?

　오후에 영모는 고깔 접는 방법을 또 잊어버리고 헤매고 있었다. 현식이는 고등학교 졸업장도 없지만 뺑기통 생활을 완벽하게 해내고 있었다. 그에 비하면 성대 나온 영모는 대학은 나왔지만, 이곳 구치소에서 할 줄 아는 게 하나도 없었다. 구치소 생활은 학벌이 필요 없는 세계였다. 민우만큼이나 구치소 생활이 불편한 영모는 더군다나 군대 경험이 전혀 없기에 안타까운 마음으로 고깔 접는 방법을 다시 알려 주었다.

고깔은 사실 어린 시절 종이배 접는 방법과 비슷한데 시간이 지나 더군다나 위축감이 드는 구치소라는 환경 때문에 잠시 잊고 있었을 뿐이었다. 자기 전, 양말을 벗어 엊그제 바른 무좀약을 확인하니 효과가 있는 것 같았다. 발에 일어난 거친 표피가 많이 줄어들어 부드러워지고 있는 느낌이었다.

8월 4일

바른 생활을 하며 모범적이었던 넘버 포가 내일 교도소로 가기 위해 전방을 간다고 소지가 알려 주었다. 민우는 저녁에 자신보다 서열이 높았지만 넘버 포를 불러 믹스커피를 정성스럽게 타서 한잔 주었다.

"고맙습니다."

"교도소 가면 생활 잘 하고. 아마 너는 잘 할 거야."

육본에서 헌병으로 근무하였던 넘버 포는 제대 후 알 바를 한 게 보이스피싱이었는데 민우보다 6개월 전에 구속되어 다른 방에 있다가 우리 방으로 전방 온 젊은이였다. 얼마 전 재판에서 징역 1년을 받았다. 진호의 범죄는 상책만 틀리지 수법이나 방법은 민우와 거의 유사하였다. 진호는 보이스피싱임을 알고 며칠만 하면 문제가 없을 거라고 쉽게 생각한 것이 결국 수렁에 빠지는 결과가 된 것이다. 아르바이트를 구하려 했는데 코로나19

팬데믹으로 아르바이트 자리마저 씨가 말랐다며 그 흔한 노가다 자리도 없어 이 짓을 하게 되었다며 후회를 하는 청년이었다.

그의 누나는 모 방송국의 PD라고 하였다. 집에 손 벌리지 않으려 찾은 게 그 역시 잠시 무엇에 홀렸는지 보이스피싱 심부름을 한 것이다. 진호의 아버지는 아들이 보이스피싱으로 구속되자 아들을 살리려 하던 일을 멈추고 동분서주하는 모습이 그동안의 진호 아버지 편지를 통하여 느낄 수 있었다. 민우 역시 만약 아들이 위험에 빠졌다면 그보다 더했을 거란 생각을 해 보았다.

진호의 부모님이 진호를 위해 아파트를 싼값에 내놓았다는 아버지의 말에 극구 반대하였다고 한다. 자신이 1년만 살면 되는데 1년 안에 자신은 절대 아파트값 몇억을 벌 수 없다며 반대를 하였다고 한다. 민우는 진호가 착하다는 생각이 들었다. 자기 같았으면 얼른 이 지옥 같은 곳에서 꺼내 달라며 울부짖었을 것이 뻔했다.

한편으로 민우는 진호에게 다른 각도로 이야기를 해 주었다.

"형사적으로는 네가 교도소에 가서 실형 1년을 살면 끝나겠지만 민사적으로는 피해자가 너에게 구상권을 끝까지 청구할 텐데? 적당히 합의를 보는 것도 나쁘지 않았을 거야. 물론 이젠 늦었지만 왜냐면 네가 아직 너무 젊기에 너의 무한한 인생 앞에 돈이 문제가 아니라고 생각한다. 젊음은 돈의 가치로 따질 수 없단다. 돈 1억, 10억은 청춘과 비교해 보면 그리 크지 않은 돈이야. 앞으로 마음을 크게 먹는 게 좋아. 너에게는 또 다른 좋은 기회가 올 거야."

민우는 진호의 앞날에 좋은 일이 있기를 진심으로 빌어 주었다.

진호 아버지는 비싼 변호사를 사서 진호 재판에 임했지만 결국 아들을 구하지는 못하였다. 그동안 아들을 위해 보이스피싱 법원 판례를 수집하여 진호에게 일일이 편지로 보내 주었다. 민우는 그렇게 국선 변호사나 수영이게 부탁했던 판례집을 진호를 통해 볼 수 있게 됐다.

"김 사장님, 이거 가지세요. 이제 저는 필요가 없어요. 저는 판결을 받고 교도소까지 가지만, 김 사장님은 좋은 결과 있기를 바랍니다."

바른 청년 넘버 포는 작은 노트와 볼펜을 가지고 와서 전화번호를 적어 달라고 했다. 오늘도 마음 한구석이 텅 빈 게 옆에 막걸리가 없는 게 아쉬웠다. 내일이면 바른 청년은 새로운 세계를 향해 노를 저어 갈 것이다.

민우의 착각

8월 5일

아빠! 29일 일반우편하고, 31일 써 준 거랑 8월 1일 써 준 게 오늘 8월 4일 한꺼번에 왔네. 아빠가 써서 보내는 시간, 오는 시간, 내가 보고 확인하고 편지 써서 가는 시간이 있다 보니 조금 늦어지네. 녹취록 비용도 이 서방이 변호사님께 입금했으니 걱정 마요! 어제 받았지? 판사님에게 보내는 게 좋다니 얼른 보내고 우편으로 보내야 한다면 2~3일 걸리니 만약 급하면 써서 시간이 애매한 것 같으면 변호사 접견 때 주면 변호사님이 바로 첨부해 줄 거야. 내가 보낸 편지에 아빠가 답장하고 그 편지에 내가 다시 피드백하다 보니 텀이 길어질 수밖에 없어요. 나도 조금 답답하넹.^^ 그래도 신경 쓰고 있고, 준비 잘 하고 있으니 너무 걱정하지 말아요! 잘 자요, 아빠!

8월 4일

아빠를 사랑하는 딸 수영

바른 청년 넘버 포는 하얀 웃음을 남기고 떠났다.

"생활 잘 하여 내년 5월 대통령 선거 때 나갈 수 있도록 할 거예요." 짧은 만남은 구치소 특유의 짧은 인사로 마무리하고 언제 다시 볼 수 있는지 알 수 없는 약속을 하며 이별을 하였다.

8월 6일

기다리던 변호사 접견은 오후 3시에 가졌다. 하지만 민우가 그토록 원했던 가짜 김태영의 녹취록은 가져오지 않았다. 민우는 실망하였지만, 내색하지는 않았다. 그리고는 딸에게 다시 편지를 쓴다.

수영이에게!

검찰 조사 후 핸드폰은 포렌식이 끝난 후 경찰서에서 인천 구치소로 가기 전에 장 형사한테 돌려받았고, 내가 돌려받기는 하였지만 직접 확인해 볼 수는 없었단다. 받자마자 내 개인 사물함에 보관해야 한다며 교도관이 다시 가져갔거든. 나는 규정상 핸드폰을 사용할 수 없다는 거야.

그것을 불러면 오직 변호사를 통하여 볼 수 있다고 하기에 변호사에게 보냈어. 근데 변호사가 4월 27일에 김태영하고 통화하면서 경찰하고 통화한 마지막 통화 내용이 없다는 거야. 그러니 이제 그 없어진 파일을 찾아야 해. 4월 27일자 SK 통화 목록, 변호사에게 보내라 할게. 내가 얼마 전 너에게 본인 증명을 위한 수용자 증명서를 보냈어,

핸드폰에 마지막 4월 27일자 파일만 없어졌다면 누군가 고의로 지웠거나 실수로 지운 것인데 지웠다면 내 핸드폰이 노트9이니까 휴지통에 있을 거야. 그렇다면 날짜 시간이 나오니 캡처하여 변호사에게 전달해 주길 바라.

경찰이 바보가 아니면 휴지통에 남아 있지 않겠지. 그렇다면 우리가 다시 포렌식을 하여 경찰의 잘못을 입증해야 해. 용산에 가면 반드시 공식적

으로 허가받은 곳에서 해야 해. 피고의 증거를 경찰이나 검찰이 고의로 아니면 실수로 없앴다면 나는 무죄 주장을 더 확실하게 할 수 있을 거야.

1심 때 나가지 못하면 항소 때는 돈이 더 들어도 좋은 결과를 얻기 힘들거든? 이 말은 2번 방에 같이 있었던 일산 김 사장이 해 준 말이야.

자유(自由)가 그립지만 자유를 찾아갈 수가 없다. 지금 민우가 할 수 있는 것은 아무것도 없다. 스스로 날려 버린 자유. 민우는 민중을 위한 자유의 투사가 아니라 단지 본인이 날려 버린 자유를 다시 찾으려 발버둥 칠 뿐이었다. 오늘 변호사가 접견을 와서 한마디 던지고 갔는데 빨리 나가고 싶으면, 합의를 보고 나가라고 하였어. 이 상황을 어떻게 판단해야 할지! 여태 무죄 가능성에 대한 믿음을 가지고 견디어 왔는데 오늘 변호사의 말은 황당하여 말이 나오질 않았다. 아마 재판이 얼마 남지 않기에 결과에 대한 책임 회피성 발언인가 아니면 선고 결과에 자신이 없어서 인가 내 마음은 더더욱 불안해지기 시작하였다.

내일모레 10일이 마지막 재판이다. 선고날은 이제 2주 후에 잡힐 것이고 그때가 되면 어떤 결과든 받아들여야겠지. 만약 잘못되면 이 힘든 감방 생활을 어떻게 견뎌 낼 수 있을까? 시대가 어떤 시대인데 피의자 증거를, 더군다나 평범한 사람의 사건을 조작하겠냐마는 그래도 경찰이 실수하였다는 증거만 확보되면 방송과 언론에 터트려야 한다며 옆에 있는 윤 사장이 흥분하여 말하고 있었다.

> **아빠, 나 수영!**
>
> 더운데 잘 자나 걱정되네! 아빠가 저번에 적어 준 롤렉스 시계 에피소드 때문에 둘이 며칠을 웃었어!!! 아빠 유머가 되살아나서 참 기분이 좋았어. 마음이 이제 조금 초조해지고 할 것 같아.
>
> 아빠, 마음 편히 갖자! 우리 지금까지 나쁘지 않게 함께 잘 버티고 이겨 내는 중이잖아. 아빠, 파이팅!
>
> **아빠를 사랑하는 딸 수영이**

8월 8일

새벽 공기가 어제와는 사뭇 다르게 느껴졌다. 새벽 더위는 조금씩 가라 앉는 것 같았다. 이제 새벽 선풍기 바람이 추운지 방장이 쪼그려 옆으로 자고 있었다. 발에 걸쳐 있는 담요를 펴서 조용히 덮어 주었다. 아직 4월 27일 자 녹취록은 아직 받지 못하였다. 변호사나 수영이는 그 녹취록의 중요성을 모르는 것 같아 답답하기만 하였다. 그렇다면 내일모레 법정에서 이문제를 직접 말해야겠다.

마지막 더위가 기승을 부리고 있는 지금. 민우는 암초에 좌초된 난파선처럼 2번 방에서 살아남으려고 발버둥 치고 있었다.

> **수영이에게**
>
> 7월 6일 증인심문 후 녹취록을 보고 싶었는데 8월 6일 그 파일이 없다는 거야. 아마 경찰이 지웠던가 아니면 실수로 파일을 날려 보냈던가 그게 나에게는 얼마나 간절한 증거인데.
>
> **2021년 8월 8일**

8월 9일, 신입 이광수

오늘 오전에 신입이 하나가 들어왔다. 약간 마른 타입의 30대 젊은이로 보이는데 들어오자 민우 자리 옆으로 와서 얌전히 앉았다. 잔뜩 긴장한 얼굴에는 두려움까지 있는 것이 느껴졌다. 민우는 자신이 처음 이방에 들어왔을 때 마음의 안정을 주던 정인호처럼 그에게 말을 건넸다.

"편히 있어요."

"군대는 갔다 왔니?"

"네."

"몇 사단?"

"네, 5사단입니다."

"어, 그래. 5사단 어디 있었는데?"

"네, 연천입니다."

"나도 연천에 있었어! ○○연대"

소심해 보이는 신입을 안정시키려 말을 계속 이어갔다.

"야~ 5사단이면 빡세잖아. 5사단 나왔으면 어디든 무슨 일이든 이겨 낼 수 있으니 생활 잘해."

사랑하는 당신에게!

서늘한 기운이 내 몸을 스치기에 나도 모르게 눈이 떠졌어. 벽에 걸린 손목시계가 4시 30분을 가리키고 있네. 태풍이 온다더니 새벽 공기가 이제 제법 서늘해졌어. 나만 그렇게 느끼고 있는 건가?

올여름은 유독 더웠던 것 같아. 감방이 콘크리트 건물이라 그런지 2번

방에 있는 11명 전부가 스팀기에 쪄지는 기분이었다니까. 그나마 물은 잘 나오기에 샤워를 할 수 있어 다행이었지.

근데 소독약을 많이 탔는지 피부 약한 사람은 살이 벌겋게 되곤 해. 그 와중에 무좀이 번져서 지난주에는 무좀약을 사서 발랐어. 내일 마지막 재판을 앞두고 지난 금요일 변호사 접견이 있었는데, 갑자기 "빨리 나가고 싶으면 잘못했다고 빌고 합의 보고 집행유예라도 받으세요."라고 하는 거야. 욕이 목구멍까지 올라왔는데 참느라 힘들었어. 물론 내 잘못이지만 이 열악한 환경에서 무죄를 주장할 만하다 하여 힘들게 버티어 왔는데.

그리고 내일모레 금요일 13일은 말도 많고 탈도 많았던 대머리독수리 이 사장이 드디어 재판받고 나갈 예정이야. 처음 이방에 왔을 때 정신적으로 많이 도와준 사람인데 떠난다는 게, 그 섭섭함이란 이루 말로 표현할 수가 없어. 오늘은 이만 쓸게.

누군가 민우 이름을 부르는 소리에 복도 창문을 보니 이름이 생각나진 않지만, 전에 격리 방에 같이 있었던 전과 23범 청년이었다. 실내 운동장을 지나가면서 민우를 보고 반갑게 인사하는데 반갑기는 민우도 마찬가지였다. 감방이란 게 누군가와 긴 시간 얘기할 수 있는 곳이 아닌데, 그 젊은이는 하도 들락거리고 아는 사람이 많아서 그런지 어리지만 여유가 있어 보였다.

"저는 5번 방에 있어요. 잘 지내시죠?"

"어~ 그래. 참 미안한데 이름을 까먹었어."

"저, 재영이에요."

"아! 맞다, 맞아. 재영이었어. 뭐 필요한 거 없니?"

민우는 내 코가 석 자면서도 재영이를 챙겨 주려 물어보았다. 재영이의 형은 신학대학에 다닌다고 들었는데, 지난 격리방에 있을 때 민우는 재영이 형에게 아들 전화를 부탁한 적이 있었다. 재영이 동네 가게에서는 돈이 없어지면 제일 먼저 경찰이 재영이에게 물어본다고 하였다.

"알지?"

"네."

"치킨집 5만 원, 너지?"

"네."

"언제 올 거야?"

"오늘은 바쁘고요. 내일 정도 조사받으러 갈게요."

이럴 정도로 동네에선 유명하다고 자랑을 하였던 재영이었다. 아니면 "제가 안 가져갔어요." 하면 경찰도 재영이 말을 믿는다고 하였다. 도벽은 있지만, 거짓말은 하지 않고 순수하다는 것을 경찰도 믿고 있는 것 같았다. 다만, 도벽 때문에 그게 그 자신을 수렁으로 떨어트리고 있는 줄 모를 뿐이었다. 민우가 봐도 재영이는 도벽이 문제일 뿐 거짓말할 청년은 아닌 것 같아 보였다. 항상 밝게 웃으며 솔직해 보이는 재영이의 인생을 잠시 걱정해 보았다.

내일 재판을 받고 2~3주 후면 선고인데, 그렇다면 내일 마지막 심리 때 나의 무죄를 확실하게 주장할 게 무엇일까. 그 무엇이 필요한데 여기서 민우가 할 수 있는 게 아무것도 없다는 게 슬프다. 이러한 상황을 만든 자신을 어떻게 용서할 수 있을까?

추석을 앞두고 교정국에서 송편을 주제로 입상자에게 상금을 준 다기에 시간을 쪼개서 응모를 준비하려 한다. 13일 금요일은 대머리독수리 이 사장이 출감할 예정인데 헤어질 것을 생각하니 벌써부터 눈물이 난다. 음주운전으로 2년 형을 받고 들어온 이 사장은 엊그제 변호사가 집행유예로 나갈 것 같다는 얘기를 듣고 나가는 것이 확실하고 했다. 대머리독수리 이 사장은 잠들기 전, 손을 꼭 잡으며 우정 어린 말로 민우를 위로해 주었다.

"나 먼저 갈 테니, 형님 생활 잘 하시고 사회에서 꼭 다시 만납시다. 형님! 내일 정신 바짝 차리고 재판 잘 받아요."

8월 10일

매번 떨리는 심정으로 재판정에 가기 위해 아침부터 일찍 기다렸다. 민우는 자신이 생각했던 것들이 하나도 준비되지 않은 것에 대하여 실망하고 10시 법정에 들어갔다. 민우는 지금 자신이 할 수 있는 건 최대한 자신의 있는 그대로의 모습과 사실에 입각한 진실을 재판장에게 보여주는 것밖에 없다고 생각했다. 민우는 법정에 들어갈 때와 나갈 때 판사의 눈을 바라보며 간절히 자신의 마음을 전하려 노력하였다.

오 변호사가 김민우 씨의 핸드폰에 유심칩이 없어졌다고 판사에게 말하는 바람에 민우의 판결은 다음 기일을 기다려야 했다. 다음 기일은 8월 24일 오전 9시 30분으로 잡혔다. 판사는 검사에게 빨리 찾아서 제출하라는 말로 오늘 민우의 재판은 싱겁게 끝났다. 민우의 핸드폰은 포렌식이 끝난 다음 민우에게 돌려주었지만 구치소에서는 만질 수가 없어서 지금은 변호사가 가지고 있다.

아빠, 나 수영!

지금 시간이 12시가 넘어가고 있어. 이 편지를 일요일 받을지 월요일에 받을지 모르겠어. 화요일 재판이지? 너무 긴장하지 말고 마음 편하게 갖고 기다려 보자, 아빠!

재판 하루 전, 아내가 쓴 짧은 인터넷 편지는 오늘 오후 4시에 받았다.

날씨가 많이 꺾인 것 같아. 내일은 어떤 결과가 나올지…. 오늘 엄마 기일이라 혼자 막걸리 한잔하며 그리워하고 있어. 많이 속상해! 잠 잘 자고 건강 관리 잘 하고 했음 좋겠어~

술도 잘 마실 줄 모르는 아내가 나 때문에 술과 함께 괴로움을 삭이고 있다니…. 만일 옆에 있었다면 아내에게 큰절이라도 하였을 것이다.

사랑하는 당신에게!

여기 구치소에 같이 생활하는 미대 나온 사람이 창밖 아파트 공사 현장을 그려 주었어. 핸드폰이 있다면 사진을 찍고 싶었는데 이렇게 그림으로 오늘을 기록할 수 있어서 그나마 다행이야. 어제가 장모님 기일이었구나. 그렇지 않아도 나가면 장인 장모님 납골당에 인사 가려 했는데…. 너무 슬퍼하지 마. 이제 다 잘될 거야. 재판은 2주 후 8월 24일로 잡혔어. 오후 4시에 수영이에게 편지 보내고 나니, 4시 10분에, 당신과 수영이 편지가 왔어. 이 편지 수영이에게 보내는 편지와 함께 보내니까 수영이한테 들어 봐. 잘 자!

비둘기

며칠 전 인사하던 5번 방 재영에게 답례 편지를 하기 위해 처음으로 이곳에서 비둘기 띄우기를 시도하였다. 마침 창가 앞에 서 있던 영수에게 부탁했다.

"아들, 이거 5번 방 재영이에게 비둘기 좀 띄워 줄래?"

"네, 아버지."

차기 방장 장영수는 소지를 불렀다.

"창식이 형!"

"왜?"

"이거 5번 방."

그런데 바로 뒤에 주임 교도관이 서 있는 게 아닌가! 하필이면 이곳 구치소에서 가장 성질 더럽다고 소문 난 교도관에게 걸린 것이다.

"이거 뭐야?"

날카로운 교도관의 음성이 2번 방을 갈랐다.

"야! 소지가 너희 심부름하라고 있는 거야? 이거 벌점에다 징벌방이야."

영수가 민우 일로 대신 혼나고 있었다. 영수는 인천이 고향이라 동창 선후배 건달을 많이 알고 있어 다른 방 소지나 방장을 잘 알고 있기에 민우는 영수에게 비둘기를 부탁하였는데 민우 때문에 영수가 혼나고 있는 것이었다. 민우는 안 되겠다 싶어 일어서려고 하였더니 영수가 손을 엉덩이 뒤로 내밀며 일어나지 말고 그냥 있으라고 손짓을 하였다. 본인의 문제로 영수가 징벌방까지 가는 것은 양심이 허락하지 않는 일이었다. 민우는 일어나서 영수가 있는 창가로 갔다.

"죄송해요. 제가 부탁해서 한 일이니까 한 번만 용서 부탁드립니다."

교도관은 민우를 잠시 쳐다보더니 잠시 몇 초 동안 정적이 흘렀다.

"여긴 초범방이니까 한 번은 눈 감아 주는데, 앞으로 조심하세요."

"네, 감사합니다."

그 교도관은 겉으로는 자기 생김새처럼 우락부락 퉁명하게 대할 뿐, 재소자들의 고충을 발 벗고 나서 해결해 주려는 속 깊은 면이 있는 교도관이었다. 그 내용을 모르는 2번 방 신입들은 "휴~" 하면서 안도의 한숨을 내쉬었다.

내일모레인 8월 13일은 대머리독수리 이 사장이 매번 나간다면서 다시 왔는데 이번에는 정말 집행유예로 나간다고 하였다. 착하고 재미있는 사람인데 떠나면 많이 섭섭할 것이다. 이 사장도 처음 이곳에 왔을 때는 군대 경험도 없고 단체 생활을 한 경험이 없어 나이 육십에 뺑기통에서 많이 울었다며 민우를 많이 위로해 주었다.

"이놈의 술! 나가면 죽어도 안 먹을 거야!"

그 음주운전으로 2년 형을 받고 항소심에서 거액을 주고 변호사를 사서 그나마 이제 나갈 수 있게 되었다면서 조심스럽게 기뻐하는 중이었다. 지난번 심리 때 8월 13일을 7월 13일로 잘못 알고 있다가 8월 13일을 확인하고 한 달을 어떻게 더 기다리냐며 앙탈을 부리더니, 그 시간도 벌써 다 지나가고 있었다. 민우는 8월 24일 종결하고 2주 후 선고할 것 같으니 대략 9월 초 정도면 나가든 아니면 교도소로 이감 갈 것 같았다.

8월 11일, 아스트라제네카

오후 2시 45분 호출 소리에 독수리 이 사장과 장 사장, 윤 사장과 민우 4명이 아스트라제네카 1차 예방 접종을 받으러 1층 강당으로 이동하였다. 강당 앞에는 50세 이상만 우선 접종인데 많은 사람이 검사를 받기 위하여 줄을 서 있는 것을 보니 나이든 재소자가 이렇게 많은가 놀라웠다. 50세 이상은 대부분 경제 사범이 많은 것 같았다.

"이거 백신 종류가 뭐예요?"

궁금한 윤 사장이 간호사인 듯한 남자에게 물어보았다.

"아스트라제네카입니다."

"신문에서는 화이자나 모더나가 부작용이 덜 하다고 떠드는 것 같은데. 이거 부작용으로 죽는 거 아니야?"

"야! 중국제 아닌 게 얼마나 다행이냐!"

독수리 이 사장이 한마디 하였다. 하지만 약간의 두려움을 느끼며 왼쪽 팔을 걷고 하나둘 차례로 백신을 맞았다. 이곳에서는 백신을 선택할 선택권이 없다. 그저 이 백신이라도 공짜로 놔 주는 게 고마울 따름이다. 이 백신을 준다는 것은 우리 같은 죄인도 아직 대한민국 국민임을 증명해 주는 것이다. 민우는 백신이 중국제가 아닌 게 얼마나 다행인지 생각하였다. 샤워하지 말고 일주일간 운동하지 말라는 말에 우리는 방에 들어오자 과민할 정도로 주의 사항을 잘 지키고 있었다. 어제 보낸 수영이 편지를 오늘 오후 4시에 받아 보았다.

아빠, 나야. 수영이!

오늘 재판은 변호사를 통해서 얘기 들었어. 아빠가 8월 6일 변호사 접견 후 써서 보내준 편지도 받았어. 수용증명서는 인터넷으로도 뽑아 볼 수 있을 것 같아. 내일 나도 한번 뽑아 볼게. SK에 통화 목록은 뽑아 본 적은 있는데 녹취 음성은 받을 수 있는지는 모르겠어. 유심칩이 없어서…. 그거는 검찰에 있는 것 같아. 변호사가 요청한다고 유심칩 안에 저장됐을 수도 있으니 받아서 보겠다고 했는데 아무래도 유심칩엔 없을 것 같고 핸드폰 안에 다시 찾아보거나 통신사에 알아봐야 할 것 같아. 아니면 데이터 복구가 더 가능한지도 알아볼게.

8월 24일에 재판이 잡힌 거 들었어. 그 안에 녹취 더 찾을 수 있는지 최대한 알아볼게, 아빠! 다른 방법도 더 있을지 찾아보려고!

2021년 8월 10일

아빠를 사랑하는 딸 수영

8월 11일

> **아빠, 나야. 수영이!**
>
> 핸드폰은 가족이라고 해도 개인정보 중에서도 민감한 정보이기 때문에 본인에게 확인 후 전달해야 해서 내일이나 모래 중 변호사님이 아빠를 접견하고 직접 물어보고 나서 넘겨준다니 참고하고 있어.
>
> 2021년 8월 11일
>
> **아빠를 사랑하는 딸 수영**

8월 12일

구속기간 갱신결정문이 또 날라왔다. 문서를 받고 자세히 읽어 보았다.

> **사건 2021고단 0000**
>
> 사기 피고인 무직(수감 번호:1201) 주문 피고인에 대한 구속 기간을 2021. 9. 12.부터 갱신한다. 피고인에 대한 구속을 계속할 필요가 있으므로 형사소송법 제92조에 의하여 주문과 같이 결정한다.
>
> 2021. 8. 12. 판사 ○○○

어제 수영이의 편지 내용대로 오늘 오전 10시에 오 변호사가 접견 신청을 하여 변호사 미팅이 있었다.

"제가 보기엔 아드님에게 핸드폰 보내는 게 별로 좋지 않을 듯하여 보내기 전 아버님의 의견을 듣고 싶어 확인차 왔습니다."

변호사는 민우의 사건을 살피던 중 민우 핸드폰에 있는 내용 중 별로 유쾌하지 않은 것들이 민우의 가족에게 알려진다면 지금의 상황이 꽤 다른 방향으로 가족에게 영향이 있을 것 같다는 판단이었다.

민우는 핸드폰에 있는 자신의 사생활 보다 김태영의 녹취가 더 중요 하다는 판단이었는데, 변호사 생각은 다른 거였다. 독수리 이 사장도 핸드폰 내용이 와이프 손에 넘어간 순간부터 면회 한번 오지 않았던 일을 떠올리며 변호사 의견에 따르기로 했다. 민우의 자존심은 바닥으로 떨어졌지만 자신의 본질은 살아 있어야 한다고 생각하였다. 자신의 본질까지 잃어버리고 나면 민우는 무엇으로 살 수 있단 말인가?

"네, 변호사님 말씀이 맞는 것 같습니다. 그냥 제가 출소할 때까지 변호사님이 보관해 주십시오."

영모는 여성스러운 성격을 가진 삼십 대 초반의 전형적인 샐러리맨이다. 여러 회사에 다녔는데 다니는 회사마다 자기와 맞지 않은 사람이 있어 몇 번 이직하다 겨우 쿠팡에 자리를 잡는가 했더니 좋지 못한 사건으로 이곳에 왔다며 자기 인생이 슬프다 하였다. 막내로서 뺑기통 타는 일 이외는 거의 편지 쓰는 일로 하루를 보내고 있었다.

"영모 씨는 매일 어디에다 그렇게 보내는 거야??"

"제가 여기 있어도 집에 뭔가 보탬을 줘야 해요. 그래서 논술 지도를 하고 있어요."

"뭐? 논술?"

민우는 영모의 생각지도 않은 대답에 정말 놀라고 말았다. 아니 이곳 구치소에서 논술 지도라니.

"와이프가 학생들의 질문 사항을 편지로 보내 주면 제가 정리하여 다시 보내 주는 식으로 하고 있어요."

민우는 입이 딱 벌어지고 말았다. 감방에서도 과외가 이렇게 가능하구나. 아니 과외가 중요한 게 아니라 정말 치열하게 사는구나 입을 다물지 못하였다.

"사기로 고소한 전 여자친구는 못생기고 뚱뚱해요."

"그럼 연예인 중 누굴 가장 많이 닮았어요?"

가만히 있던 병수는 중간에 끼어들어 물었다.

"뭐 닮을 것까지. 굳이 닮은 사람 찾으라면 기생충에 나오는 가정부보다 조금 더 뚱뚱해! 하하하!"

2번 방 사람은 대기업 다니던 사람 중에 비호감이었던 빡빡이 김 사장 이외에 영모가 우리 방에 들어온 것에 대하여 신기한 듯 대하였다. 대기업의 급여와 휴가 등 궁금한 게 많은 듯 질문 공세를 퍼부었다. 더군다나 젊은이들이 쉽게 접하는 쿠팡이라는 회사에 대하여 무척이나 호감을 갖는 것 같았다. 하지만 민우는 이기적이고 이중플레이를 한 영모에게 "나쁜 놈, 이중플레이 한 놈!" 하며 미워하는 표정을 하고 있었다.

"아니에요. 마지막으로 소주 한잔하며 좋게 헤어진 다음 지금에 여자친구를 만난 거예요."

"몇 년 사귀었는데?"

"약 7~8년 되었어요."

"나이는?"

민우는 취조하려는 게 아닌데 질문이 취조하듯 되어버렸다.

"35살이고요, 7~8년 사귀면서 여자친구와 같이 사업을 하였는데 사이가 나빠지고 나서 그때 저한테 보내준 돈을 전부 더해서 고소한 거예요. 고소 금액은 3억 5천만 원정도예요."

"얼마나 마음에 상처가 컸으면 그랬겠냐? 그래서 1심서 몇 년?"

"3년이요. 하지만 저도 억울해요. 7년 전부터 그리고 사업을 같이하면서 3~4년 전 투자금으로 보내 준 통장을 근거로 약 3억 5천만 원 청구 했는데, 저도 보내 준 돈이 있어요."

"그러면 그걸 법원에 제출하면 되잖아."

"근데 그게 저는 자료가 남아 있지 않아서~"

"참내! 그러면 너 말을 누가 믿겠냐?"

대부분의 피의자는 공통적인 게 상대방이 준 돈은 공돈으로 생각하고 투자금을 정확히 구분하지 않는 것에 문제가 있다. 그것이 결국 자기 발목을 잡게 될 줄 모르는 것이다.

"합의금은 현재 동거녀와 사는 집이 1억 원, 대출하여 합의금을 마련 중이에요. 다행히 아버지가 도와준다고는 하시는데 받기 싫어요. 저 어렸을 때 엄마를 버리고 새 여자랑 결혼했거든요. 아버지가 회계사라서 돈은 많아요. 그 여자한테 숍을 몇 개나 차려 준 걸로 알고 있거든요."

민우는 영모가 새엄마에게 그 여자라고 말하는 것을 듣고 새엄마와 관계가 별로 좋지 않음을 알 수 있었다.

"그러면 아버지에게 붙어라. 아버지에게 도와달라고 해. 당장 여기서 나가는 게 중요하지 달리 뭐가 중요하겠냐? 너, 만약 2년 살면 지금 만나는 여자가 그냥 기다려 줄 것 같냐?"

독수리 이 사장이 경험 많은 아버지처럼 말하였다.

"그렇지 않아도 아버지에게 도움을 청하였어요. 근데 이 계집애가 합의금을 준다고 하더니, 갑자기 말을 바꿔서 생각해 보겠다는 거예요. 그냥 저 엿먹이려고 그러는 거예요."

"지금 여자는 뭐 하는데?"

민우는 궁금하지도 않은 질문을 하였다.

"직장 다니고 있고요, 우리가 예비 장모님을 모시고 살고 있어요."

그러면서 여자 엄마가 보내 준 편지를 꺼내 보여 주었다. 그 편지 속에는 와이프 엄마의 진한 애정이 녹아 있는 것 같았다. '우리 최 서방' 하면서 보내 준 편지는 그래도 영모를 아들처럼 생각하는 따뜻한 내용이었다. 민우는 그래서 영모가 여자친구의 엄마를 모시고 산다는 말에 마음이 조금은 누그러졌다.

이제 내일이면 헤어질 독수리 이 사장과 석별의 정을 나눈다. 아무런 인사도 없이 이부자리 모포를 들고 서로 뻥뻥 차며 이 밤을 보내고 있었다. 이제 며칠 있으면 방장과 이 중사까지 전방을 가고 나면 민우가 서열 1위가 될 것이다. 하지만 군에서 내무반장을 하였던 민우는 다 늙고 나이 들어 방장을 하는 것이 한편으로는 우습다는 생각을 하였다. 방장은 영수가 맡는 게 맞다고 생각했다. 아쉬운 게 있으면 교도관에게 아부도 할 줄도 알아야 하고 젊은 옆방들과 관계도 필요한데 이곳 인천이 고향인 영수는 친구도 많고 하니 적격이다. 식사 때마다 밥과 반찬을 더 달라고 애교도 부려야 하고, 어쨌든 건달들과의 관계가 중요한 감방 생활이다.

영수는 어린 방장이 나갈 것에 대비하여 방장 수업을 배우기 시작하였다. 물품 구매와 재고 정리 등 적당히 큰 키에 팔뚝에 문신도 있고 하여 위압감도 있고 이 방을 잘 이끌어 나갈 수 있을 것 같았다. 민우는 밥상머리 끝에 자리를 잡고 이 사장에게 뜨거운 편지를 쓰기 시작하였다.

이별의 미학

　새로운 세계에 대한 두려움과 절망감을 가지고 여기 처음 왔을 때가 생각납니다. 그리 높지 않은 서열을 가진 대머리독수리 이 사장!

　어느 날 당신이 머리가 없다는 사실을 우리 가족에게 편지로 소개할 때, 당신은 당신의 1급 비밀을 누설하였다고 내 옆구리를 꼬집으며 웃는 당신에게서 진정 순수한 사람이라는 것을 느꼈습니다.

　유난히 종이접기를 어려워하던 나에게 나이를 떠나 다정한 손길로 고깔 접기를 가르쳐 주던 당신. 육십이 넘어 시작한 나의 빵기통 막내 생활, 식사 때마다 설거지 세척이 끝나면 언제나 기다렸다는 듯이 "수고하셨습니다." 가끔 이 소리가 들리지 않으면 서운할 때도 있었지만 속 깊은 아우님의 수고했다는 한마디는 내가 하루하루를 버티는 데 크나큰 힘이 되었습니다.

　《삼국지(三國志)》를 읽다가 적벽대전에서 조조가 혼나는 장면에서 깔깔대던 아우님이 그리워질 것입니다. 그런 당신이 이제 떠난다니 이제 당신과의 이별을 숙명처럼 받아들여야 합니다. 만나면 헤어지는 것이 인지상정이지만 나는 가슴으로 흐르는 뜨거운 눈물을 멈출 수가 없습니다.

　사랑하는 아우님, 인생은 육십부터라 합니다. 이제 우리의 만남을 뒤로 하고 밝은 세상에 나가면 당신이 애지중지하는 사업을 더욱 가다듬어 번창하기를 진심으로 바랍니다. 특히 마나님에게 귀여움을 받는 아우님이 되어야 합니다. 오늘 마지막으로 당신의 등을 밀어 드렸습니다. 잠시 인연을 맺었던 2번 방 사람들은 당신을 진정 그리워할 것입니다.

민우는 편지를 다 쓰고 방 생활을 힘들어하는 광수에게 조언했다.

"광수야, 여기 뺑기통을 지겹고 힘든 곳이라 생각하지 말고, 네 개인 서재 같은 곳으로 생각하고 무념무상하면서 도를 닦는다고 생각해. 그러면 시간도 잘 갈 거야."

8월 13일, 대머리독수리 이 사장 출소 날

아침 식사 후 막내 현식이는 설거지 후 손을 비틀며 그렇게 하지 않으면 살 수 없을 것 같은 표정으로 걸레를 짜고 있었다.

"아부지! 여자친구한테 편지가 왔는데 이제 그만 만나자고 하네요."

"아, 그런 일이 있었구나."

민우는 무슨 말로 위로를 해주어야 할지 그저 현식이 애기를 들어 주기만 하였다.

"현식아, 그냥 잊을 수 있으면 잊어! 네가 나중에 돈 많이 벌면 좋은 여자 많이 만날 수 있을 거야!"

결국은 의례적인 말밖에 할 수 없었다. 지금 현식에게 있어서 민우가 어떤 말을 한다 해도 그에게 무슨 도움이 되겠는가. 하지만 민우는 그에게 위로의 말을 멈출 수가 없었다.

"지금 당장은 슬프지만, 시간이 지나면 괜찮아질 거야."

민우는 그에게 조금 슬프고 답답하겠지만 견디라며 등을 두들겨 주었다.

점심 식사 후, 독수리 이 사장은 2번 방 사람들과 가벼운 인사를 하고 재판을 받으러 나갔다. 민우는 그와의 이별이 아쉬워 창문 만 멍하니 바라보고 있었다. 시계가 어느덧 3시를 넘어가고 있는데 이 사장 관대를 내려 달라는 소식이 없었다. 모두 다 초조하게 기다리고 있었다.

"아니, 이 양반 또 못 나가는 건가?"

3시 30분이 지나자 철창문 앞에 고개를 푹 숙인 이 사장이 서 있는 게 아닌가?

"아니 어젯밤에 나한테 뭐라고 그랬어? 변호사가 며칠 전 면회 와서 그동안 수고하셨다며. 이제 곧 좋은 소식이 있을 거라며. 이젠 나갈 수 있다는 뜻으로 받아들여 오늘 나간다고 짐을 챙기는 등 그 난리를 떨더니 이게 어찌 된 거야?"

민우는 화가 나서 물었다.

"이놈의 변호사 새끼, 이 새끼가 사건 수임 계약할 때 한번 그리고 며칠 전 나갈 수 있다는 말을 하기 위해 한번, 이렇게 딱 두 번 나를 만나고 2천8백만 원을 챙기고는!"

이 사장은 말을 잇지 못하였다. 그 소리에 민우는 자기 일처럼 분하고 억울해 견딜 수가 없었다. 민우가 화난 이유는 독수리 이 사장이 못 나가서 화가 난 것이 아니라 무식한 민우가 봐도 정황상 나갈 수 없는 사건인데 나갈 수 있다고 사건을 수임받아 돈만 받아 처먹은 변호사였기 때문이었다.

"이를 어쩌면 좋지?"

독수리 이 사장의 경우 무면허 운전에 집행유예 기간 중 음주운전으로 다시 걸렸으니 이 사건은 절대 쉽게 나갈 수 없는 사건이라 생각했는데 그래도 유명한 로펌 변호사가 한 말이니 그래도 믿은 것인데, 그런 사건을 그 개새끼 변호사는 마치 나갈 수 있다는 듯 피고에게 말하여 수임료만 챙기는 전형적인 허가 받은 사기꾼이었다. 민우는 '당신이 잘 알아서 했겠지. 그러니 나가는구나.' 하고 생각했는데 정말 화가 나서 견딜 수 없는 하루였다. 차라리 국선이 훨씬 나았을 텐데.

어제 보낸 수영이의 인터넷 편지가 왔다.

아빠, 나야. 수영!

수용증명서 잘 받았어. 아빠 사위랑 좀 알아보고 생각해 보니 마지막에 법무사 사칭한 놈이랑 아빠와 경찰이 통화한 기록이 지금 있다고 무죄를 받는 건 아닌 것 같아. 판사가 그날의 통화 내용을 가지고 어떻게 유 무죄를 따지겠어? 그 놈이랑 통화했던 내용이랑 그동안 주고받은 카톡 내용이 더 중요하지.

잡힌 날 통화 한 건 진짜 공범인 놈들도 아니라고 할 텐데 그날의 기록은 아빠가 생각하는 것만큼 그렇게 결정적이진 않아. 그동안 일주일 동안 그 놈을 처음 안 순간부터 그날까지의 대화 내용이 더욱 중요한 거지. 판사가 그동안의 정황을 살펴보는 거지 그 마지막 날의 통화 내용 가지고 결정하지 않는다는 것 통화 내용이 있으면 좋지만 찾을 수 없을 수도 있다는 거고.

중요한 건! 그게 결정적인 무언가가 될 수 없는 상황인 거 같으니 너무 그거에 일희일비하지 말고 마음 쓰지 말고 그래서 변호사가 아빠한테 별거 아니라고 말했나 보네. 변호사도 나름대로 열심히 하고 있고 사위랑 통화도 자주 하고 있으니 너무 걱정하지 마.

말복 지나서인가, 비도 조금 오고 더위가 한풀 꺾인 거 같아 다행히야. 독수리 아저씨 없어 서운해서 어쩌나ㅋ 알아보고 또 편지 쓸게! 건강 챙기고!

2021년 8월 12일

아빠를 사랑하는 딸 수영

"이게 보이스피싱이라는데 어떻게 된 거냐?

"아니에요. 보이스피싱이 아닙니다."

체포 당시 내가 기억하는 보이스피싱과 통화한 내역은 이게 전부였다. 가짜 김태형 법무사가 설득하려는 장면을 찾고 싶었는데, 그 장면이 진실인데…. 체포 순간에 정말 몰랐다는 것을 입증하고 싶었던 것인데 수영이와 변호사는 그리 중요하다고 생각하질 않는 것 같아 답답하였다.

8월 14일

집에 갈 수 있다는 희망 하나로 수개월을 버텨 왔던 대머리독수리 이 사장은 희망이 사라지자 밥도 먹지 않고 눈을 감은 채 잠만 자고 있었다. 기대가 크면 실망도 큰 법이다. 민우는 무슨 말로 이 사장에게 위로가 될지 모르지만 "새옹지마" 이 상황이 지나면 곧 좋은 일이 생길 것이니 마음 상해하지 말고 기운 내라 위로했다.

어제의 이 사장 선고는 변호사 말과 정반대로 징역 20개월을 받았으니 그 충격은 상상을 초월하였을 것이다. 아니 애초에 그놈의 변호사가 독수리 이 사장에게 정말 몹쓸 짓을 한 것이었다. 민우는 "사필귀정"이라고 언젠가 그 변호사는 당신이 아니더라도 나중에 그대로 되돌아올 것이니 그리 속상해하지 말라고 위로해 주었다.

슬픔은 이제 잠시 접어두고 모진 게 목숨이라 이제부터 어떻게 살아야 할지를 고민을 할 때이다. 심심한 방장은 자기보다 선배인 인호에게 바이오 뜨거운 물로 장난을 치고 있었다. 인호는 어린 방장이 뜨거운 물을 손 위에 붓는데도 고통을 참으며 억지 웃음을 짓는다. "이러지 마세요." 하면서.

악마와의 거래

8월 15일, 악마와의 거래

아침저녁으로 선선한 게 계절이 바뀔 준비를 하고 있는 것 같았다. 이제 8월 24일이 마지막 재판 결심이니 열흘이면 민우의 사건은 종지부를 찍을 것이다. 한 번의 실수가 민우를 이런 나락으로 떨어뜨리게 할 줄 누가 알았겠는가? 이 지긋지긋한 징역 생활. 젊음을 갖기 위해 악마와 거래를 한 파우스트처럼 민우는 이 징역을 나갈 수만 있다면 그 어떤 악마와도 거래라도 하고 싶었다. 만약 악마와 거래를 하였다고 하면 검사는 악마와 불법 거래를 한 혐의로 민우를 또 재판에 넘길 것이다.

8월 16일

하고 싶은 일을 하지 못한다면 목회자의 길을 걷겠다. 옛날 군에 있을 때 군 동기인 라 병장이 제대하고 나가면 뭐 하며 먹고살 거냐 물었다. 민우는 목사 유학을 가겠다고 대답했다.

"목사?"

"응. 미국에서 목사 자격증을 따서 한국으로 돌아와 큰 교회를 지을 거야. 그리고 좋은 목소리와 잘생긴 얼굴로 교인들 돈을 싹 긁어모을 거야!"

아니 그때는 신앙심보다 정말 철없이 그런 생각을 진지하게 고민한 적이 있었다. 지금은 일자리가 다양하게 발전하였지만 4~50년 전만 하더라도 꿈을 이루는 직장을 선택하기보다는 먹고 사는 게 중요한 시절이었다.

독수리 이 사장은 민우의 등을 밀어주며 형님 어머니는 더운 날 형님 낳으시느라 고생 많으셨겠다며 입을 열기 시작하였다. 표정도 정상으로 돌아오기 시작하였다. 모든 일에는 시간이 '약'이라고, 시간은 모든 것을 치료해 주는 것 같았다. 우리 인간은 너무 조급해서 화를 입는다. 오늘이 음력 7월 9일, 민우의 진짜 생일이다. 방에서 현식이가 먼저 축하한다는 말을 해 주었다.

"아버지, 생일 축하해요."

"정말 밖에서 잘 대접해 드릴게요."

"그래 고맙다. 그나저나 먼저 네 앞가림부터 해라."

민우는 정말 나이 젊은 현식이의 앞날이 걱정되었다.

"형님, 나 항고 포기하고 빨리 교도소로 가렵니다. 교도소 가서 성실히 생활하여 감형받고 나가는 게 좋을 듯합니다."

그동안 대머리독수리 이 사장이 말이 없었던 이유를 알 것 같았다.

"그래, 잘 생각했어."

아들에게 편지를 썼다.

아들 호영이에게(8월 16일)!

이제 조석으로 선선한 게 이제야 여름이 물러날 준비를 하는 것 같구나. 누나에게 SK 녹취록(가짜 김태영 4월 27일 자) 확인 부탁했으니 아빠 핸드폰 잘 보관해라.

지난 13일 아빠하고 친한 대머리독수리 이 사장이 선고 재판 후 출소하는 줄 알았는데 다시 돌아와 서로 충격이 컸단다. 얼마 전 이방에 들어온 사람 얘기로 보이스피싱 피의자 중 한 사람은 6백만 원 전달 한 번 하고 6개월 실형을 받았고, 7백만 원 전달 한 사람은 10개월 받았다고 하더라. 보이스피싱은 사건의 주체는 잡지 못하고 심부름 한 사람에게 죄를 심하게 묻는 이상한 재판이 되어 버렸단다. 근데 그걸 알고 했다는 게 문제인 거야. 나쁜 일인 줄 알면서 하였다는 게. 하지 말아야 하는 것은 하지 말아야 하는 건데. 알면서 했다면 응당 그 대가를 받아야 하는 거겠지.

그러고 보니 아빠의 앞일은 더욱 예측하기 어렵고 막막하기만 하단다. 달력을 보니 오늘이 아빠 생일이구나.

8월 17일

윤 사장은 핸드폰 속에 통화 기록을 꼭 찾아야 한다고 민우를 계속 다그치고 있었다. 민우는 윤 사장 말에 일리가 있다고 생각되었다. 만약 경찰이 마지막 파일을 지웠다면 그 증거는 지금 찾지 못하더라도 민우가 나가서 꼭 확인할 수밖에 없는 것이다. 영모는 아버지의 새 여자친구 그러니까 새엄마가 영치금을 보냈다는 소식을 받았다. 아버지가 고소한 여자친구와 통화를 했는데 시간을 달라고 하였다는 편지를 받고 합의가 쉽지 않을 것이란 예상을 하였다.

"옛날 여자친구는 돈이 목적이 아니라 저에 대한 앙갚음이 목적인 것 같아요. 자기하고 7년을 교제하다 서로 좋게 헤어졌는데, 본인은 아직 혼자이고 나는 헤어지자 새 여자를 만나 동거한 사실을 알고 질투를 하는 것 같아요."

영모는 그래서 합의가 어려울 것이라 예상하고 있었다. 이 문제를 풀려면 직접 만나야 하는데 여기 구속 상태에서는 답을 찾을 수 없다며 답답해하고 있었다.

아빠, 나 수영!

요 며칠 편지가 없네! 잘 지내고 있는지 궁금해. 위는 좀 누그러져서 많이 덥지 않은 거 같은데 거긴 어떤가 싶어.

아픈 건 어때? 요즘도 많이 아파? 걱정이네. 아프지 말아야 해 아빠! 건강이 제일 걱정이야! 재판 날까지 잠도 잘 잤으면 좋겠어.

2021년 8월 17일

아빠를 사랑하는 딸 수영

정말 그랬다. 민우는 이제 딸에게 편지를 쓰기도 어려울 정도로 지쳤다. 나갈 수만 있다면 악마에게 여기 있는 놈들까지 다 팔아 버리고 싶을 뿐이었다.

8월 18일

오늘 신문에는 "토플 말하기 채점 토플뱅크, 유료화 성공 '청신호' 온라인 영어 학습 서비스"가 매일경제 뉴스.에 기사로 떴다. 과거 민우가 했던 일이다. 민우는 자기가 못다 한 일들을 이 시대의 젊은이가 대신 해 주기를 바랐다.

> 역사는 반복된다.
>
> 그 반복되는 일을 누가 어떻게 자기 것으로 만드느냐에 따라
>
> 자신의 역사는 달라질 것이다.
>
> -E.H. CARR, 《역사란 무엇인가》

아빠, 나야 수영!

12일 자로 아빠가 보낸 편지 답장과 독수리 아저씨에게 쓴 편지 함께 보내준 거 받았어. 독수리 아저씨 나가면 아빠 서운하겠네 했는데 또 아저씨 출소하지 못하셨다니 정말 나도 아쉽고 속상하네…. 얼마나 상심이 크셨을까. 아빠도 아빠 재판 때 그랬겠지만 말이야. 오늘은 내가 너무 늦게 퇴근했어. ㅠㅠ 지난주부터 너무 바빠. 아빠 세상에 진짜 이런 진상이 있나 싶은 그런 클라이언트가 있어ㅠㅠㅠㅠ 그래서 지난주부터 너무 바쁘고 쓸데 없는 시간 소비가 많아서 골치야~~~~ 아빠 편지를 11시 넘어서 늦은 시간에 보게 돼서 엄마랑 호영이한테 내용 물어보고 하다 보면 아빠가 궁금한 사항은 내일이나 정리해서 알아보고 답변할 수 있을 것 같아.ㅠㅠ 12시가 넘어 버리면 내일 편지로 입력돼서 또 그다음 날 아빠에게 갈 거 같아서 일단 설명하려고 썼어! 나도 하루라도 빨리 알아보고 알려주고 싶은데 시간이 안 되네. 미안해, 아빠. 그래도 많이많이 노력하려고 하고 있어! 부디 그 마음 알아주길 바라. 거기서 기다리는 아빠의 마음은 내가 감히 공감할 수 없지만 오늘도 잘 자고 좋은 꿈 꾸길!♡

2021년 8월 18일

아빠를 사랑하는 수영

민우는 수영이의 편지를 뜨거운 눈물로 읽어 내려갔다. 직장 일도 힘들 텐데, 옥바라지까지 하느라 고생하는 게 너무 고맙고 고마웠다. 이 마음을 어떻게 표현해야 할지….

통화 기록

8월 19일

아빠! 나야, 수영이.

17일에 쓴 편지 오늘 받았어. 통화 기록은 녹음 파일 같은 건 통신사에서 받을 수 없는 것 같아. 생각해 보니 말이 안 되더라고. 그럼 우리나라 사람 전체의 통화 내역을 통신사가 녹음하고 있다는 게 말이 안 되지. 통화했던 발신 목록만 확인할 수 있고, 녹음 파일 같은 건 통신사에 보관되지 않는 대. 면허증은 아빠에게 있는 거 같다던데? 집에 있으면 어디에 두었어?

2021년 8월 19일

아빠를 사랑하는 수영

민우는 수영이의 편지를 받고 판단이 더 흐려지고 있었다. 통화 기록이 통신사에 없다는 수영이의 말이 맞긴 맞는 것 같았다. 모든 것으로부터 단절되어 있는 이곳에서 윤 사장이 사회 있을 때 통신 기록을 통신사로부터 받은 적이 있다는 그의 확신에 찬 말은 민우의 판단을 흐리게 만들었던 것이다. 사실로 믿을 수밖에 없었다. 민우는 수영이 편지를 받고 냉정하게 생각을 하였다. 하지만 아빠의 일이 귀찮아서 일부러 통신 기록이 없다고 거

짓말을 하는 게 아닌가 하는 의문이 드는 건 왜일까?

8월 20일

힘들게 버티면서 지금까지 견뎌온 민우는 그 누구보다 괴롭고 처절할 수밖에 없었다. 사월, 오월, 유월 그리고 칠월이 지나고 어느덧 팔월도 열흘 정도밖에 남지 않았다. 세월은 그렇게 거칠게 계절과 함께 민우 곁을 떠나고 있었다. 처음엔 살 수 없다고, 견딜 수 없다고 소리 없이 목놓아 발버둥을 쳤는데 사는 게 뭔지. 민우는 덧없는 시간 속에서도 감방 생활에 차차 적응하고 있는 게 아닌가? 다양한 죄목으로 모여 있는 2번 방 사람들 사이로 민우는 하늘을 향해 소원을 빌고 있었다.

'이 방 사람들에게 다시 한번 기회를 주십시오. 혹시 저에게 이곳을 나갈 기회를 주신다면 가족을 위해 열심히 살도록 하겠습니다.'

두 손을 모아 간절하게 기도를 하였다. 넘버 텐 현식이는 《조선왕조실록》을 읽고 있지만 한 장, 한 장 넘기는 표정이 글을 읽는 게 아니라 자신의 고통을 읽는 것 같았다. 가족과의 관계가 끊어진 지 오래된 상황에 여자친구의 이별은 조용한 성격의 그를 더욱 말이 없게 만들었다.

영수는 《미드나잇》이라는 소설을 진지하게 읽고 있었다. 민우는 법 자인 현식이를 위하여 독수리 이 사장에게 부탁 하나를 하였다.

"자네가 능력이 있으니 현식이 좀 도와주라!"

그러더니 이 사장은 알았다며 현식이에게 돈 10만 원을 보내 주었다.

8월 21일

새벽 5시 20분, 창밖으로 보이는 바깥세상은 멀리 희미한 아파트 공사장 불빛 사이로 서서히 여명이 밝아오고 있었다. 1번 방 노인네 방은 누군가 벌써 일어나 페트병을 찌그러트리고 있었다. 그러더니 잠시 후 또다시 싸움이 시작되었다.

"야, 너 몇 살이야?"

막걸리처럼 탁해진 목소리로 똑바로 못 하냐며 군기 잡는 소리가 고요한 새벽을 깨웠다.

"어이, 씨발! 노인네들 정말 잠도 없네. 조용히 안 해? 씨발!"

이 중사는 특유의 억양으로 1번 방 노인네들에게 화를 냈다. 토요일은 언제나 모닝빵과 콘브레이크로 시작하는데 오늘 받은 콘브레이크는 평소보다 적게 배식되었다. 배식 담당 영수가 소지에게 배가 고프다며 더 달라고 조른다. 큰 덩치에 어울리지 않는 불쌍한 표정과 애교 섞인 말로 간절하게 구걸을 하고 있었다. 민우가 본 적은 없었지만, 그래도 사회 있을 때는 많은 직원을 데리고 중고차 사업을 하던 영수가 여기서는 방 사람들 배불리 먹일려고 구걸을 하고 있었던 것이다. 민우는 그 모습에 작은 웃음이 나왔다.

저녁때는 넘버 식스 윤 사장이 2번 방 사람들을 위해 또다시 초상화를 그려주기 시작하였다. 그사이 영모는 나와 독수리 이 사장에게 계속 말을 이어갔다.

"아버지가 교회 장로이신데 지금 동거 중인 여자와 결혼을 적극적으로 반대해요. 여자가 저보다 6살 많거든요."

옆에서 듣던 독수리 이 사장은 별로 크지 않은 눈을 키우며 말하였다.

"야, 나라도 반대하겠다."

"아니에요. 아버지는 저한테 할 말 없어요. 바람나서 엄마를 버리고 젊은 년 만나 살면서, 저한테 왜 그러는지 모르겠어요."

영모는 쿠팡에 다니고 있다는 것을 증명이라도 하듯 쿠팡 로고가 찍힌 대 봉투에서 A4 인쇄물을 몇 장 꺼냈다.

"지금 살고 있는 와이프랑 찍은 사진이에요."

프린터로 인쇄한 사진이었다. 독수리 이 사장이 낚아채면서 사진을 유심히 살폈다.

"어이! 눈도 크고 예쁜데?"

민우가 봐도 예쁜 편이었다.

"참, 좋을 때다!"

독수리 이 사장은 철없이 한마디 하였다.

"몇 살이라고?"

"42살이에요."

"야! 네가 36살인데 여자가 42살이면 나라도 반대하겠다."

"저는 나이 어린 애들은 싫어요. 연상이 좋아요."

"아버지는 뭐 하시는데?"

독수리 이 사장은 질문을 이어갔다.

"회계사이시고 한때 정치권 인사 회계를 봐준 걸로 알고 있어요. 새로 만나 사는 여자에게 숍을 5개나 해 줄 정도로 돈을 벌었어요."

"그럼 아버지보고 고소한 여자와 합의를 보라고 해."

듣고 있던 이 사장은 답을 가르쳐 주듯 말하였다.

"싫어요! 아버지 돈은. 그리고 아버지는 본인이 장로라서 그런지 제가 성경 공부와 자격증 따기를 원해요. 저는 성경책 읽기도 싫고요."

"이 멍청한 것아! 당장은 아빠가 하라는 대로 시늉이라도 해야지. 여기서 나가는 것보다 중요한 게 어딨어?"

이 사장은 자기 아들 꾸짖듯이 목소리를 높였다. 그러자 가만히 옆에서 듣고 있던 넘버 나인 김병수가 입을 열었다.

"저는 아시아드 경기장길 앞에서 음주운전 상태에서 여자친구를 옆에 태우고 정신없이 달리다 앞에 있던 쓰레기차를 보지 못하고 그대로 받았어요."

"야! 그 많은 차 중에 왜 쓰레기 차냐?"

이번엔 병수에게 독수리 이 사장이 한마디 하였다.

"그래서 그만 여자친구가 죽고 저는 약 7개월가량 병원에 있다 퇴원하여 이제 구속된 거예요."

"큰 사고였구나."

민우는 병수에게 안타까운 듯 말하였다. 병수는 사랑하는 여자친구와 같이 좋아서 술을 먹었지만 해서는 안 될 음주운전을 한 것이 불행을 자초한 것이다.

"제가 죽일 놈이에요."

병수는 젖은 목소리로 자신을 질타하고 있었다. 물론 음주운전을 말리지 않은 애인의 과실도 있지만 어쨌든 자신의 운전으로 애인을 하늘나라로 보낸 자책감은 쉽게 잊히지 않는 모양이었다. 한동안 병수를 괴롭게 만들 것이다.

"근데 여자친구 집에서 합의를 해 주지 않아 지금 이렇게 구속되었어요. 합의를 보려 하는데 여자 측에서 합의 금액을 너무 많이 요구하여 부모님이 합의 중인데 쉽지 않은 거 같아요."

"여자는 몇 살인데?"

"저보다 5살 많아요."

"결혼하기로 한 사이였니?"

"예."

요즘 젊은이는 연상과 사귀는 게 유행인가 하여 민우가 물어보았다. 그때 우당탕 1번 방에서 한바탕 싸우는 소리가 요란하게 시작되었다. 살날도 얼마 남지 않은 사람들이 좀 사이좋게 지내면 어디가 덧나나. 따뜻한 말로 상대방을 배려해 줄 수는 없는 건가. 왜 서로에게 상처 되는 말로 서로를 아프게 하는지, 자신이 조금 더 편하게 살기 위해 그렇겠지만 그게 곧 부메랑이 되어 자신에게 돌아온다는 것을 왜 모를까? 이래저래 오늘도 하루가 다 가고 있었다. 벌써 다음 주 화요일이 결심이다. 이제 서서히 두려움이 밀려오기 시작하고 있었다. 이제 결과를 받아들일 준비를 해야 한다.

8월 22일

3번 방에서 웅성거리는 소리가 들리자 모두 창가로 모여 귀를 세운다. 민우 역시 창가로 가니 3번 방 앞에 40대 정도의 사람이 3번 방 방장과 교도관 사이에서 실랑이를 벌이고 있었다.

"나 뺑기통 탈 수 없어."

남자는 아주 거친 말로 딱 잘라 말하고 있었다.

"중간 번호 줘."

"안 돼요. 그럴 수 없어."

그 남자는 안양 교도소 있다가 인천에서 재판을 받고 다시 왔는데 이곳에서 살다가 다시 왔으니 높은 서열을 요구하고 현재 방장은 신입처럼 처음부터 다시 시작하라는 말에 다툼이 커져 가고 있었던 것이다. 3번 방장은 우리 방은 누가 무슨 사연이 있든지 간에 처음 들어오면 누구든 무조건 신입이라며 팽팽히 맞서고 있는 것이었다. 한마디로 입방 거부였다. 입방 거부는 방에 들어가는 사람이나 받는 사람이나 모두 거부할 수 있고 서로 타협이 안 되면 다른 방을 찾아야 한다. 결국 현명한 교도관의 중재로 그 남자는 중간 번호를 받고 방으로 들어갔다.

점심때 반찬 배식 담당인 민우한테 4번 방은 고기 반찬이 들어오면 윗상에서 다 챙겨 먹기에 아랫상은 냄새만 맡는다고 하였다. 그래도 2번 방은 위아래 상관없이 똑같이 배분하기에 좋은 방이라며 차기 방장 영수가 말하자 모두 웃었다. 2번 방은 그래도 아랫사람 위주로 잘 챙겨 주는 전통이 있었다. 누가 만든 전통인지 그거 하나는 마음에 들었다.

이 시간이 지나고 눈을 뜨게 되면 월요일이다. 그리고 다음 날 화요일이면 그동안 짧지만 긴 여정의 재판도 끝이 날 거다. 간절히 원하던 무죄 주장도 어떤 식으로든 결말도 나겠지. 나갈 수 있을까? 과연 기적은 일어날까.

"형님, 기적은 일어날 수 있어요. 걱정하지 말고 주무세요."

차분한 윤 사장이 조용히 민우에게 말하였다.

"고마워."

8월 23일

오늘은 아침부터 서늘한 공기가 2번 방을 꽉 채우고 있었다. 일어나기 싫어서 그런지 일어날 때 오른쪽 무릎을 삐끗하였다. 운동 부족 탓도 있지만 이제 연식이 다 되어 가는 것을 느꼈다. 소리 없이 기상하는 2번 방 사람들. 오늘따라 방 공기가 무거웠다. 침묵 속에 관물대 밥상을 두 명이 마주 잡고 내려놓았다. 모포를 군인처럼 개고 바닥 걸레질을 하고 면도를 하였다. 아침 기상 인원 점검을 할 때까지 유령처럼 아무 말 없이 기계처럼 움직이기만 하였다. "하나, 둘, 셋!" 언제나 우렁찬 7번 구 사장의 "일곱!"이라고 외치는 소리와 "열, 번호 끝!"이라는 소리와 동시에 아침 식사를 준비하였다. 소지가 와서 2번 방은 언제나 다른 방의 모범이 되어 목청이 크다며, 계장님이 2번 방이 최고라고 했단다. 다른 방도 2번 방처럼만 하면 좋겠다고 칭찬하였다고 하니까 5번 방 사람들이 내일은 2번 방보다 더 크게 할 거니 들어 보란다. 내일이 마지막 심리 날이다. 이제껏 육신이 갇혀 있던 이곳에서 나름대로 최선을 다하여 재판에 임하였다. 진인사대천명(盡人事待天命). 할 만큼은 다 했다. 이제 결과만 기다릴 뿐이다. 민우는 정말 더 이상 속행을 하지 말고 판결을 받고 싶었다. 오늘 저녁에는 왼쪽 벽에 걸려 있는 TV에서 KBS 연속극 〈속아도 숨결〉이 끝나가고 있었다. 그와 동시에 TV가 꺼지고 중앙등이 서서히 어두워지고 있었다. 정말 내일 좋은 일이 일어나기를 바라며 민우는 조용히 눈을 감았다.

마지막 재판

8월 24일, 마지막 재판

지난 재판 때와 마찬가지로 포승줄에 묶여 지하 속 긴 터널 같은 바닥만 쳐다보며 걸었다. 그러다 보니 어느덧 법정에 다다랐다. 형식적인 절차가 끝나자 판사는 검사에게 검사 구형을 요구하였다. 키가 크고 잘생긴 젊은 검사는 아무런 감정이 없이 원고를 읽어 나갔다.

"피고는 반성의 기미가 전혀 없고 ⋯ 7년을 구형합니다."

7년이라는 검사의 구형에도 불구하고 민우는 의외로 담담하였다. 민우는 꿈을 꾸고 있다고 생각했다. 살면서 벌레 한 마리 쉽게 죽이지 못하던 민우는 욕 한 번 한 적이 없다. 친한 사람 이외는 "씨발"이라는 욕도 친근 감을 나타낼 때를 제외하고 아니 일 년에 한 번 쓸까 말까 하다. 강아지 한 번 때리거나 욕한 적이 없다. 그러한 나에게 왜 이런 중한 벌을 내릴까? 이게 꿈이라면 빨리 깨어나고 싶었다.

민우의 재판에 방청석에는 민우가 알고 있는 사람 하나 보이지 않았다. 뉴스 시간에 나오는 정치인이나 연예인의 재판을 보면 그들이 심각한 잘 못을 했는데도 지지자들의 응원은 변함이 없다. 민우로서는 이해하기 힘든 부분이었다. 가족 하나 찾아 주지 않은 민우의 법정에 민우는 외로웠다. 물론 자랑스러운 재판도 아니고 하여 아무에게도 말을 하지 않았지만 외롭다는 생각이 들었다.

7년이라는 구형은 민우를 비롯하여 방청객 그 누구도 신경 쓰지 않는 구형이었다. 그렇게 검사는 민우에게 7년이라는 무시무시한 세월을 감정 없이 구형하였다. 만약 수영이나 민우의 가족이 있었다면 말도 안 된다고 소리치며 울고불고 통곡했을 텐데. 어쩌면 민우는 자신을 위해 울어 줄 사람 하나 없는 게 다행일지 모른다는 생각을 하였다.

민우는 정말 감정에 변화가 전혀 생기지 않았다. 이렇게 벌어진 상황을 있는 그대로 받아들여야 한다고 생각하고 있었다.

이제 나이 육십세 살, 그러니까 너그러운 판사의 판결이 2년 내지 3년 일 경우라도 민우가 나갈 때의 나이는 적어도 65살 아니면 66살이다. 이제 지팡이를 준비해야 할 일만 남았다. 파란만장했던 인생, 그렇게 민우 개인의 역사 역시 한 시대를 살다 소리 없이 사라지는 게 되는 것이다. 장자의 소요유(逍遙遊)처럼 인간은 자유로운 영혼을 가지고 살아야 하는데 민우는 앞으로 수년 동안 자유를 잃어버릴 것이다. 민우는 작은 실수 하나로 자신의 자유와 이별을 해야 한다. 작은 실수 하나가 인생에 미치는 영향은 상상 이상의 결과를 초래한다.

오늘 선고는 대략 3년 많아야 5년 정도를 예상했는데 이는 어지간한 사형수보다 많은 구형이었다. 다분히 감정 섞인 검사의 구형이라 생각되었다. 민우는 판사의 표정을 보면서 속내를 읽고 싶었다. 사건의 주체는 따로 있고 단지 현금 전달만 했다는 이유로 징역 7년을 구형한 검사. 민우의 파일이 SK에 살아 있는 것인지 민우가 문의한 질문에 대한 답은 아직 받아보지 못했는데.

판사는 9월 9일에 선고를 한다며 짧은 민우의 재판을 끝냈다. 무겁고 침울한 공기를 가슴에 가득 담고 민우는 2번 방으로 발길을 돌렸다. 돌아오던 길에 나이든 소지를 만났다. "형님, 얼마 받았어?" 민우는 자신이 가지고 있던 침울한 공기를 토해 내기 싫었다. 하지만 궁금해하는 소지가 재차 묻기에 대답할 수밖에 없었다.

"7년이야."

"뭐? 와, 형님! 세게 맞았네."

소지와의 대화를 들은 2번 방 사람들은 민우가 들어가자 서로 아무 말도 하지 않고 모두 기도하듯 고개만 숙이고 있었다. 민우가 방에 들어가기 바로 전에 영모와 5살 위인 영수가 말다툼을 하면서 치고받기 일보 직전이었다. 그러나 그들은 민우의 구형 소리를 듣고 놀라서 싸움을 멈추었다. 이 젊은이들은 그 모든 감정의 부딪힘이 다 부질없는 짓인 줄 아직 모르고 있는 것이다. 민우 나이가 되면 알 수 있을까? 아니, 1번 방 노인네들을 보면 그것도 아니다. 하루가 멀다고 다투는데 꼭 나이가 들었다고 철이 드는 것은 아닌 것 같았다. 어찌 보면 늙어 죽을 때까지 철이 들지 않고 살다 인생의 참맛도 모르고 죽는 사람이 더 많을 것이다. 이곳의 공간은 상상으로 생각하는 것보다 너무 작아서 생각과 마음 역시 작아질 수밖에 없는 곳이다. 그러기에 감방 사람들은 작은 공간 만큼이나 자주 다툼이 있을 수밖에 없는 것 같았다. 우리는 중요한 미팅이나 상대방을 설득하기 위해서는 넓고 분위기 있는 좋은 공간을 택한다. 이는 대화를 여유 있고 쉽게 풀어 가기 위함인데 생각보다 훨씬 효과를 얻을 수 있다. 반대로 이런 작은 공간은 작은 공간만큼이나 답답하고 여유가 없어 이해나 배려도 작아질 수밖에 없다. 교정 당국도 이런 상황을 잘 파악하여 수감자들에게 조금 더 넓고 좋은 공간을 제공하면 여러 불미스러운 일들이 줄어들 수 있고 교정에 도움이 될 거라 생각되었다. 법무부 장관은 무조건 죄인이라고 무시하지 말고 관심을 가져 주었으면 하는 생각을 해 보았다. 며칠 전 변호사가 써 냈다는 준비 서면을 보니 당신의 진실을 이해할 수 있다는 뜻으로 받아 들었다.

> **아빠, 나 수영!**
> 이걸 볼 때쯤이면 재판 다녀와 있겠네. 어떻게 되었는지 저녁때 변호사와 통해해 봐야지. 그런데 결과 나오고 나서 계속 거기 있을지 이동할지 아빠가 결정할 수 있는 거야? 내일, 부디 긴장하지 말고 잘 자길!
>
> 2021년 8월 23일
> 아빠를 사랑하는 수영

8월 25일

어제 수영이가 보낸 인터넷 편지를 받아 보았다

> 영치금은 내가 확인 안 한 지가 꽤 됐었네. 미안해. 방금 아빠 계좌로 입금했어. 필요한 거 구매하세요. 이불은 빌려서 산 거야? 사위가 변호사랑 통화해서 오늘 재판 이야기 듣고 설명 들었어. 검사가 구형한 거랑 9월 초에 선고할 거라는 것 등등. 정말 고생 많았어. 아빠! 쉽진 않겠지만, 우리 선고를 기다려 보자.
>
> 2021년 8월 24일
> 아빠를 사랑하는 수영

겨울 이불은 민우가 필요해서 산 게 아니라 쉽게 나갈 수 없다고 생각한 현식이에게 하나 사 준 것이었다. 9월 9일 마지막 선고 날을 앞두고 민우는 마지막으로 판사에게 무슨 말이라도 해야 할 것 같았다. 변호사는 만약 잘못 쓰면 오히려 화가 될 수 있으니 쓰지 않는 게 좋을 듯하다고 하였지만, 민우는 뭐라도 하지 않으면 이 순간을 견디기가 어려웠다. 그리하여 사형수가 삶을 마감하면서 마지막 심정을 토해 내듯 비장하게 한 자, 한 자 써 내려갔다.

피를 토하는 글

존경하는 재판장님!

저는 지금 피를 토하는 심정으로 이 글을 쓰고 있습니다. 제가 이 일을 하게 된 계기는 앞서 말씀드린 바와 같이 잠시 아르바이트 자리를 알아보고 있던 중, 울산에서 영어 학원을 운영하고 있는 이상호 원장의 소개로 시작하게 되었습니다. 그리고 이 일의 업무에 대하여 평소 잘 알던 금융업 전문가 김우석 씨에게 김태영 법무사의 앱을 보내 주고 이 일이 어떤 업무인지 확인을 부탁하였고 시작하였습니다. 이 모든 사실은 지난 7월 6일 법정에서 김우석 씨가 성실히 증언한 내용 그 자체입니다.

저는 검찰의 공소 사실과 달리 성명 불상의 전화 금융사기 조직원들과 공모하여 피해자들을 기망하여 재물을 교부받지 않았습니다. 또한 피해자들에게 금융권에서 온 직원이라고 피해자를 기망하지 않았습니다. 제가 피해자를 만나러 가면 나중에 안 사실이지만 피해자분 역시 보이스피싱에 속아 미리 현금을 준비하여 핸드폰 속의 직원과 통화한 다음 제 이름만 확인하고 빨리 전달 부탁한다는 말 이외 다른 말은 전혀 없었습니다. 저는 누구를 사칭하거나 거짓말을 하지 않았습니다. 이 역시 지난 7월 6일 검찰 측 증인과 방청석에 앉아 있던 피해자분들의 증언이 있었습니다.

지난 몇 개월 동안 아픈 몸으로 구치소 생활을 한다는 것이 결코 쉬운 일은 아니었습니다. 놀란 가슴을 부여잡고 한걸음에 달려온 제 아내는 저를 원망하거나 책망하기보다는 "내가 미안해요." 하면서 하염없이 눈물만 흘리던 모습이 아직도 저의 가슴을 아프게 하고 있습니다. 저로 인하여 가족들까지 상처를 입게 한 저의 모든 잘못 때문에 괴롭고 아픈 마음 견딜 수 없습니다. 저의 무지로 인하여 의도치 않게 피해를 입은 분들에게 죄송하고 송구스러운 마음 전합니다. 다시는 이런 일이 발생하지 않도록 더욱 살피고 주의하겠습니다.

앞으로 저처럼 무지하여 보이스피싱 범죄가 일어나지 않도록 성실히 일하며 사회에 봉사하고 공헌하도록 하겠습니다.

2021. 8. 25.

김민우

8월 27일

고기는 안창살이 맛있다고 독수리 이 사장은 지금 당장 주문하여 먹을 수 없는 쇠고기와 돼지고기에 대하여 설명하고 있었다. 민우는 맛있는 고기 부위에 대하여 한 번도 생각해 본 적이 없었다. 어렸을 때부터 어머니가 해 주는 돼지고기 요리를 받아만 먹었지 직접 내가 부위를 선택한 적이 없었다. 조금 커서는 아는 게 삼겹살 정도였다. 그때 수영이 편지가 왔다.

아빠, 나 수영!

SK 본사에서 녹취를 저장해 두다니. 누가 녹취록 받아 봤대?? 아니, 통

신사에서 녹음해 둔다면 전 국민을 사찰하는 거나 다름없는데, 내가 아빠
랑 남편이랑 개인적으로 통화하는 걸 내 동의 없이 녹음하고 있다는 건데?
말이 안 되지.

공공기관에서 ARS로 임의 동의를 얻었다 치고 통화 진행해서 녹음하는
건 있어도 개인적인 통화를 어떻게 녹음해 녹취록을 갖고 있다고 하면 난
그 통신사 안 쓸걸ㅋㅋ 검찰은 원래 세게 구형한 것에는 너무 신경 쓰지
마, 아빠!

2021년 8월 26일

아빠를 사랑하는 수영

글의 내용상 수영이는 잔뜩 화가 나 있는 것 같았다. 민우는 수영이 편지
를 받아 보고 부끄러운 생각이 들었다. 수영이는 편지를 통하여 아빠를 질
타하고 있었다. 윤 사장이 몇 년 전에 통신사에서 녹취록을 받아 봤다는 그
얘기만 믿고 계속해서 수영이를 몰아붙인 게 너무 미안하였다. 그렇다고
하더라도 민우의 핸드폰 속에 있는 녹취는 어딘가 있을 것이고 꼭 찾고 싶
었다. 어찌 보면 민우는 이곳에서 한쪽으로 치우쳐 있는 판단을 하고 있었
다. 윤 사장의 말이 맞다고 판단되는 순간 다른 사람의 그 어떤 말은 민우
에게 들리지 않았던 것이다.

8월 29일

코로나19로 면회 접견이 안 되니 가족들이 보내 주는 사식 역시 중단되
었다. 반찬과 물품이 하나둘 떨어지기 시작하였다. 젊은 사람들은 매일 컵

라면으로 끼니를 때우고 있었다. 민우 역시 밥맛이 없어졌다. 오직 9월 9일 판결 생각에 사로잡혀 있었다. 민우에게 닥칠 일은 오직 두 가지였다. 나가느냐, 못 나가느냐. 나가면 해야 할 일과 나가지 못했을 때 해야 할 일 이것은 다음 문제이다.

오늘 저녁은 김칫국에 우동채소볶음이었다. 하지만 채소볶음에 채소는 별로 없었고 입맛이 없어 뺑기통 옆에 세워 둔 간장을 밥에 조금 넣어 한 술 떠 보았다. 한 술, 한 술 뜨다 보니 그래도 배식판 밥을 거의 다 먹고 있었다. 식사 후 뺑기통 옆에서 처음으로 스쿼드를 하고 있는데 창가에서 "김민우 씨?" 누가 이름을 불러서 쳐다보니 주임 교도관이었다.

"운동은 내일 운동장에서 하세요."

조용한 성격의 교도관은 웃으면서 규정 위반임을 눈으로 말하였다. 언제나 조용히 있는 민우에게 주임은 예의 있게 말해 주었다. 상석에서 운동 준비를 하던 방장과 차기 방장은 민우로 인하여 운동을 할 수 없게 되었다. 그들은 창가에 서서 서로 망을 봐 주며 운동을 하지만 주임 교도관은 다 알고 있다는 눈치였다. 그러기에 민우에게 내일 운동장에서 하라는 경고는 자신들에게 하는 경고임을 본인들도 알기에 오늘 운동은 그만 멈추었다. 이제 내일은 월요일 한 주가 또 그렇게 지나갈 거고 그다음 주 목요일은 운명이 걸린 선고 날이다. 이 지루하고 암흑 같은 구치소 생활, 이 생활을 그만두고 햇빛을 보게 될지 아니면 이 구치소를 운명이라 받아들이고 햇빛을 안고 살아야 할지. 심판에 날이 다가오고 있는 것이다. 언제나 운이 없었던 민우는 "이번 한 번만은…." 하면서 간절히 기도하였다. 민우는 답답한 마음을 편지에 쓰기 시작했다.

사랑하는 딸 수영이에게!

우선 9월 9일 판결을 기다려 보고 있는데, 아빠 생각은 집행유예를 기대하고 있는데 만일 실형이 떨어진다면 3년 정도 될 것 같다.

이곳 수감자들은 검사의 구형을 보고 판사의 구형을 제법 잘 맞추고 있기에 대략 그렇게 예상하고 있단다. 어차피 이것도 아빠의 인생(人生)인데 누구를 원망하겠어.

2021년 8월 29일

민우는 만약 9월 9일에 출소하게 된다면 서쪽 태양이 뜨는 2번 방을 바라보며 소리치겠다고 다짐했다. "자유를 되찾았다고."

수영이에게 또 편지가 왔다.

아빠, 나 수영!

주말이 또 지나가고 있네. 날씨는 많이 풀리면서 해가 지면 쌀쌀해지고 이제 춥다고 느껴지네. 아빠가 판사님에게 쓴 글(두 번째로 보낸 지장 찍은)은 금요일 저녁에 받았어. 내일 출근 후 우체국 들러서 변호사님한테 보낼게. 검찰이 구형한 건 너무 신경 쓰지 마. 원래 검사들은 세게 구형한대. 마음 너무 쓰지 마, 아빠. 건강 잘 챙겨야 해. 오늘 좋은 꿈 꾸고 잘 자길!

2021년 8월 29일

아빠를 사랑하는 수영

딸 수영이는 민우가 상심을 크게 하고 있을 것으로 생각하고 계속 위로의 편지를 보내 주는 것에 대하여 고마운 눈물을 흘리고 있었다.

8월 30일

오전에 영모는 아직 모포 정리할 줄 몰라 헤매고 있었다. 군대를 갔다 온 사람과 아닌 사람의 차이는 이런 단체 생활에서 실로 여러모로 차이가 컸다. 아니 보이스카우트나 단체 MT를 가면 눈치껏 배웠을 텐데 어찌 된 일인지 답답한 영모였다.

오랜만에 제리(이발)하는 날이다. 이곳에서는 이발을 제리라고 부르는데 정확한 뜻은 아무도 모른다. 지난 금요일에 예약한 막내가 혼자 이발을 하였다. 오늘은 샤워도 없고 운동만 30분 한다고 소지가 통보하고 지나갔다. 우리 방은 9시에 시작이다. 코로나19는 여러모로 우리를 힘들게 했다.

저녁에는 광수와 현식이 둘이서 장기를 두기 시작하였다. 광수가 오고 나서 장기 열풍이 불고 있었다. 광수는 고등학교 때 선생님께 장기를 배웠다고 하는데 제법 잘 둔다. 2번 방 사람들은 광수를 이기는 게 최상의 목표인 듯, 전부 막내인 광수에게 도전장을 내고 있었다. 결국, 광수는 생각지도 않은 장기 때문에 개인 시간이 사라져 버렸다. 민우는 장기에는 관심도 없고 오직 알 수 없는 9월 9일 재판 결과만 생각하고 있었다.

8월 31일

팔월의 마지막 날, 비가 와서 그런지 이방은 벌써 여름이 저만치 멀리 물러난 느낌이었다. 그 무더웠던 더위는 언제 그랬냐는 듯 서늘하게 2번 방 앞에 서 있었다. 그러한 2번 방에 방장만 혼자 덥다고 선풍기를 3단으로 올리고 있었다. 민우는 아무 말 없이 옷을 한 겹 더 입었다.

이놈의 징역에서는 예정된 작별이 쉽지 않다. 선고 때 나간다는 보장이 없기에 집행유예든 보석이든 그날 재판을 해 봐야 나갈 수 있는 시스템이기 때문이다. 선고 날 나가게 되면 다시는 있었던 방으로 돌아올 수 없다. 그래도 함께 살았던 방 사람에게 작은 인사라도 하고 싶지만 그렇게 할 수가 없다. 그래서 나가는 결과가 떨어지면 그때 개인 짐을 교도관이 주는 것이다.

전방은 그날 아침에 통보를 받는다. 그래도 전방 가는 사람은 전방 소식을 접하고 잠시라도 문을 나서기 전까지 방 사람에게 석별의 정을 나눌 시간이 있다. 방에서 미운털이 박힌 사람은 그나마 서로 인사도 없이 떠난다. 다시는 볼 일 없는 사람처럼, 서로 인사도 없이 떠난 사람은 이 방에서 빡빡이 김 사장이 유일하였다.

아빠, 나야 수영!

아빠가 보내 준 3장짜리 최후 변론은 어제 등기로 보냈고, 오늘 변호사가 받았대. 비가 많이 온다. 조금 쌀쌀하기도 하고. 그래도 더운 것보단 낫겠지! 힘내서 기다려 보자, 아빠!

2021년 8월 31일

아빠를 사랑하는 수영

9월 2일

운동 시간에 30분 운동을 하였지만 땀이 나질 않았다. 저녁에 걸어 놓은 메리야스가 벽에 기대어 앉아 있던 이 중사 머리에 떨어졌다.

"아니, 형님은 항상 옷이 떨어져요! 왜 이렇게 옷이 잘 떨어져? 전에도 말야…!"

"전에 언제?! 전에 언제 그랬는지 말해 봐!"

민우는 이 중사에게 따지듯 물었다. 이 중사는 전에 다른 사람이 떨어트린 것을 착각하고 말 한 것 같았다.

"무슨 말을 그따위로 해?"

민우는 한바탕 할 모양으로 이 중사에게 큰소리로 쏘아붙였다. 민우의 예상치 못한 행동에 이 중사는 움츠리며 아무 대꾸 없이 가만히 있기에 더 퍼부어 불까 하다가 성질을 내려놓았다. 이 중사도 이제 며칠 있으면 교도소로 가기 위해 전방을 가야 하기에 마음이 편치 않은 것 같았다. 이곳 구치소는 잠시 지나는 플랫폼이다. 잠시 서로 스쳐 가는 인연들인데….

아빠, 나야 수영!

이제 제법 쌀쌀해져서 밤엔 춥네. 거긴 어떤지 모르겠어. 살 더 빠지지 않게 입맛 없거나 맛없어도 밥 간식 잘 챙겨 먹어야 해, 아빠! 살 너무 더 빠질까 걱정이야…. 알겠지?

2021년 9월 1일

아빠를 사랑하는 딸 수영

꿈속의 아버지

9월 3일

9월 9일 오후 1시 40분, 선고날만 생각만 해도 가슴이 뛴다. 어떻게 될까? 그날의 선고 결과가 궁금하다. 그날의 결과를 위해 이 방구석에 이렇게 쭈그리고 앉아서 날짜만 헤아리고 있다. 오늘 새벽에 민우는 꿈에서 아버지를 만났다. 과거 군에 입대 후 얼마 지나지 않아 아버지가 꿈에 나타났는데 고통스러운 표정이셨다. 그리고 아버지는 하늘나라로 가셨다. 그 후 오랜 시간이 지나고 그때처럼 민우는 오늘 아버지를 다시 만난 것이다. 못다 한 말이 있는지 무슨 할 말이 있는지 계속 말씀을 하고 계셨다. 그러나 민우는 그 소리를 알아들을 수 없어 귀를 쫑긋 더 세우고 아버지 곁으로 다가가면서 말했다.

"아버지 말씀을 크게 하세요."

하지만 아버지도 민우의 말을 듣지 못하는 것 같았다. 답답한 민우는 소리를 질러대기 시작하였다. 이제 조금만 더 가면 아버지 말씀을 들을 수 있다. 고통스럽게 헛소리를 지르고 있는 민우에게 맨 구석에서 자고 있던 현식이가 달려와 민우를 흔들어 깨웠다.

"아버지, 아버지!"

현식이는 민우를 아버지라 부르면 흔들어 깨웠다. 식은땀을 흘리며 민우는 눈을 떴다. 아쉬웠다. 현식이가 조금만 더 늦게 깨웠더라면 아버지의 못다 한 말을 들을 수 있었을 텐데. 민우는 현식의 어깨를 두드리며 괜찮다는 듯 고개를 주억거렸다.

"현식아, 고맙다. 너밖에 없구나. 어서 자거라!"

아빠, 나야 수영이!

이제 며칠 있으면 판결이라 마음이 심란하지? 오늘 아빠 후배인 희성 삼촌에게 전화가 왔어. 아빠 걱정 많이 하네요. 몇 달 동안 일 때문에 내내 지방에 계셨다고 해. 정말 아빠를 생각하면 아빠의 잘못된 판단 하나로 인해 너무 많은 것을 잃어버렸다고 생각해.

아빠가 마지막으로 재기하고자 발버둥 쳐서 잡은 '비대면 방과 후 사업'도 결국 보이스피싱에 속아 물거품이 되어 버렸잖아. 앞으로는 어떤 일을 하기 이전에는 반드시 내가 직접 다 확인하고 또 확인해야 해! 친한 사람이 소개해 준다고 무조건 믿지 말고 다시 확인하는 습관을 꼭 갖도록 해요.

아빠는 사람을 너무 잘 믿어서 탈이야. 결국, 손해를 보잖아? 오늘도 좋은 꿈 꾸고 잘 자길.

아빠를 사랑하는 딸, 수영

9월 5일

아침 9시 5분 수영이가 면회를 왔다. 무척 반가웠다.

"우리 딸, 살이 더 빠진 것 같구나."

"아니야. 몸무게 똑같아."

"별일 없지?"

"아빠 걱정이나 해."

이 좁은 감방, 이 작은 공간을 잠시라도 벗어날 시간은 면회뿐이었다. 판결 전에 민우의 심정을 다듬어 주려 온 속 깊은 딸이 진정 고마웠다.

> 이제 길지 않았던 여정을 끝내고 이제 집으로 가려 합니다. 허나 혹 가지 못한다고 하더라도 이제는 모든 것을 받아들이려 합니다 생각하면 만 육십하나, 이제 살 만큼 살았습니다. 슬프고 괴롭고 아쉬운 일이 많았지만 기쁘고 좋은 일도 많았습니다. 그중 사랑하는 아내를 만나 딸 아들을 잘 키운 것 그것이 내 인생에 가장 소중하고 행복했던 순간이었다고 생각합니다.

민우가 구속되어 여기 구치소에서 느낀 것은 자식 같은 아이들이 온몸에 문신을 하고 사회에서 하지 말라는 나쁜 짓은 골라서 다 하고 다니며 나쁜 짓인 줄 알면서 상욕을 해 대며 범죄를 저지르고, 또다시 범죄를 저지르는 젊은이를 보면서 전혀 다른 세상을 보고 있는 것 같았다. 민우 자신의 자식들은 그래도 건강하게 잘 자란 것에 대하여 감사하게 생각하고 있었다.

저녁 9시 40분, 이 절박한 심정을 어떻게 표현할 수 있을까? 선고 후 집에 갈 수 있다는 상상만으로 민우는 가슴이 흥분되다가 반대로 만약 심각한 구형이 떨어진다면 어떤 표정으로 2번 방으로 다시 돌아와야 하나 하면서 잠을 이루지 못하고 있었다.

9월 6일

차기 방장 영수가 창가에 기대어 서 있더니 민우를 조용히 부르면서 손가락으로 하늘을 가리키고 있었다.

"아버지, 저 하늘을 좀 보세요."

2번 방은 서향 이어서 아침 태양은 언제나 맞은편 아파트 유리창에 반사되어 시작하는데 우주가 탄생하듯 붉은빛이 태양보다 더 짙게 다가오고 있었다. 하지만 바람은 벌써 서늘하게 가을로 다가오고 있었다. 민우는 봄바람에 실려 자신의 의지와 상관없이 꽃잎과 함께 이곳에 날려 왔는데, 그 지루하고 무더운 여름을 지나 서늘한 가을을 맞이하고 있었다. 지나고 보면 세월이란 것은 덧없는 것이었다. 이 세상은 잠시 왔다 가는 곳인데 무슨 욕심을 더 부리겠는가. 사람은 욕심을 부리는 순간 욕심만큼 어지럽혀진다는 사실을 우리는 왜 모르고 사는가.

8시 10분이 지나고 있었다. 오늘은 전방 가는 사람이 없다. 어린 방장은 이곳에서 있은 지가 6개월이 지났다 그래서 다른 방으로 전방 가야 하는데 나름 걱정이 되는가 보다. '미운 놈은 왜 빨리 가지 않는 거야.' 이 중사도 마찬가지다. 항소가 끝나면 전방 가서 심사받고 교도소 배정을 받아야 하는데, 본인 역시 빨리 가고 싶은데 구치소 행정이 개인 사정 봐 주면서 하는 게 아니니까 앞일을 알 수가 없다.

지난번 취사장으로 사역 간 이광수가 편지를 보내왔다. 반가웠다. 항상 위축되어 있었던 그의 모습을 떠올리며 봉투를 열었다. 이 건물 지하에 있다는 편지였다. 광수를 만나기 위해서는 계단으로 뛰어 내려가면 되지만 이곳은 유치장이다. 그럴 수가 없다. 이곳은 바로 아래층에 있는 재소자들을 만나거나 연락을 하고 싶어도 바로 만날 수가 없다. 오직 편지만이 유일한 소통이다. 광수는 중고차 사업을 하다가 몇 년 전부터 돌려 막기 하다 사고가 난 것이다. 그 후 중고차를 떠나서 전혀 다른 콘텐츠 회사에서 일을 하고 있으며 지금은 교육업계 문을 두드리고 있다고 자신을 소개하였다.

"야! 너 대단하다. 중고차 업계에 있다가 어떻게 콘텐츠 교육 업계 일을 할 수가 있지?"

민우는 광수를 다시 보게 되었다. 교육 업계 콘텐츠 얘기는 몇 마디만 하면 금방 알 수 있을 정도로 시장도 뻔하고 전문 분야이기 때문이다. 캐피탈 합의금 3억 5천만 원 중 법무사인 아내가 합의를 계속하다가 나머지 4천만 원이 부족하여 구속 되었는데 구치소에 구속되기 전 비트코인 천만 원어치 산 것이 당시에는 팔려고 하여도 팔리지 않았는데 여기 구치소에 잠시 있는 사이에 6배가 오른 6천만 원이 되어 이젠 합의보고 나갈 수 있다며 기뻐하였다. 아무것도 가진 게 없는 민우는 그저 부러울 뿐이었다.

저녁 뉴스 시간에 "보이스피싱 피해 급증"이 헤드라인이었다. 심각한 앵커의 목소리에 놀라 쳐다보았다. 내일모레가 선고 날인데 9월 6일 뉴스에서 연일 보이스피싱을 다루고 있으니 마음이 점점 불안해져 갔다.

대머리독수리 이 사장이 토정비결 책을 보다가 "형님 내일모레 나갈지 못 나갈지 내가 봐 줄게." 하며 생년월일을 말하라고 또 조른다. 책을 펼쳐 보면서 점 쾌를 보더니 점쟁이처럼 말하기 시작하였다.

"바람이 불고 구름이 흩어져 달이 하늘에 가득 찼으니 그 밝기가 비할 데가 없습니다. 단비와 촉촉한 이슬이 초목을 윤택하게 적셔 주겠습니다. 지성이면 감천이라 소원을 반드시 성취하고 뜻을 이루게 될 것입니다."

"어? 형님은 무죄네, 무죄!"

"그래, 좋게 말해 주어 고맙네."

꿈보다 해몽이라는 말은 이럴 때 쓰는 거라며, 민우는 관물대에서 복채로 3천8백 원짜리 등기우표 한 장을 꺼내 주었다. 독수리 이 사장뿐만 아니라 이곳 2번 방 사람들은 민우에게 말은 하지 않았어도 민우가 나가지 못할 거라 생각하고 있었다. 그러기에 민우의 심정을 헤아려 주려고 좋은 점괘에 대하여 덕담 한마디씩 해 주는 것이었다. 그 소리에 민우가 "근데, 나가면 뭐 먹고 살지? 채소 장사 아니면 과일 장사?" 구 사장을 바라보며 말하자 "언제든 오세요. 제가 도와드릴게요." 하며 구 사장은 큰소리친다.

떠나는 대머리독수리

9월 7일, 떠나는 대머리독수리

화요일이다. 밤새 많은 비가 내렸다. 촉촉이 내리는 비는 빗소리와 함께 인천 구치소에도 예외 없이 내리고 있었다. 그동안 민우가 살면서 의도치 않게 지은 잘못과 잊고 싶은 과거를 이 비가 모두 씻어 주기를 바라면서 간절히 기도하였다. 8시 30분, 스피커에서 "이영근, 전방 준비!"라는 소리가 흘러나왔다. 다음 주에나 갈 줄 알았는데 역시나 이곳의 이별은 예상치 못한 순간에 순식간에 찾아왔다. 먼저 멋지게 나가는 모습을 보여주고 싶었는데 이 사장이 먼저 떠난다는 것이다. 이곳의 특징은 만남과 헤어짐을 알 수가 없다고 하지만 이거 너무 한 거 아닌가 싶었다. 2번 방 사람들은 모두 일어나 전방 가는 대머리독수리 이 사장을 배웅하였다. 그래도 이 중사가 나서서 아랫사람에게 식기, 모포, 수저, 샴푸, 라면, 생수 등을 살뜰히 챙기고 있었다.

"형! 뭐 또 필요한 거 없어?"

그러자 어린 방장은 필요한 게 있으면 올라가서 보고전을 쓰라고 했다. 결국, 이 사장은 모든 걸 포기했다. 교도소로 가서 성실히 형을 살고 감형을 받아 나가는 것이 최선이라 생각한 것이다. 민우는 그냥 빵기통으로 가서 조용히 앉아 있었다. 이 사장이 조용히 다가오더니 힘주어 말하였다.

"형님, 나 이제 갈랍니다. 선고 잘 받으시고, 형님은 내 몫까지 해서 꼭 나가야 해!"

민우는 참았던 눈물을 끝내 터뜨리고 말았다. 이런 내 모습을 보이지 않으려 뺑기통에 앉아 있었던 것인데. 이 사장은 떠나는 자신보다 애처롭게 남아 있는 민우를 아무 말 없이 바라보면서 짐을 챙겼다.

"형님, 나 가야 해."

독수리 이 사장은 이제 정말 떠나는 것이었다.

"너는 나를 두 번 울리는구나. 그래, 잘 가라. 교도소 생활 잘 하고. 언젠가 볼 수 있겠지."

민우는 독수리 이 사장을 향해 "이제 누구와 운동을 하고 누구와 잠을 잘 수 있겠어." 하며 슬퍼하였다.

"형님! 목요일 날은 꼭 나가야 해."

이 사장은 민우가 나가기 힘든 사건인 줄 알면서 민우에게 용기를 주고 있었다.

"내 걱정은 하지 말고 자네 몸 건강이나 잘 챙겨."

그렇게 독수리 이 사장도 민우 곁을 떠났다. 독수리 이 사장이 떠나고 저녁 식사 후 심란한 마음을 달래고자 현식이 대신 설거지를 하려 뺑기통으로 들어갔다.

9월 8일

누군가 일어나 선풍기 끄는 소리에 잠을 깼다. 새벽 공기가 서늘한데 어린 방장이 3단으로 틀어 놓은 선풍기를 견디기 어려웠던 것 같았다. 어제

이 사장이 떠나자 넘버 파이브가 다들 언제 헤어질지 모르니 초상화를 하나씩 그려 주겠다고 했다. 민우는 지금 윤 사장이 그려 준 초상화를 보고 있었다. 세월과 감방 생활에 찌든 자신의 초상화가 얼마나 슬프게 보이는지, 민우는 언제 흘러내렸는지 모를 눈물이 턱까지 내려온 것을 뒤늦게 알아챘다. 그동안 살아온 인생을 말해 주듯 깊이 팬 주름과 머리카락 위에 허옇게 내린 서리는 더 이상 보기가 어려웠다. 무지개를 좇다 하얀 백발이 되어 돌아온 소년처럼, 하얀 백발이 되어 이곳에 앉아 있는 것이었다.

처음부터 완벽한 인생은 없었다. 그것은 잡을 수 없는 무지개였다. 여태 그 인생이란 무지개가 민우를 유혹하고 민우는 그 유혹을 벗어나지 못하였던 것이다. 이제 민우는 깨닫고 있었다. 하얀 백발이 되어 버린 지금, 무지개라는 걸 잡을 수 없는 인생이었다고.

"좋은 꿈 꾸세요."

내일 선고 날인 것을 알고 있는 어린 방장이 그래도 걱정이 되는지 따뜻한 인사를 해 주었다. 내일이 운명의 선고 날인데 결과를 알 수 없어 이 사장이 없으니 더욱 마음이 허전하였다. 그리고 그가 떠난 여운이 다 사라지기 전 그가 주고 간 비타민 한 알을 꺼냈다. 이제 민우도 내일 판사의 선고에 따라. 이 사장이 떠난 이천이든 여주교도소든 떠나갈 것이다. 그곳에서 민우는 짧게는 2~3년 아니면 4~5년을 살게 될 것이다.

나비의 꿈

9월 9일

새벽 2시 30분, 새벽 공기가 선풍기의 서늘한 바람을 타고 민우에게 다가왔다. 민우에게 있어 오늘 9월 9일은 운명의 선고 날이다. 더 이상 잠을 이룰 수가 없었다. 민우는 오늘 유죄 아니면 집행유예라고 생각하고 있다. 무죄는 사실 기대도 하지 않고 있는데 이 세 가지 중 어느 하나를 고를 수 있는 게 아니라 이 세 가지 중 하나를 받아들여야만 한다.

민우는 버킷리스트를 작성하고 싶었다. 여기서 나갈 수만 있다면, 나가자마자 가족과 여행을 가고 싶었다. 두 번째는 얼마 되지 않는 금액이라 하더라도 벌어서 아내에게 건네고 싶었다. 그리고 마지막으로 사회를 위해 작은 봉사라도 하고 싶다.

그나저나 변호사가 마지막 변론을 준비하여 재판부에 보낸다고 했는데 어떻게 써서 보냈는지 민우에게는 보내주지 않았다. 민우는 매번 이것이 불만이었다. 변호사 접견 때 민우는 간절히 부탁했다.

"재판부에 보내는 서면은 저에게 확인을 꼭 받고 보내십시오."

"네, 물론입니다."

하지만 이 약속은 변호사가 번번이 지키지 않았다. 아마 '구속되어 있는 당신보다 내가 전문가이니 다 잘할 거야.' 하는 변호사 특유의 아집이랄까 아니면 시간이 모자라서일까. 아무리 긍정적으로 생각해도 이거는 아니라는 생각이 들었다. 아무리 국선이라도 변호사는 의뢰인의 말을 성의 있게 들어 주고 그에 대한 법률적 판단을 자세하게 설명해 주어야 한다. 사건의 진실은 의뢰인이 가장 잘 알고 있기 때문이다. 하지만 이곳에서 느낀 것은 사설 변호사라고 더 나은 것도 없었다. 그나마 민우를 담당하는 국선 변호사가 가장 성실한 것 같았다.

지난 7월 6일 증인심문 때 교도관이 한 말이 생각났다.

"정말 쓰레기 같은 변호사 많은데 좋은 변호사분 만난 거예요."

그래 민우는 정말 좋은 변호사를 만난 것이었다. 민우는 자신의 변호사에 대해 약간 불만은 있지만 믿어야 한다고 생각했다. '한번 믿은 거 끝까지 믿어 보자.'

2번 방 창문에는 태양이 민우의 심정을 아는지 모르는지 힘차게 떠오르고 있었다. 그 옛날 이상호와 속초에 있는 강원 지사를 방문했을 때 미시령에 걸친 선명한 무지개가 새삼 생각났다. 우리가 미시령을 넘어갈 때쯤 상호가 "형님, 저 쌍무지개를 좀 보이소." 하며 창밖을 가리켰다. 민우는 그 무지개를 보자 갓길에 차를 세워두고 넋 나간 듯 바라보고 있었다. 그때 상호에게 강원 지사장의 전화가 울렸다.

"지금 어디쯤 가고 계세요?"

"네, 지금 막 미시령을 넘으려고 합니다."

"아, 그러면 지금 오른쪽 하늘을 한번 보세요."

"네?"

"쌍무지개가 보일 거예요. 아주 선명하게."

"아, 저희도 지금 보고 있습니다. 너무 장관입니다."

"앞으로 우리 사업이 잘될 것 같아요."

홍분한 강원 지 사장의 맑은 음성이 메아리치고 있었다."

하지만 우리의 바람은 무지개처럼 떠오르는 것이 아니라 사라지고 말았다. 그 무지개가 사라지면서 회사의 운명도 함께 사라져 버렸다. 그 무지개는 자연현상일 뿐, 우리의 사업과는 전혀 상관이 없는 것이었다. 단지 우리의 기분이 그랬을 뿐이었다.

2번 방은 서쪽에 있기에 동쪽에서 뜨는 태양을 직접 볼 수는 없었다. 다만 바로 앞에 공사 중인 아파트 유리창을 통하여 떠오르는 태양을 바라볼 수가 있었다. 그런데 오늘 아침에 떠오르는 태양은 아침의 태양이 아니라 마치 석양의 노을처럼 붉은빛을 토해내고 있었다.

어제 저녁 이 중사가 샤워할 때 민우는 그에게 다가가서 등을 밀어 주겠다고 했다. 이 중사는 갑작스러운 민우의 호의에 놀라 당황하면서 더듬는 그 특유의 말투로 아주 정중하게 거절하였다.

"아! 혀, 혀, 형님! 괜찮아요."

민우는 이것으로 이 중사를 향한 감정이 전부 정리되었다 생각했다.

아침 8시 10분, 와이프가 의사인 나이든 소지가 2번 방을 지나가면서 말을 걸었다.

"민우 형님, 오늘 선고지요? 지난번 검사 구형이 너무 셌어~ 하여튼 오늘 판결 잘 받고 오세요."

"그래, 고마워."

그 친구는 민우가 결심 때 보이스피싱 사건 치고 7년 구형을 때린 검사의 구형이 너무 셌다며 민우에게 위로를 건넸다. 검찰의 선고는 민우가 무죄를 주장하기에 다분히 감정적이긴 하였지만, 일반 살인범보다도 더한 형을 때린 것이었다. 아마 우리나라 보피 범죄 중 심부름만 한 사건치고는 제일 많은 형량을 받았을 것이다.

민우는 민 사장이 물려 준 지퍼 달린 수용복을 꺼내 정성스럽게 손으로 펴서 입었다. 그래도 재소자 중 수제 장인이 한 땀, 한 땀 손수 만든 수용복이다. 민우는 그 옷을 입고 손바닥보다 작은 거울 앞에서 옷깃을 세워 보았다. 맞춤형 기성복 같은 수용복은 이곳 수감자 모두가 탐내는 옷이다. 일반 수용복은 단추로 되어 있는데, 이 옷은 지퍼로 되어 있었고 옷감부터 달랐다. 민우는 이 옷을 차기 수감자 중 누구에게 물려줄까 아니면 그냥 입고 나갈까 잠시 고민을 하였다.

만약 이 옷을 입고 재판에 나갔다가 (그럴 리 없지만) 석방된다면 다시 이곳에 올 수 없기에 이 관복은 후임에게 물려 줄 기회가 사라지기 때문이다.

그때 이 옷을 본 영수가 관심을 가지며 제게 달라 조르기 시작했다.

"너한테 이 옷은 작을 텐데."

"옷에 몸을 맞추면 되잖아요. 그래도 저 주세요."

민우는 잠시 고민을 하다가 영수에게 옷을 건넸다. 민우는 오늘 나갈 것이라는 확신도 없으면서, 만일 하나 나갈 수도 가정하에 윤 사장에게 양말과 속 내의 남아 있는 비타민과 노트 기타 생필품 모두를 윤 사장에게 주면서 방 사람들에게 골고루 나누어 주라고 당부를 하였다.

오늘 마지막 재판은 7월 6일 증인심문이 끝나고 약 2달 만에 갖는 재판이었다. 지난번 재판 때와 마찬가지로 포승줄에 묶여 긴 터널을 지나 재판정에 도착하였다. 판사는 민우의 인적 사항을 확인한 후 빠르게 판결을 내렸다.

"피고 김민우, 무죄."

민우는 자신의 귀를 의심하지 않을 수 없었다. 그리고 무죄의 이유를 서서히 엄숙한 표정으로 읽어 나가는 판사를 바라보았다. 그제야 민우는 무죄를 받았다는 생각에 온몸을 떨고 있었다. 판사가 판결하기 전에 쓰는 판결문은 마지막 마른 수건에 물기 한 방울까지 짜내는 심정으로 판결문을 쓴다고 하였다. 민우는 이 사건에 연루되어 길지 않은 기간 내내 겪었던 일들이 주마등처럼 스쳐지나는 것을 느꼈다. 순간, 민우는 생각했다. '자신을 속이고 가족을 속이고 경찰과 검찰 그리고 변호사와 마지막 재판장에게까지 솔직하지 않았다. 이제 재판정 앞에서 마지막 눈물만 흘리면 된다. 그러면 이 사건은 대단원의 막을 내리게 된다.' 민우는 나오지 않는 눈물을 짜내려 가지고 있던 슬픔과 없는 아픔을 끄집어내고 있었다. 다행히 민우의 눈에 작은 눈물이 고이기 시작하였다. 판사는 민우를 진정시키며 공판문을 읽어 나갔다.

"1. 공소사실&공모관계: 피고인은 성명불상의 전화금융사기 조직원의 제안을 받고 피해자를 직접 만나 피해금을 수금하여 전달하거나 송금하는 현금 수거책 역할을 담당하기로 하는 동성명불상의 전화금융사기 조직원들과 전화금융사기 범행을 하기로 순차 공모하였다.

2. 사기: 이로써 피고인은 성명불상의 전화금융사기 조직원들과 공모하여 피해자들을 기망하여 재물을 교부받았다.

2.판단: 이 법원이 적법하게 채택하여 조사한 증거들에 의하여 인정되는

아래의 가 사정을 종합하면, 피고인이 이 사건 공소 사실 기재와 같은 일을 하면서 자신이 하는 일이 보이스피싱 사기 조직의 현금 수거책 일을 하는 것이라고 인식하였다고 보기 어렵고, 달리 검사가 제출한 증거들만으로는 이 사건 공소 사실에 관한 피고인의 고의가 합리적인 의심의 여지 없이 증명되었다고 보기 어렵다.

3. 결론: 그렇다면, 이 사건 공소 사실은 범죄의 증명이 없는 경우에 해당하므로, 형사소송법 제325조 후단에 의하여 무죄를 선고하고, 형법 제58조 제2항 본문에 의해 이 사건 무죄판결의 요지를 공시하며, 소송 촉진 등에 관한 특례법 제32조 제1항에 따라 배상신청인들의 배상 신청은 모두 각하한다.

판사 ○○○"

이로써 민우는 이 사건으로부터 완전히 자유가 되었다. 이와 같은 슬픔을 겪어 보지 않은 사람이 어찌 남의 슬픔을 측정할 수 있을까? 그 누구도 사람마다 가지고 있는 슬픔을 하나의 잣대로 측정할 수는 없다. 선고가 끝나고 피의자 대기실 옆문으로 들어가자 교도관이 말을 걸어 왔다.

"김민우 씨 그동안 고생 많으셨습니다."

"아, 네. 고맙습니다."

이 교도관은 민우가 재판을 시작할 때부터 지금 이 순간 재판이 끝날 때까지 함께 하며 지켜보았던 교도관이었다. 대기실에서 기다리고 있던 민우는 모든 수속이 끝나자 자신의 신분을 확인한 후 그동안 박스에 담겨 있던 소지품을 전달받았다. 얼마 만에 보는 사복이란 말인가. 민우는 체포 당시 입었던 봄 재킷과 바지, 구두를 잠시 바라보았다. 그리고는 그동안 입고 있었던 수용복을 벗어 농구공처럼 말아 구석에 있는 옷 박스에 정확히 던져 버렸다.

잠시 후 커다란 철문이 열리자 커다란 나비가 민우보다 먼저 철창문 밖으로 날아가기 시작하였다. 9월의 태양은 8월의 태양 못지않게 강렬하게 타오르고 있었다.

리스크

1판 1쇄 발행 2023년 5월 31일
지은이 황인호

교정·편집 윤혜원 **마케팅·지원** 김혜지
펴낸곳 (주)하움출판사 **펴낸이** 문현광

이메일 haum1000@naver.com **홈페이지** haum.kr
블로그 blog.naver.com/haum1000 **인스타** @haum1007

ISBN 979-11-6440-360-8(03800)

좋은 책을 만들겠습니다.
하움출판사는 독자 여러분의 의견에 항상 귀 기울이고 있습니다.
파본은 구입처에서 교환해 드립니다.